第四届全国优秀外国文学图书奖一等奖

入选中文学术图书引文索引(CBKCI)

叙述学与小说文体学研究
（第四版）

申丹 / 著

图书在版编目(CIP)数据

叙述学与小说文体学研究 / 申丹著 . —4 版 .—北京：北京大学出版社，2019.1
ISBN 978-7-301-29365-2

Ⅰ.①叙… Ⅱ.①申… Ⅲ.①叙述学–研究②小说–文体论 Ⅳ.①I045②I054

中国版本图书馆CIP数据核字(2018)第037218号

书　　　名	叙述学与小说文体学研究（第四版） XUSHUXUE YU XIAOSHUO WENTIXUE YANJIU（DI-SI BAN）
著作责任者	申　丹　著
责任编辑	张　冰
标准书号	ISBN 978-7-301-29365-2
出版发行	北京大学出版社
地　　　址	北京市海淀区成府路205号　100871
网　　　址	http://www.pup.cn　　新浪微博：@北京大学出版社
电子邮箱	编辑部 pupwaiwen@pup.cn　总编室 zpup@pup.cn
电　　　话	邮购部 010-62752015　发行部 010-62750672 编辑部 010-62759634
印　刷　者	三河市北燕印装有限公司
经　销　者	新华书店
	650毫米×980毫米　16开本　25印张　390千字 1998年7月第1版　2001年5月第2版　2004年5月第3版 2019年1月第4版　2024年5月第3次印刷
定　　　价	72.00元

未经许可，不得以任何方式复制或抄袭本书之部分或全部内容。
版权所有，侵权必究
举报电话：010-62752024　电子邮箱：fd@pup.cn
图书如有印装质量问题，请与出版部联系，电话：010-62756370

目 录

前 言 1

上篇　叙述学理论评析

第一章　叙述学有关"故事"与"话语"的区分 3
- 第一节　有关二分法 3
- 第二节　三分法商榷 4
- 第三节　"话语"与"故事"的重合 9

第二章　叙述学的情节观 21
- 第一节　为何"情节"这一概念已变得极为模糊？ 21
- 第二节　故事范畴的情节研究 26
- 第三节　情节究竟处于哪一层次？ 32
- 第四节　与传统情节观的差异 36

第三章　叙述学的人物观 42
- 第一节　"功能性"的人物观 42
- 第二节　"心理性"的人物观 52
- 第三节　两种人物观之间的互补关系 56

中篇　文体学理论评析

第四章　文体学的不同派别 65
- 第一节　对不同派别的区分 65

第二节　文学文体学 …………………………………………… 68
　　第三节　功能文体学 …………………………………………… 74
　　第四节　话语文体学 …………………………………………… 92
　　第五节　社会历史/文化文体学 ………………………………… 97

第五章　文学文体学有关文学与非文学的区分 ……………… 107
　　第一节　文学文体学的区分 …………………………………… 107
　　第二节　结构主义诗学的区分 ………………………………… 118
　　第三节　综合性质的区分 ……………………………………… 120

第六章　文体分析中语言形式与文学意义的关联 …………… 126
　　第一节　从皮尔斯的批评看语言形式与文学意义的关联 …… 126
　　第二节　从费什的批评看语言形式与文学意义的关联 ……… 130
　　第三节　语言形式与文学意义之关联的客观性 ……………… 142

第七章　从劳治和米勒的重复模式看小说文体学的局限性 …
　　……………………………………………………………………… 150
　　第一节　劳治的重复模式 ……………………………………… 150
　　第二节　米勒的重复模式 ……………………………………… 157

下篇　叙述学与小说文体学的重合面
第八章　叙述学的"话语"与小说文体学的"文体" ………… 163
　　第一节　"话语"与"文体"的差异 …………………………… 163
　　第二节　"话语"与"文体"的重合之处 ……………………… 173
　　第三节　导致"话语"与"文体"断裂的原因 ………………… 177
　　第四节　近年来的跨学科分析 ………………………………… 182

第九章　不同叙述视角的分类、性质及其功能 …… 188
第一节　不同叙述视角的分类 …………………… 189
第二节　全知叙述模式的性质与功能 …………… 210
第三节　第一人称叙述与第三人称有限视角叙述在视角上的差异
………………………………………………… 229
第四节　从一个生活片段看不同叙述视角的不同功能 ……… 244
第五节　视角越界现象 …………………………… 256

第十章　人物话语的不同表达形式及其功能 …………… 278
第一节　人物话语表达形式的分类 ……………… 279
第二节　不同形式的不同功能与特点 …………… 290
第三节　中国小说叙述中转述语的独特性 ……… 309

引用文献 ……………………………………………… 321
索　引 ………………………………………………… 332
后　记 ………………………………………………… 338
附录一　也谈"叙事"还是"叙述"？ ………………… 343
附录二　再谈西方当代文体学流派的区分 ………… 356
附录三　谈关于认知文体学的几个问题 …………… 367

前 言

叙述学(也称叙事学)①与小说文体学在当代西方小说批评理论中占据了十分重要的地位。叙述学与文体学均采用语言学模式来研究文学作品,属于生命力较强的交叉或边缘学科。两者不仅在基本立场上有不少共同点,而且在研究对象上也有重要重合面。当然,叙述学与文体学之间也存在不少本质性的差异。

迄今为止,国内外尚未出现探讨这两种学派之间辩证关系的著作。英国文体学家福勒(R. Fowler)在其主编的一本论文

---

① 国内将法文的"narratologie"(英文的"narratology")译为"叙述学"或"叙事学",但在我看来,两者并非完全同义。"叙述"一词与"叙述者"紧密相连,宜指话语层次上的叙述技巧,而"叙事"一词则更适合涵盖故事结构和话语技巧这两个层面。在《叙事学辞典》(Univ. of Nebraska Press, 1987)中,普林斯(Gerald Prince)将"narratology"定义为:(1)受结构主义影响而产生的有关叙事作品的理论。Narratology 研究不同媒介的叙事作品的性质、形式和运作规律,以及叙事作品的生产者和接受者的叙事能力。探讨的层次包括"故事"与"叙述"和两者之间的关系。(2)将叙事作品作为对故事事件的文字表达来研究(以热奈特为代表)。在这一有限的意义上,narratology 无视故事本身,而聚焦于叙述话语。不难看出,第一个定义中的"narratology"应译为"叙事学"(即有关整个叙事作品的理论),而第二个定义中的"narratology"则应译为"叙述学"(即有关叙述话语的理论)。在为本书第一版命名时,为了突出与文体学的关联,我特意采用了"叙述学"一词。但本书有的部分(尤其是第二章)探讨了故事结构,就这些部分而言,"叙事学"一词应даже为妥当。在难以"两全"的情况下,为了文内的一致性,本书姑且作为权宜之计统一采用"叙述学"一词。参见申丹:《也谈"叙事"还是"叙述"》,《外国文学评论》2009 年第 3 期。

集的前言中,曾提及文体学与叙述学的关系。① 该论文集题为《文学中的文体与结构》。福勒认为文体学研究的"文体"与叙述学研究的"结构"呈互为补充的关系。为了说明这一点,他借用了乔姆斯基的深层与表层结构的学说。他认为叙述学研究的"结构"属于作品的深层结构,而文体学研究的"文体"属于作品的表层结构。福勒对于作品的深层与表层结构的区分实际上是对"内容"(情节结构)与"形式"(表达方式)的区分。然而,在我们看来,叙述学与小说文体学之间的互补关系不仅仅在于两者分别研究小说的内容与形式。更重要的是,在小说的形式技巧这一层面上,叙述学的"话语"与文体学的"文体"有着更直接的互为对照、互为补充的辩证关系。只有兼顾"话语"与"文体",才能对小说的形式技巧进行较为全面的研究。

西方对文体的研究可谓源远流长,可追溯到古希腊、罗马的修辞学研究。早在公元 100 年,就出现了德米特里厄斯(Demetrius)的《论文体》这样集中探讨文体问题的论著。但在 20 世纪之前,对文体的讨论一般不外乎主观印象式的评论,而且通常出现在修辞学研究、文学研究或语法分析之中,没有自己相对独立的地位。20 世纪初以来,随着现代语言学的发展,文体学方逐渐成为一个具有一定独立地位的交叉学科。西方现代文体学的开创人当推著名瑞士语言学家索绪尔的学生巴利(C. Bally, 1865—1947),他借用索绪尔的结构主义语言学对传统的修辞学进行反思,力图将文体学作为语言学的一个分支建立起来,使文体分析更为科学化和系统化。巴利的研究对象为口语中的文体。他认为一个人说话时除了客观地表达思想之外,还常常带有各种感情色彩。文体学的任务在于探讨表达这些情感特征的种种语言手段,以及它们之间的相互关系,并由此入手,分析语言的整个表达方式系统。

稍晚于巴利的德国文体学家斯皮泽(L. Spitzer, 1887—1960)被普遍

---

① R. Fowler. (ed.), *Style and Structure in Literature*, Ithaca: Cornell Univ. Press, 1975, pp. 10—12. 值得一提的是,20 世纪 90 年代以来,一些文体学家在分析中借鉴了叙述学的有关模式,如 M. Fludernik, *The Fictions of Language and the Languages of Fiction*, London: Routledge, 1993(该书集中对自由间接引语进行探讨,该书作者后来成了叙述学家);J. Culpeper, *Language and Characterization*, London: Longman, 2001; P. Stockwell. *Cognitive Poetics*, London: Routledge, 2002. (详见第八章第四节)

尊为文体学之父。斯皮泽的研究对象不是口语,而是文学作品。他的研究对文学文体学产生了深远的影响。斯皮泽认为文学作品的价值主要体现在语言上,因此他详细地分析具体语言细节所产生的效果,从而有别于传统的印象直觉式批评。此外,他提出了一种适于分析长篇小说的被称为"语文圈"(philological circle)的研究方法,即找出作品中频繁出现的偏离常规的语言特征,然后从作者心理根源上对其做出解释,接着再回到作品细节中,通过考察相关因素予以证实或修正。受德国学术思潮的影响,斯皮泽将文体学视为连接语言学与文学史的桥梁,旨在通过对文体特征的研究来考察作者的心灵以及民族文化和思想嬗变的历史。①

20世纪50年代末以前,文体学的发展势头较为弱小,而且主要是在欧洲大陆展开(在英美盛行的为新批评)。俄国形式主义、布拉格学派和法国结构主义等均对文体学的发展做出了贡献。在英美,随着新批评的逐渐衰落,越来越多的学者意识到了语言学理论对文学研究的重要性。1958年在美国印第安纳大学召开了一个重要的国际会议——"文体学研讨会",这是文体学发展史上的一个里程碑。在这次会议上,雅克布森(R. Jakobson)宣称:"……倘若一位语言学家对语言的诗学功能不闻不问,或一位文学研究者对语言学问题不予关心,对语言学方法也一窍不通,他们就显然过时落伍了。"②就英美来说,这个研讨会标志着文体学作为一门交叉学科的诞生;就西方来说,它标志着文体学研究的全面展开并即将进入兴盛时期。20世纪60年代初以来,各种语言学研究、文学研究以及文化研究的新成果被逐渐引入文体学,增加了文体学研究的广度和深度。本书在第四章中将要谈到,文体学有数种研究派别,其中与叙述学关系最为密切的是"文学文体学"。就"文学文体学"而言,真正与叙述学相关的是其内部的"小说文体学"。但"小说文体学"仅仅在分析对象上与"诗歌文体学"有所区别,在理论上和阐释模式上与后者可谓密不可分。因此,本书在评析有关理论问题时,将对文学文体学进行较为全面的考察。

---

① L. Spitzer, *Linguistics and Literary History*, Princeton: Princeton Univ. Press, 1948.
② R. Jakobson, "Closing Statement: Linguistics and Poetics," in T. A. Sebeok (ed.), *Style in Language*, Cambridge: MIT Press, 1960, p. 377.

结构主义叙述学与文学文体学同属形式批评范畴,均着眼于文本自身。西方对于叙事结构和技巧的研究也有悠久的历史,亚里士多德的《诗学》堪称叙述学的鼻祖。但与传统文体研究相类似,在采用结构主义方法的叙述学诞生之前,对叙事结构的研究一直从属于文学批评或文学修辞学,没有自己独立的地位。叙述学首先产生于结构主义发展势头强劲的法国(但很快就扩展到了其他国家,成了一股国际性的文学研究潮流)。法国叙述学与1958年诞生的英美文体学几乎在同一个时间起步。叙述学诞生的标志为在巴黎出版的《交际》杂志1966年第8期,该期是以"符号学研究——叙事作品结构分析"为题的专刊,它通过一系列文章将叙述学的基本理论和方法公之于众[1]。值得一提的是,1967年和1968年在美国先后诞生了《文体》和《语言与文体》这两份以英美为主体的文体研究期刊,它们的问世标志着英美文体学已开始走向兴旺。法国叙述学与英美文体学的兴起均与20世纪中叶的结构主义思潮密切相关。但文体学仅仅是受结构主义的影响,而叙述学则是直接采用结构主义的方法来研究叙事作品的学科。结构主义语言学的创始人索绪尔改历时语言学研究为共时语言学研究,认为语言研究的着眼点应为当今的语言这一符号系统的内在结构关系,即语言成分之间的相互关系,而不是这些成分各自的历史演变过程。索绪尔的理论为结构主义奠定了基石。结构主义将文学视为一个具有内在规律、自成一体的自足的符号系统,注重其内部各组成成分之间的关系。与传统小说批评理论形成对照,结构主义叙述学将注意力从文本的外部转向文本的内部,着力探讨叙事作品内部的结构规律和各种要素之间的关联。

美国叙述学家普林斯(G. Prince)根据研究对象将叙述学家分成了三种类型[2]。第一类为直接受俄国形式主义者普洛普(V. Propp)影响的叙述学

---

[1] 但"叙述学"一词直到1969年方始见于托多洛夫(T. Todorov)所著《〈十日谈〉语法》(*Grammaire du Décaméron*, The Hague: Mouton)一书中。

[2] G. Prince, "Narratology," in M. Groden and M. Kreisiwirth (eds.), *The Johns Hopkins Guide to Literary Theory and Criticism*, Baltimore: The Johns Hopkins Univ. Press, 1994, pp. 524—527.

家。他们仅关注被叙述的故事事件的结构,着力探讨事件的功能、结构规律、发展逻辑等等(详见第二章)。在理论上,这一派叙述学家认为对叙事作品的研究不受媒介的局限,因为文字、电影、芭蕾舞、叙事性的绘画等不同媒介可以叙述出同样的故事。但在实践中,他们研究的对象以叙事文学为主,对其他媒介关注不多。第二类以热奈特(G. Genette)为典型代表,他们认为叙事作品以口头或笔头的语言表达为本,叙述者的作用至关重要。在研究中,他们关注的是叙述者在"话语"层次上表达事件的各种方法,如倒叙或预叙、视角的运用等等(详见第八章)。第三类以普林斯本人和查特曼(S. Chatman)等人为代表,他们认为事件的结构和叙述话语均很重要,因此在研究中兼顾两者。这一派被普林斯称为"总体的"或"融合的"叙述学。

我们不妨从学术思想背景和基本立场这两方面来简要探讨一下叙述学与文体学之间的关系。前文已提到索绪尔的结构主义语言学对两者的兴起所产生的作用。20世纪20年代的俄国形式主义也是两者的共同源头之一。作为一个学派,俄国形式主义可以说是20世纪形式主义文论的开端,它强调艺术的自律性,认为批评的着眼点应在作品本身。著名形式主义者普洛普是上述第一类叙述学研究的开创人,而另一位著名形式主义者雅克布森对文体学的发展做出了重要贡献。尤其值得注意的是,雅氏有关文学作品之特性的"文学性"理论和著名形式主义者什克洛夫斯基(V. Shklovsky)有关陌生化的理论①,对叙述学和文体学均产生了较大影响。英美新批评也是叙述学和文体学的学术背景中重要的共有成分。文学文体学受新批评的影响很深(详见第四章第二节)。叙述学对叙述话语的研究与新批评中的小说形式研究也有一脉相承的关系。热奈特的代表作《叙述话语》②明显受到布鲁克斯(C. Brooks)和沃伦(R. P. Warren)等新批评派学者的影响。而且,在叙述程式的研究上,《叙述话语》也继承和发展了美国芝加哥学派韦恩·布斯的《小说修辞学》③的传统,而后者

---

① 详见第五章第一节和第八章第一节。
② G. Genette, "Discours du récit," a portion of *Figures* III, Paris: Seuil, 1972.
③ W. C. Booth, *The Rhetoric of Fiction*, Chicago: Chicago Univ. Press, 1961.

在对叙述形式的看法上与新批评相当一致。①

俄国形式主义、英美新批评、结构主义叙述学和文学文体学都是20世纪形式主义文论这一大家族的成员。它们关注文本、文学系统自身的价值或规律,将文学作品视为独立自足、自成一体的艺术品。形式主义批评相对于传统批评来说是一场深刻的变革,这在小说评论中尤为明显。西方小说是从史诗——经过中世纪和文艺复兴时期的传奇作为过渡——发展而来的。严格意义上的小说在西方大多数国家诞生于17或18世纪,19世纪发展到高峰,20世纪以来又有不少新的试验和动向。尽管不少小说家十分注重小说创作艺术,但20世纪以前,小说批评理论集中关注作品的社会道德意义,采用的往往是印象式、传记式、历史式的批评方法,把小说简单地看成观察生活的镜子或窗户,忽略作品的形式技巧。现代小说理论的奠基人为法国作家福楼拜(Gustave Flaubert, 1821—1880)和美国作家、评论家亨利·詹姆斯(Henry James, 1843—1916),他们把小说视为自律自足的艺术品,将注意力转向了小说的形式技巧。福楼拜十分强调文体风格的重要性,詹姆斯则特别注重叙述视角的作用。詹姆斯为他的纽约版小说写的一系列序言阐述了他的美学原则,对小说批评和创作产生了深远的影响。但作为个人,他们的影响毕竟有限。20世纪60年代以前,对小说的结构和形式技巧的研究没有形成大的气候。这主要是因为俄国形式主义仅在20世纪初延续了十来年的时间(1915—1930),未待其影响扩展到西方,便已偃旗息鼓。除了后来到布拉格工作,尔后又移居美国的雅克布森的个人影响外,20世纪50年代以后,随着一些代表性论著的法、英译本的问世,俄国形式主义始在西方产生了较大影响。而英美新批评主要关注的是诗歌,在小说批评理论领域起的作用不是太大。20世纪60至70年代,随着结构主义叙述学和小说文体学的迅速发展,对小说结构规律、叙述机制和文体技巧的研究始在小说理论中占据了中心地位。众多叙述

---

① 芝加哥学派对新批评仅仅注重语言现象进行了激烈的批评,但两者都是形式主义批评家族的成员,在根本原则和立场上基本一致。

学家和文体学家的研究成果使小说结构和形式技巧的分析趋于科学化和系统化,并开拓了广度和深度,从而深化和拓展了对小说的结构形态、运作规律、表达方式或审美特征的认识,提高了欣赏和评论小说艺术的水平。

　　本书第一和第二版的前言中有这么一段话:"当然,作为以文本为中心的形式主义批评派别,叙述学和[文学]文体学也有一些局限性,尤其是它们在不同程度上隔断了作品与社会、历史、文化环境的关联。这种狭隘的批评立场无疑是不可取的。"在此,我下意识地突出了"批评"两字。在文化研究大潮兴起之后,国内外学界有一个共识:结构主义叙述学或经典叙述学脱离语境的研究立场是站不住脚的。但通过对这一问题的仔细思考,我认为这一定论有以偏概全之嫌。① 其实,与叙事作品分析不同,叙事语法或叙述诗学一般无需关注语境,因为其目的不在于诠释作品,而是研究(某一类)叙事文本共有的构成成分、结构原则和运作规律,找出(某一类)叙事文学的普遍框架和特性。在1999年出版的《修辞性叙述学》一书中,卡恩斯(M. Kearns)批评热奈特的《叙述话语》不关注语境。在评论热奈特对时间错序(各种打乱自然时序的技巧)的分类时,卡恩斯说:"一方面,叙事作品对事件之严格线性顺序的偏离符合人们对时间的体验。不同种类的偏离(如通常所说的倒叙、预叙等等)也会对读者产生不同的效果。另一方面,热奈特的分类没有论及在一部具体小说中,错序可能会有多么重要,这些叙述手法在阅读过程中究竟会如何作用于读者。换一个实际角度来说:可以教给学生这一分类,就像教他们诗歌音步的主要类型一样。但必须让学生懂得热奈特所区分的'预叙'(prolepsis)自身并不重要,这一技巧的价值在很大程度上取决于个人、文本、修辞和文化方面的语境。"② 卡恩斯一方面承认倒叙、预叙等技

---

　　① 详见拙文《经典叙事学究竟是否已经过时?》,《外国文学评论》2003 年第 2 期;Dan Shen, "Why Contextual and Formal Narratologies Need Each Other," *JNT*: *Journal of Narrative Theory* 35. 2(2005): 141 — 171; Dan Shen, "'Contextualized Poetics' and Contextualized Rhetoric: Consolidation of Subversion?" in P. K. Hansen et al. (eds.), *Emerging Vectors of Narratology*, Berlin: De Gruyter, 2017, pp. 3—24.

　　② M. Kearns, *Rhetorical Narratology*, Lincoln and London: Univ. of Nebraska Press, 1999, p. 5.

巧会对读者产生不同效果,另一方面又说这些技巧"本身并不重要"。但既然不同技巧具有不同效果(譬如,在脱离语境的情况下,倒叙具有不同于预叙的效果),就应该承认它们自身的重要性。一个叙述技巧在作品中的意义既来自于其通常具有的效果,又来自于作品特定的生产语境和阐释语境。由于没有认识到这一点,卡恩斯的评论不时出现自相矛盾之处。他在书中写道:"《贵妇人画像》中的叙述者与《爱玛》中的叙述者的交流方式有所不同。两位叙述者又不同于传记中的第三人称叙述声音。……作为一个强调语境的理论家,我认为马丁(W. Martin)的评论有误,因为该评论似乎认为存在'第三人称虚构叙事的意义'。"①卡恩斯一方面只承认语境的作用,否认存在"第三人称虚构叙事的意义",一方面又自己谈论"传记中的第三人称叙述声音",认为它不同于虚构叙事中的第三人称叙述声音。在作这一区分时,也就自然承认了这两种不同叙述声音具有不同意义。叙述诗学的作用就在于区分这些属于不同文类的叙述声音,探讨其通常具有的(脱离语境的)功能。但在阐释《贵妇人画像》和《爱玛》的意义时,批评家则需关注作品的生产语境和阐释语境,探讨这两部虚构作品中的第三人称叙述声音如何在不同的语境中起不同的作用。

热奈特的《叙述话语》旨在建构叙述诗学,对倒叙、预叙等各种技巧进行分类。这犹如语法学家对不同的语言结构进行分类。在进行这样的分类时,文本只是起到提供实例的作用。国内不少学者对以韩礼德(M. A. K. Halliday)为代表的系统功能语法较为熟悉。这种语法十分强调语言的生活功能或社会功能,但在建构语法模式时,功能语言学家采用的基本上都是自己设想出来的脱离语境的小句②。与此相对照,在阐释一个实际句子或文本时,批评家必须关注其交流语境,否则难以较为全面地把握其意义。在此,我们不妨再举一个简单的传统语法的例子。在区分"主语"

---

① M. Kearns, *Rhetorical Narratology*, p. 10.
② See M. A. K. Halliday, *An Introduction to Functional Grammar*, London: Edward Arnold, 1985.

"谓语""宾语""状语"这些成分时,我们可以将句子视为脱离语境的结构物,其不同结构成分具有不同的脱离语境的功能(譬如"主语"在任何语境中都具有不同于"宾语"或"状语"的句法功能)。但在探讨"主语""谓语""宾语"等结构成分在一个作品中究竟起了什么作用时,就需要关注作品的生产语境和阐释语境。有了这种分工,我们就不应批评旨在建构"语法"或"诗学"的经典(结构主义)叙述学忽略语境,而应将批评的矛头对准旨在阐释具体作品意义的那一部分经典叙事学。20世纪80年代以来西方学界普遍呼吁应将叙事作品视为交流行为,而不应将之视为结构物。我的看法是,在建构叙事语法和叙述诗学时,完全可以将作品视为结构物,因为它们仅仅起到结构之例证的作用。但是,在进行叙事批评(即阐释具体作品的意义)时,则应该将作品视为交流行为,关注作者、文本、读者、语境的交互作用。也就是说,具体批评阐释与总体模式建构不是一回事,不可混为一谈。

国内外学界都认为西方经典叙述学或结构主义叙述学已经过时,已被"后经典叙述学"[①]"后结构主义叙述学"[②]或"后现代叙事理论"[③]所替代。但只要能够看清语法/诗学与批评之间的分工,看清前者并不需要关注读者和语境,就会意识到前者并不过时[④]。笔者作为顾问编委参与了2005年由伦敦和纽约的Routledge出版社出版的《Routledge叙事理论百科全书》的编撰工作[⑤],其中不少词条均为经典叙事语法和叙述诗学的基本概念和分类,编撰者们旨在全面清楚地介绍这些概念和分类,并在有必要时进行修正和补充。可以说,这些学者(主要是美国学者)是在继续从事经典叙述学。第一主编赫尔曼(D. Herman)20世纪90年代以来十分

---

① See D. Herman, "Introduction," in *Narratologies*, D. Herman(ed.), Columbus: Ohio State Univ. Press, 1999.
② S. Onega and J. A. G. Landa, *Narratology: An Introduction*, London: Longman, 1996.
③ See M. Currie, *Postmodern Narrative Theory*. New York: St. Martin, 1998.
④ 详见申丹:《经典叙事学究竟是否已经过时?》,《外国文学评论》2003年第2期,以及前言第7页脚注①中提到的笔者在国际上发表的两篇论文:Shen 2005和Shen 2017.
⑤ D. Herman, M. Jahn and M. L. Ryan (eds.), *Routledge Encyclopedia of Narrative Theory*, London: Routledge, 2005.

强调读者和语境的作用,但他为该百科全书写的一个样板词条"事件与事件的类型"却无意中说明了经典叙述学脱离读者和语境的分类方法依然有效。在词条的开头,赫尔曼提到叙述学界近年来对事件类型的分析得益于一些相邻领域(行为理论、人工智能、语言学、语言哲学)的新发展,将"事件"与"状态"做了进一步的细分。在说明这些细分时,赫尔曼像经典叙述学家一样,采用的是脱离语境的实例,关注这些实例的不同语义特征和结构特征,并完全根据这些文本特征来进行分类。可以说,赫尔曼在此是在继续进行经典叙事语法的分类工作。在从事这样的工作时,只需关注结构,无须关注读者和语境。此外,进行这样的分类只需采用静态眼光,若涉及一连串事件之间的关系,则既可采用静态眼光来看事件之间的因果、逻辑和结构关系,也可采用动态眼光来观察事件的动态发展过程。若涉及的是叙事结构的发展演变,则需采用历史的眼光来看问题。这些不同眼光或方法可揭示出事物不同方面的特征,相互之间难以替代。与此相类似,我们可以仅仅关注叙事结构本身,也可以考虑读者会如何阐释叙事结构。赫尔曼在2002年出版的《故事逻辑》一书中①,聚焦于读者对故事逻辑的阐释和建构。这是看问题的一个特定角度,与关注结构本身的叙述学研究构成一种互补,而非替代的关系②。

西方学者对于各派理论的互补性和多元共存的必要性往往认识不清。从20世纪70年代起开始盛行的解构主义批评理论聚焦于意义的非确定性,对于结构主义批评理论采取了完全排斥的态度。从80年代初开始,不少研究小说的西方学者将注意力完全转向了文化意识形态分析,转向了文本外的社会历史环境,将作品视为一种政治现象,将文学批评视为政治斗争的工具。他们反对小说的形式研究或审美研究,认为这样的研究是为维护和加强统治意识服务的。在这种"激进"的氛围下,经典叙述学受到了强烈的冲击。这些西方学者对形式、审美研究的一概排斥,很容

---

① D. Herman, *Story Logic*, Lincoln: Univ. of Nebraska Press, 2002.
② See Dan Shen, "The Future of Literary Theories: Exclusion, Complementarity, Pluralism," *Ariel* 33 (2002), pp. 159—180.

易使人联想起我国十年动乱期间的极"左"思潮。那时,文学作品被视为代表资产阶级思想的毒草,对文学的美学研究则被视为落后反动的行为。改革开放以后,这种极"左"思潮方得以纠正,我国学术研究界迎来了百花齐放、百家争鸣的春天。笔者曾于80年代末、90年代初在美国发表了几篇论文,面对美国学界日益强烈的政治化倾向,联想到"文化大革命"期间的极"左"思潮,决定暂时停止往美国投稿,立足于国内进行研究。在英国,尽管学术氛围没有美国激进,但由于没有紧跟欧洲大陆的理论思潮,叙述学研究一直不太兴旺。美国叙述学家只好转向欧洲大陆。1995年美国经典叙述学研究处于最低谷之时,在荷兰召开了以"叙事视角:认知与情感"为主题的国际研讨会。到会的至少有一半是北美学者,他们说当时在北美召开"叙事视角"研讨会是不可能的。近年来,越来越多的美国学者意识到了一味进行政治文化批评的局限性,这种完全忽略作品艺术规律和特征的做法必将给文学研究带来灾难性后果。他们开始重新重视对叙事形式和结构的研究。2000年在美国叙事文学研究协会的年会上举行了"当代叙述学专题研讨会"①。当时,与会代表纷纷议论说"叙述学回来了"。诚然,这是一个经典叙述学与后经典叙述学共存的研讨会,而且也无人愿意承认自己搞的是经典叙述学,但人们之所以会宣告"叙述学回来了"正是因为这一研讨会带有较强的经典叙述学的色彩。在21世纪的前五年,笔者抓住研究风向开始回暖的时机,在美国连续发表了几篇论

---

① 美国 Narrative(2001)第9卷第2期特邀主编卡法莱诺斯写的编者按说明了这一专题研讨会的缘起:"1999年在达特茅斯举行的叙事文学研究协会的年会上,申丹在一个分会场宣读的探讨视角的论文吸引了十来位叙述学家。他们都在自己的论著中对视角进行过探讨,而且相互之间也阅读过有关论著。在申丹发言之后进行的讨论引人入胜,但时间太短,因为接着需要讨论下一位学者的发言。然而,会议刚一结束,在场的三人:杰拉尔德·普林斯、詹姆斯·费伦和我自己就开始商量如何组织一个专题研讨会,以便有更多的讨论时间进行类似的交流。在接下来的几个月里,我们三人做出了计划,组织了在2000年亚特兰大年会上由四个分会场组成的'当代叙述学专题研讨会'……"。这一专题研讨会构成了亚特兰大年会上一个突出的高潮。"当代叙述学专题研讨会"几乎每年都举行。2003年10月还在俄亥俄州立大学举行了一个类似性质的国际叙事理论研讨会。

文①,着重做了两方面的工作,一是对解构经典叙述学的论著进行反击,二是对经典叙述学的一些混乱和模糊之处进行清理,对有关理论模式和概念进行修正和补充。毋庸置疑,只有在学界真正认识到经典叙述学具有继续发展的合理性和必要性之后,经典叙述学才有可能再次兴旺发达。

其实,经典叙述学的著作在西方依然在出版发行。加拿大多伦多大学出版社 1997 年再版了巴尔(M. Bal)《叙述学》一书的英译本。伦敦和纽约的劳特利奇出版社也于 2002 年秋再版了里蒙-凯南(S. Rimmon-Kenan)的《叙事虚构作品:当代诗学》一书,在此之前,该出版社已经多次重印这本经典叙述学的著作(包括 1999 年的两次重印和 2001 年的重印)。2003 年 11 月在德国汉堡大学举行的国际叙述学研讨会的一个中心议题是:如何将传统的叙述学概念运用于非文学性文本。不难看出,理论模式依然是经典叙述学,只是拓展了实际运用的范畴。在当今的美国叙述学领域,我们可以看到一种十分奇怪的现象:几乎所有叙述学家都认为自己搞的是的后经典叙述学,经典叙述学已经过时,但他们往往以经典叙述学的概念和模式为分析工具。在教学时,也总是让学生学习经典叙述学的著作,以掌握基本的结构分析方法。笔者认为,这种舆论评价与实际情况的脱节源于没有把握经典叙述学的实质,没有意识到经典叙事语法和叙述诗学并不需要关注读者和历史语境。若认清了这一点,就会看到后经典叙述学与经典叙述学是一种共存关系,而非取代关系。

目前,国际上的叙述学与文体学研究在不断向前推进。以英国学者为主体

---

① Dan Shen: "Narrative, Reality, and Narrator as Construct," *Narrative* 9 (2001); "Defense and Challenge: Reflections on the Relation Between Story and Discourse," *Narrative* 10 (2002); "Breaking Conventional Barries: Transgressions of Modes of Focalization," *New Perspectives on Narrative Perspective*, New York: SUNY Press, 2001; "Difference Behind Similarity: Focalization in Third-Person Center of Consciousness and First-Person Retrospective Narration," *Acts of Narrative*, Palo Alto: Stanford Univ. Press, 2003; and "What Do Temporal Antinomies Do to the Story-Discourse Distinction?: A Reply to Brian Richardson's Response," *Narrative* 11 (2003); and "Why Contextual and Formal Narrotologies Need Each Other," *JNT: Journal of Narrative Theory*, 32.2 (2005).

的诗学与语言学协会(Poetics and Lingustics Association,简称PALA)、以美国学者为主体的国际叙事研究协会(International Society for the Study of Narrative 简称ISSN)和以欧洲学者为主体的欧洲叙事学协会(European Network of Narratology 简称ENN)起着某种中坚的作用。PALA每年召开年会,并于1992年创办了会刊《语言与文学》(*Language and Literature*)将其发展成与美国的《文体》(*Style*)并列的顶级期刊,对文体学研究起到了积极的推进作用。①

另外两个国际学术组织则对叙述学的发展做出了较大贡献。以美国为基地的国际叙事研究协会(原称"叙事文学研究协会")自20世纪90年代以来,十分注重跨学科研究,不少会员将叙述学与女性主义、新历史主义、计算机科学、社会语言学、读者反应批评、认知科学、哲学、后殖民主义等众多理论和批评方法相结合,不断取得新的研究成果。② 北京大学出版社2002年推出的"新叙事理论译丛"就是这些成果的一个缩影。为了拓展创新,近年来不少会员(主要是美国学者)把注意力转向了大众文化和其他媒介,包括电视连续剧、连环漫画、电子游戏等等。这种关注在该协会2016年于阿姆斯特丹举行的年会上显得相当突出(尤其是具有引导性质的大会发言)。这种向大众文化和多媒体的转向有利于叙事研究的范畴扩展,但所关注的对象往往难以深挖,相关发言和论著倾向于表面描述,流于浅显,不利于叙事批评向纵深发展,也对叙事理论的发展造成另一种冲击。

在这一方面,欧洲叙述学协会(ENN)起了某种平衡作用。③ 该协会

---

① 《语言与文学》更加重视语言学模式的应用,而《文体》则更加重视文学效果的探讨。

② 叙事文学研究协会(SSNL)于1984年在美国成立,当时的会刊是《叙事技巧杂志》(*Journal of Narrative Technique*),1993年创办了新的会刊《叙事》(*Narrative*),并发展成叙事研究领域的顶级期刊。由于研究范围不断向文学之外扩展和越来越多美国之外的学者加盟,2008年春经过网上投票,决定更名为"国际叙事研究协会"(The International Society for the Study of Narrative,简称ISSN)。

③ 因为国际叙事研究协会以美国学者为主体,因此欧洲学者发起成立了这一协会(European Network of Narratology,2009年在汉堡大学成立,每两年召开一次学术会议)。该协会十分重视对故事结构的研究,应该翻译成"欧洲叙事学协会",但为了本书内部的统一性,权且在本书内部采用"欧洲叙述学协会"这一译法。参见申丹:《也谈"叙事"还是"叙述"》,《外国文学评论》2009年第3期。

2017年秋在布拉格举行第五届双年会,会议主题是"叙事与叙述学:改变叙事结构"(*Narrative and Narratology: Metamorphosing the Structures*)。"结构"是经典(结构主义)叙述学最根本和最重要的研究范畴和理论概念。然而,后经典叙述学在很大程度上忽略了对叙事结构本身的研究,而把注意力转向了对叙事的文化阐释、跨学科研究或者历史/历时性研究。会议的征文函对此明确提出批评,号召大家把注意力转向"经典叙述学的潜能",从新的角度关注叙事结构的功能。与此同时,也提出经典叙述学需要进行探讨,加以修订,以便更好地在未来的叙事研究中发挥作用。由于笔者一直在捍卫经典叙述学,会议特邀笔者做大会主旨报告,①题目是"双重叙事运动会如何改变和拓展叙述学"(探讨对象为经典叙述学理论)。其实,经典叙述学和后经典叙述学都很重要,不可偏废,只是需要把握好发展方向。从这次欧洲叙事学协会双年会的具体议题来看,目的不是用经典叙述学来取代后经典叙述学,而是希望经典叙述学理论能更好地在后经典的研究中发挥作用。笔者另文探讨了后经典叙事理论,②本书集中关注经典叙述学以及它与小说文体学的关系。③

令人感到欣喜的是,中国学界在经历了多年政治批评之后,改革开放以来,欢迎客观性和科学性,重视形式审美研究,为经典叙述学和文体学提供了理想的发展土壤。在美国经典叙述学处于低谷的20世纪90年代,国内的经典叙述学翻译和研究却形成了高潮。可以说,20世纪90年代以来,西方经典叙述学和小说文体学在我国小说批评理论界产生了较

---

① 在2013年于巴黎召开的欧洲叙述学协会第3届双年会上,笔者也应邀做了捍卫经典叙述学的大会主旨报告,题目是"Contextualized Poetics and Contextualized Rhetoric: Consolidation or Subversion?"这篇论文被首篇发表于Per Krogh Hansen, et. al. 主编的会议论文集 *Emerging Vectors of Narratology*, Berlin and Boston: De Gruyter, 2017, pp. 3—24.

② 申丹:"下篇:后经典小说叙事理论",申丹、韩加明、王丽亚:《英美小说叙事理论研究》,北京:北京大学出版社,2005年,第203—298页。

③ 由于探讨对象是经典叙述学与小说文体学的关系,因此没有涉及文体学的一些最新发展。

大影响,研究论著不断问世①,越来越多的大学开设了西方文体学和叙述学方面的课程。对于我国的小说文体和叙述研究以及忽略小说形式的"内容批评"来说,西方经典叙述学和文体学无疑是一种有益的补充。小说批评理论在这一方面的扩展、深化和更新也必然会对我国的小说创作产生积极的影响。

本书试图对西方经典叙述学和小说文体学的一些主要理论模式进行较为深入系统的评析,以澄清有关概念,并通过实例分析来修正、补充有关理论和分析模式。特别对这两个学科之间的关系进行了梳理与探讨,以帮助填补这方面学术研究的空白。全书分为上、中、下三篇。上篇对经典叙述学的理论进行系统评析,集中对"结构"这一层次进行探讨。中篇阐明了文体学的有关理论、阐释原则和分析模式,涉及的是"文体"这一层次。下篇系统探讨叙述学的"话语"与小说文体学的"文体"之间的辩证关系。本书认为,在小说的形式技巧这一层面上,"话语"与"文体"呈互为补充的关系,只有兼顾两者才能对小说的形式技巧进行较为全面的研究。"话语"与"文体"之间有两个重要的重合面:叙述视角和表达人物话语的不同方式。尽管叙述学家和文体学家均关注这两个层面,但他们在分析时仍表现出在对象上和方法上的诸种差异。本书综合采用叙述学和小说文体学的研究方法,从不同角度对这两个层面展开系统深入的研究。

本书有两个主要目的:一为填空补缺,对于一些被批评理论界迄今忽略的问题投以了较重笔墨,而对于已引起关注的问题则论述从简或从略。

---

① 20世纪90年代到21世纪初出版的经典叙述学方面的著作包括:徐岱的《小说叙事学》(1992)、傅修延的《讲故事的奥秘——文学叙述论》(1993)、罗钢的《叙事学导论》(1994)、胡亚敏的《叙事学》(1994;第2版2004)、周靖波的《电视虚构叙事导论》(2000)、董小英的《叙述学》(2001)、王阳的《小说艺术形式分析:叙事学研究》(2002)等等。杨义的《中国叙事学》(1997)和王平的《中国古代小说叙事研究》(2001)等也借鉴了西方叙述学的模式和方法。介绍研究西方文体学的论著也不断问世,其中包括秦秀白的《文体学概论》(1991)、钱瑗的《实用英语文体学》(1991)、徐有志的《现代英语文体学》(1992)、郭鸿的《实用英语文体学》(1993)、申丹的《文学文体学与小说翻译》(1995[2007第5次印刷])、王大融的《法语文体学教程》(1997)、刘世生的《西方文体学纲领》(1998)、张德禄的《功能文体学》(1998)、王守元的《英语文体学要略》(2000)、胡壮麟的《理论文体学》(2000)等等。

譬如，虽然故事范畴的情节研究在经典叙述学中占据了重要地位，但由于该研究已引起了国内一些学者的注意，陆续出版了有关译著和论著，为了避免重复，本书对该范畴研究的介绍从简。与此相对照，作为叙述学与文体学重合面之一的"表达人物话语的不同方式"未引起国内批评界的重视，因此本书进行了详细讨论。叙述学与文体学的另一重合面"叙述视角"已引起了国际和国内批评界的重视，但有的问题迄今为国内外批评界所忽略，譬如视角越界现象以及第一人称叙述与第三人称有限视角叙述在视角上的差异，对此，本书也作了重点论述。本书的另一目的在于澄清一些迄今模糊不清的问题，主要是来自西方理论界的概念上和分类上的混乱。本书对这些问题展开了较为深入的讨论。

  叙事语法、叙述诗学毕竟构成后经典叙述学重要的技术支撑。经典叙述学若存在问题或发展滞后，难免影响后经典叙述学的发展。换个角度说，若经典叙述学能健康发展，就能推动后经典叙述学的前进步伐；而后者的发展也能促使前者拓展研究范畴，更新研究工具。这两者构成一种相辅相成的关系。本书旨在对经典叙述学的发展做出贡献，并旨在梳理叙述学与文体学之间既互为对照、又互为补充的辩证关系，促进两者之间的结合。希望在未来的日子里，国内外文学研究界都会出现"经典"与"后经典"叙述学进一步互帮互补，携手共进的良好局面。并通过与文体学相结合，进一步拓展和丰富叙事作品形式层面的研究，为提高创作、欣赏和评论叙事作品的水平做出新的贡献。

上 篇
叙述学理论评析

第一章

叙述学有关"故事"与"话语"的区分

"故事"与"话语"是当今西方叙事理论中较为常见的描述叙事作品两个对应层次的概念。叙事作品的意义在很大程度上源于这两个层次之间的相互作用。以两分法来描述叙事作品是西方文学批评的传统,所以在探讨"故事"与"话语"的区分时,我们不妨对相关理论作些回顾。在当今叙述学界也出现了对两分法的修正,即三分法。但这一修正引起了理论上的混乱,本章对此将予以澄清。本章还将阐明"故事"与"话语"是否总是可以区分或绝对可以区分。

第一节 有关二分法

在西方传统文学批评中,对叙事作品层次的划分均采用两分法,如"内容"与"形式"、"素材"与"手法"、"实质"与"语气"、"内容"与"文体"等等。在研究作品的表达方式时,传统批评家一般仅注意作者的遣词造句。"手法""形式""文体"等指称作品表达方式的词语涉及的范畴通常较为狭窄,不涉及视角、叙述方式、时序的重新安排等(详见第八章)。这与小说家的创作实践有关。在法国作家福楼拜和美国作家亨利·詹姆斯之前的小说家一般不太注意视角问题。至于小说批评理论界,在 20 世纪以前往往偏重于作品的思想内容和社会功能而忽略作品的形式技巧。

以福楼拜和亨利·詹姆斯为先驱的现代小说理论对作品的形式技巧日益重视。俄国形式主义者什克洛夫斯基和艾亨鲍姆（B. Eichenbaum）率先提出了新的两分法，即"故事（素材）"或"故事（内容）"（фабула，英译为 fabula）与"情节"（сюжéт，英译为 sjužet）的区分。"故事"指按实际时间、因果关系排列的事件，"情节"则指对这些素材的艺术处理或形式上的加工。与传统上指代作品表达方式的术语相比，"情节"所指范围较广，特别指大的篇章结构上的叙述技巧，尤指叙述者在时间上对故事事件的重新安排（譬如倒叙、从中间开始的叙述等）。

法国结构主义叙述学家托多洛夫（T. Todorov）受什克洛夫斯基等人的影响，于1966年提出了"故事"与"话语"这两个概念来区分叙事作品的素材与表达形式。"话语"与"情节"的指代范围基本一致，但我们认为前者优于后者，因为用"情节"一词来指代作品的形式层面极易造成概念上的混乱（详见下一章）。"故事"与"话语"的区分在叙述学界颇有影响。美国叙述学家查特曼就用了《故事与话语》来命名他的一本论述叙事作品结构的专著。值得注意的是，在研究"话语"层次时，查特曼没有特别关注叙述者对故事时间的重新安排。①

第二节　三分法商榷

出于对叙述行为的格外重视，同时也为了消除"叙述"（récit）一词造成的混乱，法国结构主义叙述学家热奈特1972年在《辞格之三》一书中对两分法进行了修正，提出三分法：(1)"故事"（histoire），即被叙述的内容；(2)"叙述话语"（récit），即用于叙述故事的口头或笔头的话语，在文学中，也就是读者所读到的文本；(3)"叙述行为"（narration），即产生话语的行为或过程。也就是说热奈特将"话语"进一步分成了"话语"与"产生它的

---

① S. Chatman, *Story and Discourse*, Ithaca: Cornell Univ. Press, 1978.

行为"这两个不同的层次。在建构此三分模式时,热奈特反复强调了叙述行为的重要性和首要性:没有叙述行为就不会有叙述话语,也不会有被叙述出来的虚构事件。① 这个三分法颇有影响。在《叙事性的虚构作品》一书中,里蒙-凯南(S. Rimmon-Kenan)效法热奈特区分了"故事"(story)、"文本"(text)与"叙述行为"(narration)这三个层次②。里蒙-凯南将"文本"定义为"用于叙述故事事件的口头或笔头的话语",这与热奈特对"叙述话语"的定义一致。至于第三个层次,两者所下定义也相吻合。

然而,我们认为在研究文学中的叙事作品时,没有必要区分"叙述话语"和"产生它的行为或过程",因为读者能接触到的只是叙述话语(即文本)。作家写作过程中发生的事或者与作品无关,或者会在作品中反映出来,而反映出来的东西又自然成了叙述话语(或故事)的构成成分。当然,"叙述行为"也指(甚至可说主要是指)作品内部不同叙述者的叙述行为或过程。至于这些虚构的叙述者,他们所说的话与他们说话的行为或过程通常是难以分离的。元小说中对叙述行为进行的滑稽模仿则是例外。让我们看看英国作家斯特恩(Laurence Stern)所著元小说《项狄传》(*Tristram Shandy*)中的一段:

> 在我讨论了我与读者之间的奇特事态之前,我是不会写完那句话的……我这个月比 12 个月前又长了一岁,而且,如您所见,已差不多写完第四卷的一半了,但刚刚写完我出生后的第一天……

在此有两个不同的叙述过程:一是第一人称叙述者项狄叙述这段话的过程,二是项狄叙述出来的他写作这本书的过程。第一个过程读者根本看不到(仅能看到叙述出来的话);第二个过程则被清楚地摆到了读者面前。我们认为第一个过程才是真正的叙述过程;第二个过程实际上是故事内容的一部分。真正写作这本书(写完了这三卷半书)的是作者斯特

---

① G. Genette, *Figures* Ⅲ, Paris: Seuil, 1972, pp. 71—76. 热奈特的《叙述话语》为该书的一部分。

② S. Rimmon-Kenan, *Narrative Fiction*, London: Methuen, 1983, pp. 3—4.

恩而不是第一人称叙述者项狄。这段话提到的项狄写作这本书的过程纯属虚构出来的"故事事件"。作者旨在通过这些虚构事件来对真正的写作过程进行滑稽模仿。无论是在元小说还是在一般小说中，通常只有在作为（上一层）叙述的对象时，叙述行为或过程才有可能被展现在读者面前。譬如在康拉德的《黑暗之心》中，作为外围框架的第一层叙述者对主要叙述者马洛的描述：

（1）他沉默了一会。……他又沉默了一下，好像在思考什么，然后接着说——（第一章）

（2）他停顿了一下，一阵深不可测的沉寂之后，一根火柴划亮了，映出马洛削瘦憔悴的面孔，双颊凹陷，皱纹松垂，眼皮往下耷拉着，神情十分专注……火柴熄灭了。"荒唐！"他嚷道……（第二章）

毋庸置疑，任何叙述行为或过程，一旦成为上一层叙述的对象，就自然变成了上一层叙述中的故事内容。作品中未成为叙述对象的叙述过程一般不为读者所知，也可谓"不存在"。热奈特在《叙述话语》中写道：

十分奇怪的是，在除了《项狄传》之外的几乎世上所有的小说中，对故事的叙述被认为是不占时间的……文字叙述中有一种强有力的幻象，即叙述行为是不占时间的瞬间行为，而这一点却未被人们察觉。①

热奈特的这段话可证实文学作品中的叙述过程通常不可知。其实这并不奇怪。这些叙述者是"看不见、摸不着"的虚构物，读者只能读到他们说出来的话，至于他们说话时用了多少时间、做了何事或发生了何事，读者一般无从了解（除非由上一层叙述者告诉读者），因此也就当它不存在了。《项狄传》中的项狄的所谓写作过程是例外，但这一过程实际上是《项狄传》故事内容的一部分。热奈特显然未意识到这点。他将这一实质为

---

① G. Genette, *Narrative Discourse*, J. E. Lewin (trans.), Ithaca: Cornell Univ. Press, 1980, p. 222.

叙述对象的过程与其他小说中真正的叙述过程摆在同一层次上,这难免造成混乱。既然文学作品中的叙述过程通常不可知,也就无法单独分析它。我们所能分析的只是话语中反映出来的叙述者与故事之间的关系。从话语中的人称我们可判断出是第一人称还是第三人称叙述;从话语中的时态我们可判断出叙述者与故事在时间上的关系,如他讲的是已经发生了的事还是正在发生的事。话语还会反映出叙述者为何人,有几个叙述层次,它们的关系如何等等。值得强调的是,这些成分是叙述话语不可分离的组成部分,对它们的分析就是对叙述话语的分析。热奈特只能承认这一点,因为他本人在《叙述话语》中,以"语态"为题,毫不含糊地将以上列举的这些成分作为叙述话语的一个组成部分进行了分析。效法热奈特的里蒙-凯南也明确指出:"(热奈特的)叙述行为成了叙述话语的一个方面(即'语态'),结果三分法在实践中变成了二分法。"[1]里蒙-凯南接着说:"我自己注意不让三分法瓦解成二分法,我仍坚持让'叙述行为'成为一个独立的类别。这一类别由两部分组成:(1)'叙述层次和语态'(和热奈特的用法一样,'语态'指的是叙述者与故事的关系);(2)'对人物语言的描述'"。我们认为里蒙-凯南的挽救方法不仅于事无补,而且造成了新的混乱。里蒙-凯南对于为何要坚持让"叙述行为"成为一个独立的类别未在理论上做任何说明,她采取的具体措施是,一方面将(热奈特作为话语的一部分来分析的)"叙述层次和语态"与话语分离开来并将其列入"叙述行为",另一方面则将"对人物语言的描述"也分离出话语并也收入"叙述行为"这一类别。实际上,里蒙-凯南将"对人物语言的描述"也并入"叙述行为"的做法只会造成层次上的混乱。里蒙-凯南在话语(文本)这一层次分析了叙述者对人物动作和外貌的描述。毋庸置疑,叙述者对人物语言的描述与对人物动作或外貌的描述之间没有任何层次上的不同,我们没有理由将前者摆到一个不同的层次上。"对人物语言的描述"指的是

---

[1] S. Rimmon-Kenan, "How the Model Neglects the Medium," *The Journal of Narrative Technique*, 19(1989), p. 159.

"直接引语""间接引语""自由间接引语"等叙述者用于转述人物语言的不同引语形式。这些不同的引语形式与描述人物动作的不同方法一样,均为叙述话语不可分离的组成部分。

在此我们不妨对比一下荷兰叙述学家巴尔(M. Bal)的三分法。在1985年出版的《叙述学》(英译本)中,巴尔区分了"素材"(fabula)、"故事"(story)、"文本"(text)这三个层次。① "story"被界定为"对素材的特定组合方式",它与"fabula"的区分是形式与内容的区分。前文已论及俄国形式主义者对"fabula"(素材)和"sjužet"(对素材的特定组合方式)的区分。英译者毫无例外地将"fabula"译成"story"。无论是否熟悉形式主义的概念,读者见到"story"一词时一般会想到故事内容而不会想到对故事内容的特定艺术加工(譬如倒叙、总结性的叙述、展示性的叙述等形式手法)。也就是说"story"这一名称本身就会引起概念上的混乱。当然问题主要出自译者。巴尔在1977年用法语出版的《叙述学》一书中,用的是"histoire"、"récit"、"texte narratif"这三个名称。② 据其所指,在英文中可译为"story"(故事)、"narrative technique"(叙述技巧)、"narrative text"(叙述文本)。有趣的是,巴尔的三分法与里蒙-凯南的三分法在一定范围内是完全对立的。他们仅在"故事"这一层次上相吻合,在第二和第三层次上却完全不相容。被里蒙-凯南视为"文本"这一层次的三种因素(时间上的重新安排;人物塑造的方法;视角等),全被巴尔开除出"文本"这一层次,另外列入"叙述技巧"这一类别。巴尔在"文本"这一层次讨论的主要内容正是被里蒙-凯南开除出"文本"而列入"叙述行为"这一层次的内容。这种互为矛盾的现象进一步说明了三分法的弊端。所谓"文本"即叙述话语。前文已论及,被里蒙-凯南逐出"文本"的内容实际上是叙述话语不可分离的组成部分。正因为如此,这些被里蒙-凯南排挤的内容又成了巴尔"文本"这一层次中的主要成分。同样,被巴尔逐出"文本"而列入"叙述技

---

① M. Bal, *Narratology*, C. van Boheemen (trans.), Toronto: Univ. of Toronto Press, 1985.

② M. Bal, *Narratologie*, Paris: Klincksieck, 1977.

巧"的因素也是叙述话语不可分离的组成成分,里蒙-凯南在"文本"这一层次集中讨论这些因素也就不足为奇。总之,这种种混乱均源于将"文本"(叙述话语)与"叙述行为"或"叙述技巧"分离开来,摆到两个不同的层次上。实际上,后者是前者的构成成分。本书自然要摒弃三分法而沿用"故事"与"话语"这一两分法。

第三节 "话语"与"故事"的重合

"故事"与"话语"的区分必须建立在"故事"的相对独立性之上。法国叙述学家布雷蒙(C. Bremond)有一段名言:"一部小说的内容可通过舞台或银幕重现出来;电影的内容可用文字转述给未看到电影的人。通过读到的文字,看到的影像或舞蹈动作,我们得到一个故事——可以是同样的故事。"① 布雷蒙的这段话涉及不同的媒介。叙述学界公认"故事"与"话语"的区分适用于不同媒介的叙事作品。若同一故事可由不同的媒介表达出来则可证明故事具有相对的独立性,它不随话语形式的变化而变化。里蒙-凯南在《叙事性的虚构作品》一书中提出故事从三个方面独立于话语:一是独立于作家的写作风格(如亨利·詹姆斯在晚期创作中大量使用从句的风格或福克纳摹仿南方方言和节奏的风格——不同的风格可表达同样的故事);二是独立于作者采用的语言种类(英文、法文或希伯来文);三是独立于不同的媒介或符号系统(语言、电影影像或舞蹈动作)。② 不难看出,里蒙-凯南在此混淆了两个不同的范畴。她在一、二点中仅考虑了语言这一媒介内部的因素,但在第三点中讨论的却是语言与其他不同媒介的关系。既然考虑到了不同的媒介,第一点就应扩展为"独立于不同作家、舞台编导或电影摄制者的不同创作风格"。第二点也应扩展为"独立于表达故事所采用的语言种类(英文、法文),舞蹈种类(芭蕾舞、民

---

① C. Bremond, "Le message narratif," *Communications*, 4(1964), p. 4.
② S. Rimmon-Kenan, *Narrative Fiction*, p. 7.

间舞),电影种类(无声电影、有声电影——当然这不完全对应)"。因为本书的研究对象仅为小说,下文将不涉及其他媒介。

承认故事的独立性实际上也就承认了生活经验的首要性。无论话语层次怎么表达,读者总是依据生活经验来建构独立于话语的故事。《红楼梦》第六回里有这么一段话:

> 刚说到这里,只听二门上小厮们回说:"东府里的小大爷进来了。"凤姐忙止刘姥姥:"不必说了。"一面便问:"你蓉大爷在哪里呢?"

这段中的副词"一面"表示一个动作跟另一个动作同时进行。但生活经验告诉读者,凤姐不可能在对刘姥姥说话的同时问另外一个问题,因此读者在建构故事内容时不会将这两个动作视为"共时",而会将它们建构为一前一后的关系。也就是说,读者会以生活经验为依据,仅将话语层次上的"共时"视为一种夸张形式或修辞手法(用以强调凤姐的敏捷及暗示她与贾蓉的暧昧关系)。

也许有人认为在传统现实主义小说中,读者完全可以根据生活经验来建构独立于话语的故事。实际上,即使在这一类别中,有时故事也不能完全独立于话语。请看老舍的《骆驼祥子》第十九章中的一段内心分析:

> (她不准他晚上出去,也不准他好好地睡觉,他一点主意也没有,成天际晕晕乎乎的,不知怎样才好。)有时候**欣喜**,有时候着急,有时候烦闷,有时候为**欣喜**而又要惭愧,有时候为着急而又要自慰,有时候为烦闷而又要**欣喜**。感情在他心中**绕着圆圈**,把个最简单的人闹得不知道了东南西北。(黑体为引者所加)

这一段描写的是虎妞快生孩子时祥子的内心状况。祥子白天劳累,晚上又被虎妞闹腾得无法好好休息,整天晕头涨脑。在这段中,叙述者用了两组并列句和三个"欣喜"来组成一个"欣喜—烦闷—欣喜"的循环,这一话语形式给了人们两种阐释的可能性:

(一) 第1组中的"有时候">第2组中的"有时候"
第1组中的"欣喜">第2组中的"欣喜"

第(1)"欣喜">第(2)"欣喜"
第(1)"欣喜"≠第(3)"欣喜"
(二)第 1 组中的"有时候"＝第 2 组中的"有时候"
(1)"欣喜"＝(2)"欣喜"＝(3)"欣喜"

如果采用第一种阐释,这段描写的就是祥子心中有时快乐(因为快要成为父亲)、有时忧愁的矛盾的情感。如果采用第二种阐释,"欣喜"则总是源于烦闷,并总是夹杂着惭愧,也就是说"欣喜"本身变成了一种愁苦的情感,这一段也就成了忧愁情感之间的循环。如果读者以生活经验为依据,一般会采用第一种阐释。但话语形式——结构上的并列与词语的重复——则提供了第二种阐释的可能性。等待着祥子的是生产时母子双亡的悲剧。第二种阐释无疑加深了祥子的悲剧意义。当然,我们可以以生活经验为首要依据,将第二种阐释视为一种附加意义或一种修辞手法:实际上祥子的情感是又喜又忧,但话语形式使人觉得这似乎是忧愁情感之间的循环。不过,与上面《红楼梦》中的那段不同,在此我们不能完全肯定故事独立于话语而存在;根据第二种阐释(即话语形式)来建构故事也是可行的。也就是说,话语和故事有了某种程度的重合。让我们再看看钱锺书《围城》中的一段:

(方鸿渐和鲍小姐)便找到一家门面还像样的西菜馆。谁知道从冷盘到咖啡,没有一样东西可口;上来的汤是凉的,冰淇淋倒是热的;鱼像海军陆战队,已登陆了好几天;肉像潜水艇士兵,会长时期伏在水里;除醋以外,面包、牛油、红酒无一不酸。

读者也许会根据生活经验推断出冰淇淋不可能是"热"的,这是话语上的夸张。但究竟是不够冰、不够凉还是温的却无从判断,或许它确实是热的?在此读者已无法依据生活经验来建构独立于话语的故事内容。同样,读者很可能会怀疑肉曾"长时期"泡在水里,但只能怀疑,无法确定。一般在传统现实主义小说中,读者能根据生活经验来建构故事,并确切推断出作者在话语上进行了何种程度的夸张。在《围城》的这一段中,我们却难以依据生活经验将话语形式与故事内容分离开来。这也许与钱锺书受现代派的影响不无关系。当然,在现代派小说中,"故事"与"话语"并非总是难以区分。我们不妨看看下面这两个取自现代派小说的例子:

(1) 鲍勃·考利伸出他的爪子,紧紧抓住了黑色深沉的和弦。(詹姆斯·乔伊斯《尤利西斯》)

(2) 荒野拍打过库尔兹的脑袋,你们瞧,这脑袋就像个球——一个象牙球。荒野抚摸了他——看!他已经枯萎了。荒野曾捉住他,爱他,拥抱他,钻进他的血液,吞噬他的肌肤,并通过不可思议的入门仪式,用自己的灵魂锁住了他的灵魂。(康拉德《黑暗之心》)

例一描述的是鲍勃·考利弹奏钢琴时的情景。因为弹钢琴是读者较为熟悉的具体活动,因此在阅读时一般会依据生活经验推断出考利伸出的是手而不是爪子,他只可能弹奏键盘,不可能抓住和弦音,乐声也不可能带颜色。遇到这种句子,读者往往会进行双重解码:一是对句中体现的非同寻常的眼光的诠释,二是对事物"本来面貌"的推断。在例一中,这两者之间的界限仍比较清楚,因此,尽管该例取自《尤利西斯》这一典型的现代派小说,"故事"与"话语"的区分对它依然适用。与例一相对照,在例二中,读者很难依据生活经验建构出独立于话语的现实。康拉德在《黑暗之心》中,大规模采用了象征手法,荒野可以说是黑暗人性的象征,它积极作用于库尔兹,诱使他脱离文明的约束,返回到无道德制约的原始本能状态。在作品中,荒野持续不断地被赋予生命、能动性和征服力。在这一语境中,读者对于荒野的常识性认识(无生命的被动体)一般会处于某种"休眠"状态,取而代之的是作者描述出来的富有生命、施动于人的荒野形象。也就是说,"话语"在某种意义上创造出一种新的"现实",因而模糊了两者之间的界限。当然,跟卡夫卡的《变形记》那样的作品相比,《黑暗之心》在这方面走得不是太远。

在现代派小说中(后现代派小说更是如此),"故事"常常不同程度地失去了独立性,话语形式的重要性则得到增强。安东尼·伯吉斯(Anthony Burgess)指出:尽管小说家同诗人一样用语言进行创作,但对语言的利用程度却大不一样。他认为可依据小说家对语言的利用程度将他们分为两类。一类使用"零度"语言或透明的语言,既无隐含意义也不模棱两可。他们的作品远离诗歌而接近于电影,如果用电影来表达效果会更好。另一类小说家则注重语言的模糊性,着意利用语言的晦涩、双关或离心性的内涵。他们的作品不仅是由人物和事件构成的,也是由文字构成的。如果改用影视声像来表达则会损失惨重。① 也许有的读者会毫不迟疑地将传统现实主义作家归于第一类,而将现代派和后现代派作家归于第二类。但我们应该看到,即使是传统现实主义作家也很少有人用"零度"语言——用电影来表达狄更斯、简·奥斯丁、托尔斯泰等人的作品,恐怕也难以取得"更好"的效果。真正属于第一类的只有像德莱塞的《嘉莉妹妹》这样的少数传统现实主义作品以及侦探故事、历险记等以情节取胜的作品。不少传统现实主义作家和现代派作家都注重对语言的利用,但我们也不能将他们归为一类。现代派、后现代派作家一般具有更强的语言意识。不少现代派作家受象征美学影响很深,刻意利用语言的模糊性,广泛采用晦涩离奇的象征和比喻。有的现代派作家还蓄意打破语法常规、生造词汇、歪曲拼写,不少后现代派作家更是打破各种叙述常规,这对于依据生活经验来建构故事内容造成了困难。其实,在一些实验性很强的作品中(如乔伊斯的《尤利西斯》《为芬尼根守灵》),对语言的利用革新已成为作品的首要成分。如果说在传统现实主义小说中,话语和故事只是偶有重合,那么在现代派和后现代派小说中,话语与故事的重合则屡见不鲜。读者常常感到不能依据生活经验来建构独立于话语的故事,有些段落甚至是无故事内容可言的纯文字或纯叙述"游戏"。

此外,有的现代派小说完全打破了客观现实与主观感受之间的界限,

---

① See G. Leech and M. Short, *Style in Fiction*, London: Longman, 1981, p. 27.

卡夫卡的《变形记》就是一个典型的例子。这一短篇小说描写的是一位推销员丧失人形，变成一只大甲虫的悲剧。尽管读者可根据生活经验推断出人不可能变为甲虫，这只是话语层面上的变形、夸张和象征，实际上在作品中我们根本无法建构一个独立于话语、符合现实的故事。我们必须承认《变形记》中的故事就是一位推销员丧失人形变成一只大甲虫的悲剧。像《变形记》这样的现代派小说在构建新的艺术现实上有新的发展。在传统现实主义小说中仅仅被视为话语层次上的主观夸张和变形的成分（与阅读神话和民间故事不同，在阅读小说时，读者一般依据生活经验来建构故事），在这样的现代派小说中也许只能视为故事的内容。

有趣的是，在 20 世纪的第三人称小说中，叙述者常常采用的一种被称为"人物的认知方式"（mind-style）①的叙述手法，可以说在一个不同的意义上导致了话语与故事的重合。在传统上的第三人称小说中，叙述话语一般体现的是叙述者客观可靠的眼光。但如果叙述者采用"人物的认知方式"的手法，就会在叙述话语这一层次上改用故事中某一有特色的人物的眼光。英国当代小说家威廉·戈尔丁（William Golding）在《继承人》（*The Inheritors*）一书中突出地采用了这一手法。试比较下面几种不同叙述眼光：

（1）一个男人举起了弓和箭……他将弓拉紧箭头对着洛克射了过来。射出的箭击中了洛克耳边的死树，发出"嚓！"的一声响。（第五章）

（2）一个男人举起了弓和箭，洛克还以为是一根棍子竖了起来，他不认识箭头，以为是棍子中间的一块骨头……当那人将弓拉紧射向他时，他还以为是棍子两端变短后又绷直了。射出的箭击中了他耳边的死树，他只觉得从那棵树传来了一个声音"嚓！"

---

① See R. Fowler, *Linguistics and the Novel*, London: Metheun, 1977, pp. 103—113; Dan Shen, "Mind-style," in D. Herman et. al (eds.), *The Routledge Encyclopedia of Narrative Theory*, London: Routledge, 2005, pp. 566—567.

(3) 一根棍子竖了起来，棍子中间有块骨头……棍子的两端变短了，然后又绷直了。洛克耳边的死树得到了一个声音"嚓！"

〔(3)为紧扣原文的翻译；(1)与(2)为意译〕

《继承人》叙述的是史前期一个原始部落被智人灭绝的故事。洛克是原始部落的一员，他不认识智人手中的武器也不能理解智人的进攻行为。不难看出，(1)与(2)均采用了传统上的叙述手法，但在(3)中(即《继承人》的原文中)，洛克的眼光则完全取代了叙述者的眼光，叙述话语体现的是洛克的认知方式。从(2)中可清楚地看出，洛克的眼光是故事内容的一部分，是叙述的对象；但在(3)中，洛克的眼光却被置于叙述话语这一层次，成为叙述者眼光的替代者。我们应该认清在(3)中洛克的眼光既属于叙述话语又属于故事内容的双重性质。

英国文体学家利奇(G. Leech)和肖特(M. Short)指出，根据传统上对"内容"与"文体"的区分，只能将(3)中洛克的眼光视为内容本身，不能将"一根棍子竖了起来，棍子中间有一块骨头"与"一个男人举起了弓和箭"视为对同一内容的不同表达形式。① 这显然很片面。这一片面性源于这一两分法的局限性。传统上的"内容"这一概念涉及的是语义这一层次。"对同一内容的不同表达形式"指的是语义(意思)相同但句型、词语(各种同义词)、标点等方面不同的句子。"李教授在宴会后讲了番话"与"宴会完了以后，李教授做了一番讲演"可视为对同一内容的不同表达形式。然而，"小王的生日是6月4号"与"昨天是我的生日"(小王6月5日说)则不能被视为对同一内容的不同表达形式，因为尽管这两句话指的是同一件事，但它们在语义上不尽相同，因此只能被视为内容不同的句子。"一根棍子竖了起来，棍子中间有一块骨头"与"一个男人举起了弓和箭"也是语义相左但所指相同的句子。按照传统上的二分法，只能将它们的不同视为内容上的不同，因而也就无从探讨它们所体现的两种不同眼光所产生的不同文体效果。"故事"与"话语"的区分则摆脱了这一局限性。

---

① G. Leech and M. Short, *Style in Fiction*, pp. 32—33.

"故事"涉及的是"所指"这一层次。两句话,只要"所指"一致,哪怕语义相左,也会被视为对同一内容的不同表达形式。这样我们就可以探讨人物不同眼光所产生的不同文体效果。但我们要避免走向另一极端。不少采用"故事"与"话语"之区分的批评家在研究第三人称叙述中处于话语层次的人物特有的眼光时,忽略了人物的眼光同时是故事内容的组成成分这一性质。我们须认清"人物认知方式"的双重属性;而承认它的双重属性也就承认了故事与话语在一种不同意义上的重合。至于第一人称叙述,我们又该如何看待叙述者的眼光呢?第一人称"我"兼有两个主体:一是讲故事时的"叙述主体",二是经历故事事件时的"体验主体"。一位老人叙述他年轻时发生的事情时,老人(叙述主体)的眼光属于话语这一层次,而老人叙述出来的他年轻时(作为体验主体)的眼光则属于故事这一层次。如果老人放弃目前的眼光而改用年轻时经历事件时的眼光,则也会发生类似的话语与故事的重合(参见第九章第一节)。

如前所述,叙述话语的一个重要构成成分为文本时序。在现代派小说中,时序的颠倒错乱是惯有现象。但除了格特鲁德·斯坦因(Gertrude Stein,1874—1946)这样"将时钟捣碎并将它的碎片像撒太阳神的肢体一样撒向了世界"[①]的极端例子,现代派作品中的时序一般是可以辨认的。故事事件向前发展的自然时序为事态时序,叙述者在话语层次上做的重新安排(倒叙、跳动性或交叉性叙述等)为叙述时序。无论叙述时序如何错乱复杂,读者一般能重新建构出事态时序。也就是说话语与故事在这一方面一般不会重合。

故事与话语的区分是以二元论为基础的。西方批评界历来有一元论与二元论之争。持一元论的批评家认为不同的形式必然会产生不同的内容,形式与内容不可区分。持二元论的批评家则认为不同的形式可表达出大致相同的内容,形式与内容可以区分。一元论在诗歌批评中较为盛

---

① E. M. Forster, *Aspects of the Novel*, Harmondsworth: Penguin, reprinted 1966, p. 48.

行;二元论则在小说批评中较有市场。令人费解的是,率先提出故事与话语之区分的托多洛夫竟不止一次地陈述了一元论的观点。他在《文学与意义》一书中写道:"意义在被发现和被表达出来之前是不存在的……如果表达方式不同,两句话不可能有同样的意义。"①里蒙-凯南指出:"托多洛夫在此含蓄地否定了用不同媒介表达出同一故事的可能性(甚至否定了在某一媒介内用不同的叙述方式表达出同一故事的可能性)。"②在《文学作品分析》一文中,托多洛夫也写道:"在文学中,我们从来不曾和原始的未经处理的事件或事实打交道,我们所接触的总是通过某种方式介绍的事件。对同一事件的两种不同的视角便产生两个不同的事实。事物的各个方面都由使之呈现于我们面前的视角所决定。"③托多洛夫的一元论观点与他提出的故事与话语的区分相矛盾。倘若不同的话语形式本身就能产生不同的事实,话语与故事自然无法区分。我们认为托多洛夫的一元论观点有走极端之嫌。在前文引述的《继承人》的那段中,原始人洛克将"一个男人举起了弓和箭"这件事看成是"一根棍子竖了起来,棍子中间有块骨头"。按照托多洛夫的观点,我们只能将洛克离奇的视角当作事实本身。而如果我们将"一根棍子竖了起来,棍子中间有块骨头"视为事实本身,洛克的视角也就不复存在了。值得注意的是,在《继承人》中,叙述者并未告诉读者洛克看到的实际上是"一个男人举起了弓和箭"这件事;这是读者依据生活经验和上下文,透过洛克的无知视角建构出来的,批评界对这一事实没有争议。倘若将视角与事实画等号,事实自然会取代视角,视角也就自然消失了。在此,我们不妨看看凯瑟琳·曼斯菲尔德的短篇小说《一杯茶》中的一段:

---

① T. Todorov, *Littérature et signofication*, Paris: Larousse, 1967.
② S. Rimmon-Kenan, "How the Model Neglects the Mediumn," *The Journal of Narrative Technique*, 19(1989), p. 160.
③ 王泰来等编译:《叙事美学》,重庆:重庆出版社,1987年,第27页。

她出了商店,站在台阶上,呆呆地看着这个冬日的黄昏……刚刚亮起来的路灯显得悲哀。对面屋子里的灯光也同样悲哀,暗暗地亮着,好像在为什么事感到遗憾。行人躲在讨厌的雨伞下匆匆走过。罗斯·玛丽感到了一种莫名的痛楚。

这一段体现的是女主人公罗斯·玛丽的视角。她在一个商店看上了一件精美的艺术品,但价格昂贵,她买不起,只好极度失望地空手走出来。由于心情不好,她看什么都不顺眼,灯光在她眼中"显得悲哀"、"好像在为什么事感到遗憾",雨伞也成了"讨厌"之物,但读者不会将这些视为"事实",这仅仅体现了罗斯·玛丽的视角,事物本身并非如此。不难看出,叙述者正是通过人物眼光与事物的不一致来微妙而有力地刻画人物的心情;作品的艺术性正蕴含于人物眼光与事实的相左之处。人物视角可反映出人物的心情、价值观、认识事物的特定方式等等,但一般不会改变所视事物,产生新的事实。同样,无论叙述者如何打乱时序,话语上的时序一般不会产生新的"事实上"的时序。不同的语言种类,不同的文体风格、不同的叙述方式等等一般都不会产生不同的事实或事件。

尽管托多洛夫在理论上自相矛盾,他在分析实践中表现出来的基本上仍为二元论的立场。其他叙述学家一般均持较强硬的二元论立场,强调故事是独立于话语的结构。我们赞同叙事作品分析中的二元论,但认为不应一味强调故事与话语可以区分①。如前文所示,故事与话语有时会发生重合,这在现代派小说中较为频繁。当故事与话语相重合时,故事与话语的区分也就失去了意义。只有认清这点,才能避免偏激和分析中的盲目性。

在结束本章之前,还需要指出的是,故事与话语的区分还有另一种表现形式。著名法国结构主义批评家巴特(R. Barthes)在《叙事作品结构

---

① 详见笔者另文"Defense and Challenge: Reflections on the Relation Between Story and Discourse," *Narrative* 10(2002):222—243。

分析导论》中,建议把叙事作品分为三个描述层:"功能"层、"行动"层和"叙述"层。① 前两个层次均属于"故事"范畴,最后一个层次大体相当于"话语"层。"功能"层包括依据功能而定的种种叙事单位;"行动"层涉及依据人物的行动范围来对人物进行分类。巴特说:"这三层是按逐步结合的方式互相连接起来的:一种功能只有当它在一个行动者的全部行动中占有地位才具有意义,行动者的全部行动也由于被叙述并成为话语的一部分才获得最后的意义,而话语则有自己的代码。"②但值得注意的是,巴特的功能层不仅包括人物的行为功能,而且包括"标志"这种非行为性质的功能(详见下一章第二节)。至少就后者而言,功能层和行动层之间的关系并非从属关系,因为"功能"往往是依据一个叙事单位在故事中的作用来界定,而不是依据其在某个行动者的行动中的地位来界定。这点可用巴特自己的分析来证实:

> 功能有时由大于句子的单位(长短不一的句组,以致整个作品)来体现,有时由小于句子的单位(句子的组合段,单词,甚至只是单词中的某些文学成分)来体现。当作者告诉我们,庞德在情报处的办公室里值班,电话铃响了,"他拿起四只听筒中的一只",四这个符素单独构成一个功能单位,因为该符素使人想到整个故事所不可缺少的一个概念(先进的官僚技术的概念)。③

不难看出,巴特在判断"四"这个符素的功能时,考虑的是它在整个故事中的作用,而非在庞德的行动中的地位。实际上,行动者的行为也须依据其在整个故事中的作用来衡量。可以说,功能层和行动层与叙述层具有同样的关系,两者均"由于被叙述并成为话语的一部分才获得最后的意义"。功能层和行动层——"情节"和"人物"——相互依存,共同构成故事。巴特的三分法使我们清楚地看到了叙述学通常涉及的三个对象:(故

---

① 王泰来等编译:《叙事美学》,第 67 页。
② 同上。
③ 巴特:《叙事作品结构分析导论》,王泰来等编译:《叙事美学》,第 69—70 页。

事范畴内的)情节、人物和(与故事相对照的)叙述话语。我们将在下面两章中分别探讨叙事理论中的情节观和人物观。至于叙述话语,则有待最后三章来探讨。

第二章

叙述学的情节观

情节这一概念在国内批评界迄今未引起争论。在西方,20世纪以前一般也认为该概念较为明了。但20世纪初以来,随着俄国形式主义和欧美结构主义叙述学对情节结构的不断探讨,"情节"的内涵越来越丰富,同时也逐渐变得界限不清。在评介不同叙述学家对情节的研究之前,我们首先有必要澄清在"情节"这一概念上的混乱。

第一节 为何"情节"这一概念已变得极为模糊?

谈及形式主义和结构主义叙述学,批评家一般总要提及这两个流派在情节研究方面做出的贡献。然而里蒙-凯南在1983年发表的《叙事性的虚构作品》一书中,尽管用了大量篇幅评介这两个流派对叙事作品的研究,却竭力避免使用"情节"一词,因为在她看来,这是一个"在一般批评实践中已变得极为模糊的词"。[①] 究竟为何"情节"一词,或更确切地说,这一概念已变得"极为模糊"? 对此,里蒙-凯南未做任何说明,而这正是本节希望阐明的问题。

[①] S. Rimmon-Kenan, *Narrative Fiction*, p. 135.

一般认为,俄国形式主义对情节持同一看法:它不把情节视为叙事作品内容的一部分,而看成是其形式的组成部分。它把"情节"与"故事"截然区分开来。"故事"指的是作品叙述的按实际时间、因果关系排列的所有事件,而"情节"则指对这些素材进行的艺术处理或在形式上的加工,尤指在时间上对故事事件的重新安排。值得一提的是,形式主义对"故事"有两种不同理解。一是作品描述出来的一系列事件,二是"实际上发生了的事"。① 但文学作品中的故事往往是虚构出来的,这些虚构的故事只可能存在于作品的文字描写之中(这是文学作品与新闻报道的本质区别)。当然,读者可根据经验或文学惯例来推断作品所讲述的故事是否完整,有哪些部分被省略。在结构主义叙述学的模式中,"故事"被清楚地解释为"从作品中得到的且按其自然顺序排列出来的被叙述的事件"。②

形式主义的情节观在结构主义叙述学的模式中又进一步得到解释。西摩·查特曼指出:结构主义认为每部叙事作品都有两个组成部分:其一是"故事",即作品的内容;其二是"话语",即表达方式或叙述内容的手法。他认为,与形式主义有关的"故事"与"情节"的区分相对应,在结构主义的"故事"与"话语"的区分中,情节属于"话语"这一层次,它是在话语这个层面上对故事事件的重新组合。"每一种组合都会产生一种不同的情节,而很多不同的情节可源于同一故事。"③

然而,有的俄国形式主义者和几乎所有结构主义叙述学家研究的"情节"并非处于话语这一层次。且以在形式主义和叙述学之间起了某种桥梁作用的俄国民俗学家普洛普为例。普洛普所著《民间故事形态学》是20世纪20年代俄国文评里最有影响的著作之一,一般认为此书开了结构主义叙述学之先河。④ 普洛普的研究旨在从各种各样的民间故事中抽

---

① S. Chatman, *Story and Discourse*, p. 20.
② S. Rimmon-Kenan, *Narrative Fiction*, p. 3.
③ S. Chatman, *Story and Discourse*, pp. 19—20 and p. 43.
④ V. Propp, *Morphology of the Folktale*, Austin: Univ. of Texas Press, 1968. 参见罗钢:《叙事学导论》,昆明:云南人民出版社,1994年,第24—49页。

象出它们共同具有的模式,以便对它们进行有效的分类。他对以往根据人物的特征划分民间故事类型的方法十分不满,因为故事中的人物千变万化,很难找出供分类用的不变因素。他从结构主义的立场出发,指出民间故事的基本单位不是人物,而是人物在故事中的行为功能。在他研究的一百个民间故事中,尽管人物的名字和特征变化无常,人物的行为功能却只有31种,其中最后7种是:

25. 一个艰巨的任务交给了主人公。
26. 任务完成了。
27. 主人公被辨认出来了。
28. 假主人公或坏人被揭露。
29. 主人公获得新的外貌。
30. 坏人受到惩处。
31. 主人公成婚并登基。

这里的"主人公""假主人公"等都是根据人物的行为功能抽象出来的角色。每种角色可由不同的人来担任,如"坏人"这一角色可由"巫婆""妖魔""巨人""强盗"或"蛇"等来担任。行为功能就是这些特定的角色在"情节"中所起的特定作用。任何一种功能都可通过不同的事件来体现。譬如坏人无论是被打、被罚、被杀都可体现"坏人受到惩处"这一功能。这些用于组成情节的行为功能是恒定不变的因素。普洛普认为下面这些故事事件具有同样的情节:

1. 沙皇送给主人公一只鹰,这只鹰把主人公载运到了另一王国。
2. 一位老人给了苏森科一匹马。这匹马把他载运到了另一王国。
3. 公主送给伊凡一只戒指。从戒指里跳出来的年轻人把他运送到了另一王国。

这些事件尽管内容相异,但体现了同样的行为功能,故具有同样的情节。普洛普抽象出来的行为功能体现了故事事件的共性,为分类提供了可靠的依据。值得强调的是,无论故事情节包含多少种功能(任何故事都不会囊括所有31种),这些功能均固定不变地按普洛普总结出来的自然发展顺序排列。毋庸置疑,这些总是按故事发展的自然时序排列的行为功能不是对故事事件的艺术处理或在形式上的加工,而是对事件内容本身的一种抽象。

普洛普的情节观与俄国形式主义者什克洛夫斯基和艾亨鲍姆等人的情节观形成了鲜明对照。什克洛夫斯基率先提出"情节与故事"这一区分。但他的目的决非在于对民间故事有效地进行分类,而是旨在把"技巧"与"素材"的区分运用于对叙事作品的分析。① 在探索情节时,他集中关注作者在话语这一层次上对故事素材进行的各种艺术处理,尤为重视重新安排时间的各种叙述技巧,如从故事中间或结尾开始的叙述或偶尔的倒叙等。什克洛夫斯基偏爱18世纪英国作家劳伦斯·斯特恩的《项狄传》这种专门对话语技巧进行各种试验,利用话语来打断或延迟故事发展的小说。正如塞尔登(R. Selden)指出的,什克洛夫斯基分析的情节"实际上是打破对事件的正常组合的技巧"。② 什克洛夫斯基的形式化倾向十分严重。譬如他把《罪与罚》一书中拉斯果尼可夫与斯维德里加洛夫之间有关灵魂不亡的对话仅仅看成为了制造悬念而设置的故意拖延的技巧。在某种意义上,他完全把叙事作品当作一种建筑艺术,注意分析其中的框架、平行或并置结构、阶梯式多层结构、延迟结构、重复或节外生枝等各种建构技巧。什克洛夫斯基认为情节就是"讲故事的过程中所用的所有'技巧'的总和"③。

诚然,普洛普与什克洛夫斯基在一些根本问题上有共同之处。两者均将注意力集中于作品本身,无视作品以外的任何因素,仅以作品的结构或结构之间的关系等内在规律作为研究对象。但应该看到他们研究的情

---

① V. Erlich, *Russian Formalism*: *History-Doctrine*, New Haven: Yale Univ. Press, 1981, p. 240.

② R. Selden, *A Reader's Guide to Contemporary Literary Theory*, Sussex: Harvester, 1985, p. 12.

③ V. Erlich, *Russian Formalism*: *History-Doctrine*, p. 242. See V. Sheklovsky, "Art as Technique," in L. Lemon and M. Reis (eds.), *Russian Formalist Criticism*, Lincoln and London: Univ. of Nebraska Press, 1965, pp. 51—57.

节分别处于故事和话语这两个截然不同的层次上。普洛普研究的是按自然逻辑关系排列的故事事件的行为功能。而什克洛夫斯基对这些事件的功能丝毫不感兴趣,只注意作家对这些事件进行的各种艺术加工。具体地说,两者的情节观之间存在下面这些迥然相异之处:(1)普氏注重的是故事的中心结构,而什氏注重的却是节外生枝等形式技巧。(2)普氏关心的是受故事发展约束的、必不可少的叙事成分,而什氏关心的却是作品不受故事发展约束的、可有可无的自由成分。(3)普氏研究的是民间故事中的不变成分,什氏研究的却是话语技巧这一可变成分(譬如,故事可以倒叙也可正叙)。(4)普氏探索的是不同的故事所具有的共同功能,而什氏探索的是作品在话语这一层次上对故事进行的特定艺术组合。正如查特曼所言,"每一种组合都会产生一种不同的情节,而很多不同的情节可源于同一故事"。由于普洛普分析的情节不属于话语这一形式层次,而是对故事事件本身的一种抽象,就只能得出截然相异的结论:不同的故事只要具有相同的行为功能就具有相同的情节,很多不同的故事可源于同一情节。(5)由于什克洛夫斯基的情节观仅注重技巧,因此倒叙、插叙等在话语这一层次上的加工技巧就占据了中心位置,受到格外重视。而在普洛普的情节模式中,这些技巧却毫无市场,因为所有行为功能都按永远不变的自然逻辑顺序排列。(6)什克洛夫斯基分析的情节"实际上是打破对事件的正常组合的技巧",其功用在于创造性地使事件变形,从而使事件具有陌生新奇的面貌,因此他的情节观与"陌生化"效果密切相连(有关"陌生化",详见第八章第一节)。而普洛普的情节由民间故事中恒定不变的行为功能组成,根本谈不上"陌生化"的效果。如果用什克洛夫斯基的情节模式去分析行为功能起主要作用的民间故事,显然会误入歧途,行为功能会全然被忽视。而用普洛普的情节模式来分析《项狄传》这部被什克洛夫斯基尊为世界文学中最典型的小说,也只会步入死胡同,因为这是一部专门对话语技巧进行各种试验的小说,行为功能不仅不连贯,而且处于十分次要的地位。

普洛普与什克洛夫斯基的情节观代表了两种不同的研究倾向。令人遗憾的是,在迄今为止的理论评介中,这两种情节观之间的本质差异一直被忽略或被掩盖。这无疑是造成"情节"这一概念模糊不清的主要原因。其实,几乎所有结构主义叙述学家分析的"情节"均属于故事这一层次,有的属于故事的表层结构,有的属于故事的深层结构。①

第二节 故事范畴的情节研究

法国结构主义叙述学家布雷蒙(C. Bremond)也对故事中人物的行为功能感兴趣。但他对普洛普列举一连串功能的做法有异议,认为在探讨情节时应注重研究每一功能为故事发展的下一步提供了哪些可能性,当然只有一种可能性会被人物选择或会被发现。② 就拿射箭来说吧,拉紧弓把箭头对准目标时,出现了两种可能性:"实现的可能性"(把箭射向目标)和"不实现的可能性"(不把箭射出去)。若箭射出,就又出现了两种可能性:成功和失败。布雷蒙注重的是故事表层结构的发展逻辑。但正如美国批评家卡勒(J. Culler)所言,行为功能是故事事件在整个故事中起的作用,每种行为功能都是由接下去的一连串行为功能限定的,只有确知了后面已发生的事,才能确定前面事件的功能。③ 布雷蒙的方法从结构分析的角度来看实际上是不科学的。也可以说,布雷蒙研究的是情节发展的过程,而不是情节结构。值得一提的是,布雷蒙以叙事逻辑为出发点,提出了功能的上一层单位:序列。一个基本序列由三种有逻辑关联的功能组成,体现出任何变化过程的三个必然阶段:可能性的出现——实现可能性的过程——由此产生的结果。无论作品多长多复杂,都是由通过

---

① See G. Prince, "Narratology", in M. Groden and M. Kreiswirth (eds.), *The Johns Hopkins Guide to Literary Theory and Criticism*, Baltimore: The Johns Hopkins Univ. Press, 1994, pp. 524—527.

② C. Bremond, *Logique du récit*, Paris: Seuil, 1973.

③ J. Culler, *Structuralist Poetics*, London: Routledge, 1975, pp. 208—210.

不同方式交织在一起的序列构成的。①

　　法国结构主义人类学家列维-斯特劳斯(C. Lévi-Strauss)认为普洛普抽象出来的行为功能太接近于一目了然的人物行为,未能反映出叙事作品中更根本的结构。他在《结构人类学》一书中指出:神话的基本单位是神话素(mytheme),即组成神话的基本因素,正如音素(phoneme)是组成词的基本因素一样。② 神话素在所有神话故事的基本结构里均呈同一互相对应的双重对立形式,可用如下公式来表示:

　　　　A:B::C:D(即 A 与 B 的对立相当于 C 与 D 的对立)

在《俄狄浦斯王》这一神话故事中,A 与 B 的对立就是过分重视血缘关系与过分轻视血缘关系之间的对立;C 与 D 的对立则是否认人由大地所生与肯定人由大地所生之间的对立。A、B、C、D 这四种神话素是由具有同样功能特征的四组事件来体现的。如 A"过分重视血缘关系"代表的是俄狄浦斯娶其母和安提哥涅不顾禁令葬其兄等具有同样功能特征的一组事件,而 B"过分轻视血缘关系"则由俄狄浦斯弑其父和伊托克利斯杀其兄等事件来体现。与这一双重对立结构无关的故事事件一般会被忽视,因为它们被认为与故事的基本结构无甚关联。但先定好一个基本结构然后选择与其相关的事件这一过程本身具有很大的任意性。列维-斯特劳斯对神话逻辑的研究对叙述学的形成产生了较大影响。他总结出来的基本结构无疑是故事的"深层结构",可生成与普洛普排列出来的一连串行为功能基本对应的表层结构。但值得注意的是,列维-斯特劳斯的这一基本结构是静止的,完全忽略了故事向前发展的过程,而普洛普更注重行为功能随时间向前发展的顺序。列维-斯特劳斯关心的是神话素之间的逻辑关系,关心的是故事深层里的母结构(它反映出原始人的思维逻辑)。

---

　　① 详见布雷蒙:《叙述可能之逻辑》,张寅德编选:《叙述学研究》,北京:中国社会科学出版社,1989 年,第 153—175 页。

　　② C. Lévi-Strauss, *Structural Anthropology*, New York: Doubleday Anchor Books, 1968.

另一法国结构主义叙述学家格雷马斯(A. J. Greimas)也认为普洛普的研究较为表面化,未反映出叙事作品的本质结构。他在《语义结构》一书中,采用对句子进行语义分析的方法来分析叙事作品。[1] 在格雷马斯看来,就像语言中句子的基本语法恒定不变一样,叙事作品的表层内容尽管千变万化,深层结构里的"语法"也是恒定不变的。他认为二元对立是产生意义的最基本的结构,也是叙事作品最根本的深层结构。他根据叙事作品中人物的功能将他们抽象为六种行动者(或"行动素"),这六种行动者(或"行动素")构成三类对立,即:

主体/客体;　发送者/接受者;　帮助者/反对者

这三类对立与几乎出现在所有叙事作品中的三种基本模型相对应:

(1) 欲望、寻找或目标(主体/客体)
(2) 交流(发送者/接受者)
(3) 辅助性的帮助或阻碍(帮助者/反对者)

它们之间的结构关系可用下面这一图表来表示:

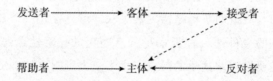

这一模式表明:主体(主人公)对客体(如公主)的寻求得到帮助或受到阻碍,被寻求的对象被发送者摆到可获取的位置上。连接主体与接受者的虚线表明这两者可为一体:即主人公在为他自己寻求。格雷马斯认为这一基本结构中的内在张力及其走向构成叙事作品的本质。与列维-斯特劳斯一样,格雷马斯注重的是故事深层结构中的逻辑关系,而不是表层事件体现的一连串行为功能。

---

[1] A. J. Greimas, *Sémantique structurale*, Paris: Larousse, 1966. See R. Selden, *A Reader's Guide to Contemporary Literary Theory*, pp. 59—60.

法国叙述学家托多洛夫对整个叙事作品进行了较为详尽的研究,但他对情节的研究仍基本停留在故事这一层次。托多洛夫认为叙事作品的结构跟句子的结构十分相似。在他看来,组成情节的最小单位为"命题"或"叙述句",我们可以用叙述句来描述上文谈及的一组事件:

1. X 是位老人　2. Y 是位年轻人
3. Z 是一匹马　4. X 把 Z 送给 Y
5. Z 把 Y 载运到了另一王国

其中 XYZ 是主语,余下为谓语部分。无疑,完全可用分析句法的方法来分析这些叙述句。托多洛夫根据分析句子语气的法则把叙述句分为"陈述性""条件性""强制性""祈愿性"和"预言性"等五类。谓语可分为动词性谓语和形容词性谓语两大类(名词归为形容词一类)。而动词性谓语又可分为以下三类:一类的功用在于改变人物的境遇,一类的功用为干某种坏事,还有一类的功用为惩罚罪人。情节的类型可根据占主导地位的动词谓语的类别来划分。形容词性谓语也被分为状态、性质和条件三大类。托多洛夫不仅分析了"叙述句"这一构成情节的基本要素(与普洛普的"功能"相对应),还进一步研究了"序列"这一更高的叙事单位(这与布雷蒙相仿)。一个序列为一组叙述句构成的一个完整的叙事片断。理想地说,它包括从静止状态(譬如和平状态)——不平衡(由于敌人的入侵)——重新达到平衡(通过击败敌人,取得新的和平)这样的发展过程。作品一般包含一个以上的序列,序列之间的组合有三种可能性。第一种为镶嵌型(即序列中嵌入序列),第二种为连接型(一个个序列相连接而互不交错),第三种为交叉型或交织型(譬如把第一个序列中的一个句子插入第二个序列)。这三种基本形式之间还可以相互组合。①

我们在前一章中提到,巴特在《叙事作品结构分析导论》中,建议把叙事作品分为"功能""行动"和"叙述"三个描述层。对于小说表层情节结构

---

① 详见 T. 托多洛夫:《文学作品分析》,王泰来等编译:《叙事美学》,1987 年,第 46—54 页。

的分析来说,巴氏针对"功能层"提出的分析模式也许是最有实用价值的。① 在巴特看来,构成叙事作品的各种功能可分为两大类:分布类和结合类。第一类相当于普洛普所说的功能,由按前后关系出现的行动来体现。第二类包括所有的"标志",涉及的不是动作而是概念,如有关人物性格、身份的标志。往往在不同地方出现的好几个标志会使人想到同一个所指概念,故为"结合式"。有的叙事作品功能性强(如民间故事),有的叙事作品则标志性强(如"心理"小说)。就"功能"这一类来说,还可分为"核心"(充当作品真正铰链的基本功能)和"催化"(用于填充把功能的铰链隔开的叙事空隙)。同样,"标志"这一大类也可分为两小类。其一包括反映性格、情感和气氛的严格意义上的"标志",其二包括用以说明身份和确定时间和空间的"信息"。一个叙事单位可以同时属于两个不同的类别。如在候机室里喝杯威士忌可以作为表示等待(这一核心)的催化,也同时是某种气氛(如现代化、轻松、回忆等)的标志。这些不同单位之间组合的规律是:信息和标志自由结合,催化依附于核心。核心之间的组合靠的是一种互相支持的关系。一组由连带关系结合起来的核心构成一个可以命名的序列(如"诱惑""舞弊""契约""背叛"等等)。小的序列可以作为一个较大的序列之内的一项来发挥作用。巴特对弗莱明(Ian Fleming)《金手指》(Gold Finger)的第一个插曲进行了如下序列分析:总的序列为"调查",包括"相遇""请求""立约"这三项,"相遇"本身为一个序列,包括"走近""询问""致礼""就座"这四项,而"致礼"本身作为一个序列又包括"伸手""握手""松手"这个微型序列。不难看出,巴特旨在从功能入手,对构成叙事作品的各级单位和它们之间的关系做出尽量详尽的描述。由于他不仅关注行为功能,而且关注信息、标志等在小说(尤其是心理小说)中起重要作用的成分,因此他的模式对于小说分析来说相对较为实用。但采用该模式描述出来的东西往往一目了然,且有时过于繁琐。

总的来说,处于故事这一层次的结构主义情节研究都注重找出情节

---

① 详见王泰来等编译:《叙事美学》,第 67—81 页。

的基本要素和要素之间的关系,并用语言学的模式或方法予以分析描写。这种"科学性"的分析方法给文学研究带来了一种新的角度,使人们关注叙事作品的结构成分之间的关系。这些结构因素在以阐释为目的的传统情节分析中往往被忽视。列维-斯特劳斯和格雷马斯探讨的故事的深层结构有助于揭示故事事件的最根本的结构原则和逻辑关系。但他们努力建立的是叙事作品共有的静止不动的母结构,这有可能产生把任一作品往特定的母结构上生拉硬套的危险。在略为复杂或意义含糊不清的作品中,这种机械抽象的由四组事件组成的双重对立或由六种行动者组成的三类对立的母结构很可能不适用。哪怕是主题较为清楚的作品,这种母结构也未必有太大用处。卡勒用格雷马斯的模式对《包法利夫人》作了如下分析:①

   主体——爱玛   客体——幸福
   发送者——浪漫主义文学 接受者——爱玛
   帮助者——列昂、鲁道夫 反对者——查理、雍维尔、鲁道夫

卡勒指出,很难用格雷马斯的模式来表达爱玛希望通过鲁道夫和列昂来找到幸福但失败了的事实。但即使格雷马斯的模式能表达这一内容,恐怕也无太大帮助。显然,很多现代作品是很难用诸如此类的抽象公式来套的。普洛普对故事表层结构的研究也只适用于民间故事这类行为功能占主导地位的作品。行为功能为这些故事的分类提供了可靠的依据,但除此之外,也许无太大意义,因为这些行为功能确实一目了然。托多洛夫认为用句法分析的方法来分析叙事作品有利于揭示其本质。但就其情节研究来说,也许除了使读者更清楚地看到用"叙述句"这一句子形式表达的故事内容的结构与普通句子的结构之间的某些相似之处,他的这种情节分析并无太多实际意义。无论涉及的是故事的深层结构还是表层结构,结构主义叙述学家往往关注叙事作品的共性而忽略作家的艺术独创性。

---

① J. Culler, *Structuralist Poetics*, p. 234.

第三节　情节究竟处于哪一层次？

综上所述,形式主义和结构主义叙述学研究的"情节"绝非一个单一的概念。它或指话语这一层次上的形式技巧,或指故事表层结构中的一连串行为功能、叙述句或序列,或指故事深层结构中的双重对立。我们可根据话语与故事的区分把这些情节研究分为两类,在故事内部又可根据表层和深层结构分为两小类。

什克洛夫斯基与艾亨鲍姆等在话语这一层次上的情节研究有助于揭示作家运用的形式技巧。在传统的情节研究和结构主义对故事层次的情节研究中,作者在话语这一层次上对作品进行的艺术处理一般完全被忽视。什克洛夫斯基等人则把注意力明显转向话语这一层次。实际上,什克洛夫斯基仅仅把故事事件看成是展示文学材料的"借口"。① 艾亨鲍姆在分析果戈理的《外套》的情节时,由于完全把注意力集中到文字叙述上,竟把其情节描写成"喜剧性的叙述与多愁善感的修辞这两个文体层次相互作用的结果"②。究竟是否应该把情节放到话语这一层次上,这是个十分值得商榷的问题。托多洛夫和热奈特等结构主义叙述学家都对话语这一层次的各种形式特征进行了大量研究,但他们并未把对话语这一层次的研究视为情节研究(参见第八章)。由于传统上的情节研究和以普洛普为先驱的结构主义情节研究都停留在故事这一层次,把情节摆到话语这一层次上并把它与故事对立起来,很容易造成概念上的混乱。可以说,前文提及的西摩·查特曼的理论评价直接助长了这一混乱。查特曼把什克洛夫斯基等提出的"情节"与"故事"的区分当成形式主义的统一理论。他把这一区分与结构主义有关"话语"与"故事"的区分在层次上等同了起来。这一等同本身是无可非议的,但查特曼无视什克洛夫斯基等人的情

---

① V. Erlich, *Russian Formalism: History-Doctrine*, p. 243.
② Ibid., p. 75.

节研究与结构主义的情节研究之间的本质差异,在结构主义的理论模式中,再次把情节摆到话语这一层次上。这显然是由于批评家仅仅注重形式主义和结构主义之间的相似而造成的。同时,也由于查特曼对亚里士多德的情节定义有误解。亚里士多德在《诗学》中说:"情节是对行动的模仿——我的意思是说情节是对事件的安排。"①亚里士多德的"安排"指的是作者对故事事件本身的构造。② 情节中的事件应是一个完整的统一体,有开端、发展和结局;事件之间应具有因果关系,其发展应符合或然律。情节的简单或复杂则完全要根据其模仿的事件本身是简单还是复杂来决定。当然作者应该选择适于表现主题的事件。亚里士多德认为作者在建构完善的悲剧情节时应模仿复杂的、能引起怜悯和恐惧的事件;并应模仿从幸运到不幸,而不是从不幸到幸运的事件。值得强调的是,文学作品中的故事不同于现实生活中的事,其中任何一个事件都是根据艺术需要创作出来的。不论是使事件呈复杂状态,还是使事件有开端、发展和结局都是作家的艺术建构,但这一建构是对故事本身的建构。而不是在话语这一层次上对故事进行的加工。故事本身的开端、发展、结局是独立于话语形式而存在的;无论采用什么人称叙述、运用何种视角,无论是倒叙、插叙还是从中间开始叙述,故事本身的开端、中腰和结尾都不会改变。其实,正因为故事具有其自身的开端、中腰、结局,才有可能产生"倒叙""从中间开始的叙述"等话语技巧。亚里士多德的情节指的是故事事件本身在作品中呈现的结构或形态,而不是在话语这一层次上的形式技巧。但由于现代叙事理论越来越注重叙述这一层次,什克洛夫斯基等又把情节看成形式的一部分而不是内容的一部分,因此有的批评家把亚里士多德的情节观也话语形式化了。查特曼不仅把故事本身具有的"开端""结局"看成是话语这一层次所起的作用③,而且把亚里士多德的情节完全摆到

---

① Aristotle, "Poetics," *The Norton Anthology of World Masterpieces*, vol.1, New York: Norton, 1973(4th edn.), p. 560.

② Ibid., pp. 561—563.

③ S. Chatman, *Story and Discourse*, p. 47.

话语这一层次上。他说：

> 亚里士多德把情节界定为"对事件的安排"。结构主义叙事理论认为这种安排正是话语起的作用。……情节中事件的顺序可与故事的自然逻辑顺序相违。情节的作用是突出或减弱有的故事事件，阐释某些事件又留下一些事件让读者推断。它或者展示或者讲述；或者发议论或者沉默不语。①

像这样完全把情节摆到话语或叙述这一层次上，是与亚里士多德的本意相违的。英国文学理论家塞尔登也有类似的偏误。② 这两位理论家是在介绍形式主义或结构主义的情节观时赋予亚里士多德的情节观这种现代含义的。这不同程度地抹煞了什克洛夫斯基的情节观与亚里士多德的情节观之间的本质区别，并遮盖了前者与以普洛普为先驱的结构主义情节观之间的根本差异。应该清醒地认识到，以普洛普为先驱的结构主义情节研究的对象与传统上情节研究的对象基本上是一致的，即作品中围绕主题展开的有开端、发展、高潮、结局的故事事件和矛盾冲突。在注重话语形式和心理分析的现代小说中，这样的事件常常退居次要地位，"情节"也就相应退居到了次要地位。但在什克洛夫斯基的模式中，情节是话语这一层次上的形式技巧而不是故事事件，根据这一模式，现代小说中的"情节"则占据了比传统上更为重要的地位。总之，这两种情节观是截然相反的，切不可等同起来。令人遗憾的是，在西方的理论评介中，由于把什克洛夫斯基等有关"情节"与"故事"的区分当成形式主义的统一理论，又忽略了这一情节观与结构主义情节观之间的根本差异，结果造成一种混乱。可以说什克洛夫斯基等仅注重话语技巧而排斥故事事件的情节观无论相对于传统情节研究还是相对于现代情节研究都是一种偏离。如果把这一理论模式扩大化，不仅会导致理论上的混乱，而且会导致理论和实践的脱节，因为传统情节研究和结构主义情节研究分析的都是故事事件

---

① S. Chatman, *Story and Discourse*, p. 43.
② R. Selden, *A Reader's Guide to Contemporary Literary Theory*, p. 12.

这一层次。

究竟应该把情节放在哪一层次上呢？把情节完全摆在话语这一层次上无疑失之偏颇。需要指出的是，"话语"与"故事"的区分大体相当于中国传统上对"文"与"事"的区分。把情节摆在"文"这一层次上而将其与"事"对立起来显然不合情理。这种情节观排斥故事事件的作用，特别在分析传统上以故事事件为中心的小说时，极易导致偏误。如果一部作品中的话语技巧特别重要，而事件本身并不重要，就可集中研究其话语技巧，但没有必要称之为情节，否则会引起混乱。那么在研究情节时，是否应同时考虑故事与话语这两个层次呢？俄国形式主义者托马舍夫斯基（B. Tomashevsky）对情节下了这样的定义：

> 故事是按实际时间、因果顺序连接的事件。情节不同于故事，虽然它也包含同样的事件，但这些事件是按作品中的顺序表达出来的。①

这种情节观具有一定的代表性，得到了一些西方批评家的认可。在某种意义上，它处于普洛普的故事层次的情节观和什克洛夫斯基的话语层次的情节观之间。在这一情节模式中，事件本身是重要的，时间上的重新安排也得到考虑。但问题是既然考虑了话语这一层次对时序的安排，为何不考虑叙述层次、人称（第一人称或第三人称叙述）、视角、语调、文笔风格、叙述的繁简（展示或讲述）等诸种其他话语形式呢？这些形式技巧对事件所产生的效果都有不同程度的影响。依笔者之见，如果要避免混乱，最好把情节保留在故事事件这一层次，把各种形式技巧都看作在话语这一层次上对故事事件进行的加工处理。

---

① B. Tomashevsky, "Thematics," in L. Lemon and M. Reis (eds.), *Russian Formalist Criticism*, pp. 66—67.

第四节 与传统情节观的差异

值得一提的是,传统上的情节研究在抽象程度上也是很不一致的。有的批评家研究的是情节的宏观结构。亚里士多德根据主人公命运的演变及主人公的道德品质区分了下面这六种不同的宏观情节结构:

1. 一位极好的主人公失败了;这使我们感到实在不可理解,因为它违反了或然律。

2. 一位卑鄙可耻的主人公失败了;对此我们感到很高兴,因为正义得到伸张。

3. 一位并非完美的主人公因为判断失误而失败了,这使我们感到怜悯和恐惧。

4. 一位卑鄙可耻的主人公成功了,这使我们感到恶心,因为它违反了我们头脑中的或然律。

5. 一位极好的主人公成功了,这使我们感到一种道德上的满足。

6. 一位并非完美的主人公因为判断失误遭到挫折,但最终结局令人满意。[1]

这些是故事的宏观主题结构。在抽象程度上,它们大体相当于格雷马斯和列维-斯特劳斯建立的深层情节模型。但亚里士多德注重的是内容,而格雷马斯等注重的是逻辑关系。亚里士多德的情节类型与读者反应紧密相连,而格雷马斯等完全不考虑情节的心理效果。这是传统情节观与结构主义情节观的一个重大区别。至于传统批评中的情节总结或概要,虽然有时也非常抽象,但由于涉及故事中的具体人名、地名、遭遇等,只能看作是对故事表层内容的总结。不少传统批评家在情节研究中专门探讨具体事件这一层次。但与普洛普和托多洛夫不同,他们特别注重情节发展过程的审美和心理效果,关注单个情节的独特性(而非不同叙事作

---

[1] See S. Chatman, *Story and Discourse*, p. 85.

品共有的情节结构),着力探讨情节展开过程是否丰富新颖、曲折动人,是否能引起悬念和好奇心、富于戏剧性,事件对人物塑造起何作用,冲突有何特点等等。①

亚里士多德在区分情节类型时,仅仅注意了主人公的命运演变或成败。而在小说中,故事事件有时是围绕主人公的性格演变或思想演变展开的。西方传统批评家采用了"有关人物的小说"和"有关事件的小说"这一两分法。克莱恩(R. S. Crane)又率先提出可根据作品中主人公的主要演变区分"有关行动的情节"(一个完整的境遇演变过程)、"有关性格的情节"(一个完整的性格演变过程)和"有关思想的情节"(一个完整的思想演变过程)这三种不同的情节类型。② 这些区分体现出对人物性格和思想的重视。它们与叙述学家的情节观形成了对照,因为后者忽略人物的性格和思想,仅仅将人物视为推动情节发展的工具(参见下一章)。在此,我们不妨看看国内的《文学理论词典》对于"情节"和"故事"所下的定义:

> "情节":叙事性文艺作品中展示人物性格、表现人物之间、人物与环境之间的复杂的一系列生活事件和矛盾冲突的发展过程。高尔基说:情节"即人物之间的联系、矛盾、同情、反感和一般的相互关系,——某种性格、典型的成长和构成的历史"。情节和人物的关系是:人物性格决定情节的发展;情节反过来影响人物性格的发展。情节包括序幕、开端、发展、高潮、结局、尾声等组成部分。
>
> "故事":指文学作品中一系列有因果联系的生活事件。这种生活事件,往往有曲折生动的冲突,环环相扣,有头有尾的发展过程。如果这种生活事件的发生、发展和结局是由人物与人物之间或人物与环境之间的错综复杂的关系中产生的,并能影响与展示人物的性

---

① See P. Brooks, *Reading for the Plot*, New York: Alfred A. Knopf, 1984.

② R. S. Crane, "The Concept of Plot and the Plot of *Tom Jones*"(1950), in S. Stevick (ed.), *The Theory of the Novel*, New York: The Free Press, 1967, pp. 140—166. N. Friedman进一步发展了这一三分法(见"Forms of Plot" in *Journal of General Education*, 8 (1955), pp. 241—253)。

格,这就产生了具有吸引力的情节,所以又称为故事情节。**有些文学作品则把事件的发展过程作为描写的重点,或者因事设人,对人物性格的描写则放到了较为次要的地位,这就叫故事。如一些演义小说、民间故事等**。① (黑体为引者所加)

在这一情节观中,人物被摆到了中心地位,这自然与叙述学家的情节观相去更远。实际上,它与西方传统情节观也形成了对照,因为后者即便考虑人物,也不会将人物的中心地位视为情节的决定性要素。尤其值得注意的是,这一情节观以人物的中心地位为判断标准,将"情节"与"故事"对立了起来,这在西方是难以令人接受的,因为无论持何种观点,西方批评家在探讨情节时,均不排斥重视事件或因事设人的作品。即便是相对于中国传统情节观而言,这一情节观也构成了一种偏离,因为中国批评家一般都不会根据人物的重要性来区分"情节"与"故事"。我们不妨对比一下《辞海》给"故事"下的定义:

> "故事":叙事性文学作品中一系列为表现人物性格和展示主题服务的有因果联系的生活事件,由于它循环发展,环环相扣,成为有吸引力的情节,故又称故事情节。②

这一定义有两个特点:其一,在故事和情节之间画上了等号;其二,强调了故事中事件之间的因果关系。第一个特点具有一定的代表性。无论是在西方还是在中国,不少批评家对于故事和情节不加区分,在他们的批评实践中,"故事"和"情节"成了可以换用的概念。然而,重视结构关系的叙述学家在两者之间划出了清晰可辨的界限,将情节视为故事中的结构③。就第二个特点来说,这一对"故事"的定义与英国批评家福斯特(E. M. Forster)的观点正好相反。福斯特在《小说面面观》一书中说:

> 让我们给情节下个定义吧。我们已将故事界定为按照时间顺序

---

① 郑乃臧、唐再兴主编:《文学理论词典》,北京:光明日报出版社,1987年。
② 《辞海》,上海:上海辞书出版社,1979年。
③ 也有很多传统批评家将情节视为故事的"骨架"——但这种骨架是一般意义上的。

来叙述事件。情节也叙述事件,但着重于因果关系。如"国王死了,接着王后也死去"是故事;而"国王死了,接着王后也因悲伤而死"则是情节。虽然情节中也有时间顺序,但因果关系却更为重要……。拿王后之死来说吧,如果它发生在故事里,我们会问"以后呢?",而在情节里,我们则会问"什么原因?"。这就是小说中故事与情节的基本区别。①

福斯特的定义为我国不少读者所熟知,但我们认为这一定义实际上是不合情理的。在我们看来"国王死了,不久王后也因悲伤而死"同样是故事,而且是更为典型的故事,因为传统上的故事事件一般都是由因果关系联结的。像福斯特这样依据因果关系把故事与情节对立起来极易导致混乱。无论在西方还是在中国,总的来说,批评家或者认为故事与情节是一回事,或者认为情节是故事中的结构,而不是与故事对立的叙事单位。倘若把因果关系看成是情节的必不可少的因素,那么可以说由因果关系联结的故事有情节,而仅由时间关系串连的故事(如流浪汉小说或编年史小说)则无情节。也就是说,"国王死了,接着王后也因悲伤而死"是有情节的故事;而"国王死了,接着王后也死去(与国王之死无关)"则是无情节的故事。

究竟是否应该把因果关系看成是情节的必不可少的因素呢?西方古典和传统文艺理论都特别强调情节中因果关系的重要。亚里士多德在《诗学》中对诗人和历史学家作了这样的比较:"诗人的职责不是描述已发生的事,而是描述可能发生的事,即按照或然律或必然律可能发生的事。"②诗人描写的人物所说的话或所做的事都是根据或然律和必然律推断出来的,也自然是由因果关系联结的。而现实生活中事情的发生往往有偶然性,事与事的承续不受或然律和必然律的约束。传统文学作品中

---

① E. M. Forster, *Aspects of the Novel*, pp. 93—94.
② Aristotle, "Poetics," *The Norton Anthology of World Masterpieces*, p. 561.

的"因果链"在某种意义上说是一种理想化的艺术建构,使原来繁杂无章的现实生活在文学作品中显得有规律可循。除了流浪汉小说和编年史小说,传统小说家(特别是19世纪的小说家)一般全都选用有因果关系的故事事件,使它们组成一个有开端、发展、高潮、结局的整体,因果关系也就成了传统情节中一个必不可少的因素。

然而,在一次大战以来的西方社会历史条件下,这一传统模式受到了冲击。面对一种无意义及无政府的社会现实,很多作家再也不能或不愿把理想化的结构强加于生活之上。除了一些供消遣用的作品(如畅销书、侦探或惊险小说),现代作家一般摒弃了情节的完整性和戏剧性,力求再现日常生活中的偶然性。在弗洛伊德精神分析学等现代思潮影响下,不少作家把注意力完全转向人物的内心世界。他们往往只展现人物日常生活的一个片断(既无开端、高潮,也无结局),其中的事件仅仅是引发人物心理反应和意识运动的偶然契机。由于中西传统批评家一般都认为因果关系是情节的必要因素,因此他们将意识流等现代严肃作品的特点视为"情节淡化"或"无情节"。与此相对照,结构主义叙述学家查特曼断言,"一个叙事作品从逻辑上来说不可能没有情节。"他区分了"结局性的情节"和"展示性的情节"。① 传统情节属于结局性情节,它的特点是有一个以结局为目的的基于因果关系之上的完整演变过程。而意识流等现代严肃作品中的"情节"则属于展示性"情节",它的特点是"无变化"和"偶然性"。这种"情节"以展示人物为目的,不构成任何演变;作者仅用人物生活中一些偶然发生的琐事来引发人物的内心活动,展示人物的性格。查特曼之所以采用"展示性的情节"这一概念来描述现代派的作品,显然与他重视作品结构的叙述学家的立场有关。

究竟是否可以把不带因果关系的事件称为情节呢?值得注意的是亚里士多德虽然特别强调了因果关系的重要,但他只是将由一系列缺乏因果关系的事件组成的情节称为最差的情节,并未因此就不称之为情节。

---

① S. Chatman, *Story and Discourse*, pp. 47—48.

我们当然不能说现代小说中基于偶然性之上的结构是最差的情节，因为在现代社会历史条件下，这种结构是完全合乎情理的。我们认为，重要的不仅仅是因果关系与偶然性的区别，还有故事事件本身在作品中起的结构作用。如果故事事件在作品中起了一种骨架的作用，即使不具因果关系，也可称之为情节。但倘若故事事件已不再是作品的骨架（譬如已被意识的延续性和其内在结构所替代），我们也许最好不再称之为情节，以免造成混乱。

综上所述，结构主义叙述学的情节观与传统情节观形成了鲜明对照，为文学批评提供了一种新的角度，对于传统批评可谓一种有益的补充。当然，它也有其自身的局限性。就其研究层次来说，它与传统的情节研究一样，处于故事范畴，这与什克洛夫斯基等人的形式主义的情节观截然不同。由于对这一点缺乏认识，加上前文提及的其他原因，"情节"在现代西方小说理论中已变成一个相当混乱的概念，而且影响到了我们国内的研究，这势必对理论探讨和批评实践造成不利后果。希望本章能帮助澄清这一混乱，使读者对"情节"一词的不同所指有更明确的了解。

第三章

叙述学的人物观

在前一章中,通过与传统情节观的比较,我们较清楚地看到了(结构主义)叙述学的情节观的实质。要更清楚地了解叙述学的人物观,也需要将它与传统批评中的人物观进行对比。我们在前文中曾提及,叙述学的人物观为"功能性"的。这种人物观与传统批评中"心理性"的人物观形成了鲜明对照。本章拟对这两种人物观进行较为详细的比较分析。

第一节 "功能性"的人物观

"功能性"的人物观将人物视为从属于情节或行动的"行动者"或"行动素"。情节是首要的,人物是次要的,人物的作用仅仅在于推动情节的发展。有的西方批评家将"功能性"的人物观的发展线索勾勒为:亚里士多德——俄国形式主义——结构主义叙述学。[①] 在本节中,我们将沿着这一线索进行探研,以弄清这种人物观的来龙去脉和性质特征。不少西方批评家认为亚里士多德是"功能性"人物观的鼻祖,有的批评家则持不同看法。在罗杰·福勒编辑的《现代批评术语辞典》中,对于"人物"有这

---

① 参见巴特:《叙事作品结构分析导论》,张寅德编选:《叙述学研究》,北京:中国社会科学出版社,1989年,第24页。

么一段说明:"有些是亚里士多德意义上的人物,即具有他们自己的动机,能独立行动,说话有特色,且被详细描写出来的人;有些则仅起推动故事情节发展的作用,仅为次要人物或类型化的人物。"① 与此相对照,里蒙-凯南在《叙事性的虚构作品》一书中写道:"人物究竟是从属于行动还是相对地独立于行动?我们都知道,亚里士多德认为人物仅需要成为'行动者'或行动的'执行者'。20世纪形式主义和结构主义者持同一观点。"② 西蒙·查特曼在《故事与话语》一书中也写道:"形式主义者和(一些)结构主义者与亚里士多德惊人的一致。他们也认为人物是情节的产物,人物的地位是'功能性'的"。③ 对亚里士多德的这两种理解是互为矛盾的。在前一种理解中,亚里士多德意义上的人物是相对独立于情节而存在的个性化的人物。而在后一种理解中,亚里士多德意义上的人物是完全从属于情节的、类型化的"行动者"。

这一矛盾究竟出自何处?我们认为它部分来自英译文中一个难以逾越的障碍。亚里士多德在《诗学》中将"人物"与人物的"性格"严格区分开来。人物本身充当"行动者",而人物的性格却是充满个性,独立于行动而存在的。在英文中,"性格"(希腊文 ethos)一词只能译为"character"。因"character"既可指人物的"性格",又可指"人物"自身,故容易造成概念上的混乱。在将英文译成中文时,也容易出现这种混乱。亚里士多德说"Character gives us qualities",这句话的意思是"人物的性格决定人物的品质"。罗念生先生按照希腊原文将它正确地译为"剧中人物的品质是由他们的'性格'决定的",而另一位译者却根据英文版将它译成了"我们从人物可看出作品的特色"。④ 这就完全误译了,其根源在于把"character"(性格)当成了"人物"。此外,我们还可以从现代西方批评界与亚里士多

---

① R. Fowler (ed.), *A Dictionary of Modern Literary Terms*, London: Routledge, 1973, p. 27.
② S. Rimmon-Kenan, *Narrative Fiction*, p. 34.
③ S. Chatman, *Story and Discourse*, p. 111.
④ [英]爱·摩·福斯特:《小说面面观》,苏炳文译,广州:花城出版社,1984年,第73页。

德对于作品构成因素的不同看法中找到原因。亚里士多德认为悲剧由六种要素构成:情节、性格(character)、言词、思想、形象(指面具和服装)与歌曲。而现代批评界讨论作品的构成因素时,一般会说"情节、人物……",不太可能仅提"性格"而不提"人物",但有可能只提"人物"而不提"性格"(认为前者囊括了后者),因此也容易将亚里士多德对"性格"的看法误解为对"人物"的看法。

亚里士多德在《诗学》中,对"性格"进行了这样的强调:"有行动就有行动者,行动者必然具有某些独特的性格和思想,它们决定行动的性质。而它们——思想和性格——是造成行动的两个自然原因。"① 但亚氏在他的整个诗学体系中,却倾向于将人物的行动与人物的性格分离开来,并单方面地强调行动或情节的重要性,同时否定性格的重要性。他虽然把性格列为悲剧的六大要素之一,但实际上认为性格可有可无。他说:"悲剧中没有行动则不成为悲剧。但没有'性格',仍然不失为悲剧。"② 他明确提出:"最重要的是情节,即事件的安排……悲剧的目的不在于摹仿人的品质,而在于摹仿某个行动;剧中人物的品质是由他们的'性格'决定的,而他们的幸福与不幸,则取决于他们的行动。他们不是为了表现'性格'而行动,而是在行动的时候附带表现'性格'。因此悲剧艺术的目的在于组织情节(亦即布局),在一切事物中,目的是最关重要的。"③ 既然一切都以行动为中心,人物的主要或唯一功能也只能是充当"行动者",人物的"性格"或可有可无,或居于次要地位。因此,亚里士多德意义上的人物实际上是从属于行动的"行动者"。福勒的《当代批评术语辞典》中的理解有偏误。该偏误很可能源于把亚里士多德的"性格"(character)当成了"人物"(character),并忽略了在亚氏的诗学体系中,"行动者"的作用远远大于,甚至完全隐没了"性格"的作用。

---

① J. H. Smith and E. W. Parks (eds.), *The Great Critics*, New York: Norton, 1939, p. 34.
② 伍蠡甫主编:《西方文论选》(上卷),上海:上海译文出版社,1981年,第59页。
③ 同上。

为何亚里士多德和形式主义及结构主义都将人物视为从属于行动的"行动者"呢?对此,施瓦茨(D. Schwarz)在《人物与人物塑造》一文中写道:

> 人物生活在精密的有目的性的小说世界里,并由这一世界来定义。……我们无法设想布卢姆(詹姆斯·乔伊斯的《尤利西斯》中的主要人物)和爱玛(福楼拜的《包法利夫人》中的女主人公)可以与产生他们的那个世界分离。因此亚里士多德和巴特这样相去甚远的批评家都从情节或行动出发来看人物。①

巴特代表的是结构主义叙述学的人物观。形式主义和结构主义都将作品视为独立于现实而存在的自足有机体。他们无视作品以外的任何因素,仅注重作品内部的结构规律和关系。这确实是他们将人物抽象为"行动者"或"行动素"的主要原因。但在我们看来,亚里士多德将人物"行动者化"主要是出于以下这些完全不同的原因:(1)亚里士多德讨论的是悲剧中的人物。他将这一文学种类定义为:"悲剧是对于一个严肃、完整、有一定长度的行动的摹仿。"尽管在戏剧中人物的行动处于较为中心的地位,但从现代眼光来看,这样完全忽略人物性格的定义仍然有失偏颇。然而在亚里士多德的时代,这比传统的"艺术摹仿自然"的朴素唯物主义观点已进了一大步。它至少将人的行动,而不是将自然视为摹仿对象。就当时的哲学艺术理论和创作实践来说,对人物性格的认识难免带有局限性,不可能上升到文艺复兴以后的高度。亚里士多德以为人的性格是在行动的习惯中养成的,只有行动中的人才具有性格。②(2)对悲剧效果的一味追求也使行动格外受重视。亚氏说:"如果有人把一些表现性格的话以及巧妙的言词和思想串连起来,他的作品并不能产生出悲剧的效果;而一出剧,无论这些成分如何贫乏,只要有情节,即艺术性地建构出来的事

---

① D. Schwarz, "Character and Characterization: An Inquiry," in *The Journal of Narrative Technique*, 19(1989), p. 89

② 参见胡经之主编:《西方文艺理论名著教程》,北京:北京大学出版社,1986年,第72页。

件,就一定能产生很好的悲剧效果……悲剧中最能使人动情的因素是'突转'与'发现',这两者都是情节的组成部分。"①(3)当时大多数诗人的实践也促使亚里士多德重情节,轻性格。亚氏指出:"大多数现代诗人的悲剧中都没有'性格',一般说来,许多诗人的作品中也都没有性格。……因此情节乃悲剧的基础,有似悲剧的灵魂;'性格'则占第二位。"②造成这种现象的原因之一在于古希腊悲剧一般带有某种寓言性,剧中人物除了用于推动情节发展以外,往往仅被用于体现"善"与"恶"这样的抽象道德概念。不难看出,亚里士多德主要是受悲剧这一艺术形式和当时创作实践的制约才将人物行动者化的。如果亚里士多德面对的是莎士比亚的悲剧这一将人物性格与人物行动有机结合的创作实践,他也许就不会将人物的行动与人物的性格分离开来,并断言"悲剧中没有行动则不成为悲剧,但没有'性格',仍然不失为悲剧"。

值得强调的是,形式主义和结构主义叙述学的人物"行动者化",无论在理论上和研究方法上都完全不同于亚里士多德。前文已论及,形式主义和结构主义都将作品视为独立于现实而存在的自足有机体。形式主义仅注重作品内部的各种建构技巧和规律。形式主义认为所谓作品再现生活的"逼真"是一个幻觉。人物"只不过是叙事结构的一个副产品,也就是说,是一个建构性质而不是心理性质的实体"③。

受维斯洛夫斯基影响的形式主义批评家认为每部作品都有一个中心主题,而这一主题是由一系列小主题组成的。从每个叙述的句子里抽取出来的意思是最小的主题单位,这些"最小主题"或"叙述因子"为叙事作品最基本的构成单位。小说研究应集中关注作者对"最小主题"或"叙述因子"的使用。对此,徐贲在《二十世纪西方小说理论之人物观评析》一文中作了如下评介:

---

① J. H. Smith and E. W. Parks (eds.), *The Great Critics*, p. 35.
② 伍蠡甫主编:《西方文论选》(上卷),第59—60页。
③ V. Erlich, *Russian Formalism: History-Doctrine*, p. 241.

叙述因子是指从每个叙述的句子中抽取出来的"意思",是一些单一的行为概念,例如"追求""误会"等等。尽管叙述因子在叙述过程中涉及具体行为者,但作为形式讨论的单位,它不是对实际行为的描述或摹写,而是对它的变形和抽象……叙述因子同行为的关系类似于情节同故事的关系。它和具体的行为虽有联系,但唯有它才是艺术创作的结果(如重复、强调、反说、讽喻等等)。唯有叙述因子才具有文学性,因而也唯有它才是批评家所应当关注的……**如果小说的一切变化和效果都基于纯形式的叙述因子的组合和交换,那么把小说人物当作思想、行为和感情的独立个体来讨论也就变得没有意义了。**①(黑体为引者所加)

应当指出的是,在这段评论中,虽然徐贲的总的结论是正确的,但他对"叙述因子"这一概念的理解却有所偏误。首先,"叙述因子"并非仅仅是"行为"概念,徐贲自己就提到了"场景或衣物描写"这样并非行为的"叙述因子"。此外,徐贲将"叙述因子"本身过于形式化了。实际上,(与行为相关的)叙述因子与实际行为这两者之间并无本质区别(前者为后者的"意思"或"主题")。这点在下面这个形式主义的定义中应一目了然:

故事是按因果和时间顺序连接起来的叙述因子的组合体;情节也由这些相同的叙述因子组合而成,但它们是按照在作品中的顺序和方式结合起来的。究竟如何将事件叙述给读者——是由作者叙述还是通过人物叙述,或通过一连串的暗示来叙述——这对于故事是不相干的,但情节的美学作用正在于使读者感受到对叙述因子的特定安排。②

在这一定义中,我们完全可以用"故事事件"来取代"叙述因子":"故事是按因果和时间顺序连接起来的故事事件的组合体;情节也由这些相

---

① 《文艺研究》1989 年第 3 期,第 140 页。
② B. Tomashevsky, "Thematics," in L. Lemon and M. Reis (eds.), *Russian Formalist Criticism*, p. 68.

同的故事事件组合而成，但……"。不难看出，（与行为相关的）叙述因子与故事事件之间并无本质上的区别。这些形式主义批评家还区分了"自由的"与"非自由的"这两类不同的叙述因子。非自由的叙述因子是受故事发展约束的，必不可少的成分（若省略则会影响故事的连贯性）。这种叙述因子与它们所代表的事件同属内容的范畴；只有作品中对它们进行的特定艺术组合才属于形式范畴。自由叙述因子则是对故事来说可有可无的成分，如节外生枝、景色或衣物描写等等。这些成分是作者为了对故事进行艺术性的叙述才收入作品的，因此它们属于形式范畴，在"情节"中起重要作用。① 尽管徐贲对"叙述因子"的理解有偏误，但他的结论却是站得住脚的。这些形式主义批评家把作品视为独立于现实而存在的艺术建构物，仅注重作品中对叙述因子进行的各种艺术性安排，因此"把小说人物当作思想、行为和感情的独立个体来讨论也就变得没有意义了"。有趣的是，在讨论叙述因子时，托马舍夫斯基从读者的角度出发，还是考虑到了人物的"心理特征"（即一组"与人物密切相关的叙述因子"），它们的作用在于吸引读者的阅读兴趣。② 然而，他毫不犹豫地断言：

> 主人公绝不是故事必不可少的成分。作为由叙述因子构成的系统，故事可以完全不要主人公及其性格特征。其实，主人公是用故事素材构成情节这一过程的产物。一方面，他是将叙述因子串在一起的手段，另一方面，他体现出将叙述因子组合在一起的动因。③

在这样的理论框架中，无论是否考虑人物的"心理特征"，人物均被视为用于联结、组合、区分各种叙述因子的一种手法，被视为情节的产物。譬如《唐·吉诃德》中的主人公就是用于把一连串不同事件串接在一起的一根线，或是展开事件的"借口"。什克洛夫斯基声称艺术的发展完全是

---

① B. Tomashevsky, "Thematics," in L. Lemon and M. Reis (eds.), *Russian Formalist Criticism*, p. 68.
② Ibid., pp. 87—90.
③ Ibid., p. 90.

由于技巧的需要。在谈到戏剧时,他断言:"哈姆莱特是由舞台上的技巧制造出来的"。①

与形式主义密切相关的结构主义极为强调常规惯例的作用而否定个性的存在。在结构主义者看来,个人(包括作者)只不过是常规势力交汇作用的场所而已。在结构主义叙述学的分析模式中,虚构人物自然是一种建构性质而非心理性质的存在。结构主义叙述学的具体研究目的及采用的研究方法也构成了将人物"行动者化"的基础。如前所述,结构主义叙述学的开创人、俄国形式主义批评家普洛普旨在从各种各样的民间故事中抽象出它们共同具有的模式,以便对它们进行有效的分类。他从结构主义的立场出发,提出民间故事的基本单位不是人物,而是人物在故事中的行动或行为功能。他以行为功能为基础,将作品中千变万化的人物抽象归纳成七种"角色":"主人公""假主人公""坏人""施予者(魔法的授予者)""帮助者""被寻求者(公主)和她父亲""派遣者"。充当同一角色的人物可能在性格、年龄、性别等各方面相去甚远,但这些差异在普洛普看来均无关紧要,只有人物体现的行动功能才具有实质性。这样人物就完全成了从属于行动、由行动予以定义的"行动者"。

普洛普之后的结构主义叙述学家在探讨故事的结构时,均把注意力放在事件或行动的(深层或浅层)结构上,而不是放在人物身上。结构主义叙述学采用的是归纳法,而行动是远比人物要容易归纳的叙事层面。此外,结构主义叙述学采用的语言学模式一般是以动词为中心的,这也是以建立叙事语法为宗旨的这一流派集中研究行动的原因之一。总之,无论叙述学家偏重于什么角度,均有一个共同点,即用人物的行动或行动范围来定义人物。

我们在前一章中提到,布雷蒙不仅关注叙事作品中的行为功能,而且关注由功能组成的各种序列(如"舞弊""契约""背叛"等)。在这一模式中,人物仅被视为序列的"施动者"。当一个序列包含两个人物的时候,这

---

① V. Erlich, *Russian Formalism: History-Doctrine*. p. 241.

个序列就具有两个角度(对于一方来说是"舞弊",对于另一方来说则是"受骗")。每个人物都是自己序列的主人公,但仅仅起着"施动"的作用。格雷马斯在以语义学为基础的模式中,把普洛普的七种"角色"改为三对对立的"行动者":主体/客体,发送者/接受者,帮助者/反对者。格雷马斯的"行动者"与普洛普的"角色"并无本质区别,它们均为功能性质的符号。每一种"行动者"或"角色"可指代作品中的一个或数个人物(只要他们具有同一功能),而一个人物又能充当一种或数种"角色"或"行动者"或"行动素"(倘若这一人物被用来体现不同的功能)。托多洛夫在《〈十日谈〉的语法》中,将指涉人物的专有名称(即人物姓名以及指代人物的名词短语如"这个男人")视为一种句法成分。它作为施动者,充当叙述句中的语法主语。它本身没有内在属性,只有和谓语(动词、形容词)临时结合时,才会产生内在含义。托多洛夫在分析时集中关注谓语类型或情节结构,人物由情节来赋予含义,予以定义。①

有趣的是,托多洛夫和巴特在研究中都涉及了心理小说,但这并没有改变他们的功能性人物观。托多洛夫在分析拉克洛(Choderlos de Laclos)的《危险的关系》(Les liaisons dangereuses)这一书信体小说时,不是从人物本身出发,而是从他们之间可能发生的,他称之为基本谓语(爱情、交际、帮助)的主要关系出发。他的分析将这些关系归为两种法则:表现其他关系时,为派生法则;描写这些关系在故事进程中的变化时,为行为法则。《危险的关系》中有很多人物,但对于人物的谓语可以任意分类。② 至于巴特,如前所述,他在《叙事作品结构分析导论》中分析了心理小说的标志、信息等功能成分(详见第二章第二节),但并未对心理小说中的人物展开分析。巴特在这篇文章中的立场与其他结构主义者的相一致,把情节放在首位,把人物放在次要地位,否认人物具有心理实质,仅把人物视为"参与者",用人物的行动范围来定义人物。但值得注意的是,巴

---

① 参见张寅德编选:《叙述学研究》,第 179—184 页。
② 参见巴特:《叙事作品结构分析导论》,张寅德编选:《叙述学研究》,第 25 页。

特在《S/Z》一书中,由结构分析转向了文本符码分析,对人物给予了更多的重视。① 在他所区分的五种符码中,有一种为含蓄性质的义素符码,蕴涵人物的性格特征。在阅读过程中,读者对与人物形象有关的一连串成分或义素进行命名。被命名了的一组义素与专有名称(即人物的姓名)相结合就产生了人物形象。例如,巴尔扎克的小说《萨拉西纳》(Sarrasine)中的主人公就是心理混乱、艺术才能、独立性、暴烈、极端、女人气、丑陋、复合天性等特征的汇合处。这些性格特征由"萨拉西纳"这一专有名称统率形成一个整体。巴特甚至认为叙事作品的中心可以说不是行动而是用专有名称表达出来的人物。但值得注意的是,巴特虽然已不再用功能来定义人物,但并没有完全把人物当成"人"来看待,而是将人物视为文本符号。

在此,我们不妨看看斯科尔斯(R. Scholes)在《文学中的结构主义》一书中对故事主人公的一段评论。斯科尔斯采用了下面这组句子来描述主人公约翰的作用:②

(1) 约翰被给予一个契约。(约翰接受了它/拒绝了它。)
(2) 约翰被考验。(约翰通过了考验/未通过考验。)
(3) 约翰被评判 — 被奖赏/被惩罚。(约翰因此欢喜/因此受难。)

斯科尔斯指出主人公约翰"不是主动行动者而是被作用的人。他的行动实质上为反应性质……因此,约翰,我们的这位主人公,如果要引起读者的兴趣或同情,就必须要得到比他的名字更多的一些品质。他必须年轻、漂亮、或许遭到了不幸,如此等等……没有任何其他行动者是所有叙事作品都必不可缺的成分,唯有主语/主人公这个奇特的被动的人以及塑造其存在的那些功能才是一切叙事作品的基本成分"。尽管斯科尔斯注意到了人物的品质,他的人物观无疑还是建构性质或功能性质的。乔

---

① R. Barthes, S/Z, New York: Hill and Wang, 1974.
② R. Scholes, *Structuralism in Literature*, New Haven: Yale Univ. Press, 1974, p. 110.

纳森·卡勒在《结构主义诗学》一书中指出:"结构主义的总的特性与通常同小说相连的人物个性化及人物具有丰富心理连贯性的概念背道而驰"。①

第二节 "心理性"的人物观

与"功能性"的人物观相对立的,是"心理性"的人物观。根据这一人物观,作品中的人物是具有心理可信性或心理实质的(逼真的)"人",而不是"功能"。19 世纪以来的传统小说批评家基本持这一看法。持这一人物观的批评家并非仅仅关注人物的心理、动机或性格,他们也会探讨人物所属的(社会)类型、所具有的道德价值和社会意义。结构主义认为作者受常规系统制约,文学作品以作者对常规程式的接受为基础,因此作者和作品中的人物均无个性可言。而福斯特在他颇具影响的《小说面面观》一书中却提出了一幅与此截然相反的个性化创作图,即作为个人的小说家"拿起笔,进入一个堪称充满'灵感'的不寻常状态,在这种状态中创造出人物"。② 福斯特认为,小说人物的本质取决于小说家对自己及他人做出的种种推测。在讨论小说人物与真实人物的区别时,福斯特提出回忆录这种写真人的书是以事实为根据的,而"小说的根据是事实＋X 或－X,这一未知数便是小说家的性格"③。"功能性"的人物观认为人物的意义完全在于人物在情节中的作用,而"心理性"的人物观却认为人物的心理或性格具有独立存在的意义。"功能性"的人物观认为人物绝对从属于情节,而很多"心理性"的批评家都认为人物是作品中的首要因素,作品中的一切都为揭示或塑造人物性格而存在。我们不妨用下面这一简表来扼要表明"功能性"的人物观与"心理性"的人物观的基本差异:

---

① J. Culler, *Structuralist Poetics*, p. 230.
② E. M. Forster, *Aspects of the Novel*, p. 58.
③ Ibid., pp. 52—53.

"功能性"	"心理性"
X 领回家一个弃儿	
注重 X 的行为	注重 X 这一人物
全部意义在于行为	意义超越行为自身
行为本身引起读者兴趣	行为用于揭示或塑造人物性格
X 是推动情节发展的工具	X 是目的
X 是情节的副产品	X 的动机是行为的导因
X 是行动者	X 是具有独特个性的人

"心理性"人物观的根基为人本主义、浪漫主义、现实主义、现代心理学等思潮、流派或学科。人本主义强调人的重要性，认为世上一切都因为人而存在，人是衡量一切价值的标准。浪漫主义极为崇尚人的鲜明个性和主观想象力。现实主义则将作品人物生活化和"真人化"。现实主义追求作品的逼真效果，并力求使读者在阅读时完全进入作品的"现实世界"之中。很多现实主义批评家完全忽略作品人物与真实人物之间的界限。有趣的是，福斯特在《小说面面观》中详细探讨了小说中的人物与真实人物之间的差异。但我们认为这并未改变他的人物观的性质。福斯特指出，这两种人物的基本区别在于小说中人物的思想完全可为读者所知（只要作者愿意）；而在现实生活中，人与人之间并不能真正相互了解。他接下去对出生、饮食、睡眠、爱情和死亡等人生大事在现实生活和小说中的不同表现进行了比较。这样的对比实际上是建立在将作品人物真人化的基础之上的。可以说，在福斯特眼里，作品人物至少在小说世界里是活生生的。在谈到人物与小说的艺术规律之间的冲突时，福斯特说：

> 人物是在作者的召唤下出场的，但他们充满叛逆精神，因为他们跟我们这些真实人物有许多相同之处。他们想过自己的生活，结果常常背叛作品的主要设想。他们会"离开正道"或"无法控制"：他们是创造物中的创造物，因此他们常常无法同作品协调起来。假如给他们充分自由，他们会将作品踢成碎片。如果限制过严，他们又会以

奄奄一息作为报复,使作品因内部衰竭而被摧毁。①

费莱克(J. Fleck)在《人物与语境》一书中引用了福斯特的这段话,并评论道:

> 福斯特在此描写的这一矛盾与俄国形式主义早些时候提出的"真实动机"(即对逼真的要求)与"艺术动机"(即作品艺术结构的需要)之间的矛盾相类似。当然,俄国形式主义感兴趣的主要是这些相互冲突的"动机"如何影响情节结构,而福斯特关注的却是根据摹仿程式的需要(包括对个性、自由度的要求)来"现实地"描写人物与根据"作品的主要设想"(即根据总的叙事结构的要求)来描写人物这两者之间的矛盾。归根结底,福斯特强调的是虚构人物不同于真实人物:他们是建构物,是"创造物中的创造物"。②

我们认为,费莱克未认清福斯特的人物观与俄国形式主义的人物观之间的本质差别。形式主义将人物视为建构性质的实体,视为"用于组合和串接叙述因子的一个常用手段":"人物是一根中心线,他使(作者)能够解开聚成一团的叙述因子,将它们进行分类和予以排列"③。形式主义对"真实动机"下了这样的定义:"我们要求作品能引起某种幻觉。无论作品如何被文学程式左右,如何充满艺术性,我们在读作品时总是觉得它里面发生的事是'真的'。"④所谓"真实动机",实际上是读者对作品的要求或反应,它并不能改变人物的建构性质。与形式主义的人物观相对照,福斯特的人物观是心理性的。在我们看来,福斯特在上面那段话中强调的根本不是人物的建构性质。与此相反,他强调的是虚构人物与真实人物的共性。正因为虚构人物是"创造物中的创造物",他们具有相对的独立性,

---

① E. M. Forster, *Aspects of the Novel*, p. 74.
② J. Fleck, *Character and Context*, California: Scholars Press, 1984, pp. 23—24.
③ B. Tomashevsky, "Thematics," in L. Lemon and M. Reis (eds.), *Russian Formalist Criticism*, p. 87.
④ Ibid., p. 80.

具有他们自己的生命;"他们想过自己的生活","常常无法同作品协调起来"。值得注意的是,福斯特在讨论虚构人物时,时常采用"people","human beings","human race"等用以指代真人的词。请看下面这段文字:

> 我们现在要考虑较为简单的情况,即小说家的爱好集中在人的身上。为了人他会牺牲故事、情节、形式以及伴随的美等很多东西。(We are now considering the more simple case of the novelist whose main passion is human beings and who will sacrifice a great deal to their convenience—story, plot, form, incidental beauty.)①

福斯特在此讨论的是人物与作品中其他成分的关系。在很多小说中,人物需要与故事、情节等成分协调,受其制约。而在较简单的情况下,小说家集中塑造人物,忽视作品中的其他成分。一位译者因不理解福斯特所说的"human beings"其实是指作品人物,将这段话误译为:"我们现在要考虑的是小说家的共通情况。这些人也具有人类的感情。为了便于表达这种感情,他宁愿牺牲……故事、情节、形式以及伴随而来的美等等。"②虽然像福斯特这样用指称真人的词来指代作品人物的批评家并不多见,但将作品人物当作真人来分析的却大有人在。布雷德利(A. C. Bradley)在他的著名的《莎士比亚悲剧》一书中把悲剧人物当作生活中的真人来讨论,着意探讨他们的无意识动机,并根据生活经验来推断书中未提及的人物的生活经历,造成较大影响。③ 将作品人物生活化和真人化为将现代心理学运用于人物研究提供了方便;用于分析真人的精神分析学说常常被直接用于作品人物分析。社会学理论也被很多批评家运用到这种经验式的人物分析中来。应当指出,将作品人物真人化不仅抹煞了对作品的美学效果极为重要的虚构与真实之间的界限,也容易导致对作品中的语言艺术、结构安排等其他成分的忽略。

---

① E. M. Forster, *Aspects of the Novel*, p. 59.
② [英]爱·摩·福斯特:《小说面面观》,苏炳文译,第 44—45 页。
③ A. C. Bradley, *Shakespearean Tragedy*, London: Macmillan, 1965.

第三节　两种人物观之间的互补关系

"心理性"与"功能性"的人物观在对人物性质的看法上可谓水火不相容,各有各的片面性,但作为不同的分析方法往往可以互为补充。这两派之间的对立在一定程度上是由各自不同的分析对象造成的。前文已提及亚里士多德所研究的古希腊悲剧对亚氏人物观的决定性影响。结构主义叙述学家的研究对象——普洛普的俄罗斯民间故事或托多洛夫的《一千零一夜》《十日谈》等等——一般均为简单的程式化的叙事作品。在这些作品中,情节确实占主导地位,人物则从属于情节。很多批评家认为这类作品相对于心理或性格小说而言是较为"初级的"。

持"心理性"人物观的批评家研究的主要是19世纪小说和现代心理小说。19世纪小说,如俄国现实主义小说、英国维多利亚时期的小说等,着意于塑造具有丰富心理特征的个性化人物。受现代心理学、特别是弗洛伊德的精神分析学影响的现代心理小说更是聚焦于人物的动机、自我、心理创伤等等。在这方面走得最远的是意识流小说。我们很难想象对意识流小说进行"功能性"的人物分析。传统上由事件的统一体组成的情节已被人物的印象、感受、自由联想等意识和潜意识活动所替代。

可以说,注重人物行动的功能性的分析方法较适用于以事件为中心的小说,而注重人物自身特征的心理性的分析方法较适用于重人物塑造的小说。① 有趣的是,亨利·詹姆斯有句名言:"人物难道不就是为了限定事件而存在?而事件难道不就是为了揭示人物而存在的吗?"詹姆斯强调的是人物与情节密不可分的辩证关系。像简·奥斯丁的《傲慢与偏见》这样的作品,也许堪称将人物与情节有机结合的典范。但不少作品确实在不同程度上偏重于情节或者人物。我们应该承认情节与人物是容易相互冲突的成分。亨利·菲尔丁的《汤姆·琼斯》极为注重情节的艺术性和

---

① 但我们并不赞成将人物视为真人,我们应充分考虑到人物的虚构性。

完整性。在这种小说中，人物容易被类型化。而在现代心理小说中，为了逼真细腻地塑造人物，作者往往摒弃传统的由因果关系串接的情节，仅采用基于偶然性之上的无开头、中腰、结尾的日常生活的某个片断。在这样的作品中，作者将读者的注意力从情节的戏剧性发展完全转移到人物自身上来。

由于这两种不同类型的叙事作品的存在，也许确实需要两种不同的人物观。美国叙述学家查特曼在《故事与话语》一书中，既摒弃了其他叙述学家的功能性的人物观，又否定了传统批评中心理性的人物观，试图用自己提出的一种人物观来取代两者。① 在他看来，有的结构主义叙述学家将情节摆在第一位，而有的传统批评家将人物视为首要成分，这两种立场均没有意义，因为故事中必定既有事件也有人物，不可能存在没有人物的事件，而没有事件也就不会成为叙事作品。查特曼认为人物所起的"行动者"的作用只引起读者的部分兴趣；人物的性格特征本身，包括一些与行为不太相关或无关的特征，实际上也是读者欣赏的内容。他提倡用开放性的眼光来看待人物，将他们视为独立自主的存在。但他认为人物是叙事建构物，反对将人物视为真人，因此反对探讨心理学家区分的行为动机、倾向等因素。查特曼旨在回答一个问题："人物是什么样的？"。答案在于由读者在阅读过程中寻找、推断和命名人物的性格特征，并不断修正、丰富自己建构出来的人物形象。他对人物下的定义是："与一个名字相连的各种特征，这个名字属于一个没有真实存在的人"。他用了下面这一图表来说明他的人物观：

人物＝特征 n
　　年轻
　　孤独
　　贫穷……

其中的"n"表示随时可以根据阅读中的新发现来增加人物特征，同时

---

① S. Chatman, *Story and Discourse*, pp. 107—138.

也表示有时对人物特征难以下定论。查特曼认为必须将人物特征与更为短暂的其他心理现象区分开来。人物特征(trait)为"叙述形容词",指称人物的"个人品质",它有别于人物的临时动机、感情、情绪、想法和态度。查特曼举了简·奥斯丁《傲慢与偏见》中的女主人公伊丽莎白为例。从根本上说,伊丽莎白是个善良宽厚的人,但有时候看问题带有偏见。我们用查特曼的模式来讨论伊丽莎白的性格特征时,只能将她的"偏见"拒之于门外。

查特曼对人物采取了一种较为开放的立场,这无疑是可取的。但他的模式有一种无视人物在情节中的作用的倾向。《傲慢与偏见》中的女主人公伊丽莎白对男主人公达西的偏见在情节中有极为重要的作用,却无法进入他的人物研究模式。查特曼认为自己的人物研究模式可以取代"功能性"和"心理性"这两种人物研究模式,实际上他的模式根本无法反映出人物做了什么,在情节中有何作用。他在批评功能性的人物观时,举的都是现代心理小说中的例子。他认为现代小说中的人物复杂多变,人物之间的差异也很大,因此"功能性"的人物观不适用。这一看法不无道理,但令人遗憾的是,他完全忽略了以事件为中心的作品,也完全忽略了人物在情节结构中的作用。

荷兰结构主义叙述学家米克·巴尔区分了"行动者"和"人物"这两个不同的概念。"行动者"在故事事件中起重要作用,它依据功能来定义,一只狗或一部机器也可以充当行动者。① 当然,"行动者"主要指依据人物的行动功能来定义的人物。巴尔根据行动功能将行动者分成了不同的类别:"主体"与"客体"、"施动者"与"接受者"、"帮助者"与"反对者"等。对行动者的研究旨在更清楚地了解事件之间的关系。巴尔还附带地考虑了行动者之间的心理关系(譬如,在悲剧中,儿子对父亲感到负疚,因为他下意识地想取代父亲)和意识形态关系(行动者须应付各种意识形态对立,

---

① M. Bal, *Narratology: Introduction to the Theory of Narrative*, Toronto: Univ. of Toronto Press, 1985, pp. 25—37.

包括封建主义与自由主义、个人与集体之间的对立)。总的来说,巴尔对行动者的研究与格雷马斯等叙述学家"功能性"的人物研究在本质上完全一致。但与格雷马斯等人不同,巴尔不仅研究了"行动者"这个结构功能性质的单位,而且进一步研究了"人物"这个"复杂的语义单位"。① 巴尔认为故事中的人物有别于真人,但类似于真人,因为"它具有使心理和意识形态描写成为可能的特征"。巴尔不仅研究了如何采用语义轴来标示人物实质性的特征,人物的社会和家庭角色对确定人物特征有何作用等,而且还研究了人物的可预测程度,如何构造人物形象,读者如何获得关于人物的信息,以及有关主人公的问题。巴尔认为,可以将人物特征的分析结果与这些特征在事件中起的功能性作用进行对照。一个特定的事件也许会引起人物特征或人物之间关系的某些变化。同样,人物性格的变化也许会影响事件的发展和结局。不难看出,与单纯"功能性"或"心理性"的人物分析方法相比,巴尔的人物分析模式较为全面。但有趣的是,巴尔将"行动者"和"人物"分别划归于"素材"和"故事"这两个不同的层次。"故事"被界定为"对素材的特定组合方式",它与"素材"的区分是形式与内容的区分(详见第一章第二节)。根据巴尔的区分,人物在故事事件中是"行动者",只有在"对素材的特定组合方式"这一层次中,方成为具有特征的"人物"。但在我们看来,人物的行为功能(人物做了什么)和性格特征(人物是什么样的)是人物同时具有的两个方面,它们均属于故事内容这一层次。我们没有理由把前者视为内容,而把后者视为组合内容的方式。巴尔在层次上的这一混乱进一步说明对于叙事作品的"三分法"是不可取的(详见第一章第二节)。

　　巴尔两面兼顾的人物研究模式在某种意义上说明了"功能性"与"心理性"这两种人物分析方法之间存在一定的互补关系。究竟人物是从属于行动还是相对独立于行动,需要视具体作品来决定。但我们可以对一个作品同时进行人物功能分析和人物特征分析。我们在前一章中提到,

---

① M. Bal, *Narratology: Introduction to the Theory of Narrative*, pp. 79-93.

卡勒采用格雷马斯的模式对福楼拜的《包法利夫人》作了如下叙事结构分析：

  主体——爱玛   客体——幸福
  发送者——浪漫主义文学 接受者——爱玛
  帮助者——列昂、鲁道夫 反对者——查理、雍维尔、鲁道夫

简单地将爱玛视为"主体"和"接受者"，这对一个内蕴如此丰富的人物来说确实是太片面了。但这样的分析有助于揭示爱玛在宏观情节结构中的功能和地位，对于该人物的分析来说，可谓一种有益的补充。

如果我们将一部叙事作品视为一个句子，这种分析可以类比为对句子的语法分析。让我们看看对下面这两个句子的语法分析：

  (1) 刘大妈 很高兴地 接待了 小李
    主语   **状语**   **谓语** **宾语**

  (2) 小王   勉强地   接受了 这一建议
    主语   **状语**   **谓语** **宾语**

对于语法学家来说，"刘大妈"与"小王"毫无差异；他们在性别、性格、年龄等各方面的差别均可置之不理，重要的是他们所起的同一语法作用。而对于阐释者来说，他们的个性特征却是很重要的。结构主义对作品所做的功能性分析大体相当于语法学家对句子结构所做的分析。他们无视作品在意义上的差别和人物在性格上的差异，仅仅关心人物所起的结构作用。结构主义叙述学家和语法家关心的是不同作品/句子之间的共同结构规律。与此相对照，持"心理性"人物观的批评家旨在阐释具体作品的具体意义。对他们来说，人物的性格特征是至关重要的。如果我们认为对句子的语法分析有所裨益，那么对叙事作品的结构分析也是有必要的。

诚然，对于某些以人物塑造为主的心理小说，"功能性"的分析方法难以施展，而对于某些以事件为中心的程式化的作品，"心理性"的分析方法

也意义不大。只有在将人物与事件有机结合的作品中,这两种分析方法的互补作用才能得到充分发挥。"功能性"人物观的偏误在于认为人物在情节中的功能是人物的全部意义;而"心理性"的人物观无视人物的艺术虚构性,往往仅对人物做经验式的分析,忽略人物在情节中的作用以及人物与其他叙事要素之间的关系。就我国的批评实践来说,认清这两种人物观的适用性、局限性和互补关系有助于避免分析中的盲目性和片面性。

从文体学和叙述学之间的关系来看,属于故事范围的"情节"和"人物"均超出了文体学的研究范畴。文体学最为关心的是在话语层次上作者通过对语言和叙述角度等因素的选择,来表达事件和人物的特定方式。这是我们在探讨文体学和叙述学的重合面时,将要考虑的范畴。在进入两者的重合面之前,我们将接下去对文体学的基本理论进行评析。

中 篇
文体学理论评析

第四章

文体学的不同派别

　　文体学在 20 世纪 60 年代几乎与叙述学同时步入兴盛时期。半个世纪以来,由于在研究对象、所采用的语言学模式或研究目的等方面的差异,文体学形成了纷呈不一的派别。本章将首先论及如何对这些派别进行区分,然后逐个对一些相关派别的性质、功能和作用进行探讨。

第一节　对不同派别的区分

　　文体有广狭两义,狭义上的文体指文学文体,包括文学语言的艺术性特征(即有别于普通或实用语言的特征)、作品的语言特色或表现风格、作者的语言习惯以及特定创作流派或文学发展阶段的语言风格等。广义上的文体指一种语言中的各种语言变体,如:因不同的社会实践活动而形成的新闻语体、法律语体、宗教语体、广告语体、科技语体;因交际媒介的差异而产生的口语语体与书面语体;或因交际双方的关系不同而产生的正式文体与非正式文体等。由于文体有广狭两义,文体学也就形成了"普通文体学"(即语体学)与"文学文体学"这两大分支,它们分别对这两个不同领域进行研究。

　　然而,对文体学的分类远远没有这么简单。"文学文体学"

本身就有广狭两义:它可泛指所有对文学文本进行分析的文体派别,也可特指以阐释文学文本的主题意义和美学效果为终极目的的文体学派。不少声称进行"文学文体"研究的语言学家纯粹将文学文本视为语言学分析的一种材料或检验语言学理论可行性的实验场所(这种情况在 20 世纪 60 年代末以前十分常见)。他们以发展语言学理论为目的,在分析时将注意力集中于阐述相关的语言学模式,仅注重语言学描写本身的精确性和系统性,而不考虑作品的思想内容和美学效果(即使有所涉及也只是匆匆一笔带过)。但其他很多从事文学文体研究的人则是将文体学作为连接语言学与文学批评的桥梁,旨在探讨作品如何通过对语言的特定选择来产生和加强主题意义和艺术效果。这两者之间显然有着本质区别。我们可以将前者视为语言学文体学的一部分,而将后者视为严格意义上的文学文体学。值得注意的是,20 世纪 80 年代初以来,不少文体学家将注意力从文学文本的美学价值转向了对(任何)文本所蕴涵的意识形态、权力关系等社会历史意义的研究。他们不再区分文学文本与非文学文本。至少就他们的分析而言,"普通文体学"与"文学文体学"之间的区分已失去了意义。但进入 21 世纪以来,文学作品的审美价值又重新受到关注,得到重视。

在《语言、话语和文学》一书的导论中,卡特(R. Carter)和辛普森(P. Simpson)区分了"形式主义文体学""功能文体学""话语文体学""社会历史和社会文化文体学""文学文体学""语言学文体学"等六种不同的文体研究派别。[①] 这是西方学界常见的区分。但实际上,这样的区分是建立在两种不同标准之上的。对于"形式主义文体学""功能文体学""话语文体学"的区分,是依据文体学家所采用的语言学模式做出的。文体学是运用现当代语言学的理论和方法来研究文体的学科。在某种意义上,它与语言学之间的关系是一种极为密切的寄生关系,新的语言学理论的产生

---

① R. Carter and P. Simpson, "Introduction," in R. Carter and P. Simpson (eds.), *Language, Discourse and Literature: An Introductory Reader in Discourse Stylistics*, London: Unwin Hymann, 1989, pp. 1—20.

和发展往往会导致新的文体学流派的产生和发展。"形式主义文体学"特指采用布龙菲尔德描写语言学、索绪尔结构主义语言学、乔姆斯基转换生成语法等形式主义语言学理论来进行分析的文体学派(这是20世纪60年代末以前的文体分析主流);"功能文体学"特指采用系统功能语法进行分析的文体学派(它自20世纪70年代初以来发展迅速);而"话语文体学"则特指采用话语分析模式以及语用学和语篇语言学来进行分析的文体学派(它自20世纪80年代初以来得到了长足发展)。

与此相对照,卡特和辛普森对于"语言学文体学""文学文体学""社会历史或社会文化文体学"等文体学派的区分主要以研究目的为依据。卡特和辛普森指出,语言学文体学"旨在通过对文体和语言的研究,来改进分析语言的模式,从而对语言学理论的发展做出贡献";文学文体学则"旨在为更好地理解、欣赏和阐释以作者为中心的文学作品提供根据";而社会历史文化文体学则特指以揭示语篇的意识形态、权力关系为目的的文体研究派别。

由于这两种不同标准的共存,模糊和复叠的现象在所难免。在论及"语言学文体学"时,卡特和辛普森列举了两个典型的例子,一个是伯顿(D. Burton)对戏剧中对话的分析[1],另一个是班菲尔德(A. Banfield)对叙述话语的分析[2]。有趣的是,倘若我们根据这两个文体学家所采用的语言学模式来进行划分,我们完全可以把班菲尔德的分析纳入形式文体学,因为她采用的是乔姆斯基的转换生成语法。同样,我们可以根据伯顿所采用的对话分析模式,将她的研究纳入"话语文体学"。实际上,她的这一研究成果常常被视为话语文体学的代表论著之一。像这样在归属上模棱两可的现象屡见不鲜。此外,如前所述,我们还可以依据文体学的分析对象来进行区分,可划分普通文体学(语体学)和文学文体学。在文学文

---

[1] D. Burton, *Dialogue and Discourse: A Sociolinguistic Approach to Modern Drama Dialogue and Naturally Occurring Conversation*, London: Routledge, 1980.

[2] A. Banfield, *Unspeakable Sentences: Narration and Representation in the Language of Fiction*, London: Routledge, 1982.

体学的内部还可进一步区分小说文体学、诗歌文体学等。这自然使事情进一步复杂化。以伯顿对普拉斯(Sylvia Plath)的小说《钟形罩》(The Bell Jar)里的一个片段的分析为例①,我们可以依据其分析目的将其纳入"社会文化文体学"(它旨在揭示文体中蕴含的权力关系);依据其采用的语言学模式将其归入"功能文体学";还可依据其分析对象将其纳入"小说文体学"。既然几种标准的共存难免导致混乱,我们是否可以用一种标准来取而代之呢?就目前的情况来说,这很难行得通。事实上,无论是依据所采用的语言学模式、分析目的,还是分析对象来进行区分,均行之有理,它们区分了文体学派在不同方面的重要特点。至今没有哪种标准可以涵盖所有的方面,坚持采用一种标准只会以偏概全。但值得注意的是,人们通常没有意识到在对文体学派进行区分时,采用了不同的标准,并因此产生了交叠或模棱两可的现象。我们认为,重要的不是找出某种大一统的区分标准,而是应该清楚地认识到对文体学派的区分是以不同的标准为依据的;面对某一特定区分时,我们需认清它所采用的特定标准,识辨有关论著可能具有的双重(或三重)属性。

第二节 文学文体学

"文学文体学"特指以阐释文学文本的主题意义和美学价值为目的的文体学派。文学文体学是连接语言学与文学批评的桥梁,它集中探讨作者如何通过对语言的选择来表达和加强主题意义和美学效果。语言学理论和方法在这一派别看来不过是帮助进行分析的工具。他们并不限于采用某种特定的语言学模式,而是根据分析的实际需要,选用一种或数种适用的语言学模式。由于他们的目的在于帮助进行文学批评而非有助于发展语言学理论,仅关注与主题意义和美学效果密切相关的语言特征,因此

---

① D. Burton, "Through Glass Darkly: Through Dark Glasses," in R. Carter (ed.), *Language and Literature*, London: George Allen and Unwin, 1982, pp. 195—214.

在语言描写的系统性方面往往较为薄弱。不少语言学家或语言学家出身的文体学家认为这样的文体分析不纯正,在他们眼里,文体学应以帮助发展语言学为目的。著名语言学家韩礼德(M. A. K. Halliday)在20世纪60年代就在这一方面对文学文体学提出过尖锐批评,他认为在对文本的主题意义已经形成见解的情况下有选择地研究语言特征,难免主观武断,也难以系统地运用语言学模式。① 同为语言学家出身但持较灵活立场的罗杰·福勒在《文学的语言》一书中对此进行了反驳,认为"业已形成的文学见解是绝对必要的"。他指出韩礼德所提倡的系统的语言分析在本质上根本不进行选择,因而也难以对文学批评做出重要贡献。② 这一时期的韩礼德确实仅将文学文本当成语言学分析的对象。但他转而以阐释文学文本为目的后,很快便改变了立场。在《语言功能与文学文体》一文中,韩礼德明确提出所谓"相关性标准",即只有被艺术动机或主题意义激发出来的(motivated)语言特征才与文体研究有关③(详见下一节)。不难看出,文学文体学较易于为传统批评家所接受,他们认为这样的文体分析才具有实际意义。

　　文学文体学的阐释路子基本上与传统批评相一致,借助于阐释经验、直觉和洞察力。但他们反对一味凭借主观印象,主张对文本进行细读,要求言必有据。同时,他们认为只有采用现代语言学的理论和方法才能较好地掌握语言结构,较深入地理解语言的作用,对语言特征做出较为精确、系统的描写。这是他们与新批评或"细读"派最根本的区别之一。有的文学文体学家在分析时将语言学描写与作品阐释分裂开来,先描写语言特征,然后才进行阐释。譬如凯塞(S. J. Keyser)在分析华莱士·史蒂

---

　　① See M. A. K. Halliday, "The Linguistic Study of Literary Texts," in S. Chatman and S. R. Levin (eds.), *Essays on the Language of Literature*, Boston: Houghton Mifflin, 1967, pp. 217—223.

　　② R. Fowler, *The Language of Literature*, London: Routledge, 1971, p. 38.

　　③ See M. A. K. Halliday, "Linguistic Function and Literary Style: An Inquiry into the Language of William Golding's *The Inheritors*," in S. Chatman (ed.), *Literary Style: A Symposium*, Oxford: Oxford Univ. Press, 1971, pp. 330—365.

文斯(Wallace Stevens)的一首诗时,先对诗中的语音结构进行了一番描写,然后宣称:"如果在这首诗里存在形式与意义的关联的话,我们就应能为刚才所分析的结构找出一种合适的意义"①。这种脱离阐释进行语言描写,然后再刻意寻找文学意义的分析方法带有很大的主观任意性,极易将文学意义强加于语言结构。因而遭到了以斯坦利·费什为首的批评家的抨击。令人遗憾的是,费什等批评家将少数人所做当成全体所为,将这一僵化的阐释过程视为文体学家的通病。实际上,大多数文学文体学家都将作品阐释与语言描写有机结合起来。他们往往反复阅读作品以找出与主题意义和美学效果相关的语言特征,然后运用适当的语言学工具对有关的语言结构进行分析描写,阐明它们的文学意义。在这样的文体研究中,描写过程与阐释过程往往密不可分:被描写的是经阅读阐释发现与文学意义相关的语言现象,而语言分析过程又常能加强或修正阐释结果。

被尊为文学文体学之父的德国文体学家斯皮泽曾提出一种名为"语文圈"(Philological circle)的阐释模式:即先找出作品中偏离常规的语言特征,然后对其做出作者心理根源上的解释,之后再回到作品细节中通过考察相关因素予以证实或修正。② 从表面上看,在这一模式中,搜寻语言特征与文学阐释是一前一后两步分离的步骤。前文提到的凯塞等人的僵化模式很可能受了这一表面现象的影响。实际上,斯皮泽认为寻找语言特征的过程不是独立的或盲目的,它受制于批评家以往的阐释经验,是一种有目的、有条件的选择过程。③ 英国文学文体学家利奇和肖特透过表面现象,将斯皮泽的"语文圈"理解为一种"循环运动";在这种"无逻辑起点"的循环中,"对语言的观察能促进或修正文学见解,而文学见解反过来又能促进对语言的观察"。④ 利奇和肖特据此认为斯皮泽的模式与英美

---

① S. J. Keyser, "Wallace Stevens: Form and Meaning in Four Poems," in D. C. Freeman (ed.), *Essays in Modern Stylistics*, London: Methuen, 1981, p. 110.

② L. Spitzer, "Linguistics and Literary History," in D. C. Freeman (ed.), *Linguistics and Literary Style*, New York: Holt, Rinehart and Winston, 1970, p. 30.

③ Ibid., pp. 30—32.

④ G. Leech and M. Short, *Style in Fiction*, pp. 13—14.

等国文学文体学家的相一致,但或许他们忽略了两者之间存在的某些差异。斯皮泽受德国学术思潮的影响,旨在通过一位作者的独特语言探讨他的心灵,由此考察民族文化、思想嬗变的历史。对他来说,更重要的是作者之间的区别而非文本之间的区别。与此不同的是,英美等国的文学文体学家以阐释具体文本为终极目的,将注意力集中于文本中的语言特征与主题意义和美学效果的关联。在后者的阐释模式中,对特定上下文的理解无疑更为重要,判断某语言特征是否相关必须在其指导下进行。这一点在英国文学文体学家纳什(W. Nash)图解的分析模式中得到了体现:①

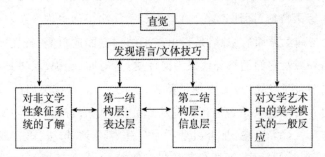

这一模式主要与叙事作品有关。它强调的是:对叙事文本中文体技巧的发现有赖于对文本的表达层和信息层的把握。"表达层"指的是叙述框架、叙述层次及视点转换等总体结构;"信息层"则指人物、事件、主题及环境等方面的结构。纳什认为对总体结构的掌握与对文体技巧的发现是相辅相成的:把握好总体结构才能较系统地找出相关的文体特征,而对文体特征的发现又能证实、修正或加强对总体结构的理解。

新批评或"细读"派往往仅注重诗歌分析,而文学文体学 20 世纪 70 年代以来将较多的注意力转向了小说分析。小说文体学有数种不同的分析模式。一种堪称"逐层推进法",即选择作品中具有代表性的一段,然后分词汇、语法、修辞方式、句间照应和语境等不同层次进行分析。利奇和

---

① W. Nash, "On a Passage from Lawrence's 'Odour of Chrysanthemums?'", in R. Carter (ed.), *Language and Literature*, p. 113.

肖特在《小说的文体》一书中列举了可供分析的四大层次:词汇层、语法层、修辞层以及衔接和语境层。① 在词汇层下面又细分了几个种类:1. 一般特征:词汇是简单还是复杂？正式还是口语化？是描述性的还是评价性的？是笼统的还是确切的？作者在何种程度上利用了词汇的内涵意义？等等。2. 名词特征:名词是抽象还是具体？出现的抽象名词为何种类？对专有名词和集合名词是如何利用的？3. 形容词特征:形容词是否频繁出现？它们指涉哪方面的特性？是限定性的还是非限定性的？如此等等。在语法这一层次下,则细分了九个种类,包括句式特征、句子的复杂程度、分句的类型、分句的结构特征、名词短语特征、动词短语特征、其他类型的短语特征、词性等等。在修辞这一层次下面也细分了三个种类。(1) 语法与词汇方面的修辞:是否出现了结构方面的重复、排比或交错配列(chiasmus)？它们的修辞效果为何性质:是对照、加强、层进还是突降？(2) 语音方面的修辞:是否出现了韵脚、头韵、半谐音或突出的节奏上的模型？对元音和辅音是否进行了特定的组合？语音特征怎样与文本的意思交互作用？(3) 比喻:是否出现了明显违背语义、句法、语音或书写规则的现象(如杜撰新词、不合规范的搭配等等)？这些不规则的语言现象往往与隐喻、换喻、举偶、佯谬、反讽等修辞手段密切相关。文本中的修辞手段属于哪种类型(譬如隐喻即可分为拟人化、生命化、具体化、联觉化等不同类型)？它们起何作用？利奇和肖特指出不能机械地搬运这些条条。在分析时,需先对文本进行阐释,依据第一印象搜寻出与主题意义和审美效果相关联的文体特征,然后有选择、有重点地进行分析。

这一分析方法的主要长处也许在于它有利于批评家运用语言学工具对相关的语言层次进行较为系统的描写。此外,我们认为这种方法便于教学,便于引导初学者入门。小说中的文体特征不如诗歌中那么明显,面对一段小说文字,初做文体分析的人也许不知从何入手,这种逐层推进法提供了一条较为清楚的途径。但若分析者对各层次之间的交互作用把握

---

① G. Leech and M. Short, *Style in Fiction*, pp. 74—118.

得不好,分析结果往往会给人以一种机械、呆板之感。

小说文体分析的另一模式可称为"逐句推进法",即选择作品中较为典型的一段,逐句对其进行分析。有的文体学家先变换原文的词句,拿出一个与原文内容相同但表达形式相异的释义版,然后对两者进行比较分析,探讨作者所选择的特定表达法的审美意义。在分析文体特征不甚明显的现实主义小说时,这种分析方法要求分析者具有较敏锐的洞察力。一般来说,这一模式不利于系统地运用语言学工具,但它顺应作者的创作过程与读者的阅读过程,较接近于读者反应批评(当然,文体学家通常是在多次阅读了文本之后方进行分析,注重的也往往是文本的效果而不是阅读时的原始思维过程)。

另一种分析模式可称为"段落比较法",即选择作品中的几个不同段落进行比较分析,探讨不同文体特征在不同段落中的特定主题意义以及它们之间的相互关系。还有一种可称为"全文追踪法"的分析模式,具体来说,就是在全文范围内集中研究某一或某些持续出现的文体模型(stylistic patterns)或文体特征(如贯穿作品的某些句法结构、某些修辞手段或对人物话语的某些特定表达方式)。究竟应该采用哪种方法,不仅取决于分析者的研究目的,也取决于文本自身的特性。如果牵涉到的文体特征在全文范围内持续出现,分析者就很可能会在全文范围内进行追踪,探讨其总体上的主题意义和美学效果。值得一提的是,这些分析模式不是截然分离的,批评家可根据需要综合(或交替)采用不同的分析方法。

文学文体学的兴起之日正是新批评的衰落之时。与新批评有着千丝万缕联系的文学文体学之所以能在前者衰落之时兴盛起来,也许主要有两方面的原因。其一,文学文体学用现代语言学武装了自己,20 世纪 60 年代以来语言学的蓬勃发展给文学文体学不断注入了新的活力。其二,有些文学文体学家采用了比新批评派更灵活的立场。他们虽反对将作品视为社会文献或历史文献,但并不摒弃对作品背景的了解。利奇曾明确提出:"如果要对每一实例进行透彻的、卓有成效的分析,就必须了解每首诗的背景,包括作者的生平、文化背景、社会背景等等。"[1]与新批评派相比,文学文体学家虽注重文本,但一般不排斥作者,有的还较能从读者的角度考虑问题。此外,文学文体学作为对传统印象直觉式批评的修正和补充,填补了新批评衰落后留下的空白,在语言文学教学中起了较大作用。

第三节　功能文体学

"功能文体学"为"系统功能文体学"的简称,它特指以韩礼德的系统功能语言学为基础的文体派别。韩礼德是功能文体学的开创人之一。他在1969年于意大利召开的"文学文体研讨会"上宣读了颇具影响的一篇论文《语言功能与文学文体》。[2] 该文提出"语言的功能理论"是进行文体研究的较好工具。所谓"语言的功能理论",用韩礼德的话说,就是"从语言在我们的生活中起某种作用,服务于几种普遍的需要这一角度出发来解释语言结构和语言现象"。韩礼德区分了语言具有的三种"纯理功能"或"元功能":第一种为表达说话者经验的"概念功能";第二种为表达说话者的态度、评价以及交际角色之间的关系等因素的"人际功能";第三种为组织语篇的"语篇功能"。这三种元功能相互关联,是构成语义层或"意义潜势"的三大部分。

在"概念功能"下面,韩礼德进一步区分了"经验功能"和"逻辑功能",前者用于表达说话者在现实世界中的经验,包括对世界的认知、反应等内心活动和言语行为;后者则涉及并列、修饰等基本逻辑关系。韩礼德运用属于概念功能范畴的及物性系统对威廉·戈尔丁的小说《继承者》的文体

---

[1] G. Leech, *A Linguistic Guide to English Poetry*, London: Longman, 1969, p. vii.

[2] M. A. K. Halliday, "Linguistic Function and Literary Style: An Inquiry into the Language of William Golding's *The Inheritors*," in S. Chatman (ed.), *Literary Style: A Symposium*, pp. 330—368; reprinted in D. C. Freeman (ed.), *Essays in Modern Stylistics*, pp. 325—360.

进行了分析。《继承者》叙述了一个尼安德特原始人群被一个较为进化的智人部落(即继承者)入侵和毁灭的故事。书的前大半部分描述了尼安德特人的生活,通过他们的眼光来看世界和智人的活动。当书快要结束时,叙述视点则转向了智人。为了说明作者是如何通过语言手段来实现叙述眼光的转换的,韩礼德从书中摘取了三段。第一段取自书的前部,当时尼安德特人中的主要人物洛克(Lok)躲在树丛里观察智人的所作所为,该段反映出尼安德特人看世界的特定眼光;第三段取自书的最后一部分,显示了更为进化的智人看世界的眼光;第二段则取自两种眼光之间的转折部分。韩礼德采用及物性系统对这三个片段进行了详细的比较分析。

及物性系统涉及动词词组表达出来的过程(如动作过程、心理过程),名词词组表达出来的过程的参加者,以及副词、介词词组表达出来的过程所涉及的环境成分。韩礼德指出,在第一片段中,动作过程表达的基本上都是简单的动作,而且这些过程绝大多数都是不及物的,例如"灌木丛突然又动了一下","洛克在树旁站稳了"。这些表达动作的小句一般都同时描述地点。在小句中,充当主语的有一半不是人,而是身体的某一部位或者无生命之物。它们的动作不作用于其他人或物,而仅仅影响其自身。这样就形成了一种既充满动感又无能为力的"无效活动"的氛围。更为重要的是,这一片段是从洛克的观察角度叙述的,它反映了尼安德特人在认识世界上的局限性。洛克不认识弓箭,当一个智人举起弓箭,朝他射击时,他还以为"一根棍子竖了起来,棍子中间有一块骨头……棍子的两端变短了,然后又绷直了。洛克耳边的死树得到了一个声音'嚓!'"。这样一来,原本有目标、有因果关系的及物动作过程,在洛克的眼中,就变成了由无生命之物充当主语的不及物的自发过程。由此反映出来的尼安德特人在文化或者生物进程中的局限性,使他们在智人入侵后无法生存。这一片段中,大量的不及物过程和身体的某一部位或无生命之物充当主语的过程组成了"前景化"的句法模型,这与第三片段中的语言形成了鲜明对照。在第三片段中,大多数小句都由人充当主语,这些小句有半数以上是动作过程,而且大多数动作过程都是及物的,反映出智人对环境的认识和作用,他们看世界的眼光与现代人的相去不远,代表了新的先进的文明。这两个片段在及物性结构上形成的对照或对抗,反映了人在进化过程中两个互为对抗的阶段同环境的不同关系和看世界的不同眼光,这也是戈尔丁想要表达的深层主题意义。

韩礼德的这篇论文可谓系统功能文体学的奠基之作。它有两大特点。一是其"语言的功能理论"打破了传统上文体与内容的界限。任何语言结构都有其特定的语言功能。韩礼德明确指出,"文体存在于语言的任何领域之中"。他所区分的用于表达经验的"概念功能"属于文学文体学不予关注的"内容"这一范畴。将文体研究扩展到这一领域有利于揭示小说人物生存活动的性质和观察世界的特定方式。然而,韩礼德并不认为所有的语言选择同等重要,他一开场就明确宣称:

> 我在这篇论文中最关心的问题为相关性准则(criteria of relevance)。在一首诗或一篇小说中频繁出现的规则的语言结构,有的对于文学研究没有意义,有的却对于该首诗或该篇小说十分重要。在我看来,如何将这两者区分开来,是"语言风格"研究中的一个中心问题。

他稍后又说:

> 如果我们将文本中(语法、词语、甚至语音上)的语言模型(linguistic patterns)与语言的基本功能结合起来考虑,就能以此为判断标准来确定什么样的语言特征是无关紧要的,就能将真正的前景化(true foregrounding)[①]与纯粹数量众多的语言结构区分开来。

然而,我们应该清楚地认识到,倘若我们仅仅以语言在生活中承担的功能为标准,就难以判断哪些语言结构具有文体价值,哪些结构无关紧要,因为任何语言成分都具有基本的(往往是两种以上的)语言功能。利奇和肖

[①] 我同意张德禄(1999)提出的观点:应把"foregrounding"翻译成"前景化",以有别于"没有动因的突出"。

特在评论韩礼德的功能文体分析时,断然宣称:"韩礼德认为所有的语言选择都有意义,而且所有的语言选择都是文体选择。"①这显然与上面所引的韩礼德的两段话直接矛盾。像利奇和肖特这样误解韩礼德的学者,无论在功能文体学的外部还是内部,都屡见不鲜。其实这一误解源于韩礼德自己的理论阐释。假如韩礼德确实仅仅"从语言在我们的生活中起某种作用,服务于几种普遍的需要这一角度出发来解释语言结构和语言现象",我们恐怕只能得出利奇和肖特那样的结论。实际上,韩礼德在判断什么是"真正的前景化"时,依据的并不是语言的基本功能(即"整个语言的功能系统"或"有关语言功能的一般概念"②),而是具体文本的主题意义。为了弄清这一问题,我们不妨看看韩礼德自己的两段文字。在1988年发表的《作为科学语篇的诗歌》一文中③,韩礼德在开篇之处,对早期的系统功能文体学的论文作了这么一番评价:

> 最早的"系统"文体学论文倾向于详细探讨由一个元功能中的一个系统建立的突出的模型,譬如在及物性系统中重复出现的选择(概念功能),有标记的人称代词(人际功能)或者主位选择(组篇功能),**并将这些特征与所研究的文学作品的大的主题和结构结合起来考虑……**。(黑体为引者所加)

请比较韩礼德在《语言功能与文学文体》一文中的一段话:

> ……**一个突出的特征只有在与文本的整体意义相关时**,才会真正地"前景化"。这是一种功能性质的关系:如果一个语言特征通过自身的突出来对作品的整体意义做出贡献,它凭藉的是它在语言系统中的价值——凭藉的是产生其意义的语言功能。**当该种语言功能

---

① G. Leech and M. Short, *Style in Fiction*, p. 33.
② M. A. K. Halliday, "Linguistic Function and Literary Style," in D. C. Freeman (ed.), *Essays in Modern Stylistics*, p. 334.
③ M. A. K. Halliday, "Poetry as Scientific Discourse: The Nuclear Sections of Tennyson's 'In Memoriam'," in D. Birch and M. O'Toole (eds.), *Functions of Style*, London: Pinter, 1988.

与我们对文本的阐释相关时,这种语言结构的突出看起来就是有目的的。(第334页,黑体为引者所加)

在第一段引文中,在括号中出现的"概念功能""人际功能""组篇功能"等仅能标明所涉及的语言现象在语言系统或生活中具有何种功能。这些功能在任何语境、任何语篇中都存在,譬如,只要是对及物性系统的选择,就必定具有概念功能;只要是主位选择,就必定具有组篇功能。不难看出,仅仅将这些语言现象与语言的基本功能结合起来考虑,根本无法"将真正的前景化与纯粹数量众多的语言结构区分开来",其原因就在于任何语言特征都有其"语言的基本功能"。若要判断或区分何为"真正的前景化",就需要考察这些语言特征与特定"作品的大的主题和结构"之间的关系,考察这些语言特征是否对"文本的阐释"或"作品的整体意义"做出了贡献。那么,何为"作品的整体意义"呢?在《韩礼德功能文体学理论述评》一文中,张德禄总结道:

> 在韩礼德对戈尔丁的《继承者》的分析中,他把相关的意义分为三个层次:1. 直接意义,即表达题材,当时的客观现实的意义,如在他所选的第一段中,表达洛克(Lok)的行为、行动、思想和观察等。2. 主题意义,土著人的思维和观察力范围狭窄,活动范围小,行为没有效力等。3. 人类性质,人类不同发展阶段的知识和精神上的发展以及由此产生的冲突。下层的意义用于实现上层的意义,即与上层的意义相关;对及物性模式选择同时体现了所有三个层次的意义,所以体现了作者的整体意义,得到了前景化。①

这里实际上只有两层意义:一为不考虑主题效果的字面描述意义,二为作品的主题意义。张德禄提到的第2和第3层,均属于主题意义这一层次,只是涉及的范围大小有所不同。倘若我们将范围局限于以 Lok 为代表的尼安德特原始人群,就会得出"土著人的思维和观察力范围狭窄,活动

---

① 张德禄:《韩礼德功能文体学理论述评》,《外语教学与研究》1999年第1期,第4页。

范围小,行为没有效力"等结论;倘若我们还考虑到智人入侵之后发生的事,就必然会涉及"人类不同发展阶段的知识和精神上的发展以及由此产生的冲突"。在判断什么是真正的前景化时,我们不必考虑"直接意义"或字面描述意义,因为这一层次对于我们的判断没有帮助。我们需要考虑的是语言特征与主题意义的关系。无论一个突出的语言特征具有什么基本语言功能,只要它对表达文本的主题意义做出了贡献,就是真正的前景化。反过来说,无论一个突出的语言特征具有什么基本语言功能,只要它没有对表达文本的主题意义做出贡献,就不是真正的前景化。

"前景化"这一概念源于布拉格学派的穆卡洛夫斯基的著名论文《标准语言与诗歌语言》①。它涉及两种互为关联的文体技巧:一是作者为了作品的美学价值和主题意义而有意违背或偏离标准语言或语法(这属于性质上的前景化),二是作者出于同样的目的而频繁采用某种语言结构(这属于数量上的前景化)。与新批评较为接近的文学文体学在判断什么是真正的前景化时,依据的是文本的主题意义。在上面的引文中,韩礼德自己也谈到了这一依据。但是,韩礼德并不认为他与文学文体学采用的是同一标准,很多功能文体学家也持同样看法。韩礼德在《语言功能与文学文体》中反复强调采用语言的功能理论我们就有了判断什么是真正的前景化的新标准。如前所述,这种想法不现实,因为语言的功能理论难以构成一种筛选标准。被韩礼德称为"纯粹数量众多的语言结构"之所以"对于文学研究没有意义",并不是因为它们不具备语言功能或者它们的语言功能不重要——在韩礼德看来,没有哪种语言功能比另一种更重要。这些语言结构之所以"没有意义",是因为它们对于表达文本的主题意义不起什么作用。

值得一提的是,功能文体学认为语言的各个层次之间的关系为体现性质。譬如词汇语法层的选择由语音或书写层来体现,而词汇语法层本

---

① J. Mukarovsky, "Standard Language and Poetic Language," in P. L. Garvin (ed.), *A Prague School Reader on Esthetics, Literary Structure and Style*, Washington D. C.: Georgetown Univ. Press, reprinted 1964, pp. 17—30.

身则体现语义层次(元功能层次)的选择。① 只有被上一层所促动的(motivated)突出才是真正的前景化,没有被上一层促动的语言特征,则无甚文体价值可言。功能文体学对语言层次之间体现关系的强调,使人们更为重视语言层次之间的相互关联和相互作用,具有积极意义。但应该看到,功能文体学在判断什么是真正的前景化时,依据的仍然是文本的主题意义,因为无论在哪一层次上,归根结底只有被文本的主题意义所促动的突出才是真正的前景化。文体分析不同于纯粹的语言学分析,它有其特定的研究目的。假如目的旨在探研语言结构如何对表达文本的主题意义起作用,那么就只有与文本的主题意义密切相关的语言结构,才具有文体价值。在这一点上,韩礼德的功能文体学模式与文学文体学模式并无本质性差别。对于这一点,我们应有清醒的认识。

韩礼德的这篇论文还有一个很有代表性的特点,即分析的系统性。韩礼德对不同过程的类型和数量、参加者的类型和数量以及环境成分的类型和数量都进行了具体的分析和精确的统计,并将分析统计结果予以系统的图示,让人看上去一目了然。这种分析的系统性是以其语言模式的系统性为基础的。韩礼德的分析模式为系统功能语法,这是一个大的系统网络,有概念功能、人际功能、语篇功能这三大相互关联的方面,每一方面包含若干个相互关联的子系统。说话人在想表达其意思时,需要对这三方面的有关子系统进行相应的选择。及物性系统就是属于概念功能范畴的一个子系统,就过程来说,可分为物质过程(如:妈妈(行动者)+为儿子(受益者)+做了(过程)+件衣服(目标))、心理过程(如:她(感觉者)+喜欢(过程)+这本书(现象)),以及关系过程、行为过程、言语过程、存在过程等不同种类。② 在某一小句中出现的某个具体过程可视为是对这个子系统进行选择的结果。在韩礼德之后,有不少文体学家采用及物性模式对文本的语义层面进行了系统的分析。

---

① See M. A. K. Halliday, "Poetry as Scientific Discourse," op. cit, p. 31.
② M. A. K. Halliday, *An Introduction to Functional Grammar*, London: Edward Arnold, 1985, pp. 101—143.

值得注意的是,韩礼德及物性系统中的功能成分与菲尔默(C. J. Fillmore)的格的语法和切夫(W. L. Chafe)的理论中的语义成分较为相似。① 菲尔默区分了"施动格""工具格""与格""使役格""方位格"等语义成分;切夫则区分了"施动者""受益者""经验者""补足者"等语义成分。这与韩礼德的"动作者""目标""受益者""感觉者"等语义功能在本质上相似。然而,菲尔默和切夫研究的是转换语法的深层结构中的语义成分,而韩礼德不承认深层结构,认为体现及物性的单位为表层小句。但在我们看来,及物性确实属于深层语义结构,请比较下面两例:

(1) Tom beat that old man, which shocked his parents. (汤姆打了那位老人,这件事使他的父母感到震惊。)

(2) Tom's beating that old man shocked his parents. (汤姆打了那位老人这件事使他的父母感到震惊。)

例一为两个小句,分别表达一个物质(动作)过程和一个心理过程。但例二仅有一个小句——"汤姆打了那位老人"这个物质过程出现在名词词组之中,充当这个小句的主语。根据韩礼德的理论,因为例二仅有一个小句,因此仅有一个心理过程("汤姆打了那位老人这件事"作为名词词组仅仅是这个心理过程中被感受的"现象")。也就是说,在韩礼德的模式中,以上两例在概念功能上会出现很大差异。但不难看出,这两例实际上具有完全相同的概念功能(即表达了完全相同的经验),它们的差异仅仅存在于表层句法结构这一层次上。表层句法结构的差异往往会影响"主位—述位"结构、信息结构(已知信息—新信息)或者信息焦点,使有的经验得到强调,有的经验则被"背景化"。但表层句法结构的差异并不会改变经验内容(及物性结构)。不难看出,例二的那一个小句同样包含了一

---

① C. J. Fillmore, "The Case for Case," in E. Bach and R. T. Harms (eds.), *Universals in Linguistic Theory*, New York: Holt, Rinehart and Winston, 1968; W. L. Chafe, *Meaning and the Structure of Language*, Chicago: Univ. of Chicago Press, 1971;参见胡壮麟等编著:《系统功能语法概论》,长沙:湖南教育出版社,1989年,第17页。

个物质(动作)过程和一个心理过程。在此,我们不妨看看伯奇(D. Birch)和奥图尔(M. O'Toole)在1988年出版的《文体的功能》一书中的一段论述:

及物性系统在小句这一级阶表达了经验性质的意义关系……譬如:

(1) 　动作者　　　过程　　　产品　　　环境(时间)
　　The publishers　produced　the book　in six months.
　　(出版商)　　(出版了)　　(这本书)　(用六个月).

这一小句表达了一个包含动作者、过程、产品、环境时间的物质过程。倘若将该句中的时态改为"将要出版"(will produce),或将名词修饰为"这本学术著作",或将"出版了"改为"印刷了",均会使这句话的经验意思出现较大改变。……格雷斯和霍奇(1979)以及其他人曾论及,选择(语篇功能中的)被动语态可以使主语/动作者之外的成分(例如修饰成分或补语)成为小句的主位,也能够将(概念功能中)及物性系统里的动作者略去不提,譬如:

(2) The book was produced in six months.(这本书花了六个月时间来出版。)

在采用被动语态后,句中的主位焦点落到了"这本书"这一产品之上,同时,作为动作责任者的"出版商"从句中消失了。……又如下面的语法隐喻:

(3) The production of the book took six months,(这本书的出版花了六个月的时间。)

占据主位位置的为过程这一功能成分,而不是动作者或产品("出版商"这一动作者更加隐而不见了;"这本书"这一产品也成了充当主语的名词词组里的一个限定性短语)。同时,"出版"这一具体过程被名词化了,动词性质转而由一个意义宽泛的关系动词"花了"体现出来。**如果采用被动语态或者语法隐喻能使这句话的经验内容起**

如此大的变化，人际功能方面的变动又会产生多么重要的文体意义呢？……①(黑体为引者所加)

这一段开始时提到的时态、名词修饰语和动词均为概念功能方面的子系统，倘若对它们的选择有了改变，句中的经验内容确实会随之改变，因为这直接影响句子的深层结构。与此相对照，属于语篇功能的语态不影响句子的深层结构，而仅仅影响表层结构：将主动语态变为被动语态仅仅从句子的表层略去了"出版商"，该成分在深层结构中依然存在，这一小句中的动作责任者仍然是"出版商"。同样，采用被动语态后，尽管"这本书"成了小句的主语，但在及物性结构中，"这本书"依然是"产品"这一功能成分，它与其他功能成分之间的经验关系并没有发生任何变化，变化了的仅仅是表达同样(深层)经验内容的(表层)角度和方式。不难看出，语法隐喻也丝毫没有改变原来的及物性结构或经验内容：各种功能成分和它们之间的关系依旧。也就是说，语态的变化和语法隐喻的采用并不会引起经验内容（及物性结构）的变化。伯奇和奥图尔等功能文体学家之所以会在这方面产生误解，就是因为他们误以为及物性结构属于表层小句这一层次。我们应该清楚地认识到，无论以什么形式、什么级阶的表层结构出现(无论是主句、从句还是名词词组，无论是什么语态)，表达经验的及物性过程一般不会改变。只有认清这一点，我们在分析及物性结构时方能避免偏误。

韩礼德的这篇论文还有一个特点，即在理论上轻视违背语言规则的性质上的前景化，重视选择频率上的或数量上的前景化。他断言在语法上偏离常规的语言现象"对文体学来说价值十分有限。这种现象很少见，而当它出现时，也常常没有文体价值。"②他引用了麦金托什的话来为自己的观点提供依据："……常常……我们发现一个作品具有巨大的感染

---

① D. Birch and M. O'Toole, "Introduction," in Birch and O'Toole (eds.), *Function of Style*, London: Pinter, 1988, pp. 9—10.

② M. A. K. Halliday, "Linguistic Function and Literary Style," in D. C. Freeman (ed.), *Essays in Modern Stylistics*, p. 336.

力,但逐个字、逐个短语、逐个小句、逐个句子地看下来,却看不出在语法或者词语上有什么非同寻常或引人注目之处。"韩礼德认为重要的是数量上的前景化,即作者在有可能进行多种选择的区域坚持频繁采用同一类型的结构(这样规则一致的选择可以构成文本内的常规,但从更大的范围来看,则可能偏离了常规的频率)。韩礼德对于违背语言规则的性质上的前景化的轻视,与文学文体学家形成了对照,后者一般更为重视或同样重视性质上的前景化。

有的文体学家以现代派诗歌和小说为分析对象,集中关注作品中违背语法规则的性质上的偏离,忽视符合语法规则的数量上的突出。韩礼德重视数量上的突出,轻视性质上的突出,可以说是对前者的一种回应,但这有矫枉过正之嫌。韩礼德不赞成区分性质上的突出和数量上的突出,认为所有突出形式都可以从数量的角度来解释或者统计。但依笔者之见,区分性质上的突出和数量上的突出有利于把握语言特征的本质。

韩礼德的观点以他对《继承人》的及物性结构的分析为基础。但在我们看来,这部小说中的及物性结构之所以具有文体价值,关键在于性质上的前景化,而不是数量上的前景化。韩礼德所分析的第一片段中的及物性结构偏离了现代语言的常规,最为典型的例子就是上面曾论及的"一根棍子竖了起来,棍子中间有一块骨头……棍子的两端变短了,然后又绷直了。洛克耳边的死树得到了一个声音'嚓!'"。请比较:"一个男人举起了弓和箭……他将弓拉紧箭头对着洛克射了过来。射出的箭击中了洛克耳边的死树,发出'嚓!'的一声响"。不难看出,《继承人》中的表达法尽管语法正确,但在概念的形成和表达上明显地偏离了现代语言的常规,这种偏离从本质上说,是性质上的偏离。在第一片段中,由物体或者身体的某一部位充当主语的小句在经验表达上均偏离了现代语言的常规(又如"一根树枝在他的脸旁长了出来"——现代人的说法则为"一支箭射到了他的脸旁";"洛克的胃告诉他不能吃这根树枝"——现代人的说法则是"他知道这箭不能吃")。正是通过这些违反现代常规的经验表达,戈尔丁直接生动地再现了原始人看世界的不同眼光。这绝不仅仅是"一些句法结构被出乎意料地频繁选用"①的数量上或频率上的前景化。与第一片段形成对照的第三片段中的及物性结构基本符合现代语言的常规,但它的文体价值是寄生在第一片段的偏离之上的,因为它的文体价值恰恰在于与第一片段形成了对照,这一对照反映出人在进化过程中的两个互为对抗的阶段同环境的不同关系和看世界的不同眼光。倘若《继承人》全文中的及物性结构均与第三片段中的一致,那就显然没有多少文体价值可言。

英国文体学家肯尼迪(C. Kennedy)在采用韩礼德的及物性系统进行分析时,特意选择了康拉德的《特务》(*The Secret Agent*)这样"语言特征一眼看上去属于'标准'英语"的小说,以"证明韩礼德的方法能够用于分析基本符合常规的文本"。② 肯尼迪分析的是维洛克太太为了替死去的弟弟报仇,而拿刀杀死丈夫的那一片段:

> ……她的右手轻轻地拂过桌子的一角,当她继续朝沙发那儿走时,盘子旁边的切肉刀已悄无声响地消失了。维洛克先生听到地板嘎吱嘎吱地响,感到心满意足。他等待着。维洛克太太过来了。……他躺在沙发上,凝视着上方。他看到天花板和墙上出现了一只手臂晃动的影子,手里攥着一把切肉刀。它上下晃动了一下,这动作不慌不忙,使维洛克先生有时间认出这个上肢和这把刀。……但维洛克先生没有时间动一下手或脚。刀子已经刺入了他的胸膛。它没有遇到任何抵抗。……维洛克先生这位特务在刀子扎下来时,仅顺着它轻轻地侧了侧身子,嘴里嘟哝了句"别",四肢连动也没动一下,就断了气。(第14章)

在这一片段中,有13个动词用于描述维洛克先生的经验过程,其中8个动词描述的是他的心理过程,尤其是感知过程。剩下的有的是没有目标的非及物动词(譬如"断了气"),或是动作没有实现的及物动词(譬如

---

① M. A. K. Halliday, "Linguistic Function and Literary Style," in D. C. Freeman (ed.), *Essays in Modern Stylistics*, p. 353.
② C. Kennedy, "Systemic Grammar and Its Use in Literary Analysis," in R. Carter (ed.), *Language and Literature*, p. 85.

"没有时间动一下手或脚")。在这些过程中,维洛克均为被影响的对象,而不是过程的主动发起者。这样的及物性结构体现出维洛克的被动无能。他无法控制事态,只是被动地观察自己被太太杀害的经过。等到他意识到将发生什么事时,已来不及进行任何抵抗了。

肯尼迪接下去分析了涉及维洛克太太的及物性结构。他重点分析了下面这几个小句:

(1) 她的右手轻轻地拂过桌子的一角
(2) 她继续朝沙发那儿走
(3) 切肉刀已悄无声响地消失了
(试比较:她用右手轻轻拿起了放在桌角盘子旁边的切肉刀,继续朝沙发走过去。)

康拉德的三个小句没有直接表达维洛克太太拿刀的动作,甚至没有说"她的右手拿起了刀",而只是说了"她的右手轻轻地拂过桌子的一角……切肉刀已悄无声响地消失了"。这儿的及物性结构仅仅表达了刀子消失这一结果,没有直接表达刀子消失的原因,读者需要根据经验来推断这几个小句之间的关系。这样就将维洛克太太与她自己的动作"分离"开来,使人觉得她无甚责任。这一效果被后面的语言选择进一步加强,譬如:"出现了一只手臂晃动的影子""这个上肢和这把刀""刀子已经刺入了他的胸膛"(试比较:"维洛克太太已经将刀子刺入了他的胸膛")。

正如肯尼迪所言,涉及维洛克先生的及物性结构基本符合常规;它们较为客观地反映了维洛克被动顺从、缺乏实际反抗能力的状态。然而,与肯尼迪的话形成对照,涉及维洛克太太的及物性结构却从性质上偏离了常规(常规的说法为:"她用右手轻轻拿起了放在桌角盘子旁边的切肉刀"等)。康拉德采用"她的右手轻轻地拂过桌子的一角……切肉刀已悄无声响地消失了"等及物性结构,不是为了客观描述维洛克太太的动作,而是为了使她的动作看起来不受她的主观意识的支配。换句话说,是为了表达看待维洛克太太动作的一种特定眼光。

笔者认为,我们有必要区分及物性结构的两种不同表达对象:一为人物的经验本身;二为看待人物经验的特定眼光(这眼光可以是人物的,也可以是叙述者/作者的)。用于表达前者的及物性结构往往是符合常规的;如果偏离常规,也一般表现为数量上的前景化(譬如心理过程或非及物性动词占了较大比例)。倘若被表达的经验与主题意义紧密相连,那么这些在性质上符合常规的及物性结构就具有文体价值。与此相对照,表达看事物的特定眼光的及物性结构一般是从性质上偏离常规的。《继承人》中洛克的原始眼光和《特务》中叙述者观察维洛克太太动作的眼光之所以具有文体价值,就是因为它们有别于现代人的常规眼光(如果跟常规眼光无甚区别,也就无甚文体价值可言)。这种区别只有通过性质上的前景化才能有效地表达出来。因此,在分析及物性结构时,倘若涉及的是看事物的独特眼光,性质上的偏离或前景化往往格外重要。不难看出,即便是在符合语法规则的情况下,区分性质上的突出与数量上的突出,也有利于把握语言特征的本质。就符合语法规则与违背语法规则这两种情况而言,这一区分也就更有必要了。

至于人际功能这一方面,功能文体学家一般从分析语气、情态、语调、人称、表达态度的形容词和副词等入手,来探讨文本中反映出来的信息的发送者和接收者之间的关系(小说中作者/叙述者、人物、读者之间的关系),以及他们对于经验内容的立场态度和价值判断。值得一提的是,倘若功能文体学研究的是戏剧或广播访谈等实际对话中的人际功能,这些研究也很可能由于其分析对象而被归于话语文体学的范畴。至于语篇功能,功能文体学家着重探讨文本中的主位结构、信息结构、句子之间的衔接与文本的主题意义之间的关系等等。

早期的功能文体学家一般聚焦于某一特定的功能范畴:如集中研究作者对及物性系统的选择,或关注作者对属于人际功能的人称代词的选择,或集中探讨作者对属于语篇功能的主位结构的选择。但是近年来,越来越多的功能文体学家注意在几个层次上同时展开分析,注意它们如何相互作用来构成文本文体的总体特性,以表达和加强主题意义和塑造人物。从上面所引的伯奇和奥图尔评论"出版商用六个月时间出版了这本书"的那段话就可以看出,功能文体学认为作者在对语言进行选择时,是同时对概念功能,人际功能和语篇功能中的子系统进行选择。

至于功能文体学的研究程序,在《韩礼德功能文体学理论述评》一文的结论中,张德禄写道:韩礼德的功能文体学理论对文体学的贡献之一是"提出了分析阶段与解释阶段两阶段研究过程。分析阶段用以理清素材,从素材中发现可能有价值的成分,而解释阶段则用以确定这些选择出的特征(突出特征)是否真的有价值。如果有价值,它就是前景化的文体特征,否则就是无关紧要的。"在此,我们不妨比较一下功能文体学家奥图尔的一段评论:"文体分析最终促进和加深阐释过程。对语言细节的准确描述和对整首诗及其局部意思的不太准确的直觉理解构成一种辩证运动。这种运动成为'阐释的螺旋形进程'(hermeneutic spiral),它加强和加深我们对语篇的理解。"[1]如本章第二节所述,半个世纪以前,德国文体学家斯皮泽提出了语言分析与文学阐释之间的"语文圈":即先找出作品中偏离常规的语言特征,然后对其做出作者心理根源上的解释,之后再回到作品细节中通过考察相关因素予以证实或修正。从表面上看,在这一模式中,搜寻语言特征与文学解释是一前一后两步分离的步骤。实际上,斯皮泽认为寻找语言特征的过程不是独立的或盲目的,它受制于批评家以往的阐释经验,是一种有目的、有条件的选择过程。英国文体学家利奇和肖特透过表面现象,将斯皮泽的"语文圈"理解为一种"循环运动";在这种"无逻辑起点"的循环中,"对语言的观察能促进或修正文学见解,而文学见解反过来又促进对语言的观察"。奥图尔是沿着斯皮泽的思路走的,但他认为"阐释的螺旋形进程"这一意象能更好地表达文学直觉与语言分析之间的"穿梭运动"(shuttling process),这一运动向上发展,"没有终结"。

从论著的页面上看,文体学家往往先对语言细节进行系统、细致的分

---

[1] M. O'Toole, "Henry Reed, and What Follows the 'Naming of Parts'," in D. Birch and M. O'Toole (eds.), *Functions of Style*, p. 12.

析,然后才进行解释。但实际上对文本主题意义的阐释贯穿这两个阶段。语言分析这一过程并非脱离阐释的纯语言学分析过程。语篇中,尤其是长篇小说中,语言现象十分繁杂,就数量突出的语言现象来说,也有"纯粹数量众多的语言结构"与"真正的前景化"之分。若要有目的地进行文体分析,就需要先阅读理解文本,抓住可能有文体价值的语言特征来进行系统细致的分析描写,通过分析来加深对文本的理解,理解加深后又可引导进一步的分析。简言之,一方面我们可以区分语言分析阶段与文学解释阶段;另一方面,我们应看到语言分析与文学阐释互为渗透,互为促进,看到两者之间的"循环运动""穿梭运动"或者"螺旋形进程"。

系统功能文体学还有一个显著特点,即强调语言、语篇与社会语境的关系。韩礼德认为语言是社会符号,语篇受制于情景语境。情景语境有三个主要成分:语场、基调和语式。语场指语篇处于其中的社会活动,题材为其重要成分;基调指语言交际双方或各方之间的角色关系——不同的角色关系会导致语言风格尤其是正式程度上的差异;语式指交际时选择的渠道或方式(譬如口语或者书面语,即兴或者有准备的发言等)。语场、基调和语式分别制约着作者或讲话者对概念、人际和语篇功能中语义系统的选择。对语场、基调和语式的强调将注意力引向了文本外部,并进一步引向文本所处的社会历史大环境。

值得注意的是,韩礼德对文学作品之情景语境的看法经历了一个从形式主义立场到非形式主义立场的转变。为了说明这一点,我们不妨看看张德禄的《韩礼德功能文体学理论述评》一文中的两段话:

> 韩礼德的功能文体学把这两者[语言学研究和文学研究]较好地结合起来,同语言学家一样分析语言现象,同文学研究者一样分析语篇产生的历史背景、社会和心理环境,并把语言分析的结果用情景语境来解释,确定语篇的文体。(第47页)
>
> 在文学作品中,由于语篇的决定语篇内容的情景是作者在创作中创造出来的,所以要看它[语言形式]是否与表达作者的整体意义相关。……在文学作品中,作品的整个意义和与意义相关的情景都

是作者创造出来的,由此,文学作品的情景语境要根据语篇来推断。……某个突出的语言特征只要与作者的整体意义相关就是与语篇的情景语境相关……(第44页)

第一段话提到的"文学研究者"指的是在不同程度上将作品视为社会文献或历史文献的传统批评家,他们所研究的"语篇产生的历史背景、社会和心理环境"是处于语篇之外的社会、历史、创作环境。这种研究依据对各种史料(包括书信、报刊、传记、自传、历史记载等等)的考证来完成。不难看出,上面这两段引语互为矛盾。这一矛盾源于韩礼德自己在立场上的变化。第二段引语体现的是一种鲜明的形式主义立场,强调文学的自律性,认为文学作品是独立自足的艺术世界。也许是受布拉格美学学派、新批评和文学文体学的影响,早期的韩礼德坚持文学与非文学的区分,将作品的"情景语境"囿于作品的范围之内。但20世纪80年代以来,受社会历史文化研究大潮的影响,韩礼德对待文学作品的立场发生了根本性转变。在为《文体的功能》一书所写的序中,韩礼德对于近期的功能文体学作了这么一番评论:

在过去五到七年间,通过将对语篇的语言学解释(涉及语法和话语)与文学、社会政治和意识形态等多种角度结合起来,极大地丰富了这一研究领域。后者可用"符号学"这一名称来笼统地概括……我认为,有的论著在过去十年间特别拓展了我们的视野,包括格雷斯(Kress)对于语言和意识形态的探讨——语法如何创造政治现实,福勒(Fowler)对于社会历史语境中的文学作品的研究……①

在这里,文学与非文学之间的界限不复存在。格雷斯和福勒均为批评语言学的代表人物(参见本章第五节)。格雷斯的主要研究对象为新闻报刊,福勒则是将文学视为社会语篇,同时研究新闻报道和文学作品所反映的社会意识形态。应该指出的是,这些研究者均受益于韩礼德将语言

---

① M. A. K. Halliday, "Foreword," in D. Birch and M. O'Toole (eds.), *Functions of Style*, p. viii.

视为社会符号的思想,受益于韩礼德在很多论述中对由语场、基调和语式构成的语篇"情景语境"的强调。此外,以重视语言的元功能、系统性极强为特点的功能语法为这些研究者提供了强有力的语言分析工具。而这些采用功能语法的文体学研究又大大扩展了功能文体学的范畴。

随着视野的拓展,韩礼德强调的不再是文学作品的自律性或自足性,而是作品的社会文化环境或者宏观的符号环境。我们应该认识到,当早期的韩礼德强调文学作品的自律性和自足性时,我们看到的并非功能文体学的特点,而是与新批评、文学文体学等相类似的形式主义立场。只有在韩礼德将注意力转向文学作品的社会历史语境时,我们才能看到功能文体学的特点。像福勒那样采用功能语法来研究文化环境中的文学作品的学者和像格雷斯那样采用功能语法来研究语言和意识形态之关系的学者,都为这一特点的形成立下了汗马功劳。

由于系统功能文体学强调情景语境的作用,20世纪80年代以来,它在重视社会语境的文化学术氛围中得到了长足的发展。近年来,越来越多的功能文体学家将注意力转向了文本语言与权力关系/意识形态之间的关联和相互作用。当然,这也促成了一种新的文体研究派别的形成:社会历史或社会文化文体学。不少文体研究成果从语法模式来说,应划归系统功能文体学;但从其研究目的来说,则属于社会历史文体学。同样,有的文体研究从分析对象来说属于语篇文体学,但采用的分析工具也是系统功能语法。也就是说,系统功能语法对文体学的影响早已超出了系统功能文体学的范畴,成了一种被广泛应用的文体分析工具。这是因为其功能性、系统性和对情景语境的重视使它成了一种较受欢迎的语言学模式。

然而,有些圈外人认为采用系统功能语法的文体分析过于公式化和繁琐,这也有一定的道理。有不少功能文体学家以运用、检验或发展系统功能语法本身为最终目的,一味追求分析的系统性和全面性,将文本中的语言现象(包括一些看上去一目了然的语言现象)进行复杂的元语言公式化描述,使圈外人感到较为晦涩、难以接受,这也许是该文体学派急需改进的一个方面。

第四节　话语文体学

话语文体学指采用话语分析模式以及语用学和语篇语言学来进行分析的文体派别,20世纪80年代初以来发展较快。一般认为,话语文体学的一个重要特点为其分析对象:即语言在实际社会语境中使用的实例,而不是分析者凭自己的直觉构想出来的"虚例"。究竟是以前者为分析对象还是以后者为分析对象,是区分话语分析本身和形式语言学(以及传统语法)的一个重要标准。但我们认为这一标准在区分文体学派时已失去了意义,因为所有的文体学派均属于应用性质。无论采用什么语言学模式,各文体学派分析的均为语言在语境中使用的实例。譬如,尽管形式语言学研究的是语言学家自己构想出来的例子,形式文体学则是将这种语言学理论用于研究语言使用的实例。两者虽然都被"形式"两字修饰,其分析对象却迥然相异。英国文体学家利奇曾给文体学笼统地下了这么一个定义:

> 文体学……可被简单地视为分析文学话语的那种话语分析。[1]

这个定义无疑过于简单,但它也从一个侧面表明文体学分析的都是语境中的实例(分析非文学话语时也是如此)。当然,尽管文体学家分析的都是语境中的实例,各个派别对语境的重视程度却不尽相同。譬如,与新批评较为接近的文学文体学倾向于将文学文本视为自律自足的艺术品,而与社会学关系密切的话语文体学则相当注重文本与社会历史语境的联系。

在分析对象上,话语文体学确实有两点不同于其他文体学派,一是注重分析会话,注重交际双方的相互作用过程。诚然,近年来的话语文体学

---

[1] G. Leech, "Pragmatics, Discourse Analysis, Stylistics and 'The Celebrated Letter'," *Prose Studies* 6(1983), p. 151.

注意研究文学文本(而不是生活中的实际对话),①但即便如此,话语文体学的分析重点仍为戏剧、小说、诗歌中的人物会话、独白或巴赫金意义上的种种对话关系。另一特点是,话语文体学的分析对象为句子以上的单位,如对话的话轮之间的关系和规律,句子之间的衔接,或话语的组成成分之间的语义结构关系等。

话语文体学分析文学会话的模式主要来自于以下几种分析日常会话的模式:②

1. 人类学方法的会话分析。它关注社会结构中会话双方的相互作用,尤为注重发起谈话、结束谈话、轮流发言、修正、接收设计、理解显示等为完成交际任务而产生的言语方式。在《小说文体学》一书中,图伦(M. J. Toolan)运用会话分析的一些概念对福克纳的小说《去吧,摩西》(*Go Down, Moses*)中的人物对话进行了分析。③ 他在分析中还借鉴了其他话语分析模式,尤其是以格赖斯(H. P. Grice)的会话合作原则为基础的模式。这是不少话语文体学家的共同之处,他们一般根据需要,综合采用不同的分析模式。

2. 以英国伯明翰大学的辛克莱(J. Sinclair)和库尔特哈德(M. Coulthard)为代表的"伯明翰话语分析法"。它借鉴了韩礼德阶与范畴的语法等级模式(句子—小句—词组—词—词素),建立了一个具有五个层次的模式(课—课段—回合—话步—行为)。该模式适用于分析老师与学生之间、大夫与病人之间或律师与证人之间的规律性较强的对话。伯明翰大学的伯顿为了分析戏剧(以及日常对话),将该模式最高层的"课"改为了"应对",并进行了一些其他调整。在分析戏剧时,她尤为注重"话步"这一层次,从"开题话步""支持性话步"和"挑战性话步"的对照中,看人物

---

① See M. McCarthy and R. Carter, *Language as Discourse: Perspectives for Language Teaching*, London: Longman, 1994, p. 135.

② See M. J. Toolan, *The Stylistics of Fiction*, London: Routledge, 1990, pp. 273—274.

③ M. J. Toolan, *The Stylistics of Fiction*, pp. 273ff.

之间的不同地位和权力关系。① 图伦采用伯顿修改后的模式对乔伊斯《一位青年艺术家的画像》中圣诞晚餐中的人物对话进行了分析。他的分析也聚焦于话步这一层次。在分析中,他还采用了格赖斯会话分析模式中的一些基本概念,以求较为全面地揭示人物会话的结构和规律,探讨其反映出来的人物之间的关系、社会文化情景和深层主题意义。②

3. 以戈夫曼(E. Goffman)提出的"脸面"和布朗(G. Brown)与莱文森(S. Levinson)提出的"礼貌"概念为基础的分析模式。③ 这一模式将言语行为与社会学和社会心理学联系起来,认为人们在对话时,注意采用一些策略来维持自身、他人或受话人的恰当形象。辛普森运用布朗和莱文森的方法,分析了尤内斯库(Eugene Ionesco)的《课》(The Lesson)一剧中的人物对话。他通过揭示人物在对话中采用的不同礼貌策略,来说明人物之间关系的奇特变化,展示出该剧对话的怪异荒诞。④

4. 以格赖斯的会话合作原则为基础的模式。⑤ 格赖斯认为人们在会话时一般遵循四项合作准则,即数量准则(提供适量信息)、质量准则(不说假话和缺乏证据的话)、关联准则(不说离题话)、方式准则(说话清楚明白、井然有序)。会话双方运用这些准则来产生或推导出各种会话含义。这是话语文体学家在分析戏剧、小说中的会话时较为常用的一种模式,他们尤为注重分析人物话语中蕴含的诸种会话含义。普拉特(M. L. Pratt)等人还借鉴这一模式来分析叙述者与受述者之间的相互作用。⑥

---

① D. Burton, *Dialogue and Discourse*.

② M. Toolan, "Analysing Conversation in Fiction: An Example from Joyce's Portrait," in R. Carter and P. Simpson (eds.), *Languae, Discourse and Literature*, pp. 194—211.

③ See E. Goffman, *Forms of Talk*, Philadelphia: Univ. of Pennsylvania Press, 1981;P. Brown and S. Levinson, *Politeness*, Cambridge: Cambridge Univ. Press, 1987.

④ P. Simpson, "Politeness Phenomena in Ionesco's *The Lesson*," in R. Carter and P. Simpson (eds.), *Language, Discourse and Literature*, pp. 170—193.

⑤ H. P. Grice, "Logic and Conversation," in P. Cole and J. Morgan (eds.), *Syntax and Semantics*, Vol. 3: *Speech Acts*, New York: Academic Press, 1975, pp. 41—58.

⑥ M. L. Pratt, *Towards a Speech Act Theory of Literary Discourse*, Bloomington: Indiana Univ. Press, 1977.

除了借用分析日常会话的模式,在分析小说中的会话时,话语文体学家还发展了自己的模式。福勒采用了巴赫金(M. Bakhtin)的对话理论来分析狄更斯的小说《艰难时世》的复调性质。他分析了该小说中各种对照性的语言风格,包括个人语言变体(idiolect)、社会语言变体(sociolect)和对话。这些不同语言风格相互作用、相互冲突,反映出书中多元共存的意识形态关系。① 另一文体学家威伯(J. Weber)也对狄更斯《艰难时世》中的语言风格进行了分析,但他更为注重反映说话者态度和判断的情态系统的作用,通过分析主要人物语言的情态特征,揭示了人物的不同意识形态和世界观。②

有的话语文体学家还注意分析文学篇章的语义结构。克朗碧(W. Crombie)分析了弥尔顿的《论出版自由》(*Areopagitica*)中一个片段的语义结构关系。她区分了两种不同的语义关系,其中一种为关联性质,包括对照、相似、反期待、肯定陈述或否定陈述;另一种为逻辑演绎关系,包括原因与结果、理由与结论、状况与结果之间的关系。克朗碧逐句分析了弥尔顿文中的语义结构关系,探讨了它们之间的相互作用和它们所产生的效果和意义。③

在《以话语为中心的文体学:向前一步?》一文中,霍伊(M. Hoey)也提出了一个分析语义结构的模式。他区分了两种不同的语义结构类型,一种为"提出问题—解决问题",它有三个构成成分:(1) 对问题的陈述;(2) 对问题的回答;(3) 对回答的效果的评价。另一种语义关系为搭配性质,涉及语义结构上的相似或对照。霍伊用这一话语分析模式分析了多恩(John Donne)的《天父赞美诗》(*A Hymne to God the Father*)。他的话语分析是多方面的,包括(1) 诗中一系列"提出问题—解决问题"的语义

---

① R. Fowler, "Polyphony in *Hard Times*," in R. Carter and P. Simpson (eds.), *Language, Discourse and Literature*, pp. 76—93.

② J. Weber, "Dickens's Social Semiotic: the Modal Analysis of Ideological Structure," in R. Carter and P. Simpson (eds.), *Language, Discourse and Literature*, pp. 94—111.

③ W. Crombie, "Semantic Relational Structuring in Milton's *Areopagitica*," in R. Carter and P. Simpson (eds.), *Language, Discourse and Literature*, pp. 113—120.

结构;(2) 诗人与天父之间的对话;(3) 句间的衔接方式;(4) 诗与读者之间的对话;(5) 一系列的搭配性质的语义结构。①

霍伊的分析可以说涵盖了话语文体学分析的几个基本层次:对话、句际衔接、语义结构。值得注意的是,话语文体学的"话语"(discourse)一词与叙述学的"话语"(discourse)一词虽然从表面上看完全一样,但实际上两者相去甚远。正如我们将要在第八章中谈到的,叙述学的"话语"指的是叙述故事事件的方式(尤指对事件在时间上的重新安排),它既不包括人物的会话或语义结构这些属于(故事)内容的因素,也不涉及句际衔接等句子之间的关系。这两个"话语"之间可以说基本上没有共同点。

为了进一步认清叙述学与文体学之间的差异,我们不妨在此比较一下文体学家和叙述学家对语义结构的不同探讨方式。克朗碧和霍伊对语义结构的探讨涉及的是小句这一层次。霍伊认为:"话语中的每一个小句至少与另一小句或一组小句形成一种语义关系。……话语的小句关系可以是小句之间、句群之间的关系,也可以是小句的组成成分之间的关系。"与此相对照,叙述学家在探讨语义结构时,关心的是故事事件之间的关系。如前所述,格雷马斯在《语义结构》一书中,提出叙事作品中存在着由六种角色或行动者组成的三组对立,即:主体/客体,发送者/接受者,帮助者/反对者。他刻意探求的是这些行动者之间的结构关系。这种结构关系与故事事件相关,而与小句这一层次无甚关联。

总的来说,与功能文体学家相似,话语文体学家较为重视语言学描写的精确性和系统性,注意展示或检验所采用的语言学模式的可行性。话语文体学家也较为紧跟时代潮流,越来越多的人强调文本与社会、历史语境的联系,主张超越对文本美学价值的探讨,而将注意力转到文体特征与阶级、权力、意识形态的关系上去,这无疑促进了社会历史/文化文体学的发展。

---

① M. Hoey, "Discourse-Centred Stylistics: A Way Forward?" in R. Carter and P. Simpson (eds.), *Language, Discourse and Literature*, pp. 122—136.

第五节 社会历史/文化文体学

20 世纪 80 年代初以来,受重视意识形态和权力关系的法兰克福学派、马克思结构主义,尤其是福柯的思潮的影响,越来越多的文体学家不再把语言视为一种中性的载体,而是视为意识形态的物质载体;不再把文本作为反映意识形态的一面单纯的镜子,而是把语言和文本视为意识形态和社会结构的产物,又反过来作用于意识形态和社会结构。他们认为,这是一种辩证的生产关系,语言与社会语境互为制约,互为实现,互为建构,加重了社会上的各种不平等和不公正的现象。① 从这个角度来看,文体学的任务就是揭示和批判语言中蕴含的意识形态和权力关系。这就导致了"批评文体学"或"社会历史/文化文体学"的诞生。

英国文体学家伯顿是社会历史/文化文体学的开创人之一。她在 1982 年发表了一篇当时被认为颇为激进的文章,②文中提出(西方)人生活在一个阶级压迫、种族歧视、性别歧视的社会里。后浪漫主义经典文学中有很大一部分掩盖矛盾和压迫,为统治阶级的意识形态服务,而文学批评,尤其是文体学,则通过对这些文本的分析和欣赏成了为统治意识服务的帮凶。伯顿呼吁文体学家审视自己的研究,弄清楚它究竟是为压迫性质的统治意识服务的,还是对这种统治意识进行挑战的。她认为文体分析是了解通过语言建构出来的各种"现实"的强有力的方法,是改造社会的工具。文体学应具有社会批评性和社会作用,为逐渐消除社会上的各

---

① 诚然,"意识形态"一词有各种含义,从事批评性研究的学者们也对之有各种界定。但从实际情况来看,批评性的语篇(语言、文体、文本)分析——无论冠以什么名称——往往聚焦于涉及种族、性别、阶级的政治意识形态。比较温和的批评语言学的领军人物 Roper Fowler 也曾提出"所有语言,而不仅仅是政治语言,都倾向不断肯定通常带有偏见的、固定下来的表达"。而批评"有责任与这种倾向展开斗争",以便抵制语言的习惯表达,质疑社会结构(1986, pp. 34—36)。

② D. Burton, "Through Glass Darkly: Through Dark Glasses," in R. Carter (ed.), *Language and Literature: An Introductory Reader in Stylistics*, pp. 195—214.

种不平等做出贡献。在伯顿看来,就阶级压迫、种族歧视、性别歧视这三种主要的不平等状态来说,性别歧视最为根深蒂固、广为弥漫,也是最难察觉、最顽固不变的。她采用系统功能语法中的及物性模式分析了普拉斯的自传体小说《钟形罩》里的一个片段:

> 眼睛斜视的护士走了回来。她解开我的手表,放到她的口袋里,然后开始往下拧我头上的发夹。戈登大夫打开储藏柜的锁,从里面拉出来一个腿上有轮子的桌子,桌上有台机器。他把桌子推到了床头后面。护士开始往我的太阳穴上涂一种难闻的油脂。当她弯下身来够我靠墙那边的太阳穴时,肥大的乳房像云团或枕头一样蒙住了我的脸,她身上散发出一股隐隐约约的药臭。"别担心,"护士咧着嘴对我说,"每个人第一次都怕得要死。"我想发出微笑,但我的皮肤已经僵硬,就像是张羊皮纸。戈登大夫将两个金属盘子装到了我头部的两侧。他用一个紧紧地绷在我额头上的皮带将盘子固定,还给了我一根电线让我咬住。我闭上双眼。接着是片刻的寂静,像是往里吸了口气。突然间什么东西弯下来抓住了我,把我昏天黑地的一阵猛晃。它发出尖叫声,空气中闪动着噼里啪啦的绿光,每闪一下,我就会遭到一次巨震的打击,震得我只觉得骨头要断裂,身上的液体也会飞出去,就像是裂了口的植物。我不知道我究竟犯了什么罪过。

这一段描述了"我"为了治疗严重的抑郁症而接受电疗的经过。伯顿的分析首先旨在回答一个问题:"谁对谁做了什么?"她采用及物性模式逐句分析了每个小句中由动词表达出来的及物性过程,包括每个过程的种类(是有意图的物质动作过程,还是偶然发生的物质动作过程,或是心理认知过程等等),谁是过程的参与者,以及谁是过程影响的对象(参见本章第三节)。分析结果表明护士、医生和电流的动作全都是有意图的物质动作过程。护士作用于"我"身上的东西、身体部位或者整个人;医生作用于设备,并通过设备和"我"的身体部位来作用于"我";电流接下来作用于"我"。至于"我"自己,除了一个未能实现的有意图的动作过程("我想发出微笑")和一个逃避性的动作过程("我闭上双眼"),只剩下两个心理认知过程和身体部位对别人动作的被动反应。也就是说,"我"没有作用于任何其他人或物,而只是被人控制,由此产生了一种无助无力、被动受害的效果。伯顿认为这一段中第一人称叙述者(作者)对及物性系统的选择,使护士、医生和电流看起来控制了事态;"在第一人称叙述者的观察和表达下,他们被表现为建构现实的主宰者"。

伯顿认为她的文体分析不同于一般的文体分析,因为其重点在于探研文本的结构如何建构出它自己的(虚构)现实。她认为普拉斯在写作中不知不觉地把自己写成了一个无助的受害者。为了说明这一点,她在文中引用了由学生改写的两个对照性质的片段,分别改为从护士和大夫的角度来叙述。我们不妨看看由护士充当第一人称叙述者的这一段:

> 我回到了病人的床前,解开她的手表把它稳妥地放到我的口袋里,然后开始轻轻地把她头上的发夹解下来。戈登大夫打开储藏柜的锁,从里面拉出来一辆台车,车上有台 EST 机器。他把桌子推到了床头后面。我开始往她的头上涂保护性的油膏。"别担心,"我安慰她说,"每个人第一次都有点紧张。"她对我微笑了一下。戈登大夫将两个金属盘子装到了她头部的两侧,并用安全皮带把它们扣紧。他给了她一根电线让她咬住。接着是片刻的宁静。她躺在那儿,眼睛闭着,耐心地咬着电线,猛然间,她的身体向上弓起,形成了一个完美的 D 字形状,几秒钟之后,又放松了下来。我们开始了对她的治疗!

伯顿并没有对这一段展开分析,而仅仅暗示这一段的及物性结构建构出了一个不同的"现实"。在我们看来,虽然在护士眼里,病人已不再是受害者,文本中的权力关系并没有改变,病人仍然只是被动地接受治疗。诚然,这一段中"我"成了三个动作的动作者("微笑了一下","躺在那儿","咬着电线"),然而第一个动作是否存在还值得质疑——原文中的"我"显然未能发出微笑,而后两个动作并没能改变"我"无力无助的受控制状态。

这一段与原文在及物性结构上的对照并不明显,权力关系基本未变,对于这一点我们应有清醒的认识。一方面我们应当注意语言结构对事实的各种扭曲作用,另一方面也应避免夸大语言结构的"建构"作用。

伯顿的立场在社会历史/文化文体学中具有相当的代表性。有的学者认为这一学派有两个分支。一为以福勒为首的批评语言学,另一为麦考伯(C. MacCabe)倡导的历史语文学。① 批评语言学兴起于20世纪70年代末英国的东英吉利大学。1979年福勒与他在该大学的同事格雷斯(G. Kress)和霍奇(R. Hodge)等人出版了两本宣言性的著作:《语言与控制》和《语言作为意识形态》,书中首次提出了"批评语言学"这一名称,并阐明了这一派别的基本立场和方法。② 批评语言学家认为在语言结构和社会结构之间存在着密切关联,他们将语言视为社会符号,将话语视为社会政治现象,将文学视为社会语篇。他们注重分析各种语篇,尤其是新闻媒体的语言结构中蕴涵的阶级观念、权力关系和性别歧视等各种意识形态。这些意识形态使语言表达带上了各种烙印和偏见。他们采用的分析工具主要是韩礼德的系统功能语法。20世纪90年代以来,随着"discourse"的越来越受重视,学者们倾向于用费尔克拉夫(N. Fairclough)领军的"批评性语篇分析"(Critical Discourse Analysis,简称CDA)来替代或涵盖"批评语言学"。③ 随着时间的推移,这方面的研究无论是在模式借鉴还是在研究范畴和研究方法上,都一直在不断拓展(尤其是CDA在社会科学领域的拓展)。

麦考伯倡导的历史语文学强调在语意研究中社会历史语境的重要

---

① See M. J. Toolan, *The Stylistics of Fiction*, pp. 304—308; A. Durant and N. Fabb, *Literary Studies in Action*, London: Routledge, 1989, p. 53

② R. Fowler, R. Hodge, G. Kress, and T. Trew (eds.), *Language and Control*, London: Routledge, 1979; G. Kress and B. Hodge, *Language as Ideology*, London: Routledge, 1979.

③ See N. Fairclough, *Language and Power*, London: Longman, 1989; N. Fairclough, *Critical Discourse Analysis*, London: Longman, 1995; N. Fairclough, "Critical Linguistics/Critical Discourse Analysis," in K. Malmkjaer (ed.), *The Linguistics Encyclopedia* (2nd edn.), London: Routledge, 2002. pp. 102—107.

性。他注重有的关键性词语在历史发展演变中所产生的语意变化,并着眼于单个词对于文本阐释所起的作用。这种注重单个词语的历史语文学与注重分析模式和语言模型的当代文体学有一定的距离,而与英国的新批评(实用批评)的关系较为紧密,在分析立场上则主要受英国威廉斯(R. Williams)的文化研究,以及欧洲大陆的语言文化研究思潮,尤其是福柯(M. Foucault)的影响。它的研究基地在苏格兰的斯特拉思克莱德大学。为了扩大影响,该校于1986年召开了以"写作的语言学"为题的国际文体学会议,到会的既有韩礼德、普拉特、班菲尔德(A. Banfield)等文体学家,也有德里达(J. Derrida)、费什(S. Fish)、詹姆森(F. Jameson)等文论家。① 笔者参加了这个会议,但认为这个会议对于麦考伯的历史语文学未起什么促进作用。迄今为止,它的影响仍相当有限。而且从严格的意义上说,它并不属于文体学。

实际上,有的文体学家将批评语言学也圈出了文体学的范畴。辛普森将文体学与批评语言学视为两个相互关联的并行派别。② 他认为文体学指的是采用语言学来研究文学的派别,而批评语言学则着重研究各种非文学语篇,尤其是新闻媒体的语言。威伯在《小说的批评性分析》一书中,也将批评语言学圈在了文体学之外。③ 他认为自己搞的是"批评性语篇文体学"。威伯的分析立场和目的与批评语言学的并无二致(旨在消除阶级压迫、性别歧视和种族歧视的不公正行为),但他分析的是小说,因此认为自己搞的是"文体学",而不是"语言学"。然而,辛普森和威伯都断然否定文学语言与非文学语言之间有任何区别。

若打破文学与非文学的区分,"批评文体学"和"批评语言学"就会呈现出一种交叠重合的关系。对于这一点,西方学界往往缺乏清醒认识。我们不妨比较一下威伯的三段不同描述:

(1) 这种新兴的、强有力的文体学[即批评文体学]借鉴了富有活力

---

① See N. Fabb et al. (eds.), *The Linguistics of Writing*, London: Methuen, 1987.
② P. Simpson, *Ideology and Point of View*, London: Routledge, 1993, pp. 2—7.
③ J. Weber, *Critical Analysis of Ficition*, Amsterdan: Rodopi, 1992, p.1

的语言学——不再是乔姆斯基的转换生成语法,而是韩礼德将语法视为社会符号学的理论和以此为基础的批评语言学。①

(2) 这种新的文体分析显然需要十分不同的语言分析工具,这些工具来自关于语言的功能理论[即韩礼德将语法视为社会符号学的理论],来自语用学、话语分析,也来自认知科学和人工智能。②

(3) 正是因为这种批评性的社会政治关怀,这一领域的研究通常被称为批评语言学和批评文体学。③

前两段文字虽然出自同一页,但显然互为矛盾:在第一段中,批评语言学被视为批评文体学借鉴的一种主要语言学模式,而在第二段中,批评语言学则被排除在批评文体学借鉴的语言学模式之外。第二段文字的描述是准确的。第三段文字则将"批评语言学"和"批评文体学"视为同义名称。笔者认为,之所以会出现这两种名称所指相同的情况,其根本原因是:批评语言学并不是对语言学模式的建构,而是运用现有的语言学模式对社会语境中真实语篇的意识形态展开分析。在这一点上,批评语言学与功能语言学、认知语言学等呈现出相反的走向。后者是利用各种语料来建构语言学模式;而前者则是采用现有的语言学模式来进行实际分析。正是因为这种反走向,两者跟文体学的关系大相径庭。前者构成文体学借鉴的语言学模式,而后者则成了一种与批评文体学难以区分的"文本和文体分析"④。若仔细考察,不难发现韦伯界定的"批评文体学"或"批评性语篇文体学"⑤与"批评语言学"和 CDA 本质相通,内容相似,可以说是换名称不换内容。

威尔士(K. Wales)在《文体学辞典》第一版中,指出伯顿(1982)率先

---

① J. Weber, *Critical Analysis of Fiction*, p.1.

② Ibid.

③ J. Weber, *The Stylistics Reader*, London: Arnold, 1996, p.4.

④ K. Wales, *A Dictionary of Stylistics* (2nd edn.), Essex: Pearson Education Limited, 2001, p.197.

⑤ J. Weber, *Critical Analysis of Fiction*, pp.1—12; J. Weber, *The Stylistics Reader*, pp.4—5.

提出的"激进的文体学(radical stylistics)类似于福勒的批评语言学"。①这些早期的批评性语篇研究——无论是冠以"语言学"还是"文体学"的名称——相互呼应,相互加强,并以其批评立场和目的影响了后来的学者。尽管威尔士对激进的文体学与批评语言学的关系把握较准,但遗憾的是,她对文体学与 CDA 的关系有时却认识不清。在"文体学"这一词条中,她将 CDA 与生成语法、语用学、认知语言学等相提并论,认为 CDA 是文体学借鉴的一种语言学模式。② 如前所述,CDA 是批评语言学的别称或其新的拓展,因此跟文体学的关系并无二致。值得注意的是,威尔士《文体学辞典》的第二版删去了"激进的文体学"这一词条,而且也未收入"批评文体学"或"社会历史和文化文体学"等类似词条。该辞典于 2001 年面世,而 20 世纪 90 年代正是这种批评性的文体研究快速发展,占据了重要地位的时期。威尔士对这一文体学流派的避而不提显然不是粗心遗漏,而很可能是因为随着时间的推移,越来越难以区分独立于"批评语言学"和 CDA 的这方面的文体学流派。然而,我们不能像威尔士那样回避问题,或许可从两个不同的角度来直面现实:(1)将这方面的文体研究视为批评语言学和 CDA 的实践和拓展;(2)将"批评文体学"或"社会历史和文化文体学"视为一种统称,指涉所有以揭示语篇意识形态为目的的文体研究,从这一角度看,批评语言学和 CDA(至少其相关部分)就构成这种文体研究的组成部分。这是本书所采取的办法。

　　盖太特(P. Gaitet)在 1991 年由劳特利奇出版社出版的专著中,采用了"政治文体学"这一名称。③ 他的研究旨在揭示通过小说中的俗语、行话、粗话等反映出来的阶级关系和权力关系。有趣的是,米尔斯(S. Mills)1995 年通过同一出版社出版了《女性主义文体学》一书。米尔斯之所以用"女性主义"这一名称来描述自己的文体研究,是因为她采用了女性主义的批评理论。这实际上又出现了一个新的区分标准。近年来,"女

---

① K. Wales, *A Dictionary of Stylistics*, London: Longman, 1990, p. 389.
② K. Wales, *A Dictionary of Stylistics* (2nd edn.), p. 373.
③ P. Gaitet, *Political Stylistics*, London: Routledge, 1991.

性主义文体学"的发展速度相当快,出现了不少采用女性主义的理论来研究文体的论著。它自然成了社会历史/文化文体学的一个分支。①

　　与从事其他文体学派的学者形成对照,迄今为止,几乎没有文体学家声称自己搞的是"社会历史/文化文体学"。这样的名称一般仅出现在总结概述性的论著中,它涵盖了数种采用不同的批评理论和语言学工具的文体分析方法。但万变不离其宗,在"社会历史/文化文体学"的大旗下,分析者有一个共同的目的:揭示文本中的意识形态和权力关系。社会历史/文化文体学兴起之后,研究文学作品的美学价值的文体学被戴上了"传统文体学"的帽子。概括地说,社会历史/文化文体学主要在以下几点上与"传统文体学"形成了对照:

　　1. 不再将文学作品视为艺术品,而是视为社会话语、政治现象、意识形态的作用物,因此文学与非文学之间的界限不复存在。

　　2. 将注意力从文本内语言结构的效果转向了文本外的社会历史语境。正如伯奇所指出的,"很多分析家在分析文本时不再因为其'自身的价值'对它感兴趣……而是对超出了文本范围的东西感兴趣"②。正因为如此,这一派别也被称为"语境文体学"(Contextual Stylistics)。

　　3. 反对对文学文本审美价值的研究,认为这样的研究为维护和加强统治意识服务,是不负责任、落后保守的行为。

　　4. 认为学术研究应为政治斗争服务,文体分析应成为政治斗争的工具,其任务是通过改造由语言建构出来的现实,帮助消除社会上的阶级压迫、性别歧视和种族歧视等不平等和不公正的现象。同时,通过对语言结构所蕴涵的意识形态的揭示,使读者擦亮眼睛,不受文本的意识形态的左右。

　　5. 认为分析者和读者是社会历史语境的一部分,任何阐释和分析都

---

　　① 意识形态和权力关系涉及阶级、性别、种族,"女性主义文体学"聚焦于性别政治,因此构成社会历史/文化文体学的一个分支。

　　② D. Birch, *Language, Literature and Critical Practice*, London: Routledge, 1989, p. 30.

在一个由社会意识形态和语言建构出来的现实或理论框架中运作。文体分析是一种政治行为,分析者必然会有自己的特定政治立场和偏见,任何分析都不可能是客观公正的。但值得注意的是,在分析时,属于这一派的文体学家往往不知不觉地把自己摆到了一个居高临下,自以为客观公正的位置上,断言哪些语言结构具有哪些阶级观念,哪些语言结构反映了何种权力关系或性别歧视,或在何种程度上扭曲了事实等等。

　　社会历史/文化文体学对审美研究的一概排斥,很容易使人联想起我国十年动乱期间的极"左"思潮。当时,文学作品被视为代表资产阶级思想的毒草,对文学的美学研究则被视为落后反动的行为。改革开放以后,这种极"左"思潮方得以纠正,我国学术研究界迎来了百花齐放、百家争鸣的春天。20世纪80年代后期以来,不少西方学者只允许研究黑人、妇女和少数民族文学,只允许学术研究为政治斗争服务,将对文学的美学研究扣上"落后保守"的帽子,这在某种意义上是在重蹈我国"文化大革命"期间极"左"思潮的覆辙,不值得效法。当然,社会历史/文化文体学有它自身存在的价值。图伦认为,有人会对社会历史/文化文体学产生非议,因为它对被雅各布森称为诗学功能的文学现象不感兴趣,而对文学文体学家来说,这是区分作为艺术品的文学作品的标志。[①] 在笔者看来,我们没有理由要求社会历史/文化文体学注重文学的诗学功能,也没有理由反对传统文体学对文学审美价值的研究。它们各有各的目的,各有各的意义。社会历史/文化文体学家往往认为只有自己所从事的研究才是正确的,负责任的,对传统文体学一概否定,未免有点偏激和狭隘。可以说,在致力于消除社会上不平等、不公正现象的同时,他们自己又在某种意义上制造了新的不平等和不公正;在反统治意识的同时,又把自己的研究摆到了一种统治性的立场上。尽管压力很大,传统文体学仍然在持续不断地向前发展。进入21世纪以来,西方激进的学术氛围有所缓解,不少学者开始重新重视形式审美研究。我们希望激进的西方学者能吸取我们以往的经

[①] M. J. Toolan, *The Stylistics of Fiction*, p. 307

验教训，对纯学术研究采取更为宽容的态度，这才会真正地有利于社会进步。

我们在本章中对"文学文体学""功能文体学""话语文体学"和"社会历史/文化文体学"的基本分析模式进行了评介。由于本书的重点是探讨文体学与经典小说叙述学之间的关系，属于形式主义批评范畴的文学文体学自然是我们最为关注的文体学派别。同时，对于研究小说美学价值的一部分功能文体学也会予以较多关注。不难看出，"话语文体学"和"社会历史/文化文体学"均超出了本书的研究范围。如前所述，前者的"话语"与叙述学的"话语"之间基本上没有共同点，而后者所关注的社会意识形态和权力关系，已超出经典叙述学的研究范畴。至于本章开头提到的其他几个文体学派，普通文体学（语体学）也不在我们的考虑范围之内，因为它探讨的是非文学文体。"语言学文体学"显然也超出了本书的范畴，因为它旨在对语言学理论本身的发展做出贡献。至于"形式主义文体学"，我们在下面的讨论中将对它的某些部分有所涉及，但总的来说，它与本书的关联不太密切。就"文学文体学"来说，真正与叙述学相关的是其内部的"小说文体学"。但"小说文体学"仅仅在分析对象上与"诗歌文体学"有所区别，在理论上和阐释模式上与后者可谓密不可分。因此，我们在探讨有关理论问题时，将对文学文体学进行较为全面的考察。

最后，值得一提的是，20世纪90年代有一个新的文体学派诞生："认知文体学"（也称"认知诗学"），[①]这一派别进入21世纪之后发展迅速。认知文体学借鉴认知科学或认知语言学的分析模式，关注读者的阐释过程，结合认知结构和认知过程来分析文学作品中的语言现象。由于经典叙述学是以文本为中心的学科，一般不关注读者的阐释过程，因此本书未辟专节对认知文体学进行探讨。但本书第八章第四节会论及认知文体学的一些相关特征。

---

① See P. Stockwell, *Cognitive Poetics*, London: Routledge, 2002; E. Semino and J. Culperer (eds.), *Cognitive Stylistics*, Amsterdam: John Benjamins, 2002.

第五章

文学文体学有关文学与非文学的区分

要进一步了解文学文体学的性质,我们有必要考察一下该学派对于文学与非文学的区分。为了更清楚地看到这一区分的实质和局限性,我们还将简要讨论结构主义诗学对于同一问题所进行的区分。文学文体学家在区分文学与非文学时,仅仅关注语言特征,这与结构主义诗学的区分角度形成了鲜明对照。实际上,这两者都有其致命的片面性。正如本章将要指出的,在进行文学与非文学的区分时,我们必须综合考虑各方面的因素,否则无法站住脚。

第一节 文学文体学的区分

文学文体学受俄国形式主义和布拉格学派的影响甚深。在英美等国,它与实用批评和新批评的联系尤其紧密。文学文体学因袭了这些形式主义批评派别对文学与非文学的区分,反对将文学当作历史文献或社会文献,强调文学自律性,注重文学作为艺术产品的美学意义。对文学的这种看法可上溯至19世纪的唯美主义思潮。这一思潮源自歌德、席勒等德国浪漫主义作家。他们认为艺术应该自律自足,而不应成为道德说教或政治宣传的工具,艺术家是与众不同、不受任何人制约的人。这种看法与当时流行的德国古典哲学对个人主观意识的强调无疑是紧密相连的。现代小说理论的创始人、法国 19 世纪小说家福楼拜也是文学的自律性的倡导者。在他看来,理想的艺术境界应不受外界干扰;一部作品应自我指涉、自我维持,完全靠其内部文体的力量站住脚。① 罗兰·巴特在《写作的零度》一书的导论中,曾评价说福楼拜"通过将文学创作提到一个有价值的高度,最终确立了文学作为艺术品的地位。形式成为文学艺术家的最终产品,就如一件陶器或一件首饰那样"。② 几乎所有强调文学的自律性作家和批评家都极为重视作品的形式或艺术手法这一在历史上长期被忽视的层面。他们的形式主义思想无疑失之偏颇,有违马克思主义文艺批评的历史观点。但也应该承认,这些作家和批评家在分析、发掘和发展文学的艺术手法方面做出了一些宝贵的贡献。

文学文体学家注意从文学语言的特色入手来阐明文学与非文学的区分。威多逊(H. G. Widdowson)在《文体学与文学教学》一书中提出"文学作品中的语言成分应被塑造成超越语言系统实际需要的模型(patterns)。这些模型的成分究竟是偏离常规还是符合常规,或两者皆备,是个次要问题"。重要的是"对语言的如此塑造是为了创造出独立自足、不受社会语境制约的交流行为"。③ 作为例证,他分析了文学作品中人称代词的独特性。他指出:日常语言交流,从社会的角度来看,是在发话者和受话者之间进行;从物理的角度来看,则是在发送语言信号(声音或书写符号)的人和接受语言信号的人之间进行。第一人称代词"我"既指信号的发送者也指发话者;第二人称代词"你"则既指信息的接受者也指受话者。第三人称则用于指涉不处于交流行为之中的人或物。在文学作品中,这样的规则常被打破。请看下面几句诗行:

---

① See J. Halperin (ed.), *The Theory of the Novel*, Oxford: Oxford Univ. Press, 1974, pp. 1—24.

② R. Barthes, *Writing Degree Zero*, A. Lavers and C. Smith (trans.), New York: Hill and Wang, 1968.

③ H. G. Widdowson, *Stylistics and the Teaching of Literature*, London: Longman, 1975, p. 47.

(1) 我就是你杀死了的敌人,我的朋友……(欧文所作)
(2) 我从海洋溪流为饥渴的花朵
　　带来清新的雨水……(雪莱所作)

威多逊分析道,在例(1)中,"我"是发话人,但作为一具尸体,无法充当信息的发送者。例(2)中的"我"为云朵,也无法承担发送信息的任务。这两例中的信息发送者分别为诗人欧文和雪莱。作为发话者的尸体和云朵没有生命也自然无法参与交流行为,它们在本质上属于第三人称的范畴。这意味着日常生活中"发送者与发话者"的合成体被分解开来;与此同时,第一人称与第三人称相混合塑造出一种独特的指涉。威多逊提出文学作品中的第二人称具有同样的特性。有以下诗行为证:

(3) 啊,月亮,你以多么凄惨的步子爬上天空……(锡德尼所作)

威多逊认为,月亮没有生命,属于第三人称范畴。它虽然是受话者,却无法接受信息。诗人虽然常常将动植物或无生命的东西当成受话者,实际上他们清楚读者才是真正的信息接受者。这样,作为"信息接受者与受话者"之合成体的"你"也被分解开来,同时,第二人称与第三人称相混合而塑造出一种独特的指涉。

威多逊提出文学中的第三人称也独具特色。他引了劳伦斯的小说《虹》中的一段作为例证:

　　他感到万分恐惧……在内心深处,他明白自己会倒下。就在他站立不稳的时候,水中有东西击中了他的腿,他随之倒下了。顷刻间,他处于窒息、挣扎和搏斗的一片慌乱之中,但无论如何总是无济于事。在难以形容的窒息之中,他仍然奋力挣扎以求脱身,但总是越陷越深。有东西击中了他的头,一阵剧痛传遍了他的全身,接着黑暗把他整个给吞没了。

劳伦斯在此段中用第三人称描写了一位溺死者临终前的内心感觉。在日常生活中,一个人的心理活动外人无从察觉,只能由当事人用第一人称表达出来("……在我内心深处,我明白自己会倒下……")。威多逊据此认为,劳伦斯文本中的第三人称实质上成了第一人称与第三人称的混合物。

我认为,威多逊的分析尽管对说明文学的特性有所帮助,但是在论证方法上却有失偏颇。让我们看看下面这一简图:

尽管"叙述者"和"受述者"是针对叙事作品而言,这一简图应该能代表文学中一般的交流过程。① 不难看出,文学的真正特性在于它包含了两个交流语境:一是处于文本之外、现实生活之中、牵涉到作者与读者的交流语境;其中作者担任信息发送者,读者则担任信息接受者。另一是处于文本这一虚构世界之内、由叙述者(发话者)和受述者(受话者)构成的交流语境。这双重交流语境的同时存在无疑是文学中信息发送者与发话者(或信息接受者与受话者)相分离的真正原因。文学中的人称代词"我""你""他"等是依据文本内的叙述者而非文本外的作者而言的(两者之间的距离可大可小,但一般不会完全消失)。文本中的"我"即使是活人,也不是信息的发送者;信息的发送者只能是文本外的作者。威多逊将文本内和文本外这两个不同的交流语境混为一体,难免使问题复杂化和模糊化。由于他没有区分文本外的现实性交流与文本内的虚构性交流这两个不同层次,将现实生活中的标准用于衡量文本中的虚构世界,也难免导致逻辑上的混乱。让我们再看看前面所引的雪莱的诗句:

> 我从海洋溪流为饥渴的花朵
> 带来清新的雨水……

威多逊认为这里的"我"带上了第三人称的特征,因为此"我"为无生命的云朵,无法参与交流行为;可同时他又承认这个"我"是交流行为中的

---

① 为清楚起见,图中未收入"隐含作者"和"隐含读者"这一层次。

"发话者",这样就自相矛盾了。现实生活中的云朵固然无法参与交流行为,虚构世界中的云朵却完全可以(现实主义作品除外)。这是虚构性本质与诗歌惯例使其然。威多逊所引的有关文学中第一与第二人称的各例均涉及"拟人化"或"使生命化"的艺术手法。这些技巧常见于文学,但也出现在电视广告(如冰箱自吹自擂)或其他话语种类中(值得注意的是,很多在文学中常用的技巧,如比喻、反讽等均源于日常语言)。那么,我们如何理解前文所提及的劳伦斯小说中的第三人称呢?我们知道,现实生活中的人与小说中虚构出来的人的一本质性区别在于前者的心理活动他人无法窥见,而后者的内心秘密却完全为作者所知。作者可选择在任何时候(包括人物溺死前),将他所创造的第三人称人物的内心世界展现给读者。这是小说家享受的一个文学特权。我们应该从文学程式入手来理解这一文学现象,而不应采用现实生活中的标准来衡量这一虚构现象。

威多逊认为文学语言有一个总的特征,即合并在语言系统中通常被分离的因素;或分离在语言系统中通常被合并的因素。他将人称代词视为典型例证(分离信息接受者与发话者;合并第一与第三人称等)。而我们认为人称代词本身并不具备这样的特征,他在这一方面的分析角度有误。但是,威多逊的理论对说明文学语言的其他一些方面倒是很有帮助。譬如拟人化手法就可理解为是将语言系统中"非人类的"与"是人类的"这两个原本分离的因素进行了合并。此外,在文学中,尤其是在诗歌中,作者常用声音来加强语义,例如:

The murmurous haunt of flies on summer eves. (济慈所作)
The presence of the murmuring noise of flies on evenings of summer.

在济慈的诗行中,声音层与语义层交融在一起同时表达意义。而在对比句中,声音层基本上不参与表达意义,与语义层相分离,这是通常的情况。在诗歌中,这两个通常分离的层次常常交合在一起,相互作用。文学中的句型也常被用来模仿意义,以达到与语义层交互作用,从而加强意义的效果。威多逊指出,文学作品倾向于将人物外貌的描写与人物性格的描写融为一体。他引了毛姆(Somerset Maugham)的《麦金托什》(*Mackintosh*)中的一段作为例证:在毛姆的笔下,人物的眼睛湛蓝而敏锐,脸庞肥胖而坚毅,步履沉重而坚定。同样,文学作品中常将人物和景物的描写融为一体,用景物来衬托人物。

威多逊还试图用他的理论框架来说明文学语言在组合关系与选择关系上的变异。请看下面这一简表:

他的	学生	感到失望
这位	护士	提出了反对意见
那位	老师	表示赞同

从此表可看出,语言成分有一种纵向的选择关系和一种横向的组合关系。在组成一个句子时,我们需要从每一纵向栏中选出一个合适的词,再横向地将它们连接起来,譬如"这位+老师+表示赞同"。同一纵向栏中的语言成分在语法上等值("他的"="这位"="那位",三者均为定语);不同纵向栏中的语言成分在语法上则不等值("他的"≠"护士"≠"感到失望",三者为不同的语法成分)。人们通常只在一个纵向栏中挑选一个(或两个)成分,然后将这些非等值成分横向连接起来组成一个句子。威多逊指出,在文学话语中,等值的纵向选择关系与非等值的横向组合关系之间的界限常被打破;诗人往往将处于纵向选择关系上的等值成分横向地组合起来,譬如 T. S. 艾略特的以下诗行:

> 词语紧张,
> 碰撞并有时破裂,在重压下,
> 在张力下,溜呀,滑呀,枯萎呀,
> 因含糊不清而腐朽,不愿循规蹈矩,
> 不愿静止不动。

(Words Strain,
Crack and sometimes break, under the burden
Under the tension, slip, slide, perish,
Decay with imprecision, will not stay in place,
Will not stay still.)

在英文中,这几行诗仅组成一个长句。威多逊用了下面这一表格来图示其语言成分在语法上的等值关系:

词语	紧张 碰撞 破裂	在重压下 在张力下
	溜呀 滑呀 枯萎呀 因含糊不清 不愿循环蹈矩 不愿静止不动	

不难看出,艾略特将处于纵向选择栏中的等值成分横向连接了起来。显然,他难以用一两个动词词组表达出"词语"这一主语的复杂特性,而只能横向地采用一系列等值成分来进行多重并列描写。这样就将等值原则从纵向选择关系转向了横向组合关系。这使我们想起前一章中提到的雅各布森的著名论断:"语言的诗学功能将等值原则从选择轴投射到组合轴。"雅氏十分关注诗的节奏、韵律和等值语法成分所排列组合成的齐整的结构形式。他的理论和实践对文学文体学产生了较大影响。

在区分文学语言与非文学语言这一点上,对文学文体学影响最深的也许当推布拉格学派的穆卡洛夫斯基(J. Mukarovsky)的著名论文《标准语言与诗歌语言》。① 穆氏所指的"诗"包括小说,可谓泛指文学。穆氏认为文学语言的特性在于"前景化",即作者出于美学目的对标准语言有意识的歪曲或偏离。他断言"语言的诗学功能在于对言语行为的最大限度的前景化"。在标准语言中,人们对表达手段已经习以为常,仅关注所表达的内容。而在文学语言中,通过对标准语言的偏离,作者又重新将注意力吸引于语言表达上。如果我们看到"一个星期以前"这样的短语,我们不会注意其表达法,而只会关注其内容。但现代诗人托马斯(Dylan Thomas)的短语"一个悲伤以前"(a grief ago)却将读者的注意力直接吸引到其特定表达法上。穆氏提出,在文学语言中,"前景化"不是为交流服务的,而是为了将表达方式推至一个引人注目的位置。这与新闻报道等其他话语种类形成了对照:在这些话语种类中,即使有"前景化"的现象,也服务于交流之目的,旨在使读者更注意其所表达的内容。穆氏对语言的诗学功能的探讨与雅各布森在《语言学与诗学》一文中提出来的理论十分相似。② 雅氏认为,在非文学语言中,能指仅仅是表达所指的工具。而在文学语言中,能指本身的音和形、排列和组合至关重要;文学语言符号具有自我指涉的性质。就对常规的"偏离"这点来说,穆氏有关"前景化"的概念与俄国形式主义学者什克洛夫斯基率先提出的有关"陌生化"的概念是一脉相承的(详见第八章第一节)。

　　文学语言怎样才能达到最大限度的"前景化"呢?穆卡洛夫斯基认为这在于"前景化"本身的连贯性和系统性。所谓"连贯性",就是在一篇作品中,前景化沿一个特定的方向发展。"系统性"则在于前景化成分之间的相互关系。各种成分按从属关系组合,位于最高层的处于支配地位,所有其他成分及这些成分之间的关系,均需以处于支配地位的成分为出发

---

① J. Mukarovsky, "Standard Language and Poetic Language," in P. L. Garvin (ed.), *A Prague School Reader on Esthetics, Literary Structure and Style*, pp. 17—30.

② R. Jakobson, "Closing Statement:Linguistics and Poetics," in T. Sebeok (ed.), *Style in Language*, Cambridge: MIT Press, 1960, pp. 350—377.

点来进行衡量。穆氏认为,作品中的前景化成分与构成其背景的常规语言成分在支配性因素的作用下组成一个"不可分离的艺术性整体,因为每一成分的价值都存在于它与这一整体的关系之中"。这与非艺术性作品形成了某种对照。非艺术性作品中的成分一般不构成一个艺术性的整体结构,对任一成分的评估都是依据与此成分有关的常规标准来进行的。穆氏对"连贯性"和"系统性"的强调,在文学文体学的理论和实践中均有所反映。文学文体学家感兴趣的一般不是孤立的前景化现象,而是"前景化的模型"(foregrounded patterns),即贯穿作品局部或全部、为主题意义服务的一系列相关的前景化语言特征(譬如作者对某种句型或某种修辞手段的持续选择)。在"系统性"这点上,文学文体学家一般不强调作品中的"支配性成分",但他们普遍重视各种成分之间的相互联系。他们认为处于语音、词汇、句法等各层次上的文体特征均相互关联、相互作用,共同组成一个有机的艺术性整体结构;任一文体特征的价值均由它在这一艺术整体中的地位和作用所决定。

在此我们不妨对照看一下俄国批评家巴赫金对于小说各种成分之间系统性的看法:

> 小说总的来说文体形式多样化,言语和声音也形式多变。
>
> 批评家面对的是数种异类的文体统一体,它们常常处于不同的语言层次,受到不同文体因素的左右。小说这个整体通常可分解为下面这些文体统一体的基本类型:
>
> 1. 带有文学艺术性的作者的直接叙述(包括它的各种变体);
>
> 2. 对于各种日常口头叙述的风格化(即 skaz);
>
> 3. 对于各种形式的日常半文学叙述的风格化(即书信、日记等书写类型);
>
> 4. 各种非艺术性但具有文学性的作者的言语(如道德、哲学或科学方面的论述、慷慨激昂的演说、人种论方面的描述以及备忘录等等);
>
> 5. 具有不同文体特征的人物的言语。

在进入小说时,这些异质的不同文体统一体组成一个有结构的艺术系统,它们均从属于整个作品的更高一级的文体统一体。我们不能在任何一个下属的文体统一体与这个更高的文体统一体之间画等号。小说这一种类的文体独特性就在于能将这些从属的(但仍有相对自主性,有时甚至是由不同语言组成的)各种统一体组合成更高一级的、属于整个作品的统一体:一部小说的文体存在于这部作品的不同文体的组合之中;一部小说的语言实际上是它的不同"语言"组成的一个系统。小说语言中的任一成分均首先受制于它直接进入的那个从属性的文体统一体……但同时,该成分及其直属的那个统一体均在整个作品的文体中起作用,它参与建构和揭示整个作品的统一意义的过程,并帮助构成整篇作品的特色。①

巴赫金在此强调小说中存在着"多语合弦"的现象。这是小说独有的特征,与诗歌形成了对照。穆卡洛夫斯基主要关注诗歌,因此忽略了小说的这一特性。然而在分析实践中,小说文体学家一般并没有将叙述者的叙述与人物的言语等不同种类的话语视为一体,而是分别分析这些不同的文体种类,譬如探讨叙述者的表达风格反映了叙述者(及作者)的何种立场观点和感情态度,或某人物的言语特征如何反映出他的特定性格和社会背景等等。文体学家一般将一个主体发出的思想、言语等视为一个文体统一体,因此不会像巴赫金那样将叙述者(作者)的直接叙述与他在道德、哲学等方面所发的议论视为两种不同的文体统一体。在我们看来,是否必须将两者区别对待还值得商榷。可有一点是毫无疑问的,即与诗歌相比,小说更加受制于其特定的社会、经济、政治、历史语境。小说中的语言往往就是多种由性别、阶级、种族等政治经济因素所决定的不同社会语域的合弦。对这些不同语域的采用是小说文体的一个重要方面,而只有从文本与社会的关系入手才能对这一文体因素进行卓有成效的研究。

---

① M. Bakhtin, *The Dialogic Imagination*, Austin: Univ. of Texas Press, 1981, pp. 261—262.

大多数文学文体学家确实忽略了从文本与社会语境的关系入手来分析小说中"多语合弦"或"杂语共生"的现象。这是值得反思和矫正的。

"多语合弦"或"杂语共生"是包括新闻语言在内的多种实用话语也具有的特征。小说与这些非艺术性话语的区别在于巴赫金强调的另一点，即小说中各种不同的文体统一体有机结合在一起，组成更高一级的、属于整个作品的大的艺术统一体，这与穆卡洛夫斯基提出的"前景化"成分之间的系统性或艺术整体性有一定的相似之处。但巴赫金更为重视整体中的异质性，而且他平等对待小说中的不同文体种类，不认为某一种类居于支配地位，只有属于整个作品的更高一级的文体统一体才能占据支配性地位。

文学文体学家从不同的角度发展了穆卡洛夫斯基有关"前景化"的理论。在"前景化"的形式上，他们区分了"质的前景化"与"量的前景化"这两种不同表现形式。前者指（艺术性地）违背语音、语法等常规的语言现象；后者则涉及某种语言成分（出于艺术性目的）超过常量或低于常量的出现率，譬如海明威作品中简单短句的频繁出现或威廉·戈尔丁的《继承人》前面部分及物动词的极为少见均属于"量的前景化"的范畴。"前景化"是相对于常规而言，而"常规"则是难以定义的概念。穆卡洛夫斯基区分了两种不同的常规，一为标准语言，另一为不同文学种类各自的常规，如诗歌常规、小说常规等。"标准语言"这一概念似太抽象，文学文体学家转而采用了"日常语言""实用语言""科学用语"及"非艺术性语言"等概念。文学文体学家在分析实践中体会到，仅仅区分不同文学种类各自的常规无法满足需要，随着语言文学的历史性演变，不同时代的作品会形成不同的常规。考察某作品中某一语言现象是否出现率反常必须与同时代的同类作品进行比较。而"同类作品"也有广狭不等的指涉，譬如"同散文体""同小说体""描写同一主题的小说"等均可视为同类作品。不难看出，"常规"是一个不确定的、相对而言的概念。值得注意的是，某偏离常规的语言特征若在某文本（或某段落）中出现率极高，那它很可能构成该文本或该段落的"内在常规"。譬如在海明威的《老人与海》中，频繁出现的简单短句构成了文本内的常规,作者在描述渔夫与鲨鱼搏斗的高潮时采用的复杂长句就成了偏离文本内常规的语言特征。在简单短句的衬托下,这几个突如其来的长句具有很强的文体效果。① 与此相对照,在福克纳的小说中,冗长繁杂的句式构成了文本内的常规,在这一背景下,简单短句则可能成为偏离文本内常规的语言现象。

显而易见的是,受俄国形式主义、布拉格学派和新批评的影响,文学文体学家往往关注文本自身,抓住语言特征来说明文学与非文学的区分,这与结构主义诗学的区分角度形成了鲜明对照。

第二节 结构主义诗学的区分

结构主义批评家在探讨文学与非文学的区分时,关注的不是语言,而是文学的常规。② 在结构主义学者的眼里,文学是一个具有自身规则的话语系统。这一话语系统与其他话语系统的区别在于它特定的常规程式。作者在进行创作时,受文学程式的影响或左右;读者在阅读时,也以文学程式为阐释基础。由于作者的创作过程难以捉摸,结构主义诗学将注意力集中于读者的阐释过程。格雷夫斯说:"阅读标准散文时,一般不注意听;只是在读诗歌时,才注意韵律和节奏的变化。自由诗的作者依靠印刷机来使你关注所谓的'音律'或'节奏关系'(这不容易把握)。若用散文体写出,你可能就不会注意它。"③结构主义诗学认为文学性质和文学效果均以读者的文学能力和阐释程式为基础。譬如,通常我们说文学作品是虚构的,而结构主义诗学却会说"把某一文本当作文学作品来阅读就是把它当作虚构作品来阅读"④。为了说明文学的特殊性不在于文字,而是在于读者的阐释程式,卡勒将一段十分普通的新闻文字以诗歌的形式

---

① See G. Leech and M. Short, *Style in Fiction*, pp. 51—55.
② See J. Culler, *Structuralist Poetics*.
③ 转引自 J. Culler, *Structuralist Poetics*, p. 164。
④ Ibid., p. 128.

列了出来,采用读诗的惯例对它进行解读。结果,同样的文字产生了迥然相异的效果。①

伊格尔顿在《文学理论导论》一书中写道,"根本不存在文学的'本质'。人们可以'非实用性地'去读任何写出来的东西——如果那就意味着对文学作品的读法,正如任何东西都可被当成诗歌来读一样"②。也许任何东西都可当成文学作品来读,但这种特定的读法正是文学作品的部分本质所在。当一段新闻报道被以诗歌的体裁列出并被当成诗歌来读时,它之所以会产生截然相异的效果,就是因为诗歌的本质不同于新闻报道的本质。

撇开诗歌和现代主义小说不谈,我们不妨通过与新闻报道的比较考察一下在分析现实主义小说时,文学文体学家本身一般带有何种阅读期待和假定。文学文体学家一般集中研究表达形式,即将作者(隐含作者)在词汇、句法、语音、句子间的照应手段以及表达人物话语的方式等方面所做的选择与表达同一内容可以采用的其他表达法进行比较,探讨它们的不同效果,从而找出作者所选用的特定表达法的价值。对同一事件的不同表达法往往体现出对事件的不同看法、叙述的不同语调以及不同的修辞效果等。文学文体学家之所以对现实主义小说中的语言形式细加研究,是因为他们相信在这一文学体裁中,作者不仅表达所指,而且有意识地利用对能指的特征的选择或利用对能指的特定组合来产生和加强主题意义和审美效果。那么,他们对于新闻报道又会有何种阅读期待呢?众所周知,新闻报道的作用是传递信息。诚然,出于特定的政治立场和目的,记者在报道时,难免带有这样或那样的偏见。但读者在阅读时,会尽量排除(作为报道之工具的)记者在遣词造句中反映出来的偏见,以求得到较为客观的信息。与此相对照,在阅读小说时,读者会努力探寻作者的态度。通过叙述层反映出来的作者(隐含作者)的眼光和心理倾向与主题

---

① J. Culler, *Structuralist Poetics*, pp. 161—163.
② T. Eagleton, *Literary Theory*, Oxford: Blackwell, 1983, p. 9.

意义和审美效果密切相连,作者对其创造出来的人物是同情还是嘲讽、是这样看还是那样看有着至关重要的意义。值得一提的是,在各种叙述模式中(详见第九章),在叙述层均可出现(由叙述者模仿出来的)人物的声音,也可出现视点在不同人物之间的转换,反映出不同人物的特定语调和眼光。读者往往会着意关注这种种来自不同艺术对象的眼光的审美意义,而在阅读新闻报道时则不然。这就意味着同样的语言结构有可能在小说中具有审美价值,而在新闻报道中则不具备。可令人遗憾的是,文学文体学家往往仅关注语言结构本身,忽略阐释程式所起的作用。

文学文体学家对语言结构的关注与结构主义诗学家对阅读程式的关注形成了两种对立的视角。不少批评家认为后者比前者更有说服力。卡特明确提出,结构主义诗学通过强调文学对特定阅读模式的依赖,使批评获得了一个更为牢靠的出发点。此外,这一视角还有利于读者增强自我意识和对文学的程式化本质的认识,等等。[①]

第三节　综合性质的区分

在我们看来,上面提及的这两种视角均有其片面性。它们之间的关系不应是相互排斥或相互替代,而应是互为补充。在区分文学与非文学时,我们必须考虑到诸种因素的综合作用:文学的虚构性、非实用性、审美功能、社会的共识、特有的创作程式/阐释程式,以及与之相对应的特定语言结构。在过去几十年有关文学与非文学的争论中,批评家往往仅关注一种因素:或是语言特征,或是读者阐释,或是社会语境,故难免带有不同倾向的片面性。视角开阔的韩礼德在为《文学的语言》一书所做的序中,一方面不否认"文学作为文学艺术品的特殊地位",另一方面又认为我们无法确定"成为文学作品"是文本本身的特征,还是文本某方面的环境或

[①] J. Culler, *Structuralist Poetics*, pp. 128—130. See M. L. Pratt, *Towards a Speech Act Theory of Literary Discourse*, pp. 87—88.

语境的特征,或是特定读者的思维方式使之然。① 令笔者感到不解的是,我们为何不能将这几种因素综合起来考虑,而必须从中择一呢？在此,我们不妨看看韩礼德在文中作的一个类比:如果我们仔细观察某人走路的姿势,"它也能成为一种形体艺术,就像受到关注的语言能够成为文字艺术品一样"。确实,一个人通常走路的姿势在关注之下可以成为所谓的"形体艺术",但它毕竟有别于体操、健美等真正的形体艺术。同样,一段新闻报道或日常闲聊尽管可以当成一首诗来读,但这种阅读方式毕竟消除不了诗歌与新闻报道或日常闲聊之间的区别。区别之一就在于语言特征。一个人在写诗歌时,遣词造句确实有别于他在写新闻报道或与人闲谈时对语言的运用。然而,单从语言入手来区分文学与非文学难以站住脚。在文学文本中出现的语言现象几乎都可以在非文学文本中找到。况且,在自然主义与某些现实主义小说中"前景化"的现象并不常见,而在广告、报纸标题、笑话或喜剧性的"荒谬散文"等非文学话语中,"前景化"的现象则屡见不鲜。值得一提的是,由于俄国形式主义、布拉格学派、新批评和文学文体学等集中关注语言而忽略了其他因素,造成了以下几种后果:(1) 因为诗歌语言较为特殊,他们往往以典型的诗歌语言为例,故难免给人一种文学语言都是典型的诗歌语言的假象。(2) 倾向于过分夸大语言符号的作用,轻视文学作品的内容(参见第七章)。(3) 因为文学语言并非全是(典型的)诗歌语言,加之在文学文本中出现的语言现象几乎都可以在非文学文本中找到,这种纯粹以语言为据的论证方式引发了不少批评家解构、反驳的兴趣。

  我们必须结合相关因素来考虑语言。文学中的"前景化"不是单纯的语言现象:它以非实用性和美学功能为基础;它是作者特定创作程式的产物,读者也会以相应的阐释程式来解读它。在其他话语系统中,也许存在同样的语言结构,但它的目的、功能、创作/解读程式往往不尽相同。我们

---

① M. A. K. Halliday, "Preface," in M. Cummings and S. Simmons (eds.), *The Language of Literature*, Oxford: Pergamon Press, 1983, p. vii.

如果不仅仅关注语言现象本身,而是全面考虑文学的目的、功能、创作/解读程式,就能从本质上说明文学有别于其他话语系统之处。前文中提到,穆卡洛夫斯基认为文学语言最大限度的"前景化"在于"前景化"本身的连贯性和系统性。巴赫金也提出,在小说中"异质的不同文体统一体组成一个有结构的艺术系统"。这种连贯性和系统性均为创作程式、语言特征和解读程式的综合作用,而不是孤立的语言现象。如果读者不考虑文本中各种文体特征和层次之间的相互关系和作用,连贯性和系统性也就无从谈起。

有趣的是,有的文体学家在意识到抓住语言特征无法说明文学与非文学的区分之后,放弃了这一区分,但没有放弃对"文学性"的探讨,认为无论是在文学还是非文学作品中,均可出现不同程度的"文学性"。[①] 我们不妨看看卡特为"文学性"所提出的六条标准:[②]

1. 独立于其他媒介:一个文本的文学性越强,它的自足性就越强,阐释时就越不依赖文本之外的因素。

2. 重新注册(reregistration):任何语域中的词或文体特征都可进入文学,这有别于法律语言或操作指南等较为固定的一套语言。

3. 不同语言层次之间的交互作用:语意密度。卡特认为这是文学性最重要的特征之一。他分析了一段小说中的句法、词汇、语音和话语层次之间(主要通过各种对照关系形成)的交互作用,以及与主题意义的关系。此外,他还对一段旅游广告进行了分析,说明其中的语意密度同样高,因此这段小说和旅游广告在这一方面具有同样强的文学性。

4. 一词多义。卡特说明这不仅是文学语言的特征,而且也是广告语言的特征。

5. 言语行为的移位交互作用(displaced interaction)。卡特对比了一段广告上的旅游行程安排与一段小说。如果前者的读者参加该旅游,就

---

① P. Simpson, *Language, Idelogy and Point of View*, London: Routledge, 1993, p. 3.
② R. Carter, "Is There a Literary Language," in R. Steele and T. Threadgold (eds.), *Language Topics* Vol. II, Amsterdam: John Benjamins, 1987, pp. 431—450.

会按照该行程行事,而小说的读者却不会按照小说中的言语行为行事,而只会进行思维活动,因为文学中的言语行为是间接的、移了位的。

6. 话语层次上的模型化(discourse patterning):句与句之间为了加强主题意义而形成的重复、强调、对照关系等。卡特对比了那段小说与一段旅游广告在话语层次上的模型化的区别,指出话语层次上的模型化在小说中是为加强主题意义服务的,而在旅游广告中却不具备这一功能。

卡特提出的第一条标准可以说是老生常谈。文学文本相对的自足性在于它的虚构性。作者创造出一个自成一体的虚构世界。当然,这种自足性是相对的,文学文本与社会历史文化语境有着千丝万缕的联系,小说尤其如此。但相对于新闻报道而言,虚构出来的小说确实具有一定的自足性。至于第二条标准,与卡特的观点形成对照,利奇认为文学语言类似于法律语言、新闻语言等因用途不同而形成的特定语域(register)。文学有一种特定的社会或文化功能——美学功能,这种特定的功能要求特定的与之相适应的语言表达法。[①] 利奇从美学功能入手来探讨语言特征,有利于抓住事物的本质。从美学功能入手,我们不仅能说明文学与新闻报道等实用话语的区别,还能廓清文学与笑话等非实用话语之间的不同。然而,文学语言究竟是否构成一个特定语域,这是一个争论颇多的问题。无论是小说还是诗歌,其语言涵盖面均相当广,囊括来自不同语域、不同方言、不同时期的各种语汇;而且作家尤其是现代派作家也常常标新立异,打破成规。这种自由度也许可视为文学语言的特点之一。新闻报道的语言也具有相当大的自由度。它与文学语言的区别在于各异的功能、目的、创作/阐释程式。

卡特提出的第三条和第四条标准表明仅仅抓住语言特征无法说明文学与非文学的区别。然而,只要我们同时考虑一下小说与旅游广告不同的功能、目的、创作/阐释程式,两者之间的区别还是清晰可辨的。第五条

[①] G. Leech, *A Linguistic Guide to English Poetry*, London: Longman, 1969, p. 10

中的基本概念源自奥门等人,在《言语行为与对文学的界定》一文中,①奥门提出文学作品中的言语行为与日常语言中的不同,因为它们不具备"以言行事"的能力(illocutionary force)。在日常生活中,倘若一个人辱骂他人或做出承诺,话一出口,就完成了辱骂、承诺等行为。但是,文学中叙述出来的言语行为仅在作品中存在,属于"类似"或摹仿性质,故对于读者来说,不具备辱骂、承诺、允许等"以言行事"的实用功能。譬如文学爱情诗中的承诺就有别于现实生活中爱情信中的承诺。读者会非实用性地对待文学中的言语行为,注意它们的暗含意义,使它们能够实现潜在的情感功能。不难看出,这一点与前文提到的文学作品的双重交流语境有关。然而,普拉特认为这不能成为区分文学与非文学的依据,因为日常的夸张、假装、幻想、假设、逗乐、讲笑话等都属于摹仿性质而非实用性质的言语行为。② 正如前面所论及的,在这里我们不能单以言语行为的实用性/非实用性来区分文学与非文学,而必须同时考虑不同话语种类的功能、目的、创作/阐释程式等。文学作品中的夸张和假装与日常生活中的夸张和假装具有不同的功能和目的,也牵涉到不同的编码和解码程式。只要我们综合考虑这些因素,就不难区分文学与非文学。实际上在探讨第六点时,卡特考虑的已不仅仅是语言特征。总而言之,在区分文学与非文学时,我们需要综合考虑语言特征、虚构性、非实用性、审美功能、创作/阐释程式等多方面的因素。就诗歌和现代主义小说而言,形式结构或语言特征往往可以构成区别因素之一。就自然主义和现实主义小说而言,语言本身已基本不具备区别功能,但其他因素仍具备区别作用。

然而,文学既有其特殊性也有其普遍性。就其普遍性来说,文学也是一种社会语篇。像其他社会语篇一样,文学也是意识形态和社会结构的

---

① R. Ohmann, "Speech Acts and the Definition of Literature," in *Philosophy and Rhetoric* 4(1971), pp. 1—19. See B. H. Smith, *On the Margins of Discourse*, Chicago: Univ. of Chicago Press, 1978, pp. 148—150.

② M. L. Pratt, *Toward a Speech Act Theory of Literary Discourse*, pp. 89—93.

作用物，又反过来作用于意识形态和社会结构。但令人遗憾的是，坚持文学与非文学区分的人往往仅强调文学的特殊性，而反对这一区分的人又往往仅强调文学的普遍性，两者各持己见，互不相让，其实两者都有其片面性。一般来说，只有进行文学与非文学的区分才能较集中、较深入地研究文学的审美特征（从美学的角度来看）。但是，将文学视为自律的艺术品，仅研究其审美价值，是失之偏颇的，有违马克思主义文艺批评的历史观点。毋庸置疑，文学的发展演变不是其内部的自律性因素造成的：浪漫主义、现实主义、现代主义、后现代主义等之间的更迭汰变都有其深刻的社会历史背景，小说尤其受制于其特定的社会历史语境。可是，无视文学的艺术价值，将文学与其他话语种类完全混为一谈或将文学纯粹视为一种政治现象也有其局限性，有违马克思主义文艺批评的美学观点。我们应避免从一个极端走向另一个极端。20世纪的形式批评派别在进行文学与非文学的区分时，总是将文学视为精英话语，而将日常实用语言视为通俗话语。这种等级观念确实应该打破，但是，后现代主义反文化、反文学、反审美的极端倾向也是不可取的。不管怎样，有一点是毫无疑问的，即文学文体学若想进一步向前发展，就必须扩大视野，更加注重文本与社会历史语境的联系，注重文学与其他话语种类的关联。

第六章

文体分析中语言形式与文学意义的关联

在前两章中,我们分别探讨了文体学的不同派别和文学文体学有关文学与非文学的区分。如前所述,文学文体学与叙述学的关系最为紧密,是我们最为关注的一个派别,它集中研究在文学作品中语言现象是如何产生文学效果的。半个世纪以来这一派别取得了长足的进展,已有可观的论著和具有实力的研究队伍。但自从诞生之日起,它就受到了各种批评。其中不乏有理之言,但有的却失之偏颇,其原因主要在于对语言形式与文学意义的关系缺乏正确的理解。为了进一步了解这一派别的特征和实质,本章拟从几篇有代表性的批评论著入手,剖析一下文学文体分析中语言形式与文学意义的关联。

第一节 从皮尔斯的批评看语言形式与文学意义的关联

我们不妨先看看皮尔斯(R. Pearce)对文学文体学的批评。他在《文学文本》一书中,对文体学作了如下总结:

> 文体学似乎只包含两种体系或分析形式。一种做出各种论断,声称这样或那样的文学意义或阐释结果是由语言现象产生的。这一体系实质上缺乏理论基础,而模仿谬误则充当了它最常见的挡箭牌。

第六章 文体分析中语言形式与文学意义的关联

另一种体系则只进行纯语法性的论述……①

这里提到的后一种体系为语言学文体学,它超出了本书的范畴,而前一种体系则正是我们关注的文学文体学。皮尔斯的重点批判对象是克露什娜(A. Cluysenaar)在《文学文体学引论》一书中对以下两行诗所做的分析:②

> Swiftly the years, beyond recall.
> Solemn the stillness of this spring morning.

克露什娜认为:

> 此处的句型被巧妙地用来模仿诗义。第一行是"不完整"的,第二行却是完整的。第一行的副词"swiftly"使我们期待动词的出现,哪怕出现在"beyond recall"之后(在朗读时,语调也让人这样想)。因此可以说第二行打断了第一行,似乎第一行缺乏时间,来不及结束。而第二行的完整无缺却代表了时间的静止而不是飞逝。

皮尔斯也认为:

> 显然存在某种意义上的类似关系。我们从日常生活中体会到:如果时间不够,就完不成任务;如果被打断,我们就不得不中止手头的活。而这种时间短缺与完不成某事的关联很可能使人在看到不完整的东西时就联想到缺乏时间。③

然而皮尔斯又坚信:

> 不能从一个参照系(即诗中的语言现象)跳到另一个参照系(即诗的文学意义)。两者之间的关联是不可论证的。我们也可以说诗行的不完整代表急于想走下一步的心情,或者代表兴奋和活力。当

---

① R. Pearce, *Literary Texts*, Discourse Analysis Monographs No. 3, Birmingham: Univ. of Birmingham, English Language Research, 1977, p. 28.
② A. Cluysenaar, *Introduction to Literary Stylistics*, London: Batsford, 1976.
③ R. Pearce, *Literary Texts*, p. 21.

然也同样可以代表困倦、厌烦或打瞌睡……问题就在于采用了两个不同的参照系……如果两者之间的联系无法从理论上来独立论证，那么声称某种语言现象代表了某种意义的论断只不过是把两种事实并置而已。如果它可信，那就同样可相信那些统计上的笑话，譬如说因癌致死的人数增多是由高层楼的数目增多引起的。这两者之间也存在十足的关联。①

总而言之，皮尔斯认为从语言现象上升到文学意义的分析方法缺乏理论根据。他对此十分不满，在文中竟提出当前的首要任务是取消处于语言学和文学批评之间的文学文体学。这确属偏颇之见。为了弄清真相，我们需要剖析他所做的类比，并探讨文学文体学的理论基础及其不同参照系的问题。

在我们看来，用因癌致死的人增多与高层楼增多之间的关联来类比语言形式与文学意义的关联十分牵强附会。这两种关联实际上不属于同一范畴：前者涉及两种客观现象，而后者涉及的却是客观现象与主观反应。在第一种关联里，人的主观感受是不起作用的"局外人"。即使所有的人都觉得因癌致死的人增多是由高层楼的增多引起的，也不说明任何问题。然而在第二种关联里，人的主观感受是"直接参与者"。如果有人说，"在这首诗里，第一行的不完整使我产生缺乏时间的感觉"，只要他没有撒谎，这两者之间的因果关系就必然存在。如果要检验这种感觉是否合理或是否有代表性，则要看大多数读者读到这一语言现象时，是否会产生类似的反应。

然而，这绝不是人见美食即馋那样的纯本能反应，而是在文学程式的作用下产生的文学反应。这些文学程式正是我们所探讨的文学文体的理论基础。卡勒指出，文学程式"在人们的阐释过程中起指导作用，并限定哪些过程才行之有理"。② 诚然，在文学阐释特别是诗的阐释中，绝非只

---

① R. Pearce, *Literary Texts*, pp. 21—22.
② J. Culler, *Structuralist Poetics*, p. 127.

有一两种所谓正确理解,但吸取了文学程式的人则可分辨哪些阐释有理,哪些缺乏根据。皮尔斯看来并没有意识到这些文学程式的存在。如上所引,他觉得在那首诗里,第一行的不完整可表达任何意义,既可表达"缺乏时间"又可表达"厌烦或打瞌睡",似乎读者没有能力做出任何判断。实际上,正如卡勒所言,在阅读文学作品时,人们的大脑并非空白一片,而是已经吸取了各种文学程式,并在它们的引导下进行阐释。程式之一就是内容和形式的统一,或形式为内容服务。克露什娜无疑遵循了这一程式。这点可用皮尔斯自己的话来论证,他对克氏的分析作了如下说明:"一方面因为第一行不完整,另一方面因为此诗之意包含时间静止与时间被夺走之间的对比,所以说第一行的不完整代表缺乏时间。"在批评其他文学文体学家时,皮尔斯也涉及了这点。他认为对他们的分析结果均应加以限定,即"在这一特定的上下文中,这一语言形式产生了这一特定的文学效果"。皮尔斯是把这点作为局限性摆出来的。在他看来,如果某一语言形式仅在特定的上下文中产生某种文学效果,这种阐释就缺乏根据,因为它不具备普遍意义。这种对普遍性的要求,源于对文学效果的性质缺乏了解(详见下文)。实际上,内容与形式的统一是文学文体分析中最根本的程式之一。毋庸置疑,皮尔斯提出那行诗的不完整代表"厌烦或打瞌睡"是没有道理的,因为这跟诗义毫不相关。

　　与此共存的还有其他一些文学程式,如"意义的法则",即语言形式有可能产生文学意义。倘若无此程式,克露什娜想必不会去分析诗行的不完整这一形式有何意义,皮尔斯也不会提出这一形式还可表达其他诸种意义。另一程式可概括为:语言形式和文学意义的关联必须以某种类似关系为基础。由于这一程式的存在,如果有人提出诗行的不完整代表满足或幸福云云,则会被认为站不住脚,因为两者之间相矛盾。我们认为以上这些文学程式(加上其他一些隐含得更深的程式)共同构成文学文体分析的理论基础,并构成判断某一文体分析是否有理的基本标准。

　　我们还需弄清接受两个不同参照系的问题。如上所引,皮尔斯认为,从一个参照系(语言现象)上升到另一参照系(文学意义)是个原则性的错误,因为两者之间的关联不可论证。为了纠正这一"错误",皮尔斯建议取消处于语言学和文学批评之间的文体学,而仅仅进行纯语言学研究和纯文学批评。实际上,文学批评本身也采用了语言现象和文学意义这两个不同的参照系,因为批评家提到的文学意义不是凭空产生的,而是源于文本中的语言现象。诚然,批评家不会像文体学家那样运用语言学理论对这些语言现象进行详细的描写分析。但批评家的阐释,尽管更有赖于主观印象,无疑也是对作品中的语言现象做出的反应。无论是文学批评家还是文学文体学家都必须同时采用语言现象和文学意义这两个不同的参照系;他们均在文学程式的指导和作用下,通过不同的途径来探索语言现象所产生的文学意义。不难看出,采用这两个不同的参照系是无可非议的。

究其渊源,皮尔斯对文体学的看法在很大程度上受了斯坦利·费什的影响。尽管他们在取消文学文体学这点上意见一致,但皮尔斯是从语言学家的角度来着眼的,而费什则着眼于文学批评家的角度。

第二节 从费什的批评看语言形式与文学意义的关联

费什于 1973 年发表了《什么是文体学? 为什么他们把它说得如此糟糕?》一文。[①] 在对文体学的批评中,费什的这篇文章可谓最有代表性,影响也最为深远。通过探讨他的批评,也许我们对文学文体学会有更清楚的认识。费什对文体学的批评综合起来有四点:(1) 迂回不前;(2) 任意武断;(3) 置上下文于不顾;(4) 置读者的阅读过程于不顾。为了说明第一点,费什举了三个实例,第一例是米里克(L. T. Milic)给出的一个分析

---

① S. Fish, "What Is Stylistics and Why Are They Saying Such Terrible Things about It?" in S. Chatman (ed.), *Approaches to Poetics*, New York: Columbia Univ. Press, 1973; reprinted in D. C. Freeman (ed.), *Essays in Modern Stylistics*, pp. 53—78.

结论：

　　句首限定词的低频出现率与句首连接词的高频出现率说明斯威夫特是位喜欢转折和爱用连接词的作家。①

这句话几乎是在原地踏步,但文学文体学家一般来说不会这样迂回不前,因为他们的分析特点就在于从语言形式上升到文学意义。费什提到的"迂回不前"的第二例是韩礼德对《镜中世界》中一句话的分析：

　　It's a poor sort of memory that only goes backwards. 它是一种坏的记忆,它仅仅朝后看。

韩礼德分析道：

　　"坏"是个"修饰词",用于修饰主词"记忆"的一类("记忆"起表达一种经验的作用),"坏"同时又是个"形容词",它表达王后的态度(即起表达人际关系的作用)。在这一场合选用了此词(而不用其他的词,如"有用的")表明王后持否定的态度。……②

对此,费什作了如下评论：

　　韩礼德在分析时,先把文本的各部分拆开并冠以各种名称,然后又按原来的形式把它们重新组合起来。整个过程既复杂又繁冗,但批评家实际上一无所获。

费什选的这个批评对象也不恰当,因为这是韩礼德在进行文体分析之前对其分析工具进行的纯语言学描写,旨在说明语言具有不同的功能。而所谓"迂回不前"实际上是纯语言或语法描写的一个合乎情理的内在特

---

① L. T. Milic,"Unconscious Ordering in the Prose of Swift," in Jacob Leed (ed.), *The Computer and Literary Style*, Kent, Ohio,1996, p. 105. See L. T. Milic, *A Quantitative Approach to the Style of Jonathan Swift*, The Hague: Mouton, 1967.

② M. A. K. Halliday, "Linguistic Function and Literary Style," in S. Chatman (ed.), *Literary Style: A Symposium*, reprinted in D. C. Freeman (ed.), *Essays in Modern Stylistics*, p. 332.

点,如下例:

约翰	喜爱	音乐
主语	**谓语**	**宾语**

这似乎比韩礼德的分析更"迂回不前",但作为纯语言分析,这是完全可以理解的。如果说韩礼德的分析"一无所获",那也就是说,所有语法和语言学分析都一无所获,这显然是偏颇之见。当然我们不必在此为语言或语法分析辩护,只需说明费什的这一例证并不属于文体分析。

费什举出的最后一例与文学文体学有关,但作为例证也不无偏误。这是索恩(J. P. Thorne)在对多恩(John Donne)的《圣卢西节日的夜曲》进行了语法分析之后顺便说的一句话:

> 很多文学批评家产生了一种混乱和自然秩序被毁坏的感觉,看来这些语言现象有可能是使他们产生这一感觉的原因。①

费什认为那一感觉被索恩事先选中,因此可以说它"自己产生了自己",而不是由所提到的那些语言现象产生的。然而,索恩在文章的这一部分关注的是诗歌的语言特色和如何对其进行准确的语法描写。上面那句话是唯一涉及语言现象与文学意义的关联之处。正因为是顺便提起,索恩才未谈及自己的反应,而只谈到了一些文学批评家的感受,这在文体分析中极为罕见。文体学家一般论及的都是自己对语言现象的反应,实际上索恩在文章的前一部分正是这样做的。只要文体学家谈及的是自己的反应,如"这些语言现象给人[自己]一种混乱的感觉",费什的批评就站不住了,因为这一感觉并不是"自己产生了自己",而是由所提到的语言现象产生的。

其实,在文学文体分析中,并非不存在一定程度的"迂回不前"。文体学家根据自己在阅读中形成的主观判断找出与主题意义相关的语言特

---

① J. P. Thorne, "Generative Grammar and Stylistic Analysis," in J. Lyons (ed.), *New Horizons in Linguistics*, Harmondsworth: Penguin, 1970, pp. 185–197; reprinted in D. C. Freeman (ed.), *Essays in Modern Stylistics*, pp. 42–52.

征,然后采用语言学工具对这些语言特征进行描写,以证实和说明自己的主观判断。① 但值得注意的是,这往往不是一个简单的从直觉→语言特征→直觉的过程。我们在第四章第二节中曾提到,大多数文学文体学家都将作品阐释与语言描写有机结合起来,语言描写和分析过程常常能修正阐释结果。

现在,让我们看看费什给文学文体学下的第二个结论"任意武断"。在广义的文体学中,有一种分析模式专门研究句型与性格的关联。虽然这一模式在本质上有别于研究语言现象与文学意义关联的文学文体学,但费什却把它们等同起来,认为两者同样任意武断。费什说:

> 奥门和米里克研究句型与作者性格之间的关系,而索恩则探索句型与文学意义或效果之间的关系。这两种研究方法都同样没有道理。

在上文中,我们曾指出皮尔斯所作类比的谬误,即把两个客观现象之间的关联与客观现象和主观现象之间的关联错误地等同了起来。其实,费什在此处进行的类比也具有同样的性质。在研究句型与作者性格之间的关系时,批评家的主观感受是"局外人"。因人的主观感受力有限,批评家直接从语言现象去推断作家的性格确实难免牵强附会。然而,在探索句型与其文学效果的关联时,批评家的主观感受是直接参与者:文中的句型直接在批评家头脑中引起文学反应。显然,把这两种关联等同起来失之牵强。也许是为了使这个不合理的类比显得有理,费什仅举了一个例证来代表索恩的批评实践,即上面所引的推断:"很多文学批评家产生了一种混乱和自然秩序被毁坏的感觉,看来这些语言现象有可能是使他们产生这一感觉的原因。"如前所述,在研究句型与其文学效果的关联时,索恩和其他文体学家一般均陈述他们自己对语言现象的反应,而不是仅论及他人的反应。试比较下面两例:

---

① See B. H. Smith, *On the Margins of Discourse*, pp. 158—159.

1. 这些语言现象使我产生了一种自然秩序被毁坏的感觉。
2. 这些语言现象使他们产生了一种自然秩序被毁坏的感觉。

在例一中,"我"的主观感受是直接参与者。而在例二中,"我"的主观感受则成了局外人;除非"他们"告诉"我""他们的"感受,"我"无从得知究竟该现象是否引起了该种反应。如果批评家仅凭直觉去推断某语言现象在他人头脑中引起的反应,那就像直接从语言现象去推断作家的性格一样任意武断。这样做的文体学家极为罕见,索恩也不过是作了一种推测而已。

费什所说的"任意武断"还涉及文体学家的语言学描写。有趣的是,他一方面承认语言结构有可能产生文学意义,另一方面又断然否认文体学家用语言学术语所描写的语言结构具有这种可能性。这一矛盾被他巧妙地掩饰了。他采用的方法是把[文中的语言结构→语言学描写→文学意义]这一文体分析中的三重关系变成看起来仅有[……→语言学描写→文学意义]的二重关系。费什对采用转换生成语法的奥门作了如下批评:

> 为了把那一描写变成对福克纳的思维方式的表述,奥门不得不做诺门·乔姆斯基显然避免去做的事,即把语义价值加到他的描写工具上去。……在该文及其他文章中,奥门就是这么做的。例如,他发现劳伦斯大量采用的删除转换手法产生了一种强烈的坚持感。

在谈到韩礼德的文体分析时,费什更明确地指责道:

> 韩礼德首先把他的描写术语加上价值,然后把这些术语组成的形式模型变成一个表意符号。

众所周知,语言学术语属于元语言,它们只是用于指代具体语言现象的符号。离开它们所指涉的语言现象,这些术语就失去了意义。毋庸置疑,在文体分析中出现的语言学术语并非独立存在的抽象物,而是代表着被描写的具体语言结构。费什却认为奥门和韩礼德等探索的是语言学术语本身的文学意义,而不是被描写的具体语言现象的文学意义。这显然是偏颇之见。

综上所述,费什给文学文体学下的"任意武断"的结论是基于三种错误手法之上的。其一,把对语言现象和文学意义关联的研究说成与对语言现象和作家性格关联的研究一样任意武断。其二,似乎文体学家分析的不是他们自己对语言现象的反应,而是文学批评家对语言现象的反应。其三,把被描写的语言结构与文学意义的关联变成描写工具本身与文学意义的关联。

费什除了指责文学文体学家任意武断外,还指责他们在分析中置上下文于不顾。他认为缺乏上下文的限制是造成文学文体分析不合情理的主要原因。在谈到索恩时,费什这样评论道:

> 索恩照例一开始就感叹在文学研究中存在着一些"印象性的词语"……文体学的任务就是要建立一个模式,说明哪些语法结构总是产生哪些印象。他说,"如果'松散''简洁''有力'等印象性词语有任何内容的话,它们必然是由特定的可辨认的结构特征产生的。"紧接着是一系列的分析,旨在找出产生印象性词语的可辨认的结构特征。例如索恩发现在多恩的《圣卢西节日的夜曲》里,选择法则被持续打破……他得出结论说,"很多文学批评家产生了一种混乱和自然秩序被毁坏的感觉,看来这些语言现象有可能是使他们产生这一感觉的原因。"……我的目的并非要否认语言结构有可能产生文学意义,我仅想指出,如果有这种可能,我们也不能不顾上下文而把独立的意义强加给语言结构。这些语言结构在不同的上下文中会表达不同的意义。

有趣的是,费什在此断章取义,将索恩文章的两个部分凑到了一起。他把索恩对多恩一诗的分析(文章的第三部分)用来代表旨在找出产生印象性词语的结构特征的一系列分析(文章的第一部分)。这样一来,语言结构和文学意义的关联就被巧妙地与语言结构和印象性词语的关联等同起来。而这两种关联实际上有本质性的区别。

印象性词语(如"松散""复杂""高度重复"等)与产生它们的结构特征之间的关联是不受上下文影响的。譬如松散的结构在任何地方都会给人一种"松散"的印象。而语言结构与文学意义之间的关联则直接受上下文限制。这两种关联属于两个不同的层次,试以索恩在文中的一句话为例:

> 这一高度重复的风格对产生漫无目的、紧张不安的气氛起了重要作用。

这句话包含两个层次:"风格"这一低层次及"气氛"这一高层次,后者由前者产生。不难看出,印象性词语与产生它们的语言结构的关联仅属于低层次,而语言结构和文学意义的关联却达到了高层次。在低层次里,人们所做的判断局限于语言结构上的特征:我们可以用"高度重复的结构"来替代"高度重复的风格";也同样可说"复杂的结构"或"松散的结构"等。因为语言结构的特征独立存在,不受上下文影响,所以语言结构和它们所产生的印象之间的关联不会随上下文而变化。

与此相对照,属于高层次的语言结构和文学意义之间的关联直接受上下文左右。毋庸置疑,"重复""复杂"或"简洁"的结构在表达不同主题的上下文里会产生不同的文学意义。如前所述,在文学文体分析中,最基本的程式之一就是形式和内容的统一,或形式为内容服务。文学文体学家在探讨形式的价值时,显然必须而且亦已考虑上下文的内容。如前所引,皮尔斯认为应对文学文体学的分析结果统统加以限定,即"在这一特定的上下文中,这一语言形式产生了这一特定的文学效果"。费什指责文学文体学家置上下文于不顾显然是不符合事实的。在此,我们不妨系统比较一下上面提到的几种文体分析模式的异同:

第一种:研究语言结构与作者性格的关联

研究对象:作者习惯性采用的语言结构。

研究过程:首先进行语言描写统计,以找出作者有哪些习惯性表达法。然后进行阐释,推断作者的语言习惯与其性格之间有何关联。

研究特点:(1)语言描写统计与性格阐释为相互独立的两个过程(前

者可用计算机进行)。(2)没有上下文的限制:作者的语言习惯与其性格之间的关联不会随上下文变化。(3)批评家自己的主观感受不直接参与所研究的关联,为"局外人"。(4)仅凭语言习惯去推断性格常常带有很大的任意武断性。

第二种:研究印象性词语与产生它们的语言结构之间的关联

研究对象:产生印象性词语的语言结构。

研究过程:首先看文本中的语言结构给人以什么印象(即看结构是否"复杂""松散""简洁"等)。然后用语言学工具进行描写,把产生有关印象的语言结构准确地找出来。

研究特点:(1)从某种意义上说,这一研究方式"迂回不前":即从未描写的语言结构→印象→把产生印象的语言结构描写出来。(2)没有上下文限制,譬如"复杂"的结构在任何上下文里都复杂。

第三种:研究语言现象与文学意义关联的文学文体学

研究对象:为表达和加强主题意义而选用的语言结构。

研究过程:首先反复阅读文本以找出为表达和加强主题意义而选用的语言结构。然后运用语言学工具对有关的语言结构进行描写分析,并对它们的文学意义展开讨论。

研究特点:(1)描写过程与阐释过程密不可分:被描写的是经阅读阐释发现与主题相关的语言现象,而语言描写分析的过程往往又能进一步修正阐释结果。(2)受上下文限制:所论及的语言现象的文学意义是在特定的上下文中产生的。(3)这些文学意义是分析者自己对语言现象的反应,也就是说分析者的主观感受是被讨论的关联的直接参与者。

显而易见的是,文学文体学与前两种分析模式有本质性的区别。费什把前两种模式的特点强加给文学文体学,使之额外地呈现出一些不合情理之处,这无疑是不可取的。除此之外,费什还批评文学文体学家置读者的阅读活动于不顾。费什指责他们:

> 不愿承认读者的阅读经验的约束力。如果他们聚焦于读者的阅

读经验,就会注意到阅读活动所产生的价值。与此相反,他们只遵循马丁·朱斯(Martin Joos)制定的法则:"文本展现它的自身结构。"他们把能引起阅读活动的潜在的东西当作阅读活动本身,似乎意义可以不经人的作用而独立产生。①

不论费什的"读者"一词蕴含何意,从实际情况来说,它只能指批评家本人。也就是说,费什实际上是在批评文体学家置他们自己的阅读过程于不顾。确实有个别文学文体学家是这么做的。我们在第四章中提到,凯塞在分析华莱士·史蒂文斯《罐子的轶事》一诗时,就不是从阅读此诗开始,而是先描写诗中的语音结构,然后断言,"如果在这首诗里存在形式与意义的关联的话,我们就应能为刚才所分析的结构找出一种合适的意义"。如果批评家像这样脱离阅读过程,先对诗作纯语言学的描写,然后再刻意寻找一种"合适的"文学意义,就极易将文学意义强加于已描写出来的形式结构之上。② 然而,绝大多数文学文体学家都避免了这一偏误。他们在分析之前都反复阅读文本,在阅读过程中发现与主题相关的形式特征。如果一形式特征在阅读过程中未引起跟主题相关的反应,文学文体学家一般均会置之不理。他们所谈到的语言形式的文学意义一般均为自己在阅读过程中的阐释结果。

当然,费什对阅读经验的强调有更深一层的含义。在他看来,文体分析的对象应为读者在阅读时头脑中出现的一系列原始反应,包括对将要出现的词语和句法结构的种种推测,以及这些推测的被证实或被修正等各种形式的瞬间思维活动。③ 他对弥尔顿《失乐园》里的一行诗"Nor did they not perceive the evil plight"(他们并不是没有看到罪恶的困境)作了如下句法分析:

---

① S. Fish, "What Is Stylistics?" p. 65.
② 详见 Dan Shen, "Stylistics, Objectivity, and Convention," *Poetics* 17 (Autumn, 1988), pp. 221—238。
③ S. Fish, "Literature in the Reader: Affective Stylistics," in *New Literary History* 2 (Autumn, 1970), pp. 123—162.

这行诗的第一个词"Nor"使读者对后面的句法产生相当准确的（尽管是抽象的）推测：这是一个否定陈述句，后面将出现主语＋动词的结构。这样读者头脑中就出现了两个等待填充的"假设"的位置。随后出现的助动词"did"和代词"they"加强了这种期待……读者以为动词马上就会出现，但实际上出现的并不是动词，而是第二个否定词"not"。这是一个无法放入读者所预测的句型的词，读者的思路受到了阻碍，他不得不接受这个突如其来（因为未被预料到）的"not"。这时，读者所做的，或被迫做的，是提出一个问题："他们究竟干了还是没干"？为了寻求答案，他或者回过头来再读一遍——即重复一遍上述一系列思维活动，或者继续往前读——那样他就会看到那个被预测的动词。但无论是哪种情况，这个句法上的模棱两可都无法消除……

费什认为这个句法问题不能用双重否定等于肯定的逻辑来解决，因为我们不是在做信息的逻辑分析，而是在分析反应活动。在他看来，一句话（或其他话语单位）的意义不在于这句话说了什么，而在于这句话对读者做了什么，即在于它引起了读者一系列什么样的原始反应。他断言话语的意义不寓于它所包含的信息之中，而是由读者的一系列原始反应所构成的。此处这个句法在读者头脑中造成的两个选择的悬念，是反应活动的一部分，故为这句话意思的组成部分。实际上，费什不再把文本看作客体，而将它视为发生在读者头脑中的经验或活动，只有这个活动本身才具有意义。费什的分析模式特别强调时间流的重要。他认为读者一个接一个地按顺序接触词，对每个词进行反应，而不是对整句话做出反应。记录下读者对每个词的反应有利于"减缓阅读经验"，使人们注意到通常被忽视的乃至"前意识"的反应活动。根据费什的理论，所有原始反应都具有意义，它们的总和构成话语的意思。

费什将自己的分析模式称为"感受派文体学"(Affective Stylistics)。[①] 这

[①] 费什在伯克利大学的同事 Stephen Booth 采用了类似的分析模式（参见 S. Booth, *An Essay on Shakespeare's Sonnets*, New Haven: Yale Univ. Press, 1969)。

种分析方法有一定的长处，它使批评家注意到通常被忽视的瞬间反应活动。这些活动在很多情况下确实是有意义的，它们有助于揭示文本的内涵，有助于揭示作者在写作上的技巧和特色。费什的理论就促使了不少批评家注重词语、小句的顺序或诗的断行等手法所产生的微妙效果。然而，对原始反应不加辨别一律予以重视的做法失之偏颇，因为在很多情况下，原始反应毫无意义，不值一顾。且以狄更斯《远大前程》的开头语"我父亲的姓是皮瑞普"为例，在读到"我父亲的"这个词语时，读者可能会前意识地预料下面将出现"头""衣服""房子"等词；同样，在读到"我父亲的姓是"时，读者也许会推测下面将出现"戴维斯""米切尔""米勒"等。显然，这些被预测的词："头""衣服""戴维斯"等等在这里毫无意义，因为它们不在这句话所包含的信息之内；把它们看成是"我父亲的姓是皮瑞普"这句话意思的组成部分显然牵强附会。而费什认为一句话的意思跟它的信息无关，仅跟阅读过程中的原始反应活动相连。这未免过于偏激，让人难以接受，因为传递信息毕竟是语言交流的首要目的。费什不顾语言交流目的的做法容易把批评引入歧途。

  令人遗憾的是，费什为了用他的"感受文体学"来取代通常的文体学，不惜对后者全盘否定。实际上费什本人有时也不得不采用通常的文体分析方法。例如，他对一个句子作了这样的分析："这个句子里有两种不同的词汇；一种给人以澄清事实的希望，其中包括'地方''证实''地方''准确''推翻'等等；而另一类却不断地使这种希望破灭，如'虽然''含糊的''然而''不可能的''似乎是'等等……"①这与一般的文体分析相类似。费什在此显然背离了自己倡导的批评原则。被记录下来的绝不是按顺序逐个接触词时出现的一系列瞬间反应，而是在一定抽象的程度上根据相似和对比的原理挑选出来的两组词。这样一来，读者对单个词的反应必然受到忽视（可以想象读者对"虽然"和"含糊的"这两个词的反应有所不同）。但是，经过一定程度的抽象概括，这些词之间的相似和对照之处得

---

① S. Fish, *Literature in the Reader*, p. 125.

以被系统化地展现出来。这对于揭示文本的内涵及作者的写作技巧都是大有裨益的。其实,遇到篇幅较长的文本时,费什的批评手法更趋抽象。在对柏拉图的《菲德若篇》(*The Phaedrus*)进行通篇分析时,他根本没有记录任何原始反应,只是作了一些笼统的结论,譬如"《菲德若篇》一文从道德立场出发对内部连贯性进行了强烈的抨击"云云①。很显然,要得出如此抽象的结论,就不得不忽略由单个词(乃至句子、段落)引起的反应,而对阅读经验进行持续不断的概括总结。

费什在实践中对自己提出的文体分析模式的背离,在一定程度上揭示了该模式的偏畸。在我们看来,批评家应该至少能起三种作用。其一,像一架慢镜头摄影机一样,一步一步地把原始瞬间反应记录下来(即费什倡导的文体分析模式)。其二,根据相似或对照的原理对相互关联的反应活动或引起反应的形式特征予以组织概括(这是文学文体学家常用的分析方法)。其三,对整个阅读经验进行抽象总结(例如文学批评家对作品主题的总结)。实际上,每种方法都有其特定的优越性和局限性。第一种方法有利于揭示通常容易被忽视的原始瞬间反应,但它排斥了总结阅读经验的可能性。此外,如果文本篇幅较长,持续使用此法会过于累赘。第二种方法有助于把词语或反应活动之间的相似或对照予以系统化,但它往往会忽视对单个词的特殊反应。第三种方法便于综合概括整个阅读经验,但却无法注重基本层次上的反应活动。

在阅读过程中,这三种方法作为三个不同层次的思维活动,其实是并行不悖的。在按顺序对文本中的词逐个进行反应时,读者会有意识或前意识地对词语之间的类似或对照进行反应(这些词语往往不会紧连在一起)。与此同时,读者也会持续不断地进行抽象概括,以求了解一段话、一篇文章作为一个整体所表达的意思。对批评家来说,虽然在进行分析时,可能三种方法均需采用,但在某一特定的时刻,则只能运用某一特定的方法来着重分析某一层次的思维活动。这几种方法各有重点、各有利弊,相

---

① S. Fish, "*Literature in the Reader*," pp. 135—138.

互之间不能取代。

第三节 语言形式与文学意义之关联的客观性

文学文体学家向来引以为自豪的,是他们的分析方法比传统的印象直觉式批评更具客观性。就以文本细节为根据这点来说,他们确实要比前者客观;但他们对文本主题意义的阐释则带有较大的主观任意性。在此,我们似有必要剖析一下文体分析中的不同层次。一般说来,只要涉及作品的主题意义或审美效果,文学文体分析就会包含三个相互关联的层次。最基本的层次为语言特征;第二个层次为语言特征所产生的心理效果;第三个层次则是语言特征以心理效果为桥梁在特定的上下文中产生的主题意义或美学效果。且以上文所引的克露什娜的分析为例:第一行诗的结构特征为缺乏动词,而第二行是一个完整句。从心理效果来说,第一行给人感觉这句话没有结束、不完整,而第二行却给人以相反的感觉。克氏阐释出来的主题意义是:第一行的不完整表达缺乏时间——时间的飞逝,而第二行的完整无缺却代表了时间的静止。

文体分析中第一个层次的客观性受到了费什的挑战。费什在《什么是文体学?论文之二》中提出文体分析中的语言结构根本不是客观存在。他的理论根据是:语言结构以常规惯例为基础,但常规惯例不是自然天成的,是人为的,因此不是客观存在,而是主观阐释,语言结构也自然成了主观阐释的产物。[1] 我们认为费什将现实世界中的主客观标准用于衡量语言现象是行不通的。[2] 在现实世界中,独立于人的思维的东西为客观存在;由人的思维所构成的东西则属主观范畴。而在语言这一约定俗成的

---

[1] S. Fish, "What Is Stylistics and Why Are They Saying Such Terrible Things about It? Part II," in S. Fish, *Is There a Text in This Class*? Cambridge: Harvard Univ. Press, 1980, pp. 246—267.

[2] 详见 Dan Shen, "Stylistics, Objectivity, and Convention," *Poetics* 3(Autumn, 1988), pp. 221—238.

社会产物中,根本不可能有任何独立于人的思维而存在的东西。我们只有一个选择:要么不再区分主客观;要么变换标准。而唯一可行的衡量标准即常规惯例:以常规惯例为基础的就是客观的。英文中的26个字母和44个音素均不是自然天成而是依据惯例产生的,但它们无疑是这一语言中的客观存在。同样,在中文里"太阳"一词指涉"地球绕之旋转的恒星"也是客观存在。如果有人提出"月太"指涉同一事物则只能是主观臆断。说它是主观臆断并非由于它违背了常规,而是因为无法确定它在常规系统中的位置。偏离常规的语言现象在日常用语和文学作品中屡见不鲜,但人们一般能够判断某语言现象在何种意义上偏离了常规,如"Swiftly the years, beyond recall."属于缺乏动词的不完整句;而"the inexorable sadness of pencils(铅笔的不可抵挡的悲伤)"①则属于对选择规则的偏离。只要能判断语言现象在何种意义上偏离了常规,也就找到了它在常规系统中的位置。尽管它偏离了常规,但它的交际功能仍然是以(其所偏离的)常规因素为基础的。正是与符合常规的完整句相对照,"Swiftly the years, beyond recall."这种不完整的诗句才能取得相应的美学效果。至于中文里"'月太'指涉'地球绕之旋转的恒星'"这一说法,则难以确定它是在何种意义上违反了常规,无法找到它在常规系统中的位置,因而它也无法成为客观的语言现象。总而言之,在语言这一约定俗成的社会产物中,常规惯例是唯一可行的客观标准。费什完全忽略了这一社会产物与现实世界之间的本质不同,将现实世界中的主客观标准搬入语言这一领域,据此否定语言现象的客观存在,显然失之偏颇。

对第一层次的客观性的挑战不仅涉及语言结构本身,也涉及文体学家所进行的语言学描写。文体学家一向认为他们使用的语言学工具是中性的,这一看法当今已受到严峻的挑战。时下流行的看法是:对语言的各种语法分类均具有主观性和片面性。这话不无道理,但这种主观性毕竟是有限的。在当今西方向科学主义思潮发起强烈冲击的氛围中,语法的

---

① 摘自 Theodore Roethke 的诗"Dolour"(《伤悲》)。

非中性性质有时被批评家过于夸大了。让我们看看对下面这个句子的语法分析：

(1) 老师　　　教　　　学生　　英语
　　主语　**动词**　**间接宾语**　**宾语**

在《语言、文学与批评实践》一书中，戴维·伯奇声称这一语法分析不是对语言成分的中性描写，而是创造了一个权力关系不平等的、由老师主宰的世界：老师成了教学过程的"主语"；学生在被贴上"间接宾语"的标签后，被置于老师的控制之下，仅仅是被动地、"间接地"接受老师的知识。句中的"英语"作为"宾语"也处于老师这一"主语"的控制之下。① 我们认为，伯奇在此过分夸大了语法标签的作用。让我们看看例二：

(2) 小徒弟　　　跟师傅　　　学　　　手艺
　　主语　　　**状语**　　**动词**　**宾语**

难道我们可以说在此例中，"小徒弟"（主语）处于主宰他的师傅和手艺的地位吗？毋庸置疑，"老师"在例一中的地位不是由主语这一语法标签决定的，而是由老师与学生在现实世界中的关系以及教学活动本身的性质决定的（试比较"老师向学生学习课外活动的经验"）。可以说，伯奇将语言指涉本身的性质强加到了语法标签之上。

文体分析中第二个层次的客观性没有遇到直接的挑战。其原因在于批评界忽略了这一层次的存在。在英国诗学与语言学学会的会刊 1992 年第一期的编者按中，肖特提到："因为文体学家集中研究文学文本的语言，就经常有人无理指责他们，说他们认为一个文本仅有一个意思。"他对此反驳道："虽然一个文本的特定结构对所有的读者来说都是一样的并可以因此减少多种阐释的可能性，但却不会减少到仅有一种可能性，因为文本或文本中的某些部分可能是模棱两可的，而且不同的读者会带来不同

---

① D. Birch, *Language, Literature and Critical Practice*, pp. 26—29.

的(有时是大相径庭的)阐释假定。"而图伦(M. Toolan)在《小说文体学》一书中却提出:"究竟一个特定的句法结构是否必然会(在通常情况下或在某特定场合)对所有的读者表达出同样的意思呢?假若回答是否定的,那么句法文体学的阐释或解释的效力好像也就不复存在了。"①照这样来看,文体学岂不是步入了死胡同?要么承认语言结构会表达出相同的意思,而为当今批评界所不容;要么否认这点,而由此丧失自身存在的价值。在我们看来,这些批评家和文体学家的看法有偏误。他们均只看到语言结构(形式)与主题意义(内容)这两个层次,而忽略了心理效果这一中间层次。

语言结构所产生的"心理效果"一般不受上下文的限制,也不为读者的阐释原则所左右(当然,这只是相对而言,它也不是恒定不变的)。譬如,在英语中,"主句"在读者心理上一般会较为突出;而"从句"则一般会较为隐蔽。在主动语态"甲打了乙"和被动语态"乙被打了"这两者之间,前者也通常会使人更突出地感受到动作发起者"甲"的存在。而"直接引语"与"间接引语"相比,则通常更具直接性、生动性以及更强的音响效果(详见第 10 章)。值得强调的是,同样的"心理效果"在不同的上下文中会产生不同的"主题意义"。例如,同样是"间接引语"与"直接引语"的对比,在菲尔丁(Henry Fielding)的《约瑟夫·安德鲁斯》(*Joseph Andrews*)开头的一个场景中,它被用于反映发话者从犹豫不决到武断自信这一态度上的变化②;在吴尔夫(Virginia Woolf)的《黛洛维夫人》(*Mrs Dalloway*)的一个场景中,它被用来表达一人物的平静与另一人物的惊讶这一差别③;而在奥斯丁(Jane Austen)的《劝导》(*Persuasion*)第三章的一个场景中,它则被用于反映一人物的恭敬顺从与另一人物的自傲自信这一对照④。这种种以"心理效果"为桥梁产生的"主题意义"具有一个

---

① M. Toolan, *The Stylistics of Fiction*, p. 16.
② A. McDowell, "Fielding's Rendering of Speech in *Joseph Andrews* and *Tom Jones*," *Language and Style* 6 (1973), p. 86.
③ G. Leech and M. Short, *Style in Fiction*, p. 335.
④ Ibid., p. 326.

共同特点:它们在一定程度上取决于读者(分析者)对语言结构所处的特定上下文的阐释。具备不同阐释原则和立场的读者对同一文本的阐释往往不尽相同。且以上引克露什娜的分析为例,恐怕有的读者就不会同意克氏阐释出来的主题意义:第一行的不完整表达缺乏时间——时间的飞逝,而第二行的完整无缺却代表了时间的静止。显然,这一"主题意义"不仅来自于语言结构(其具有的特定心理效果),而且在相当大的程度上有赖于分析者自己对上下文的特定阐释,因此具有相当强的主观性质。

赫施(E. D. Hirsch)在《阐释的目的》一书中曾对文体学作了这么一番评价:"文体学并不是一种可靠的研究方法,它既不能确定文本的意思也不能证实阐释结果。当然,也没有任何一种其他的研究方法具有这等'绝技'。"① 既然赫施在此用了"可靠""证实"这样的字眼,我们不妨探讨一下文体学的阐释结果在何种情况下相对来说较为可靠。我们认为"心理效果"与"主题意义"之间的关联可分为性质截然不同的两大类。在一类中,"心理效果"与"主题意义"之间仅仅表面相似,并无本质联系,两者之间的跳跃幅度较大;而在另一类中,"心理效果"与"主题意义"之间有本质关联,两者之间的跳跃幅度较小。可以断定,"心理效果"与"主题意义"之间跳跃的幅度越大,对上下文的特定阐释所起的作用也就越大,语言结构本身所起的作用就会越小,阐释结果所能证实的程度或"可靠性"也就越低。② 上引克露什娜的分析属于第一类,感到"句子没有结束"的心理效果与"缺乏时间或时间飞逝"的主题意义之间仅存在表面的相似,没有本质联系,因此可靠性也就较低。在此我们不妨对比一下特纳的一例分析:在约瑟夫·海勒的《第 22 条军规》中,作者用了一个由数个从句组成的长句来描述一连串发生的事,特纳(G. W. Turner)认为作者这一句法

---

① E. D. Hirsch, *The Aims of Interpretation*, Chicago: Univ. of Chicago Press, 1976, p. 72.

② 详见 Dan Shen, "Stylistics, Objectivity, and Convention," *Poetics* 17 (1988), pp. 221—238。

选择产生了"使这些事情看起来相互关联,仿佛同时发生"的主题意义①。这里的心理效果"句法结构的紧密相连"与主题意义之间有一定的本质上的联系,因此可靠性相对较强。值得一提的是,我们所说的"本质"指的是"常规惯例"。在常规用法上,句子的完整与不完整跟表达时间无甚关联,但句子结构之间的关系与描述对象之间的关系却不无关联。如果两件事紧密相连,它们可能会被收入一个句子;如果两件事联系不紧,则一般会用不同的句子表达。在上面两例中,我们可以看到"心理效果"在语言结构和主题意义之间起的是某种桥梁的作用("缺乏动词"→"句子没有结束"→"缺乏时间或时间飞逝";"一个长句"→"句子成分相互关联"→"事情看起来相互关联,仿佛同时发生")。这一桥梁的存在应能帮助减少多种阐释的可能性;但是,因其作用有限,不会减少到仅有一两种可能性。

不少文学文体学家想完全通过语言结构来证实他们的阐释结果,实际上语言结构仅起了一方面的作用,单靠它来证实无疑是不行的。在此,我们觉得有必要将图伦的提法纠正为:"究竟一个特定的句法结构是否必然会(在通常情况下或在某特定场合)对所有的读者产生大致相同的心理效果呢?假若回答是否定的,那么句法文体学的阐释或解释的效力好像也就不复存在了。"如果我们能认识到"心理效果"这一中间层次的存在,如果我们能认清"语言结构对读者表达出大致相同的意义"这一概念仅适用于"语言结构"与"心理效果"之间的关联,却不适用于"语言结构"与"主题意义"之间的关联,我们就能避免很多不必要的争论和理论上的混乱。

文体学家在探讨语言结构与主题意义的关联时,常常涉及作者的意图。他们或者直接探讨作者的意图,或者先分析文本的效果,再谈作者的意图。② 有的文体学家虽然仅谈文本的效果,但也认为这些效果是作者

---

① G. W. Turner, *Stylistics*, Harmondsworth: Penguin, reprinted 1975, p. 73.
② M. Cummings and R. Simmons, *The Language of Literature*, pp. 89—94

出于特定的目的,通过选用特定的语言结构来产生的。① 从早已日落西山的新批评到后来风行的新历史主义,20 世纪的不少批评派别反对对作者意图的研究或评判。反对的理由不外乎两点:其一,作者的意图难以把握;其二,作品一旦完成,就脱离作者来到世界上,成为社会的公共财富,它的意思将随着读者和历史语境的变化而变化,作者的用意已不复作用于它。第一条理由无疑是站得住脚的:除非由作者自己来证实,否则所谓作者的意图只能是分析者自己的推测;而分析者在自己所处的社会历史语境中根据自己的阐释原则推断出来的所谓"作者意图"很可能与作者的原意相去甚远。但第二条理由似乎有点绝对化。费什指出:"我们在阅读或复读时不可能不涉及作者的意图,不可能不假定我们所读到的符号是有意识、有目地写出来的……否则,对意义的解释就不可能发生"。② 当然,费什并不认为读者可以确定作者的意图,在他看来,对意图的推断仅仅是"一种阐释行为"而已。文体学家感兴趣的是作者对语言形式的选择,他们自然倾向于探研:作者究竟为何选用了这种特定的表达方式?其目的是什么?这一阐释视角应当是无可非议的。对于文学文体学来说,重要的也许并不是放弃对作者审美意图的研究,而是需要认清这种研究所含有的主观任意性,认清其分析结果的可分解性。

在读者反应批评的冲击下,英国和荷兰的文学文体学家肖特与范·比尔(W. van Peer)作了一种新的尝试。他们选择了一首从未接触过的诗,两人分别将自己对诗逐行进行的反应详细记录下来,然后将反应结果与对诗的文体分析结果进行了比较。他们发现两人在逐行进行反应时阐释出来的东西在文体分析中基本上得到了较好的阐释。③ 在

---

① R. Carter and P. Simpson (eds.), *Language, Discourse and Literature*, p. 7.

② S. Fish, "With Greetings from the Author: Some Thoughts on Austin and Derrida," in *Critical Inquiry* 8 (1982), p. 705.

③ M. Short and W. van Peer, "Accident! Stylisticians Evaluate: Aims and Methods of Stylistic Analysis," in M. Short (ed.), *Reading, Analysing and Teaching Literature*, London: Longman, 1989, pp. 22—71.

此,我们需要破除某种迷信。有不少人认为读者反应批评记录下来的是不受阐释原则左右的所谓"客观的原始反应",这其实是一种错觉。肖特和范·比尔这两位文体学家在对诗逐行进行反应时,仍然受制于他们习以为常的阐释假定和阐释框架(其他批评家也会是如此)。这就是他们的"反应结果"与"分析结果"大同小异的真正原因。当然,正统的文体分析很难体现出批评家在逐行进行反应时的一些推测、推理过程;而逐行进行反应又缺乏正统文体分析的系统性以及对总体结构的更好的把握。应该说,两者各有利弊,是并行不悖、互为补充的。但至少就教学来说,"反应式"分析难以取代正统的文体分析:仅让学生将他们对文本的反应逐行记录下来,是难以使他们得到提高的。20 世纪的文艺批评理论在作者(传统批评)——文本(新批评等)——读者(读者反应批评等)之间往往从一个极端走向另一个极端。在 20 世纪末,贬抑作者和文本、仅谈读者和社会历史语境在一些西方国家成为时尚。但这种时尚是否也有其片面性?值得庆幸的是,进入 21 世纪以来,这种片面性得到一定程度的纠正。

当然,面面俱到未必理想,也未必可行。一般来说,每种方法均有其侧重面:不仅对于作者——文本——读者,或文本——社会语境来说是如此,而且对于作品的各种意义来说也是如此:传统批评注重个人的道德意识、新批评注重文字的审美效果、精神分析注重无意识、女权主义批评注重性别之间的权力关系、新历史主义批评注重社会意识形态,如此等等。可以说,任何一种批评方法,作为受特定阐释框架左右的特定阅读方式,均有其盲点和排斥面,同时也有其长处。各种批评方法应是各抒己见、互为补充的。令人遗憾的是,不少批评家总认为自己所用的某种方法是一枝独秀,唯我独尊。同样令人遗憾的是,相当一部分文体学家亦是如此。而一些对文体学的批评则走极端,或欲置其于死地,或欲以自己的某种方法来取而代之。尽管对文体学的挑战常常有偏误之处,总的来说,对文体学的发展是不无裨益的。各种挑战有益于引发文体学家进行反思,认清自己的局限性,这样才能不断更新、不断发展。

第七章

从劳治和米勒的重复模式
看小说文体学的局限性

在上一章中,我们探讨了文学文体分析的性质和客观程度,并涉及了它的一些局限性。小说批评家劳治和米勒的重复模式与小说文体研究模式有本质上的相似,也有本质上的差异。通过它们之间的比较,也许有助于我们从另一个侧面认清西方小说文体学的某些局限性。

第一节 劳治的重复模式

劳治于1966发表了颇具影响的《小说的语言》一书。① 开篇首句声称:"小说家使用的媒介为语言,作为小说家,无论做什么,均需在语言中或通过语言来做"。劳治认为语言在小说中起着至关重要的作用。他特意选用传统现实主义小说作为分析素材,以证明语言在这一种类中依然举足轻重。在强调语言的重要性并将分析对象定为语言的艺术性这一点上,劳治和文体学家们十分一致。也许正因为如此,有些批评家将劳治的《小说的语言》当成了文体学的著作。劳治声称自己力图在语言学分析

---

① D. Lodge, *Language of Fiction*, New York: Columbia Univ. Press, 1966.

和传统文评之间找一条"中间道路"。这很容易使人联想起英国文体学家威多逊的论断:"文学文体学是处于语言学和文学批评之间,将两者相连的桥梁。"① 实际上劳治没有超出新批评的范畴。他的文学理论和文学批评带有较浓的人文主义、经验主义的色彩。他根本未采用现代语言学,而主要凭借洞察力或至多运用传统语法来进行分析。但这一理论与方法上的差异并不是我们的关注点,我们的主要目的是阐明劳治与小说文体学在分析对象上的差异。

劳治的重复模式是一种"结构性"的分析方法,具体来说,就是对一些重要的重复出现的成分在全文范围内进行追踪分析。譬如,在康拉德所著《黑暗之心》这一小说中,"黑暗""黑色的"以及相关的词重复不断地出现。劳治认为,倘若批评家在作品中追踪"黑暗"这一结构性的主题,考察每处重复在上下文中的作用,特别是其与总体结构的关联,就会有助于阐释作品的意义。劳治提出:"对重复的察觉是阐释语言在像小说这样的长篇文学作品中的作用的第一步"。诚然,"在文本中最常出现的字未必最为重要,否则就可采用计算机来进行初步分析了"。劳治认为只有依据批评才智,分析者才能不断探清局部成分与整体意义的关联,从而区分重复出现的各种语言成分所具有的不同程度的重要性。

从表面上看,劳治的分析对象与文体学家的分析对象并无本质上的差异。在美国文体学家弗里曼总结的三种文体观中,有一种即是"文体表现为文字结构模式的重复出现或聚合"②。此文体观源于布拉格学派。雅各布森的著名论断"语言的诗学功能将等值原则从选择轴投射到组合轴"引导了不少文体学家在分析诗歌时注重节奏、韵律、排比等重复性对称结构。而穆卡洛夫斯基提出的诗歌语言的特性在于"前景化"的概念则被发展为塞缪尔·列文所区分的"质的前景化"(表现为艺术性地打破语

---

① H. G. Widdowson, *Stylistics and the Teaching of Literature*, London: Longman, 1975, pp. 3—4.
② D. C. Freeman, "Linguistic Approaches to Literature," in D. C. Freeman (ed.), *Linguistics and Literary Style*, p. 4.

音、语法或语义规则)和"量的前景化"(表现为语言成分超过常量的重复或排比)。① 这一文体观被不少文体学家在分析小说时采用。

劳治与小说文体学在分析对象上的不同,在于后者所分析的重复现象通常仅限于"文体"这一层次,而劳治的分析对象却涉及"内容"这一层次。小说文体学家在分析小说,尤其是传统现实主义小说时往往将作品分成"内容"与"文体"这两个层次。"内容"被视为预先确定了的因素;"文体",即对表达内容的不同方式的选择,才是作品的艺术性所在,才是文体学的分析对象。在此,我们似有必要对俄国形式主义作一简要回顾。最早期的俄国形式主义学者认为文学作品的特性体现在对语言的运用上,批评家的任务就在于研究文字是如何被艺术性地使用的。正如第二章所提及的,著名形式主义学者什克洛夫斯基针对叙事作品不同于诗歌的特点,率先提出了"故事"与"情节"的区分。"故事"指作品叙述的、按实际时间顺序及因果关系排列的事件,而"情节"则指对这些事件进行的艺术处理或形式上的加工,譬如在时间上对故事事件的重新安排(如倒叙或从中间开始的叙述等)。这实质上是对"内容"与"形式"的区分。什克洛夫斯基及其追随者们认为"故事"是非艺术性的素材或原材料,只有"情节"才是作品的艺术性所在。什氏还提出了"艺术即手法"这一颇具影响的口号。这种重形式轻内容的倾向并非仅限于俄国形式主义和小说文体学。在20世纪集中对小说的语言和叙述技巧进行分析的各派形式批评中,这可谓是一个共有的倾向(参见第五章)。传统小说批评往往采用"模仿"的概念并注重内容,20世纪的形式批评则往往将单部作品或文学总体视为独立自足的艺术世界,并将注意力集中于语言和叙述技巧——在阐释传统现实主义小说时也是如此。较典型的"自足论"批评家奥特伽曾明确提出小说是独立自足的文学种类,在这一自足的世界里,艺术仅存在于形式

---

① S. Levin, "Deviation—Statistical and Determinate—in Poetic Language," in *Lingua*, XII(1963), pp. 276—290.

之中。小说的美学价值是由被"强加于"素材或主题之上的技巧所决定的。① 如果说传统小说批评家过于忽略作品的形式层面,那么20世纪的形式批评家则往往矫枉过正,过于忽略作品内容的作用。

劳治不仅是批评家,也是小说家。他从创作实践中体会到对素材的选择也是小说家的创造性劳动,也是小说的艺术性所在。他指出小说中对事物的描写与现实生活中对事物的描写大相径庭。在现实生活中,倘若需对某真实人物,如既高又黑的布朗先生进行描写,描写者无法在"高大"与"矮小"或"黝黑"与"白皙"之间进行选择,因为该人物的身材与肤色是已定因素。与此相对照,在塑造某虚构人物时,小说家可将他描写为"高大白皙"或"矮小黝黑"或"矮小白皙"或"高大黝黑",也可选择称他为格林先生或葛雷先生或韦尔斯先生。小说文体学家们在分析时往往将内容视为不变量,仅将语言上的表达方式(譬如是用"黝黑"还是用"黑不溜秋",是用长句还是用短句或从句还是主句等)视为变量,视为选择的对象。而劳治认为作品中的任何东西均为小说家选择的结果。他断言:"因为小说家不是用语言来描写已存在的事物,因此他对语言的'指事称物的'用法是具有美学意义的"。劳治在分析作品中的重复现象时,将作品作为一个整体来考虑。值得一提的是,劳治在理论上持强硬的一元论立场,认为在传统现实主义小说中,内容与形式跟在诗歌及现代主义小说中一样不可区分。实际上,劳治自己清楚地区分了小说家对语言的指事称物的用法(denotative use)和转义性或含蓄性用法(connotative use)。所谓"指事称物的用法"就是通常所说的内容层次,小说家在这一层次上的选择(譬如用"桌子"一词而不用"椅子")一般被认为是对内容的选择(即选了"桌子"而非"椅子"这一事物)。劳治的书名为《小说的语言》,一般在研究语言的艺术性时,不会研究指事称物的层次,而劳治想同时研究这一具有美学意义的层次,也许是为了名正言顺,他坚持将这一层次视为对语

---

① See J. Halperin, "Twentieth-century Trends in Continental Novel-theory," in J. Halperin (ed.), *The Theory of the Novel*, pp. 375—376.

言而非对事物的选择。

在分析《简·爱》这部小说时,劳治在全文范围内追踪了对"火"的描述的主题意义和艺术效果。《简·爱》是一部糅合了浪漫主义与现实主义、强烈恋情与伦理道德、激情与理智、平凡与神秘等诸种对立因素的小说。劳治认为作者采用了一个由"客观关联物"组成的体系成功地将这些形形色色的因素统一起来。这一体系的内核由土、水、空气和火等要素组成。水与土跟愁苦、不适、感情疏远等情感因素相关。空气(air)跟女主人公的名字(Eyre)有着双关语性质的联系。火是起主导作用的成分,与之相连的主要是幸福与狂喜的状态。劳治清楚《简·爱》的作者不同于乔伊斯或康拉德等象征主义作家;在《简·爱》中并不存在一个由自然要素组成的严密的喻象系统。这些自然要素在文中不断变化并时常具有矛盾性。劳治集中探讨了"火"这一要素的作用。在《简·爱》中,约有85次对室内壁炉之火的实际描写,约43次比喻性或象征性地提到"火"。文体学家在分析时,一般仅会涉及后者,劳治却致力于对两者同时进行考察。他的分析表明,两者各具意义同时交互作用。对壁炉之火的"如实"描写在表现主人公为争取得到像样的生活、人的尊严和家庭幸福而奋斗的过程中起了重要作用,而有关火的比喻则象征性地表达了女主人公在强烈争取自我完善的过程中,激动、振奋又令人惊恐的内心世界,它同时也是沉溺于情感而招致灾难和惩罚的意象。

劳治所分析的另一小说为简·奥斯丁的《曼斯菲尔德花园》(*Mansfield Park*),其浪漫主义和象征主义的成分较为稀薄。劳治集中对具有社会或道德价值意义的词汇进行了研究。劳治认为,奥斯丁通过精心选择、细心鉴别并恰到好处地运用这些词汇,不仅成功地剖析和刻画了人物,而且巧妙地迫使读者就范,使读者跟着书中的道德准则走。劳治指出书中与行为举止有关的词语可分为两类。一类表达社会的或世俗的价值,包括"令人愉快""适合""得体""礼仪""端庄稳重"等等。这些词语强调应对个人行为加以控制,个人应服从社会。另一类词语却使人联想到道德上或精神上的价值,包括"良心""责任""邪恶""正当""原则""正

"确""错误""堕落"等等。这组词语暗示个人也许不得不违背社会的利益。劳治对这些词语的分析无疑涉及"内容"这一层次。也许我们没有必要过多地介绍劳治的具体分析;我们仅想说明劳治对"语言"的分析同时涉及形式与内容这两个层次,因而有别于很多文体学家集中研究小说形式层面的分析方法。

其实,有的文体学家已意识到了该学科的局限性。特劳戈特(E. C. Traugott)和普拉特(M. L. Pratt)指出:

> 人们往往将文体上的选择仅视为对形式或措辞的选择,即对表达某一固定的或已预先确定了的内容的不同方式的选择。这种看法有偏误,因为作者显然也选择内容。我们的语法中有语义和语用方面的成分,因此,在我们的语法中,内容和形式均被视为选择的对象。对内容的选择牵涉到对语义结构的选择。①

文体学家确实往往将内容视为"固定的或已预先确定了的",但这并非是忽略内容的唯一原因。有的文体学家其实已认清内容同为选择对象,但他们仍然将内容拒之于门外。利奇和肖特在《小说中的文体》一书中写道:

> 从文体变化的角度来看,故事是不变因素。当然它只是在一个特殊的意义上不起变化:作者实际上可任意组合故事世界。但是,就文体变异来说,我们只对不改变故事内容的那些语言上的变化感兴趣。②

我们认为文体学排斥"内容"这一层面,除了它立足于"文体"这一层次这一明显的原因之外,还有如下两个根本原因。其一,如前所述,它来自于20世纪形式批评中重形式轻内容的倾向。其二,文体学以语言学为工具,而故事内容,正如哈桑(R. Hasan)所言,基本上是独立于语言或语

---

① E. C. Traugott and M. L. Pratt. *Linguistics for Students of Literature*, New York: Harcourt Brace Jovanovich, 1980, p. 29.

② G. Leech and M. Short, *Style in Fiction*, p. 37.

言之外的"事实"(尽管它必须通过语言表达出来),因此难以用语言学来分析。① 特劳戈特和普拉特在分析中采用了我们在前一章中提到了的菲尔默的格的语法。这一语法和韩礼德的系统功能语法中的概念功能为文体学从语义结构入手分析小说内容提供了一条路径。但文体学家常常只是采用这些语法模式来分析认识事物的不同眼光。特劳戈特和普拉特明确指出,采用格的语法进行语义结构分析能帮助我们理解作品中所描写的看待事物的特定眼光。我们在第四章第三节中提到,韩礼德运用属于概念功能范畴的及物性系统对戈尔丁的《继承人》中的语言进行了分析,他的分析主要揭示了书中所描写的原始人看世界的特定眼光。追随韩礼德,运用及物性系统来分析语义结构的文体学家往往将注意力集中在作品中人物或叙述者的特定眼光或视角上。福勒在《语言学批评》一书中较为系统地将功能语言学应用于小说文体分析。② 他十分重视对语义层次的分析,但他的语义分析并非要探讨作品中所描述的事物本身,而是要集中研究人物或叙述者看事物的特定眼光。福勒反对批评家将文学视为一种特殊的和自足的话语类别。这对纠正文体学重形式轻内容的倾向本应大有帮助,但他将文学与新闻报道、日常会话等其他话语类别相提并论却导致了对小说的一个重要特殊性的忽略。在新闻报道或其他种类的社会话语中,人们用语言对已发生的事进行描写,所描写的事物是独立于描写者的客观存在,在对这种描写进行分析时,分析家自然会将注意力集中在描写者的特定眼光上。"眼光"这一层次涉及语言与现实(被描写的事物)之间的关系,语言学在此自然有用武之地。与此相对照,小说描写的事物本身就是小说家艺术性地创造出来的,这本身就是一个不容忽视、值得分析的层面,它无疑也是最根本的内容层面。然而,不少语言学模式在此难以施展(涵括概念功能的系统功能语法可以说是一个例外)。

出于上述种种原因,很多小说文体学家仅着眼于表达方式这一层面。

---

① R. Hasan, "Rime and Reason in Literature," in S. Chatman (ed.), *Literary Style: A Symposium*, p. 303.

② R. Fowler, *Linguistic Criticism*, Oxford: Oxford Univ. Press, 1986.

作为一种研究方法,这本无可非议。但文体学家并非将文体学视为对传统批评的补充,而是将文体学视为优于传统批评,可取而代之的研究方法。他们认为小说家对语言的运用是作品的艺术性所在,只需通过分析语言上的表达方式就能较全面地阐释作品的意义。面对这一局面,克露什娜(A. Cluysenaar)在《文学文体学引论》一书中不得不声明:

> 本书将其分析的每个文本(无论是整篇作品还是一个段落)均视为一个交流意义的行为。文本中所有的语言特征,包括意思(meaning)都在交流中起作用。①

传统批评家把意思看成至关重要的成分。而文体学家在阐释作品的总体意义时,若想涉及这一范畴,还不得不加以说明,可见重形式轻内容的倾向之严重。

在研究小说时,传统批评家将故事视为生活,人物视为真人,试图阐释故事表达了什么样的社会、道德、政治意义(what)。而文体学家若要研究故事层次,一般也会力图阐明意义是如何通过对故事材料的特定选择和建构来表达的(how)。劳治关心的正是后者。他的分析模式对于如何在整体上研究作品应有所启迪。如果说劳治的重复模式只是将分析对象扩展到了作品所描写的事物这一层次,那么米勒的重复模式则超越了文本自身的界限。

第二节 米勒的重复模式

美国批评家米勒(J. H. Miller)在1982年出版了《小说与重复》一书,旨在阐明在小说这样的长篇作品中,各种类型的重复方式如何产生意义。② 米勒曾从事新批评和现象学批评,后转向解构主义。他用了一个简单的定义来阐明他的特定研究对象:"小说是通过文字对人类现实的表

---

① A. Cluysenaar, *Introduction to Literary Stylistics*, p. 15.
② J. H. Miller, *Fiction and Repetition*, Oxford: Basil Blackwell, 1982.

述"。米勒认为这一定义至少包含了采用三种不同批评方法的可能性。倘若批评家强调定义中的"人类现实",那么他很可能无视作品的虚构性,把人物当成真人,集中阐释故事的道德、情感价值等。这属于传统的批评方法。倘若批评家强调定义中的"表述"(representation)一词,则会关注讲故事的常规或程式如何帮助产生意义,这可发展为对小说的成熟的现象学批评。批评家会集中研究作者对自己(或叙述者或人物)的意识所做的种种假定;探讨作品所体现的意识的时间结构;或探讨故事事件向前发展时在读者心中激起的复杂的情感反应。与此相对照,倘若批评家强调的是"通过文字"这几个字,他就会将注意力集中在文体特征和修辞上("修辞"在此特指各种转义或比喻性用法)。米勒指出这三种批评方法都有其必要性和合理性,任一种都不能与其他两种截然分开。他自己在书中采用的是第三种,即对小说的"修辞"批评。他强调他所关注的是"文字细节",是"修辞形式与意义的关系"。在这点上,他的方法有别于传统批评而近似于文体学。诚然,他的解构主义立场和研究目的与文体学的立场和研究目的相去甚远。但倘若求同存异,米勒的研究方法也许能提供某些值得借鉴之处,特别是在如何研究现实主义小说这一点上。

米勒认为小说是由重复套重复或重复连重复组成的复合体。现实主义小说中一般存在着多种不同形式的重复现象。譬如在哈代的《德伯家的苔丝》一书中,在小范围内,有词语、比喻等文字成分的重复(既有明显的重复也有带比喻性质的隐性重复)。在更大的范围内,有事件和场景的重复,苔丝的一生就不断重复着由瞌睡、红色、暴力行为等因素组成的"同一"事件。某个人物或情节的主题也许会在另一人物身上或情节中重新出现:苔丝的姐姐丽莎·露就显然命定要重复她的遭遇。

米勒认为读者对这些重复成分的辨认可能是有意识的,也可能是未加思考的。在阅读《德伯家的苔丝》时,读者第一次读到某处的红颜色时也许不会加以注意,但在遇到第三、第四、第五处红色的东西时,这一色彩开始形成一个突出的重复性模式:苔丝头上的红色发带、她的红樱桃嘴唇、亚雷强迫苔丝吃的草莓、亚雷给苔丝的玫瑰、在苔丝青春妙龄的光谱中变得血红的光线（对亚雷的比喻），在收割麦子时苔丝手腕上的红色伤痕，在苔丝悄悄靠近安吉尔的窗户时她手臂上蹭的血红色污迹，墙上几个红得刺眼的告诫性大字，像烧红了的拨火棒似的太阳光、在太阳的映射下火红的十字架等等。米勒经过分析论证指出：所有这些红色的东西都是被哈代称为"无所不在的意志"（某种具有创造性和毁灭性的能量）所留下的印迹，书中与死亡和性行为相关的作为男性的太阳则是此意志力的一种体现形式。

米勒特别强调不同重复成分之间的相互作用。在他看来，《苔丝》中的每一个段落都是一个交叉点，各种复杂的重复链或关联链在此交叠。读者需考虑到每一成分与其他诸成分之间的关系。有的重复链由物质性成分组成（如上面提到的红色的东西）；有的重复链由比喻组成（譬如有关嫁接和写作的重复性比喻）；有的关联线更为隐蔽，往往仅在词源上相连（如嫁接（grafting）与写作（writing）之间的联系）。此外，有由主题性成分组成的链（如性行为或凶杀）；由概念性成分组成的链（如文本中不断提出的苔丝为何遭难的问题或有关历史的理论性论述）；以及由半神话性成分组成的链（如将苔丝与收割相连或将太阳拟人化地喻为仁慈的神）。这些链条组成一个相互限定的系统，任一因素都存在于与其他因素的关系之中，意义则悬置于这些因素的相互作用之中。

与劳治相比，米勒的重复模式无疑更系统、更全面。同时，米勒将注意力引向了文本之外。米勒指出，在一部小说中，有的重复成分帮助组成作品的内部结构，有的则决定作品与其外部因素的多重关系，这些外部因素包括作者的思想和生活经历，心理、社会或历史现实，以及来自神话和传奇的模式等等。苔丝之死即可视为对耶稣被钉死在十字架上的重复或视为对史前在巨石阵进行的献祭的重复。作者可在一部作品中重复他的其他小说中的模式、主题、人物或事件。《苔丝》一书与哈代随后发表的《理想爱人》(The Well-Beloved)一书在主题和形式上都有相似、重复之处。此外，作者可在一部作品中重复其他作者作品中的诸种成分。诚然，对文本之间的联系的强调当首推结构主义，但结构主义往往仅注重作品之间的普遍规律,而忽略了单部作品的特殊性。米勒不是从寻找作品的共性出发,而是从阐释具体文本出发来探讨"互文性"(intertextuality),在这一点上,他与文体学家们相一致。诚然,作为解构主义学者的米勒与文体学家们在阐释立场和目的上存在着一些根本差异。这些差异也许是难以调和的,但米勒的分析范围和对象则很可能有值得文体学借鉴之处。文体学总的来说有重形式、轻内容的倾向。前文提到的英国文体学家罗杰·福勒在1981年出版的《作为社会话语的文学》一书中批评了文体学仅注重文本的形式结构而忽略语义阐释以及文本的历史语境和社会作用的倾向。① 他在1986年出版的《语言学批评》中又重申了这一点。此外,福勒在《语言学与小说》一书中,还注意从"互文性"角度来探讨一部作品与其他作品之间的联系。② 像福勒这样勇于创新的文体学家无疑在文体学内部起了一定的纠偏正畸的作用。劳治和米勒的重复模式则在文体学外部形成了某种对照,在这种对照中,我们也许能从一个侧面更清楚地看到小说文体学的某些局限性。我们在本书上篇中对叙述学的理论进行了评析,接下来在本篇中对文体学的理论进行了探讨。在下篇中,我们将集中讨论叙述学和小说文体学的重合面。

---

① R. Fowler, *Literature as Social Discourse*, London: Batsford, 1981, p. 20.
② R. Fowler, *Linguistics and the Novel*, reprinted 1983, pp. 67—70.

下 篇
叙述学与小说文体学的重合面

第八章

叙述学的"话语"与小说文体学的"文体"

不少结构主义叙述学家将小说分为"故事"与"话语"两个层次;前者为故事内容,后者为表达故事内容的方式。文体学家则一般将小说分为"内容"与"文体"这两个层次。文体学界对文体有多种定义,但可概括为文体是"表达方式"或"对不同表达方式的选择"。在层次上,"故事"自然与"内容"相对应,"话语"也自然与"文体"相对应。既然"话语"和"文体"为指代小说同一层次的概念,这两者之间的不同应仅仅是名称上的不同,倘若面对同一叙事文本,似应互相沟通,但实际上却并不尽然,批评家的实践与之相去甚远。

第一节 "话语"与"文体"的差异

结构主义叙述学和现代文体学几乎同时兴盛于 20 世纪六七十年代。它们均声称是在语言学理论的指导下对文本进行分析。但我们发现结构主义叙述学家在分析小说的"话语"时,所关注的基本上是语言学无甚用武之地的大的篇章结构上的叙事技巧,忽略作品对语言本身(即具体语句)的选择。而文体学家在研究小说的"文体"时,则主要是凭藉语言学理论来分析作品中的词汇特征、句法特征、书写(或语音)特征以及句子之间的衔接方式等语言现象。

结构主义理论和文体学的这一差异仅存在于小说分析中。在分析诗歌时，结构主义诗学与文体学关注的均为文本的各种语言特征。然而在分析小说的形式层面时，结构主义叙述学家关注的往往不再是文笔风格，而是叙述方式与被叙述的事件之间的关系。结构主义内部诗学与叙述学的这一分野首先见于俄国形式主义。

俄国形式主义诗学在分析诗歌时，刻意探讨诗歌语言与实用（或普通）语言之间的不同。托马舍夫斯基提出，在实用语言中，最为重要的是交流信息的功能。而在诗歌语言中，这种交流功能退居二线，文字结构自身获得了独立的价值。① 也就是说，语言的指称功能在诗歌中被埋没，而美学功能则占据了主导地位。雅各布森认为"诗歌的作用在于显示出文字符号与所指物的不一致性"，这种不一致性将注意力吸引于文字本身，而避免将文字仅仅视为所指物的替身。② 在这些形式主义理论家看来，诗歌中的种种技巧，如节奏、音韵、韵律、和声、比喻等均旨在揭示诗歌文字本身复杂而具有密度的结构及其内涵。

著名形式主义者什克洛夫斯基提出，文学的功能在于产生"陌生化"的效果。然而，什氏的着眼点不是文字符号自身，而是读者对所指物的感知，什氏认为艺术旨在使人感知事物，艺术技巧在于以复杂的形式增加感知的困难，从而延长并加强感知过程。感知过程是美学的目的所在，所指物并不重要。③ 在轻视所指重视能指这点上，什氏与雅各布森等并无二致。但我们应看到，在什氏理论中，文字符号与所指物的关系是较为明确的。什氏强调的不是文字符号独立存在的价值，而是文字符号对所指物起的作用，是读者对事物的清新感受。不难看出，雅各布森等人的诗学理

---

① V. Erlich, *Russian Formalism: History-Doctrine*, p. 183.
② Ibid., p. 181.
③ V. Shklovsky, "Art as Technique," in L. T. Lemon and M. J. Reis (trans.), *Russian Formalist Criticism: Four Essays*, p. 12.

论难以运用到符号与所指关系较为明确的现实主义小说中。与此相对照，什氏的诗学理论却对现实主义小说同样适用。什氏在阐释"陌生化"概念时，特别以托尔斯泰的小说作为例证，他说：

> 托尔斯泰通过避免直接指称人们习以为常的事物的办法，使事物变得新奇陌生。他的描写使人觉得是初次见到某物，或者感到某事为初次发生。他故意不用惯常的名称来描写某桩事情的局部内容，而是转而描述其他事情的相应部分。譬如在《耻辱》中，托尔斯泰采用了这样的表达法使鞭笞陌生化："将犯了法的人剥光衣服，扔到地板上，用鞭子击打他们的臀部"，几行之后，又说："在他们赤裸裸的臀部乱抽一气"。然后他问：
>
> 为何非要用这种愚蠢、野蛮的方法来施加痛苦，而不用一种其他方法——为何不用针来扎他们的肩膀或者身体的其他部位，不用虎钳来夹他们的手或脚？
>
> ……通过这样的描述，通过提议在不改变事情性质的前提下改变其方式，大家熟悉的鞭笞行为变得新奇陌生起来。①

一个更为有趣的例子是托尔斯泰在《战争与和平》中，对舞台布景和演员的描写：

> 舞台中央由平平的木板组成，两旁竖立着代表树木的彩色画，后面一块亚麻布一直垂伸到地板上。身着红马甲和白裙子的少女坐在舞台中央。一位体态臃肿的少女，穿着一件白色真丝连衣裙，坐在旁边一张狭窄的长凳上，凳子后面有一个用胶水粘上去的用绿色硬纸板做成的盒子。她们正在唱着什么东西……②

这一段的视角显然来自于对剧院程式一无所知，未观看过演出的戏盲。我们平时习以为常的舞台演出，经过这样一描写，顿时显得离奇陌

---

① V. Shklovsky, "Art as Technique," p. 13.
② Ibid., p. 16.

生,这迫使我们注意到舞台演出的人为虚假的性质。什克洛夫斯基十分关注小说家如何通过叙述角度来取得陌生化的效果。他指出托尔斯泰在短篇小说《霍尔斯托密尔》中,通过让一匹马担任第一人称叙述者的独特方式来使故事内容显得陌生,如下面这段:

> 他们在谈论和鞭笞基督教时,我明白他们在说些什么。但另一方面,我却完全被蒙在鼓里,"他自己的""他的马驹"这些词语是什么意思呢?我从这些词语中看出来,人们觉得在我和马厩之间存在着某种联系。可那时候,我一点也不懂究竟有何联系。很久以后,当他们把我跟其他的马分开时,我才开始明白。但那个时候,我还是不清楚他们为什么称我为"人的财产"。我很奇怪他们用"我的马"这个词来指我这匹活马,就跟"我的土地""我的空气""我的水"这些词语一样让我感到不可思议……①

什氏不仅注意到了叙述角度的陌生化问题,更为重要的是,他和他的追随者们根据叙事作品不同于诗歌(叙事诗除外)的特点,将叙事作品的结构分成了"故事"与"情节"这两个层次(参见第二章第一节)。前者为作品叙述的按实际时间顺序排列的事件,后者为作品中对这些素材进行的艺术处理,如倒叙或从中间开始的叙述等,这些艺术手法起到了使故事素材陌生化的作用。他们对"情节"的分析有两个典型特征。其一是特别注重事件之间的时序问题,认为"情节"与"故事"的不同常常在于"情节"艺术性地打破事件的自然时序;其二是特别注重离题事件的艺术作用,认为与中心事件无关的离题事件是为取得艺术性效果才被收入作品的,是"情节"的重要组成部分。无论是分析事件之间的顺序还是判断某叙述片断的内容是否与中心事件相关,均只能凭藉文学常识与逻辑推理来进行,语言学理论和方法在此无用武之地。

结构主义叙述学对"故事"与"话语"的区分与形式主义理论对"故事"与"情节"的区分是一脉相承的。结构主义叙述学有两个分支。其一以普

---

① V. Shklovsky, "Art as Technique," pp. 13—14.

洛普为先驱,集中对"故事"的表层或深层结构进行分析,对此我们已在第二章中详细讨论,在此不赘。另一分支以热奈特为代表,集中对"话语"层次进行分析。在 1972 年发表的《叙述话语》中,热奈特以托多洛夫于 1966 年在《文学叙事的范畴》中提出的划分为出发点,将话语分成三个范畴:一为时态范畴,即故事时间和话语时间的关系;二为语式范畴,它包含叙事距离和叙述视角这两种对叙事信息进行调节的形态;三为语态范畴,涉及叙述情景以及它的两个主角(实际或潜在的叙述者与接受者)的表现形式。《叙述话语》共有五章。第一章阐述故事事件的自然时序与这些事件在话语中被重新排列的顺序之间的关系。在微观层次上,热奈特集中分析某一个段落,如下面这段:①

(A)有时他经过旅馆前,回想起(B)雨天探幽访胜时他把女仆一直带到这儿。(C)但回忆时没有(D)当年他以为(E)有一天感到不再爱她时将体味到的伤感。(F)因为事先把这份伤感投射到(G)未来的冷漠之上的东西,(H)正是他的爱情,(I)这爱情已不复存在。

热奈特首先根据事件在故事时间中的位置变化将这段分解为 A、B、C、D、E、F、G、H、I 等小段,并划分了现在(用 2 表示)和过去(用 1 表示)这两个时间位置,抽象出来,就是:

A2—B1—C2—D1—E2—F1—G2—H1—I2

热奈特说:

如果把 A 段视为叙述的出发点,即处于独立位置,那么 B 段当然被定为回顾,可以称作主观回顾,因为它由人物承担,叙事只转述现在的思想("他回想起……");B 暂时从属于 A,与 A 相比被定为回顾。C 仅仅回到最初的位置,不处于从属地位。D 重作回顾,但这一次由叙事直接承担:表面上是叙述者提到了没有伤感,即便主人公

---

① 热奈特:《叙事话语、新叙事话语》,王文融译,北京:中国社会科学出版社,1990 年,第 16—17 页。

有所觉察。E 把我们带回现在,但与 C 的方式迥然不同,因为这一回是从过去,从过去的"视点"考虑现在:这不是简单的返回现在,而是在过去中现在的提前(当然带主观性);所以 E 从属于 D,如同 D 从属于 C,而 C 和 A 一样是独立的。F 越过提前的 E 把我们带回位置 1(过去):一次简单的返回,但返回到 1,即从属位置。G 又是一次提前,但带客观性,因为过去的让预料他的爱情未来的结局恰恰不是冷漠,而是失去爱情的伤感。H 和 F 一样,简单地返回到 1。最后,I(如同 C)简单地回到 2,即出发点。

在这样的分析中,热奈特仅仅关心现在、过去、将来这几个时间位置以及事件之间的从属、并列关系。文本中的句法结构,句子成分之间的从属、并列关系等对他来说都无关紧要。

我们不妨对照一下英国文体学家利奇和肖特在《小说中的文体》一书中在同一层次上对时间顺序所做的分析。他们对下面两例进行了比较:①

(1) 这位孤独的护林员骑入了日暮之中,跃上马背,给马装好了鞍。

(2) 这位孤独的护林员给马装好了鞍,跃上马背,骑入了日暮之中。

这两位文体学家指出例(2)中的句法模仿了事件之间的时序,而例(1)采用的句法则违背了事件之间的顺序。与热奈特不同,利奇和肖特在此关注的是句法上的逻辑关系。例(1)违背的与其说是自然时序,不如说是句法规则。利奇和肖特还探讨了"心理顺序",请看下例:

加布里埃尔没有跟其他人一起去门口。他站在门厅的暗处盯着楼梯上看。一位女士正站在靠近第一层楼梯顶端之处,也罩在阴影里。他虽然看不到她的脸,但能看到她身上赤褐色和橙红色的裙饰布块,这些

---

① G. Leech and M. Short, *Style in Fiction*, p. 235.

布块在阴影中显得黑白相间。那是他的妻子。(乔伊斯《故去的人》)

在这段话中,叙述者直至最后才点出那女士是加布里埃尔的妻子,因为他开始并未认出她来。这就是所谓的"心理顺序",即句法顺序随着人物的眼光或印象走。其实这里的关键是对词语的选择。正如利奇和肖特指出的,"如果乔伊斯在第三句句首没有写'一位女士',而写了'他的妻子正站在……',前面所提到的效果也就不复存在了"①。像这样的信息结构无疑是纯语言性质的问题。值得注意的是,在微观层次上,利奇和肖特所分析的全是展示性较强的场景叙事片断,这些例子根本不涉及过去、现在、将来等不同时间位置的关系,因为其中均只有一个时间位置——现在。分析家的注意力集中于句法上的逻辑或从属关系,句中的信息结构等语言问题。与此相对照,热奈特在微观层次上分析的均为总结性较强的叙事片断,总是牵涉到过去、现在、将来等不同的时间位置,他尤为关注各种形式的倒叙、预叙等时间倒错的现象。

热奈特的主要分析对象为事件在宏观层次上的时间顺序。他指出"不言而喻,这一层次的分析无法考虑属于另一等级的细节,需要进行最粗略的简化"②。热奈特将普鲁斯特卷帙浩繁的长篇巨著《追忆似水年华》分成了十个大的时间段。这样的分析是高度概括性的,仅牵涉到抽象出来的事件之间的时间关系,不涉及遣词造句等语言问题。

利奇和肖特对宏观层次只是简略地一带而过。尽管这是难以与语言挂钩的层次,在分析实例时,他们仍然将注意力集中于语言上。他们指出海明威的《弗朗西斯·麦康伯的短暂幸福生活》采用了从中间开始的叙述手法,这属于宏观层次的分析,但他们与热奈特迥然相异,不是将开始的时间段与后来的时间段进行排列比较,而是集中研究了文首第一句话的语言特征:

现在是吃午饭的时间,**他们**都坐在**这个**就餐帐篷的绿色帐帘下,假装什么事也没发生。(黑体为引者所加)

---

① G. Leech and M. Short, *Style in Fiction*, pp. 177—178.
② 热奈特:《叙事话语、新叙事话语》,第 20 页。

利奇和肖特指出,此开头语中的定冠词"这个"、时间状语"现在"和代词"他们"均为确定表达语。这样的表达法假定读者熟悉所指人或物,可将读者立即引入场景之中。① 显然,热奈特对这类语言问题不会予以关注。利奇和肖特认为事件之间的顺序问题不属文体技巧的范畴,而属小说技巧的范畴。文体技巧涉及语言层次上的选择;小说技巧则属于如何安排故事事件这一层次。②

热奈特的《叙事话语、新叙事话语》第二章以"时距"为题,阐释了事件实际延续的时间与叙述它们的文本的长度之间的关系。"时距"涉及四种不同叙述方式,一种为"描写停顿",即在故事时间以外对人物的外貌或景物等进行描写(故事的时距为零,而叙述话语的长度为若干)。热奈特的分析对象为《追忆似水年华》,在这部第一人称叙述的长篇巨著里,存在不少描写,但往往是对人物驻足凝望时感知活动的叙述和分析,描写被吸收为叙事,因此并不存在真正的故事时间的停顿。但在第三人称叙述中,描写停顿则屡见不鲜。我们不妨看看下面的景物和人物描写:

> 话说丰坦村上有个庙。庙是被后面山坡上浓浓密密的高大树木簇拥着,耸立在田畈边。它的形容虽因年久失修,显得很是晦暗败坏了,但是在那巍峨堂皇的建筑上,一种威严的气魄还是存在的:四角的飞檐玲珑翘曲地横展着,宛如神灵的巨爪;庙脊正中的那顶子,高过山坡上参天的树木,像一顶神灵的法冕,几十里外的人也看得见。那顶子是一个硕大的霁红朱砂古瓶,瓶口伸出三枝方天戟,戟的上下左右各缀着一个金属铸就的字,是:"天下太平"。(吴组缃《天下太平》)

> ……"我要火腿鸡蛋,"那个叫阿尔的人说。**他头戴圆顶礼帽,穿着件胸前横着一排纽扣的黑大衣,苍白瘦小的脸上嘴唇绷得紧紧的。脖子上围着条丝绸围巾,戴着手套。**"给我来咸肉鸡蛋,"另外那个人

---

① G. Leech and M. Short, *Style in Fiction*, p. 179.
② Ibid., p. 185.

说。(海明威《杀人者》,黑体为引者所加)

这里的景物和人物描写均是从故事外第三人称叙述者的视角进行的,不涉及故事内事件延续的时间,故可视为真正的"描写停顿"。与"描写停顿"相对照的叙述方式为"省略",即将事件略去不提(故事的时距为若干,而叙述话语的长度为零)。热奈特指出,在《追忆似水年华》中,在"吉尔贝特"和"巴尔贝克"这两个篇章之间,有一个明确限定为两年的省略:

> 两年后与祖母动身去巴尔贝克时,我对吉尔贝特几乎完全失去了兴趣。

处于"省略"这一极快的和"描写停顿"这一极慢的叙述运动之间,有两种叙述形式。其一为简短的概略叙述,譬如《堂吉诃德》中的一段:

> 总之,罗塔琉觉得必须乘安塞尔模外出的时机,加紧围攻这座堡垒。他称赞她美,借以打动她的虚荣心;因为这点虚荣心最能抵消美人的高傲。他紧攻紧打,用猛烈的火力来突破卡蜜拉的忠贞;她即使是铁人儿也抵挡不住。他流泪,央求,献媚,赞美,纠缠不已,显得一往情深,满腔热忱竟使卡蜜拉忠贞扫地;他意想不到而求之不得的事,居然成功。①

与这样的概要性叙述形成对照的为详细的场景叙述,一般认为用直接引语叙述出来的人物对话为最典型的场景描述,譬如赵树理《小二黑结婚》中的一小段:

> ……区长问:"你就是刘修德?"二诸葛答:"是!"问:"你给刘二黑收了个童养媳?"答:"是!"问:"今年几岁了?"答:"属猴的,十二岁了。"区长说:"女不过十五岁不能订婚,把人家退回娘家去,刘二黑已经跟于小芹订婚了!"……

---

① 热奈特:《叙事话语、新叙事话语》,第61页。

在讨论"时距"问题时,有的叙述学家还对另外一种叙述运动形式予以了关注。荷兰叙述学家米克·巴尔称这种方式为"减缓",美国叙述学家西蒙·查特曼则称之为"拉长"(stretch)。它类似于电影中的慢镜头,因为由话语长度体现出来的叙事(伪)时间长于故事事件本身发生的时间。在安布罗斯·比尔斯的《鹰溪桥上》中,一位因从事间谍活动而被判绞刑的人,在行刑之时,想象着自己从刽子手的手中逃跑——如何挣脱他的镣铐,在枪林弹雨之中向河的下游游去,爬上岸,跑了好几英里路终于回到了家。当他跟他的妻子拥抱时,"随着炮击般的轰鸣声,他四周闪过一道炫目的白光,然后一切都陷入黑暗和沉寂之中。"这个囚犯死了。[①]作者用了好几百字来描述这位名叫佩顿·法克的死刑犯脑海中瞬间闪过的逃跑念头。这些文字所占用的叙述话语的(伪)时间看起来明显长于逃跑的想法在犯人脑海中实际闪现的时间。

从表面上看,这些叙述运动涉及的是文字上的简繁,为文字上的选择。实质上,对这些叙述方式的选择并非对语言本身的选择。从本质上来说,叙述速度是由故事时间与文本长度之间的关系决定的。假若对同一事件有三种采用不同文字进行的场景叙述,只要它们的文本长度相同,无论在遣词造句上有多大差别,在关心叙述速度的叙述学家的眼里,它们就没有任何区别。[②] 也就是说,就叙述速度这一问题来说,文字上的具体选择实际上是无关紧要的,因此关心文字差异的文体学家一般不研究叙述速度。

热奈特《叙述话语》的第三章以"频率"为题,探讨了事件发生的次数与话语叙述事件的次数之间的关系。对频率的选择无疑也不是对语言本身的选择。第五章"语态"中对不同叙述层次和类型的分类涉及的也是对叙述方式而非对语句本身的选择。文体学家们对这些问题一般不予关注,但他们较为注重通过遣词造句反映出来的叙述者对待事件和人物的

---

① S. Chatman, *Story and Discourse*, pp. 72—73.
② 值得一提的是,在一个特定文本中,某一段叙述的速度须要依据该文本的平均叙述速度来确定。

判断和态度。

第二节 "话语"与"文体"的重合之处

叙述学的"话语"与小说文体学的"文体"至少有两个重合之处。一为叙述视角;另一为表达人物话语的不同形式,如"直接引语""间接引语""自由间接引语""言语行为的叙述体"等。这均为热奈特在第四章"语式"中讨论的内容。我们认为,叙述学家与文体学家在此走到一起是出于不同的原因。叙述学家之所以对表达人物话语的不同形式感兴趣,是因为这些形式是调节叙述距离的重要工具。叙述学家对语言特征本身并不直接感兴趣,他们的兴趣在于叙述者(及受述者)与叙述对象之间的关系。当这一关系通过语句上的特征体现出来时,他们才会关注语言本身。而文体学家却对语言选择本身感兴趣。"直接引语""间接引语""自由间接引语"等是表达同一内容的不同语言形式,自然会吸引文体学家的注意力。在分析中,文体学家们明显地更注重这些表达形式语言上的特征(除人称、时态的变化外还有词汇、句型、标点上的种种变化)。

叙述视角是叙述学家和文体学家均颇为重视的一个领域。传统上的"视角"(point of view)一词至少有两个常用的所指,一为结构上的,即叙述时所采用的视觉(或感知)角度,它直接作用于被叙述的事件;另一为文体上的,即叙述者通过文字表达或流露出来的立场观点、语气口吻,它间接地作用于事件。结构上的视角是调节叙述信息和距离的重要手段,因此叙述学家对这一领域十分感兴趣,尤其注重对不同的视角类型进行系统的分类(详见下一章第一节)。

有趣的是,虽然结构上的视角本身属非语言问题,[①]但在文本中它常常只能通过语言特征反映出来,文体学家因而也对这一领域感兴趣;在分

---

① See S. Ehrlich, *Point of View: A Linguistic Analysis of Literary Style*, London: Routledge, 1990, p. 2.

析中,他们明显地更注重探讨语言特征上的变化。在狄更斯《荒凉山庄》的第四十八章,在叙述图尔金霍恩被枪杀一事时,叙述者为了制造悬念,从全知角度转向了一个旁观路人的观察角度:

> 那是怎么回事?谁用步枪或手枪开了一枪?在什么地方?几个过路人吓了一跳,停住了脚步,四下张望。有些人家打开了门窗,还有人走出门来想看个究竟。枪声很响,发出了震耳轰鸣的回声……

英国文体学家利奇和肖特对这里的视角变化,进行了如下分析:

> 狄更斯假装不知道图尔金霍恩被枪杀了。他把自己摆到一个过路人的位置上,方渐渐弄明白发生了什么事:"那是怎么回事?谁用步枪或手枪开了一枪?在什么地方?"叙述语句中典型的陈述结构被一系列问句所替代,问话的焦点越来越清楚明了。第二句话实际上有两处信息明显不足:一处由疑问代词"谁"体现出来(其他两句中也出现了疑问词),另一处为"或者"这一并列连词。狄更斯似乎不仅不知道是谁开的枪,而且也不知道用的是什么样的枪。①

利奇和肖特对这几个问句的阐释也许并非完全合理。实际上,因为问句后面紧跟着的主语是"几个过路人",我们也可以将这些问句视为全知叙述者用自由直接引语叙述出来的过路人的内心想法。但无论如何理解这里的视角变化,有一点是毋庸置疑的,即文体学家十分重视语言特征上的变化。

英国文体学家福勒在探讨结构上的视角时,也十分注重语言特征。他对亨利·詹姆斯《贵妇画像》(*The Portrait of a Lady*)开头两页的视角,进行了这么一番评论:

> 一个夏日的下午,拉尔夫·图切特与他的父亲及沃伯顿勋爵一起在草坪上喝茶。叙述者采用了极为含糊的字眼来介绍他们:"我想到的那几个人""这几位有关的人""一位老人""两位年轻些的男人"

---

① G. Leech and M. Short, *Style in Fiction*, p. 267

"这位老人""他的伙伴""他们中的一人""这位长者"。他们开始出现时给人的视觉印象既遥远又虚幻,就像影子一样:"绿茵茵的草地上映出几个笔直瘦长的身影;这是一位老人……和两位年轻些的男人的身影。"我们可推断出这位老人是这座古色古香的乡间房子的主人……①

福勒在探讨此处全知叙述者有意采用的旁观视角时,对叙述者的语言进行了较为细致的分析,使我们清楚地看到,叙述者通过采用这些含糊的指涉,巧妙地遮掩了自己的全知眼光,读者只能随着叙述者从旁观的角度逐渐对人物产生认识。我们不妨再看看肖特对下面这一小段中的视角进行的分析:

维洛克先生听到地板嘎吱嘎吱地响,感到心满意足。他等待着。维洛克太太过来了。(康拉德《特务》)(Mr. Verloc heard the creaky plank in the floor, and was content. He waited. Mrs. Verloc was coming.)

肖特写道:

维洛克先生是一个感知动词的主语。叙述者用了"心满意足"来描述他的心态。最后一句中的动词"过来"明确地将维洛克先生定为了指示中心(deictic centre)。我们不禁要问:为什么叙述者要从维洛克先生的角度来描述事件呢?这是为了同时取得反讽和恐怖的效果。维洛克先生在度过了很糟糕的一天之后正躺在沙发上,等着太太给他送晚饭。这时读者很清楚他太太正拿着一把切肉刀过来杀他,而他自己则完全被蒙在鼓里……。《特务》一书的主题涉及人与人之间缺乏了解、孤立隔离的状态。上面三句话中对视角的控制尽管看起来无足轻重,但在康拉德表现人物之间、夫妻之间互相隔绝的总体策略中可以说是一个重要的因素。②

---

① R. Fowler, *Linguistics and the Novel*, p. 95.
② M. Short, "'Stylistics Upside Down': Using Stylistic Analysis in the Teaching of Language and Literature," *PALA* occasional papers, 1994, p. 13.

这是较为典型的文体学式的分析。它从语言形式入手,进而阐释作者的特定语言选择所具有的主题意义。与叙述学家相比,文体学家在分析结构上的视角时,更为重视这种微观层次上由具体词句体现出来的视角特点,而不太重视视角类型的分类问题。

此外,与叙述学家相比,文体学家更为重视所谓文体上的"视角"或"眼光"(point of view),即叙述者通过文字表达出来的立场观点、语气口吻。这实际上是叙述声音这一层次的问题,应与采用的眼光或观察角度区分开来(详见下一章第一节)。叙述学家较为注意进行这一区分,并避免在叙述声音这一层次采用"point of view"等词语,以防止混乱。而文体学家则往往忽略这一区分。在《语言、意识形态与眼光》一书中,英国文体学家辛普森(P. Simpson)在分析心理眼光(psychological point of view)时,对于自己采用的分析方法进行了如下描述:

> 它的特点不仅在于注重文学与日常叙事作品的创作过程,而且在于它关注叙述者以读者为对象,将所叙述的内容倾斜或定位的语言手段。考虑到这种方法对信息的构成技巧的重视,我特将它称为人际间(interpersonal)的分析方法。……它的独特之处在于它集中分析构成文本"特质"的语言特征。譬如,人际间的分析方法可集中分析文本中的情态系统,这一系统是说话人表达对所说的东西的特定态度的工具。①

辛普森在分析由情态系统表达出来的所谓"心理眼光"时,不仅将结构上的视角与文体上的立场观点、语气口吻混为一谈,而且明显地更为注重后者,因为情态系统主要涉及的是叙述者通过具体文字表达出来的自己在说话时的立场态度。

另两位英国文体学家利奇和肖特在《小说中的文体》一书中,用"point of view"一词直接指涉叙述者对人物的态度和叙述语气,并集中分

---

① P. Simpson, *Language, Ideology, and Point of View*, pp. 38—39.

析体现叙述者价值判断的词语。① 无怪乎他们选择了下面这样的例子作为分析素材：

> 戴西伍德先生不是坏心眼的年轻人，除非我们把冷酷无情和自私自利看成是坏心眼。一般来说，他颇受尊敬；他在履行自己的日常职责时总是循规蹈矩。倘若他娶了位更可爱的女人，也许会更受尊重——或许他自己都会变得可爱起来。他结婚时相当年轻，也很喜欢他的太太。但他太太简直是他自己的一幅辛辣漫画——比他还要心胸狭窄、自私自利。（简·奥斯丁《理智与情感》第一章）

这是全知叙述者对人物进行的直截了当的评价。在这样的段落中，批评家关注的是叙述者通过什么样的词语来左右或影响读者对人物的判断。由于叙述者为表达自己的态度所进行的词语选择属于地道的语言问题，因此文体学家对此十分感兴趣，而叙述学家则往往更为关注叙述时采用的观察角度这种结构上的问题。

第三节 导致"话语"与"文体"断裂的原因

综上所述，在叙述学的"话语"中占据了重要地位的时间问题在小说文体学的"文体"中基本无立足之地。而在"文体"中至关重要的对词汇的选择、对语法类型的选择（如对句子类型、分句类型、短语类型、词性类型等的选择）以及对句子之间的衔接方式的选择等语言问题则基本被排斥在叙述学的"话语"之外。至于两者相重合之处，批评家们在分析时也表现出对象上和方法上的差异。

我们认为，这种断裂的根本原因之一在于小说文体学基本因袭了诗歌分析的传统，而叙述学却在很大程度上摆脱了诗歌分析的传统手法。俄国形式主义对"故事"与"情节"的区分是针对叙事文学不同于诗歌的本质特征提出来的；叙述学对"故事"与"话语"的区分也是如此。小说文体

---

① G. Leech and M. Short, *Style in Fiction*, pp. 272—277.

学则沿用了诗歌中"内容"与"文体"的区分。"文体"主要指作者在表达句子的意思时表现出来的文笔风格;"话语"则指对故事事件的艺术性安排。从这一角度,我们不难理解为什么文体学家在分析小说中的节奏时,注意的仍为文字本身的节奏:它决定于标点的使用、词句的长短交替以及重读音与非重读音的交替等等。而叙述学家在分析小说中的节奏时,却将注意力转向了详细展示事件与快速总结事件等不同叙事方式的交替所形成的叙述运动的节奏。文体学家在小说研究中,沿用了布拉格学派针对诗歌提出的"前景化"的概念。"前景化"是相对于普通语言或文本中的语言常规而言,它可表现为对语言、语法、语义规则的违背或偏离,也可表现为语言成分超过常量的重复或排比(详见第五章第一节)。语音、词汇、句型、比喻等各种语言成分的"前景化",对文体学来说可谓至关重要。在叙述学中,相对语言常规而言的"前景化"这一概念几乎销声匿迹,相对事件的自然形态而言的"错序"则成了十分重要的概念,它特指对事件之间的自然顺序(而非对语法规则)的背离。

在文体学这一领域,不少学者认为文本中重要的就是语言。罗纳德·卡特在1982年出版的《语言与文学》一书中曾经断言:"我们对语言系统的运作知道得越多、越详细,对于文学文本所产生的效果就能达到更好、更深入的了解。"[①]三十多年过去了,文体学已经大大拓展了眼界和研究范畴,但无论所关注的是文本还是文本与语境或文本与读者的关系,是美学效果还是意识形态,不少文体学家仍然认为只要研究作者对语言的选择,就能较好、较全面地了解文本(的表达层)所产生的效果。在1998年出版的《语言模式》一书中,索恩博罗和韦尔林说了这么一段话:

> 文体学家通常认为"文体"是对语言形式或语言特征的特定选择。譬如,简·奥斯丁和 E. M. 福斯特的作品之所以有特色,有人会称之为大作,不仅仅是因为作品所表达的思想,而且也因为他们对

[①] R. Carter, "Introduction," in R. Carter (ed.), *Language and Literature*, p. 5.

语言所做出的选择。对这些作家的文体分析可以包括作品中的词、短语、句子的顺序,甚至情节的组织。①

这段话的最后一个短语说明索恩博罗和韦尔林的眼界是较为开阔的,甚至将情节究竟有无结局也视为一种"文体"因素。② 但他们没有向叙述学敞开大门,对话语层次上的叙述技巧未加考虑。在探讨小说中的时间问题时,他们仅仅关注指涉时间的短语和小句。同样,在赖特和霍普的《文体学》一书中,在探讨"叙述时间、故事事件和时态"时,作者也聚焦于动词时态③,忽略非语言性质的时间技巧,如倒叙、预叙或从中间开始叙述等。

正因为文体学关注的是语言问题,而叙述学聚焦于结构上的叙述技巧,因此两者跟语言学的关系相去甚远。罗兰·巴特指出:"语言学研究到句子为止。语言学认为这是它有权过问的最大单位……马丁内说:'句子是能够全面而完整地反映话语的最小切分成分。'语言学的研究对象因此不可能超过句子,因为句子以外,不过是另外一些句子而已。植物学家描述了花朵之后是不会想着去描述花束的"④。叙述学在研究话语时将注意力从句子转向了文本与事件的关系这一超出句子的范畴,这在一定程度上摆脱了(句子)语言学的局限,但同时也在很大程度上失去了语言学这一工具。诚然,语言学是结构主义叙述学的理论基础和推动力。叙述学家一般均着意参照语言学模式,在分析时尽量采用一些语言学的概念。但用(句子)语言学来分析非句子的结构时,语言学概念在叙述学家的手中往往变成了一些抽象的比喻。前文提及叙述学有两个分支,其一集中对故事的表层或深层结构进行分析。列维-斯特劳斯、格雷马斯等在分析时均借用了语言学的理论模式。他们所分析的结构具有较强的规律性,较适于语言学的运用。但这些结构是独立于语言而存在的故事事件

---

① J. Thornborrow and S. Wareing, *Patterns in Language*, London: Routledge, 1998, pp. 3—4.
② Ibid., p. 183.
③ L. Wright and J. Hope, *Stylistics*. London: Routledge, 1996, pp. 49—55.
④ 王泰来等编译:《叙事美学》,第 63 页。

的结构,语言学在这一层次上的应用只能是比喻性质的(详见第二章)。在"话语"层次上,叙述学涉及的大部分范畴在严格意义上也属非语言问题,批评家仅能比喻性地采用一些语言学概念。如前文所示,热奈特效法托多洛夫,采用了"时态"这一语言学术语来描述"顺序""时距""频率"等话语时间与故事时间的关系。毋庸置疑,"倒叙""从中间开始的叙述"等顺序问题与动词的时态变化仅在很抽象的程度上才有所对应。值得注意的是,动词的时态变化顺应动作的自然形态(过去的动作用过去时,将来的动作用将来时),而热奈特的"顺序"则主要涉及话语如何违背或打破事件的自然顺序,造成"错序"(anachrony)。在这一点上,两者之间实际上是对立而非对应的关系。至于"时距"(场景详述、总结概述、描写停顿等等)及"频率"(究竟是描写一次还是多次)则更加难以与动词的时态变化挂上钩。尽管热奈特将这一范畴称为"时态",却显然无法真正应用分析动词时态的语言学方法,因为两者实际上迥然相异。热奈特认为我们可将任一叙事作品视为一个动词的扩展。《奥德修记》或《追忆似水年华》不过从某种方式(在修辞意义上)扩展了"尤利西斯回到伊塔克"或"马塞尔成了作家"这样的陈述句,"因此我们或许能利用动词语法的分类法来组织,或者至少来表达话语分析中的问题。"①句子与话语之间确实存在着同源或对应关系,但这种对应有时难免极为抽象和牵强。语言学对于叙述学的话语(特指文本与事件的关系)的作用毕竟有限。当然,因为语言学的科学性较强,参照语言学理论——即便只是在宏观层次上比喻性地参照——也能增强分析的系统性,并能帮助更好地界定研究对象。

  小说文体学严格(而非比喻式)地应用语言学。语言学一方面为文体学提供了有力的分析工具,同时又将文体学的分析范围局限于语音(或书写)特征、词汇特征、句法特征等以句子为单位的语言现象上。有的文体学家早就认识到了这一局限性。查普曼在1973年出版的《语言学与文学》一书中指出:文体学必须承认句子以上的单位才能起较大作用。也就

---

① G. Genette, *Narrative Discourse*, p. 30.

是说,文体学需要进行话语(或语篇)分析,"但要建立能产生话语语法的语言学模式则十分困难。在当前这种情况下,文体学家只能利用对于语言交流功能的常识性了解以及借助于分析整篇文本的一些传统方法"①。查普曼建议文体学家从以下几方面对话语进行分析:(一)研究一个句子在全文中起何作用,而不是单独地理解它;(二)注意在文中重复出现的词汇、短语、比喻、句型等语言特征,并从它们在整个话语中的作用出发来研究它们的意义;(三)注意研究句子之间的衔接方式。有不少文体学家进行了这种或其他类型的话语(或语篇)分析。但无论采用何种模式,文体学家的话语分析有一个共同之处,即往往聚焦于语音、书写形式、词汇、语法、句子及段落的组合、语义的连贯等语言或篇章特征,这与叙述学的话语分析显然大相径庭。

此外,叙述学的"话语"涉及叙事文学的普遍规律。如前文所示,"顺序""时距""频率"等范畴均不局限于语言这一媒介,也存在于电影、戏剧、舞蹈等其他叙事种类中。与此相对照,文体学家研究的书写形式、词汇特征、句法特征、句子间的衔接方式、段落的组合等问题均特属于语言这一媒介。

值得一提的是,叙述学的"话语"与俄国形式主义的"情节"之间也存在着差异。前文提及,什克洛夫斯基等认为与中心事件无关的离题事件是为取得艺术效果才被收入作品的;它们是"情节"的重要组成成分。而叙述学对"话语"的研究却从未涉及离题事件,在"话语"与"故事"的区分中,这些事件只能被纳入"故事"这一层次。此外,什克洛夫斯基等十分关心的如何用文字来产生"陌生化"效果的问题也为忽视语言特征的叙述学家所排斥。这些差异容易被批评界忽略。伊格尔顿在《文学理论》一书中就将热奈特的"话语"与形式主义的"情节"完全等同起来了。② 当然,俄国形式主义与结构主义叙述学对小说形式的研究有着本质上的相似。它

---

① R. Chapman, *Linguistics and Literature*, London: Arnold, 1973, pp. 100—101.
② T. Eagleton, *Literary Theory*, p. 105.

们与文体学的距离远远大于它们之间的距离。

第四节　近年来的跨学科分析

尽管迄今为止尚未出现研究叙述学和文体学之间辩证关系的论著,但20世纪90年代以来陆续出现了一些综合采用文体学和叙述学的方法来分析作品的研究成果。① 这些成果大多来自于文体学阵营。在叙述学的阵营里,里蒙-凯南于1989年发表了一篇颇有影响的文章《这一模式是如何忽略语言媒介的:语言学、语言和叙述学之危机》。② 该文提出了一个振聋发聩的观点:对语言的排斥是造成叙述学之危机的一个根本原因。然而,里蒙-凯南的这篇文章却未能推动叙述学与文体学的结合。这与作者对语言的特定看法密切相连:

> 我所说的"语言"到底是什么意思呢? 这一词语有两个方面的含义:1) 语言作为媒介,也就是说表达故事的是文字(而不是电影镜头,表演动作等等);2) 语言作为行为,也就是说故事是由某人向某人讲述的,这种讲述不仅仅是述愿性质的,而且也是施为性质的。③

里蒙-凯南对第一个方面的含义作了如下解释:"本文走向了一个与费伦不同的方向。费伦说:'然而,我就小说的媒介所提出的问题不会将注意力向外引,即引向语言与其他表达媒介之间的相似与差异,而是会将注意力向内引,即引向文体本身'。"这里提到的费伦的观点出现在《文字组成的世界》一书中④,这本书聚焦于作品内的遣词造句,而里蒙-凯南则

---

① 参见拙文"What Narratology and Stylistics Can Do for Each Other," in J. Phelan and P. Rabinowitz (eds.), *A Companion to Narrative Theory*, Oxford: Blackwell, 2005, pp. 136—149。

② S. Rimmon-Kenan, "How the Model Neglects the Medium: Linguistics, Language, and the Crisis of Narratology," *The Journal of Narrative Technique* 19(1989):pp. 157—166。

③ Ibid., p. 160.

④ J. Phelan, *Worlds from Words*, Chicago: Univ. of Chicago Press, 1981, pp. 6—7.

走向了另一个方向,关注的是不同媒介之间的差别,关注语言作为一种媒介的特性:线性、数字性、差异性、武断性、不确定性、可重复性和抽象性等。里蒙-凯南将语言的不确定性与电影的确定性作了如下比较:

> 文学可以避免描述一个人物的外貌,然而电影却无法遮掩人物外貌,因为演员的形象会出现在屏幕上。当然,电影可以展示影子,而不是轮廓分明的形象,因此这仅仅是一种程度上的,而非性质上的差别。由于语言具有非确定性和抽象性,文学就能较好地再现睡梦、幻觉这一类现象。而在电影屏幕和戏剧舞台上,这些现象通常会更加具体化,尽管可以使用昏暗的灯光、画面渐弱等技巧。①

就"语言"的第一种含义而言,里蒙-凯南仅仅像这样探讨各种媒介之间的差异,忽略了作者的语言风格或文体这一范畴。至于"语言"的第二种含义——语言作为行为,里蒙-凯南感兴趣的是整个叙述交流行为的动机和功能,不涉及具体的文体问题。正因为如此,尽管里蒙-凯南的这篇文章谈到了叙述学对语言的排斥,但却未能将注意力吸引到文体层面,未能对叙述学与文体学的结合起到任何作用。

叙述学家一般属于文学系或文学阵营,而文体学家则往往属于语言(学)系或语言(学)阵营,这是两者缺乏沟通和融合的原因之一。有的老叙述学家是搞文体学出身的,譬如西摩·查特曼,但他们在研究叙述学时有意排斥语言,认为语言只是表达叙述形式和技巧的材料而已。② 有几位较年轻的叙述学家如赫尔曼(D. Herman)和弗吕德尼克(M. Fludernik)在事业起步时,几乎同时对叙述学和文体学发生兴趣,在叙述学界站稳脚跟之后,仍然继续借用语言学或文体学的方法来分析作品,体现出跨学科分析的特点和优势。弗吕德尼克的近文《事件顺序、时间、时态和叙事中的体

---

① S. Rimmon-Kenan, "How the Model Neglects the Medium," p. 162.
② S. Chatman, *Story and Discourse*, pp. 23—24.

验》①就综合了叙述学对事件顺序的关注和文体学对动词时态的关注。但总的来说,文体学对叙述学界的影响十分有限。笔者认为除了上面提到的原因之外,还有一个很重要的原因:文体学在英国、欧洲大陆和澳大利亚得到了长足的发展,但20世纪八九十年代在美国的发展势头很弱。虽然进入21世纪以来得到了一些新的发展,但势头依然不够强劲。与此相对照,叙述学在美国的发展势头一直较为旺盛,可以说,英语国家的叙述学家大多数集中在美国。由于文体学在过去的数十年里在美国学界的影响有限,美国的叙述学家对文体学的淡漠也就不难理解。

令人感到欣慰的是,尽管叙述学在英国未能得到很好的发展,但近年来越来越多的英国文体学家对叙述学发生了兴趣,在分析中借用了叙述学的方法,如辛普森(P. Simpson)的《语言、意识形态和视角》(1993)、米尔斯(S. Mills)的《女性主义文体学》(1995)、卡尔佩珀(J. Culpeper)的《语言与人物塑造》(2001)、斯托克韦尔(P. Stockwell)的《认知诗学》(2002)等。② 以英国为主体的诗学与语言学学会及其会刊《语言与文学》对促进文体学与叙述学的结合起了很好的作用。《语言与文学》杂志近年来登载了一些借用叙述学的框架来分析小说语言的论文。叙述学进行了不少结构上的区分,如对时间技巧的区分、视角类型的区分、叙述类型和层次的区分、塑造人物之不同方法的区分等等,文体学家可利用这些区分搭建分析框架,在此基础上对作者的遣词造句所产生的效果进行探讨。《语言与文学》杂志的主编凯蒂·威尔士所著《文体学辞典》③收入了不少叙述学的概念和叙述学的参考书。尽管该词典没有论及叙述学与文体学的互补关系,但其对叙述学的概念"兼容并包"的态度显然有助于促进文体学与叙述学相结合。

---

① M. Fludéik,"Chronology, Time, Tense and Experientiality in Narrative," *Language and Literature* 12 (2003):117—134.

② S. Mills, *Feminist Stylistics*, London: Routledge, 1995; J. Culpeper, *Language and Characterization*; P. Stockwell, *Cognitive Poetics*.

③ K. Wales, A *Dictionary of Stylistics*(2nd edn.).

第八章 叙述学的"话语"与小说文体学的"文体"

无论是在文体学阵营还是在叙述学阵营,近年来越来越多的学者对认知科学产生了兴趣。认知文体学(也称认知诗学或认知修辞学)是近年来发展最快的一个文体学派别。在《认知文体学》(2002)这部论文集的前言中,塞米诺(E. Semino)和卡尔佩珀将"认知文体学"界定为跨语言学、文学研究和认知科学的文体学流派。① 总的来说,认知文体学有以下几个特点:(1)着眼点上发生了转移,从分析语言结构与各种意义的关联转向分析作者创作和读者阐释的认知机制(不少论著聚焦于后者)。(2)模式的更新,借鉴了认知语言学、认知科学、人工智能等新的模式。(3)通常关注的是规约性读者的共同反应,即(某个群体的)读者共享的基本阅读机制,但有时也关注有血有肉的个体读者的反应,即由于个人身份和经历等方面的不同而导致的不同反应。② 认知文体学系统揭示了以往被忽略的大脑的反应机制,说明了读者和文本如何在阅读过程中相互作用。相对于以往忽略读者认知的分析传统而言,这种研究开拓了一条新的道路。

认知文体学有较强的跨学科性质。认知文体学家在探讨读者对文本世界的建构时,往往会涉及读者对文本各个层面的反应,包括对叙述技巧的反应。正如斯托克韦尔所言,认知文体学家需要考虑"世界的再现,读者的阐释和评价,以及传统上属于文学领域的一些问题,如叙述学和接受理论"。③ 在探讨"前景化"时,认知文体学家关注的对象不再局限于语言本身:

> 在文本中起组织作用的因素,看上去最为醒目的因素,被称为支配性因素。……它可以是《第 22 条军规》中无法摆脱的荒唐困境,甚至可以表现为哈罗德·品特戏剧中的死寂。支配性的因素在某种意

---

① E. Semino and J. Culpeper (eds.), *Cognitive Stylistics*, p. ix.
② 这与"认知叙事学"这一后经典叙事学流派有相通之处。参见申丹等著:《英美小说叙事理论研究》,北京:北京大学出版社,2005 年,第 12 章。
③ P. Stockwell, *Cognitive Poetics*, p. 9; See E. Semino and J. Culpeper (eds.), *Cognitive Stylistics*.

义上说是"超—前景化"的,文学文本中的其他因素都以它为中心动态地组合起来。①

这里受到关注的"荒唐困境"和"死寂"是虚构现实(故事事件)本身,这是内容层次的问题。对于虚构事件的文本组合和文字表达则属于形式层次。尽管认知文体学家在理论上采取了几乎无所不包的立场,但在具体分析时仍往往聚焦于文体或语言细节。也就是说,细致的语言学分析仍然构成"认知文体学"的一个突出特征(否则也就不会被视为"文体学"了)。也许正因为如此,在斯托克韦尔兼容并包的《认知诗学》里,作者有时也只是考虑"行动、人物和文体"这三种因素②。实际上应该同时考虑行动、人物、背景、叙述技巧和文体这五种基本因素,前三者属于故事层,后两者属于形式表达层。倘若要较为全面地回答"故事是如何表达的?"这一问题,就需要同时关注"叙述技巧"和"文体"这两个范畴。假如像叙述学和文体学那样仅仅关注两者之一,就只会得到一个片面的答案。

尽管近年来综合采用文体学和叙述学的方法来分析作品的学者在增多,但大多数或绝大多数论著仍然是纯粹叙述学的或者纯粹文体学的。这一情况在国内表现得尤为突出。此外,从事跨学科分析的学者一般也只是应用相关方法,未对这两个学科的关系进行梳理和阐明,在这一意义上,本书依然具有填空补缺的作用。

其实,从定义上很难看出文体学的"文体"与叙述学的"话语"有何不同。热奈特将"话语"定义为"能指、叙述、话语或叙事文本本身"③。它理应包括语音、词汇、句型、句子间的衔接方式等各方面的语言特征。至于"文体",它常被定义为"对不同表达方式的选择",这自然也应包括对不同叙事方式的选择。但出于前面提及的种种原因,在分析实践中,两者表现出明显的排他性(至少在总体上是如此,当然也有例外)。这就难免造成

---

① P. Stockwell, *Cognitive Poetics*, p. 14.
② Ibid., pp. 19—20.
③ G. Genette, *Narrative Discourse*, p. 27.

片面性。不少文体学家认为作品中的语言特征才是作品的艺术性所在，而叙述学家则偏重于叙述技巧，忽略作者的遣词造句。实际上，叙述学的"话语"与文体学的"文体"呈互为补充的关系。在研究小说时，我们应摆脱诗歌研究传统的局限，针对叙事作品的特点，关注文本对故事事件进行的艺术性安排。但同时我们也应承认小说家在语音或书写、词汇、比喻、句型、句子的顺序、句间衔接方式等方面所做的选择并非不重要；这些范畴也是小说的艺术性所在。这一点已为不少文体学家的批评实践所证实。因此，我们要避免厚此薄彼。我们在研究叙述节奏时，也应关注文字本身的节奏，在一些故事情节淡化的现代作品（如意识流小说）中文字节奏尤为重要。同样，我们一方面要研究叙述者对叙述方式的选择，譬如究竟是进行场景叙述还是概要叙述；另一方面我们要注意叙述者在某一特定的叙述方式中对文字进行的选择，譬如叙述者为何用这些词汇和句型而不用其他词汇和句型来进行场景叙述。费伦在《文字组成的世界》一书中对"文体"下了这么一个定义："文体指一个句子或一个段落中经过意译会失去的成分"①。对一个句子的意译常可保留原有的叙述方式，但却难以保留语音/书写、词汇、比喻、句型等方面的特征。这些成分也应得到足够的重视，只有这样才能对小说的形式层面进行较为全面的分析。

在下面两章中，我们将集中探讨叙述学与小说文体学相重合的两个层面：叙述视角与人物话语的不同表达方式。

---

① J. Phelan, *Worlds from Words*, p. 6.

第九章
不同叙述视角的分类、性质及其功能

与叙事诗、戏剧、芭蕾舞、电影等其他叙事形式相比,小说具有运用、转换叙述视角的最大自由度和可能性。但自18世纪小说诞生到19世纪末,小说批评理论一般仅关注作品的社会道德意义而忽略其形式技巧。第一人称与第三人称之分几乎成了区分小说不同叙述方式的唯一标准。现代小说理论的奠基者法国作家福楼拜与美国作家亨利·詹姆斯独辟蹊径,将注意力转向了小说的形式技巧,尤其是(第三人称)人物有限视角的运用。随着越来越多的作家在这方面的创新性实践以及叙述学、文体学等20世纪形式主义文论的兴起,叙述视角引起了极为广泛的兴趣,成了一大热门话题,却也因此产生了种种偏误和混乱。

本章第一节将首先讨论视角的分类问题,意在澄清一些有关概念,较为深入地研究如何在把握不同视角本质特征的基础上,对它们进行合理的分类。在第二节中,我们将采叙述学和文体学之长,对全知叙述模式的功能、性质和特点进行探讨。与全知叙述在视角上直接形成对照的是第三人称人物有限视角叙述。第三人称人物有限视角与第一人称回顾性叙述中的经验视角(经历视角、体验视角——即正在经历事件时的视角)十分相似。西方批评界在认识到这种相似的同时,走向了极端,将这两种视角之间画上了等号。为了纠正这一偏误,第三节将集中探讨第一人称回顾性叙述与第三人称人物有限视角叙述在视角上的差异。在第四节中,我们将综合采用叙述学和文体学的方法,对通过不同视角叙述出来的同一个生活片段进行细致的分析。本章最后一节将集中探讨一个被叙述学界和文体学界忽略了的问题——叙事文本中屡见不鲜的视角越界现象。

第一节 不同叙述视角的分类

一、叙述声音与叙述眼光

若要合理区分视角,首先必须分清叙述声音与叙述眼光。自古希腊的亚里士多德开始至20世纪70年代初,对叙述方式或视角的论述似乎均未将叙述声音与叙述眼光区分开来("叙述声音"即叙述者的声音;"叙述眼光"指充当叙述视角的眼光,它既可以是叙述者的眼光也可以是人物的眼光——即叙述者采用人物的眼光来叙述)。法国叙述学家热奈特在1972年出版的《辞格之三》中的《叙述话语》一文里,明确提出了这一区分,并对包括布斯和斯坦泽尔在内的小说理论家对这一问题的混淆提出了批评。斯坦泽尔区分了三种不同的叙述情景:其一为传统的全知叙述(以菲尔丁的《汤姆·琼斯》为代表),其二为叙述者就是人物的第一人称叙述(以梅尔维尔的《白鲸》为代表),其三是以人物的眼光为视角的第三人称叙述(代表作有亨利·詹姆斯的《专使》(*The Ambassadors*)、乔伊斯的《青年艺术家的肖像》等)。热奈特指出斯坦泽尔所区分的第二与第三种方式在叙述眼光上并无差异,因为两者采用的均为故事中人物的眼光;它们之间的差别仅仅在于叙述声音:第二种类中的叙述声音来自聚焦人物本人(我们不妨用"聚焦人物"一词来指涉其眼光充当叙述视角的人物[①]),而第三种类中的叙述声音则来自故事之外的叙述者。不难看出,

---

[①] 在现有的中文译作或著作中,这样的人物("focal character"或"point-of-view character")往往被称为"焦点人物"或"视点人物",这样的译法容易使人想到"受到他人关注的人物",从而引起误解。我们采用"聚焦人物"或"视角人物"的说法,以免造成误解。

第三种类是最容易混淆叙述声音和叙述眼光的区域。在传统上的第三人称小说中,(处于故事外的)叙述者通常用自己的眼光来叙述,但在20世纪初以来的第三人称小说中,叙述者常常放弃自己的眼光而转用故事中主要人物的眼光来叙述。这样一来,叙述声音与叙述眼光就不再统一于叙述者,而是分别存在于故事外的叙述者与故事内的聚焦人物这两个不同实体之中。这一点在热奈特之前很少有人认清。布斯与弗里德曼就误认为在此类作品中,故事的主人公虽然以第三人称出现,实际上他或她在叙述自己的故事①。

我们认为在此类作品中,将叙述声音或叙述眼光截然分开容易掩盖这样一种现象,即有作品倾向于在叙层上采用聚焦人物的语言。譬如,在乔伊斯的《青年艺术家的肖像》中,叙述者在叙述聚焦人物的幼年时,采用了极为孩子气的语言(包括婴孩的词语、简单重复的句式),随着聚焦人物的成长,叙述语言也逐渐成熟,这显然是叙述者对聚焦人物在不同成长时期的不同语言风格的有意模仿。这样一来,叙述声音在一定程度上也就成了聚焦人物自己的声音;换句话说,它成了叙述者与聚焦人物之声音的"合成体"。

值得注意的是,在第一人称回顾往事的叙述中,可以有两种不同的叙述眼光。一为叙述者"我"目前追忆往事的眼光,另一为被追忆的"我"过去正在经历事件时的眼光。这两种眼光可体现出"我"在不同时期对事件的不同看法或对事件的不同认识程度,它们之间的对比常常是成熟与幼稚、了解事情的真相与被蒙在鼓里之间的对比。如果叙述者采用的是其目前的眼光,则没有必要区分叙述声音与叙述眼光,因为这两者统一于作为叙述者的目前的"我"。但倘若叙述者放弃现在的眼光,而转用以前经历事件时的眼光来叙述,那么就有必要区分叙述声音与叙述眼光,因为两者来自两个不同时期的"我"。

---

① W. Booth, "Distance and Point-of-View," in P. Stevick (ed.), *The Theory of the Novel*, New York: The Free Press, 1967, p. 91; N. Friedman, "Point of View in Fiction," in P. Stevick, op. cit. pp. 127—129.

第九章 不同叙述视角的分类、性质及其功能　　191

　　继热奈特之后,巴尔、里蒙-凯南等叙述学家都比较注意区分叙述声音与叙述眼光,然而有的西方批评家仍倾向于将两者混为一谈。泰勒(R. Taylor)在 1981 年出版的《文学的组成成分》一书中,将叙述者本人视为"调节视角的中介",认为对不同叙述者的选择也就是对视角的选择。选择的可能性仅有两种,一种为"直接叙述",即全知叙述;另一种为"间接叙述",即个性化的视角。泰勒写道:"与第三人称叙述相对照,第一人称叙述通常标志着个性化的视角。全知叙述者一般采用第三人称代词来指涉人物,以强调人物的不同存在;而第一人称指涉则将故事中的人物与叙述者合为一体。"① 这样依据人称而定的两分法根本无法解释 20 世纪初以来常见的第三人称小说中叙述声音与叙述眼光相分离的现象,也无法区分第一人称叙述中的两种不同叙述眼光,很容易导致混乱。

　　应该指出,热奈特在区分叙述声音与叙述眼光时,基本上将后者局限于"视觉"和"听觉"等感知范畴。② 但我们知道,一个人的眼光不仅涉及他/她的感知,而且也涉及他/她对事物的特定看法、立场观点或感情态度。我们不妨看看下面这一简例:

　　　　(1)我给汽船加了点速,然后向下游驶去。岸上的两千来双眼睛注视着这个溅泼着水花、震摇着前行的凶猛的河怪的举动。它用可怕的尾巴拍打着河水,向空中呼出浓浓的黑烟。

　　　　(请对比:

　　　　(2)我给汽船加了点速,然后向下游驶去。岸上的两千来双眼睛注视着我们,他们以为溅泼着水花、震摇着前行的船是一只凶猛的河怪,以为它在用可怕的尾巴拍打河水,向空中呼出浓浓的黑烟。

　　　　(3)我给汽船加了点速,然后向下游驶去。岸上的两千来双眼睛看着我们的船溅泼着水花、震摇着向前开,船尾拍打着河水,烟囱

---

① R. Taylor, *Understanding the Elements of Literature*, London: Macmillam, 1981, p. 74
② See S. Rimmon-Kenan, *Narrative Fiction*, p. 71.

里冒出浓浓的黑烟。)

这是康拉德《黑暗的心》第三章中的一段。第一人称叙述者"我"为船长马洛,他无疑不会将自己的船视为"河怪"。在上面几种对比形式中,第二种和第三种反映了船长马洛的叙述眼光,而第一种形式的后半部分在叙述时采用的则是岸上那两千名非洲土著人的眼光。不难看出,第一人称叙述者在此通过对词语的选择,巧妙地进行了视角转换,暂时用土著人的眼光取代了自己的眼光,使读者直接通过土著人的特定眼光来看事物。但这一"眼光"决非单纯的视觉,而是蕴涵着土著人独特的思维风格以及对"河怪"的畏惧情感。

俄国批评家乌斯宾斯基(B. Uspensky)在《结构诗学》一书中提出视角涵盖立场观点、措辞用语、时空安排、对事件的观察等诸方面。乌氏的理论在此书译为英文版后在西方批评界产生了一定的积极影响。[①] 但这一理论不注意将叙述眼光与叙述声音区分开来,甚至还模糊了作者与叙述者之间的界限,也产生了一些副作用。这一点在英国文体学家福勒1986年出版的《语言学批评》一书中可以看得很清楚。[②] 福勒在乌斯宾斯基的影响下,提出视角或眼光(point of view)有三方面的含义:一是心理眼光(或称"感知眼光"),它属于视觉范畴,其涉及的主要问题是:"究竟是谁来担任故事事件的观察者?是作者呢,还是经历事件的人物?";二是意识形态眼光,它指的是由文本中的语言表达出来的价值或信仰体系,例如托尔斯泰的基督教信仰、奥威尔对极权主义的谴责等。福勒认为在探讨意识形态眼光时,需要考虑的问题是:究竟是谁在文本的结构中充当表达意识形态体系的工具?是通过叙述声音说话的作者还是一个人物或者几个人物?是仅有一种占统治地位的世界观(例如在亨利·詹姆斯的《专

---

① B. Uspensky, *A Poetics of Composition*, Berkeley: Univ. of California Press, 1973, originally published in Russian 1970.

② R. Fowler, *Linguistic Criticism*, pp. 127—146. See P. Simpson, *Language, Ideology, and Point of View*, pp. 30—43.

使》中占据中心地位的是斯特雷泽的观念形态)还是有多重交互作用的思想立场？福勒认为后一种情况更引人入胜。例如，在狄更斯的《艰难时世》这一作品中，格拉格兰德和庞得贝表达出功利主义和工业资本主义的价值观，布莱克普尔和拉切尔代表忠诚和爱，马戏团的人体现和表达出淳朴自然和欢快。这些通过互为对照的语言风格表达出来的不同眼光处于经常相互冲突和挑战的状态之中，赋予作品一种争辩性质的动态结构。三是时间与空间眼光："时间眼光"指读者得到的有关事件发展快慢的印象，包括倒叙、预叙等打破自然时间流的现象；"空间眼光"指读者在阅读时对故事中的人物、建筑、背景等成分的空间关系的想象性结构，包括读者感受到的自己所处的观察位置。

不难看出，福勒的"心理眼光"大致与热奈特的叙述眼光相对应，但福勒在讨论中，用作者取代了叙述者的地位。叙述学家一般不考虑文本之外的作者，仅关注文本之内的"隐含作者"(即文本中蕴涵的作者的立场、观点、态度等)。在讨论叙述眼光时，他们关注的是叙述者究竟是采用自己的眼光来叙述，还是采用人物的眼光来叙述，而福勒关注的则是作者的眼光与人物的眼光之间的选择。由于文本中的叙述者是故事事件的直接观察者，文本外的作者只能间接地通过叙述者起作用(况且叙述者与作者之间往往有一定的距离，不宜将两者等同起来)，提叙述者显然比提作者更为合乎情理。

福勒对"意识形态眼光"的探讨不仅混淆了作者与叙述者之间的界限，而且也混淆了叙述声音与叙述眼光以及聚焦人物与非聚焦人物之间的界限。福勒将叙述者(及人物)用嘴表达出来的观念形态与叙述眼光所反映出来的观念形态相提并论。此外，福勒不仅关注聚焦人物(如《专使》中的斯特雷泽，其眼光充当叙述视角)，而且还将注意力转向了庞得贝、拉切尔、马戏团的人等非聚焦人物，从而将叙述技巧与被叙述的内容混为一谈。在此，我们不妨再比较一下《黑暗的心》那一小段的第一种与第二种形式：在第二种形式中，我们同样可以读到土著人的眼光，但这一眼光(如同他们的行为举止一样)仅为叙述者所叙述的内容的一部分。与此相对照,在第一种形式中,土著人的眼光被叙述者暂时用作叙述视角,它被摆到了话语层次上,暂时取代了叙述者自己的眼光,成为叙述技巧的一部分。① 对叙述眼光的探讨只应涉及后者,不应涉及前者,将这两种性质完全不同的眼光混淆起来显然不可取。像这样的混淆在文体学界和叙述学界并非个别现象。在1995年于荷兰召开的国际叙述视角研讨会上,美国叙述学家普林斯(G. Prince)举了这样的一个例子:

汤姆看到玛丽看着吉姆,吉姆正在目送米切尔远去。

普林斯认为这样的句子体现了视角的不断转换。笔者当场提出,假若汤姆为聚焦人物,玛丽的视觉与她的行为举止一样,均为汤姆的观察对象(吉姆的视觉自然也是观察对象),因此,没有发生视角的转换。此外,倘若这样的句子出现在全知叙述(或者第一人称叙述)中,汤姆和其他人物的视觉就很可能仅仅是全知叙述者(或作为聚焦者的"我")的观察对象,同样不存在视角转换的问题。普林斯当时即表示赞同,认为确实有必要区分聚焦人物的视觉和被观察的其他人物的视觉。好几位其他与会代表也表示只有进行这样的区分,才能避免混乱。值得一提的是,美国叙述学家西蒙·查特曼在1990年出版的《叙事术语评论》一书中,采用了"过滤器"一词来指代人物的视角;②在1995年的国际叙述视角研讨会上,他又再次强调了这一提法。令人遗憾的是,"过滤器"(filter)一词涵盖所有人物的视觉、想法、幻觉及感情态度,不区分聚焦人物和非聚焦人物,因此难免引起这方面的混乱。

福勒的"时间与空间眼光"涉及的是文本外的读者的印象。文本内的时间安排如倒叙或预叙等均完全取决于叙述者;空间关系的建构则或取决于叙述者(如果他/她是在用自己的眼光观察事物)或取决于聚焦人物(叙述者通过其眼光来观察事物)。读者仅仅是叙述者或聚焦人物所建构出来的时空关系的接收者。福勒在讨论"心理眼光"与"意识形态眼光"时

---

① 当然它同时也是故事内容的一部分,我们有必要认清聚焦人物眼光的这种双重性质。
② S. Chatman, *Coming to Terms*, Ithaca: Cornell Univ. Press, 1990, pp. 141—146.

论及的是作者、叙述者与人物,在讨论"时空眼光"时却突然转向了读者,这显然容易引起混乱。

直接受乌斯宾斯基和福勒影响的英国文体学家辛普森在1993年出版的《语言、意识形态与眼光》一书中,也将叙述声音与叙述眼光混为一谈,他说:

> 心理眼光指"讲故事的人"通过自己的意识来调节事件的方式,它涵括从一个特定的角度来展示故事的手段,以及叙述者用语言工具表达出来的对自己所叙述的故事的看法。①

问题是,倘若叙述者采用了故事中某一人物的眼光来聚焦,那么心理眼光所涉及的就应当是聚集人物的意识,而不是"讲故事的人"的意识。此外,将叙述者通过文字表达出来的看法与展示故事的特定角度混为一谈也混淆了叙述声音与叙述眼光之间的界限。

与福勒和辛普森相对照,同样借鉴乌斯宾斯基理论的以色列叙述学家里蒙-凯南能取长补短,既吸取了乌氏在讨论视角时的全面性,又避免了理论上的混乱。②

进入新世纪以来,在西方叙述学界,对于叙述声音和叙述眼光的区分已无甚问题,但在文体学界,依然存在某些问题。我们在第八章第二节曾经提及,文体学家在探讨视角时,倾向于仅仅关注叙述者通过文字表达出来的立场观点和语气口吻,这实际上属于叙述声音这一层次。由于这一研究传统的影响,新世纪的文体学家在借鉴叙述学时,依然容易走偏。我们不妨看看利奇和肖特《小说中的文体》第二版的相关论述。这一版增添了以"视角的叙述学维度(narratological aspects of viewpoint)"为题的一节。③ 利奇和肖特提到在某些小说中,话语结构可能会发生较大变化。

---

① P. Simpson, *Language, Ideology, and Point of View*, pp. 11—12.
② S. Rimmon-Kenan, *Narrative Fiction*, pp. 77—82.
③ G. Leech and M. Short, *Style in Fiction* (2nd edn.), Harlow: Pearson Education, 2007[1981], pp. 299—301.

为了说明这一观点,他们对简·加丹(Jane Gardam)所著《舱底污水》(*Bilgewater*)的序言(共582个单词)做了如下分析。

> 序言的开头(前面135个单词)将第三人称叙述与人物的眼光相结合。这一人物申请进入剑桥大学的某个学院读本科,正在面试。序言从第14句开始,悄然变成了第二人称叙述。第137个单词之后(其中包含了63个单词的自由直接话语和自由直接思想),即到第33句时,又变成了第一人称叙述,动词的过去时也变成了现在时(这就可能与自由直接思想难以区分)。也就是说(Hence),这一片段以相当客观的第三人称叙述开场——即便叙述者采用了这位未来本科生的眼光来描述事物,然后又一步一步地转换到了相当主观、视野有限且存在缺陷的视角。这一转换助力于制造小说结局处出人意料的效果。①

利奇和肖特是注重借鉴叙述学的文体学家,这一节的标题就是视角的"叙述学维度",但他们并未摆脱文体学一直以来仅仅关注叙述声音主/客观性的束缚,因此没能看到第三人称叙述中人物眼光带来的主观性。他们虽然像叙述学家一样,将第三人称叙述者(说话者)与人物的眼光加以区分,但因为出发点不同,他们的结论与叙述学家的大相径庭。热奈特、里蒙-凯南等叙述学家区分第三人称叙述者的声音和人物的眼光,是为了说明在这种传统上相当客观的第三人称模式中,人物的眼光可以带来主观性。他们观察到在将第三人称叙述与人物的眼光相结合时(即采用下文将探讨的"第三人称内视角"或"第三人称人物有限视角"时),人物的眼光可以让这一模式变得像第一人称叙述一样主观。② 与此相对照,利奇和肖特则是为了说明第三人称叙述本身具有客观性,即便采用人物

---

① G. Leech and M. Short, *Style in Fiction* (2nd edn.), p. 300.
② 参见上文提到的热奈特对斯坦泽尔的批评。也请参见S. Rimmon-Kenan在 *Narrative Fiction*(2002)中对"第三人称意识中心(third-person centre of consciousness)"和第三人称内视角的探讨,尤其是第74和81—82页。

眼光时也是如此。作为文体学家,他们将视角的客观性完全归结于第三人称叙述(声音),并将视角的主观性完全归结于第二人称和第一人称叙述(声音),忽略人物眼光体现的主观性。本来视角是"眼光"而不是"声音"的问题,但利奇和肖特却把视角的主观性和"声音"相关联,而与"眼光"相分离。就《舱底污水》的序言来说,开头的第三人称叙述确实比后面的第二和第一人称叙述要客观,但这一客观性源于叙述者在这里基本没有采用人物的主观眼光来描述事物:

1.面试看上去结束了。2.学院院长坐在那里看着申请人。3.院长背对着光亮,她胖胖矮矮的轮廓坚实地对着窗口,她的一团头发渐渐老化但很漂亮,给她的轮廓带来了些许柔和。[……]4.我看不到她背对着光的脸。5.她看上去像是在孵蛋。6.她是一大块。7.那团头发下面的一大块。[……]8.没有感觉,没有情感,没有困惑的想法。9.一个可怕的女人。①

第 1 句到第 3 句是第三人称叙述,第 4 句到第 7 句则是第一人称叙述。就前者而言,暗暗出现了从申请人的眼光到叙述者眼光的转换。第 1 句中的系动词"看上去(seemed)"标示出申请人的有限视角,但第 2 和第 3 句的聚焦眼光则是叙述者的。处于故事之外的第三人称叙述者不像申请人那样对院长有看法,因此其描述相当客观。与此相对照,在第 6 句到第 9 句中,关于院长的描述主观性很强——申请人对院长心怀不满,其观察院长的眼光难免带有偏见。请对比第 3 句中客观中性的"矮矮的(stout)""渐渐老化(ageing)""漂亮(pretty)"和第 7 句到第 9 句中带有厌恶不满的"一大块(a mass)""那团头发下面的一大块(Beneath the fuzz a mass)""没有感觉(not a feeling)""可怕的(formidable)"等。就句法而言,第 2 和第 3 句规矩完整,而第 6 和第 7 句则破碎分离,后者帮助呈现申请人的体验意识。值得注意的是,第 2 和第 3 句的客观性在第一人称

---

① J. Gardam, *Bilgewater*, London: Hamish Hamilton Children's Books Ltd., 1976, pp. 9—10,数字为引者所标。

叙述里不会改变,第 4 至第 7 句的主观性在第三人称叙述里也不会改变,因为需要改变的仅仅是人称和时态:

  2.学院院长坐在那里看着我。3.她背对着光亮,胖胖矮矮的轮廓坚实地对着窗口,她的一团头发渐渐老化但很漂亮,给她的轮廓带来了些许柔和。

  4.她看不到她背对着光的脸。5.她看上去像是在孵蛋。6.她是一大块(She was a mass)。7.在那团头发下面的一大块。

虽然这里的第 4 句到第 7 句是第三人称叙述,但主观性很强,因为人物眼光的主观性很强,这种情形在意识流小说中十分常见。

为了更好地看清问题,我们不妨考察一下《舱底污水》序言里的其他句子:

  1.申请人在对面坐着,考虑该怎么办(wondering what to do)。2.椅子座位柔软,但扶手是木头的。3.她先往一边跷二郎腿,接着又换为往另外一边——然后又考虑是否根本不该跷二郎腿。4.她想是否应该站起来(She wondered whether to get up)。[……]5.但它潮湿,旧了,冷,冷,冷。6.跟家里一样冷。7.我应该到这里来吗?8.我到底会喜欢它吗?①

请对比下面的改写版:

  1. 我在对面坐着,考虑当时该怎么办。2. 椅子座位柔软,但扶手是木头的。3. 我先往一边跷二郎腿,接着又换为往另外一边——然后又考虑是否根本不该跷二郎腿。4. 我想是否应该站起来。[……]5.但它潮湿,旧了,冷,冷,冷。6. 跟家里一样冷。7. 她应该到这里来吗? 8. 她到底会喜欢它吗?

不难看出,无论是采用第一人称叙述还是第三人称叙述,第 1 句到第

---

① J. Gardam, *Bilgewater*, pp. 9—10,数字为引者所标。

4句都同样客观,而第5句到第8句都同样主观。第1句和第4句采用了间接引语来表达人物思想(请比较能体现人物眼光的自由间接(或直接)引语:她/我现在应该怎么办?她/我应该起来了吗?)。也就是说,在原文的第1和第4句中,起作用的是全知叙述者的眼光,在改写版中,则是第一人称叙述者回顾性的眼光(而不是正在体验事件的"我"的眼光),叙述者在总结编辑人物的思维活动。与此相对照,在第5到第8句中,出现的是没有叙述干预的自由直(间)接引语,我们通过人物(正在体验事件的"我"或者"她")的主观眼光来观察故事世界。在叙述人称改变之后,两种模式的主观性和客观性都没有受到任何影响。

通过上面的讨论,我们应该能够看清,在《舱底污水》的序言中,从客观性到主观性的改变,并不是因为叙述人称(声音)的改变,而是因为聚焦眼光的改变——从叙述者客观中性的眼光转换成了正在体验事件的人物的主观眼光。

如果要借鉴叙述学的真谛,就不能仅仅区分叙述声音和叙述眼光,还需要看到叙述眼光(而不是声音)的主观性和客观性在很大程度上决定了整个模式的主观性和客观性。在这一基础上,我们就会看到采用人物体验眼光的第三人称叙述可以跟第一人称叙述一样主观。

综上所述,我们一方面需要热奈特那样的清晰度,即注意区分"叙述声音"与"叙述眼光";另一方面又需要乌斯宾斯基那样的全面性,即注意探讨"叙述眼光"或"视角"的多方面的含义,包括其体现出来的观念形态和感情态度。

二、有关叙述视角的分类

20世纪初以来,出现了各种有关视角的分类。弗里德曼(N. Friedman)在《小说中的视角》一文中提出的区分也许是最为详尽的一种,[1]他区分了八种不同的类型:第一类为编辑性的全知(如菲尔丁的《汤

---

[1] N. Friedman, "Point of View in Fiction," in P. Stevick, op. cit. pp. 118—131.

姆·琼斯》;第二类为中性的全知(如赫胥黎(Aldos Huxley)的《旋律与对位》(*Point Counter Point*))。这两种全知叙述之间的区别在于前者的叙述者常常站出来,发表有关道德、人生哲理等方面的议论,而后者的叙述者却不站出来进行评论。这一区别实质上仅仅涉及叙述者的声音,不涉及叙述眼光(两者均采用"无所不知"的眼光)。第三类为"第一人称见证人叙述"(如菲茨杰拉尔德(F. Scott Fitzgerald)的《了不起的盖茨比》;第四类为"第一人称主人公叙述"(如狄更斯的《远大前程》)。

弗氏区分的第五类为"多重选择性的全知"(Multiple Selective Omniscience),例如维吉尼亚·吴尔夫的《到灯塔去》)。在这一类中,人物的言行、外表、背景等故事成分"只能通过某一在场人物的头脑传递给读者"①。弗氏提出这种全知类型与普通的全知类型之间的差别主要在于,前者直接展示人物的思想、知觉和情感,后者则间接地总结和解释人物的思想、知觉和情感。他举了《到灯塔去》中的一段作为例证:

> 事情就是这么复杂[莉莉心想]。她经历的种种事情,尤其是与拉姆齐家住在一起这件事,使自己强烈地感觉到同时存在着两种对立的东西;你的感受是那样的,这是一种,而我的感受却是这样的,这是另一种。这两种东西在自己的头脑里争斗,就像现在这样。它是这么美妙、这么令人兴奋——这种爱——以至于我在它的边缘就颤抖不已。

这是开头用自由间接引语,然后转为自由直接引语形式表达出来的莉莉的内心想法。弗里德曼认为这是典型的"选择性的全知",倘若要将之变为普通的全知,只需将之转换为下面的间接引语形式即可:

> 在莉莉看来,事情是相当复杂的。尤其是与拉姆齐家住在一起这件事使她感到她同时在被两种对立的东西相争夺。一方面是别人的感情,另一方面是一个人自己的感情。爱的情感有时候显得如此

---

① N. Friedman, "Point of View in Fiction," in P. Stevick, op. cit. p. 127.

美妙和令人兴奋,以至于使她在它的边缘上颤抖起来。

弗里德曼认为普通的全知叙述者也可能不会这么有耐心,只会简要地一笔带过:"莉莉对爱感到矛盾,尤其是牵涉到拉姆齐一家时是如此。"

将这两种不同视角之间的区别主要视为直接展示与间接总结之间的区别,恐怕站不住脚。在普通的全知叙述中,也经常有展示性的片段,用直接引语形式详细表达出来的人物内心想法和对话均屡见不鲜。诚然,在普通的全知叙述中,自由间接或自由直接引语较为少见,但这只是表达形式上的不同,并不构成两者之间最本质的区别。它们最根本的区别在于,在普通的全知叙述中,读者一般通过叙述者的眼光来观察故事世界,包括人物内心的想法;而在《到灯塔去》这类作品中,叙述者则尽量用人物的眼光取代自己的眼光,让读者直接通过人物的眼光来观察故事世界。① 当然,叙述者不可能完全放弃自己的眼光,请看《到灯塔去》中的另一小段:

(a)这些是无法解决的问题,(b)在她[拉姆齐夫人]看来,(c)她拉着詹姆斯的手站在那里。(d)他[塔斯利先生]跟着她进了客厅,那个他们嘲笑了的年轻人,他正站在桌子那儿,心不在焉地笨拙地摆弄着什么,感到自己与其他东西不太协调,(e)她不用回头就知道这些。(f)他们都走了——孩子们……她的丈夫——他们都走了。(g)因此她叹了口气转过身来说:(h)"塔斯利先生,您有兴趣跟我一块出去一趟吗?"②

值得一提的是,(a)在原文中为倒装句式("Insoluble questions they were"),这一自然而然的口语化句式表明(a)为拉姆齐夫人的内心想法。(b)与(e)均有可能是叙述者的描述,但也有可能仍为拉姆齐夫人的内心

---

① 这一点弗氏本人在给"选择性全知"下定义时已有所涉及,但他是从"叙述声音的消失"这一角度来看问题的。他认为在该类型中,叙述者的声音不复存在。实际上,叙述者的声音依然存在,叙述者只是用人物的眼光取代了自己的眼光而已。

② V. Woolf, *To the Lighthouse*, London: Granada, 1982, p. 14.

想法。从(e)可以看出,(d)为拉姆齐夫人的感受。然而(c)与(g)则显然是叙述者从自己的角度对拉姆齐夫人所做的描述。不难看出,在这些地方,叙述者不得不用自己的眼光来叙述。除了这些很难转用人物眼光的描述外,叙述者一般尽量转用聚焦人物的眼光,这在(d)小段中十分明显。这时,拉姆齐夫人背对着塔斯利先生,她仅仅知道塔斯利在摆弄一样东西(something),但不清楚那究竟为何物(倘若叙述者采用的是自己的眼光,则可准确道出塔斯利摆弄的为何物),用拉姆齐夫人的眼光来观察塔斯利,实际上很不方便,但叙述者仍然坚持这么做。采用聚焦人物的眼光来观察其他人物正是这种类型的本质性特征。

既然这种类型与普通全知叙述之间的不同是叙述者究竟采用自己的眼光还是采用人物的眼光来叙述这样一种质的区别,用"选择性的全知"这一术语来描述它未免欠妥,因为"全知"一词使人想到的是叙述者的眼光,而不是人物的眼光。

西蒙·查特曼在《故事与话语》一书中提出了"对人物内心的转换性有限透视"(Shifting Limited Mental Access)这一术语。他虽然避开了"全知"一词,但实际上并未意识到这两种类型之间的区别从根本上说是两种不同性质眼光之间的区别。在他看来,这两者之间的不同在于叙述者"从一个人物的内心转换到另一人物的内心的出发点不一样"。他说:

> 转换性有限透视没有目的性,不是为结局性情节服务的,它毫无目的地展示各色人物的想法,这想法本身就是"情节",它变幻无常,根本不为外在的事件服务。在"转换性有限透视"中,叙述者从一人物的内心转至另一人物的内心,但并不解决任何特定的问题,也不展开一个因果链。①

众所周知,传统的情节一般均有一个以因果关系为基础、以结局为目的完整演变过程,人物的内心活动围绕情节有计划地逐步展开。而在《到灯塔去》这类现代严肃作品中,作家一般力求再现日常生活中的偶然

---

① S. Chatman, *Story and Discourse*, p. 216.

性，他们往往仅展现一个日常生活片段，其中的事件仅仅是引发人物心理反应的偶然契机，人物的内心活动呈无目的性。但是，这种不同是情节构造上的不同，并不是叙述眼光上的不同。在采用传统的全知叙述时，作者也完全可以让人物的思想呈偶然性和无目的性。传统作家之所以不这么做，是因为传统的情节观一贯强调因果关系。究竟让故事内容呈"偶然性"还是"因果性"，这是对故事内容本身的选择，而不是叙述眼光所能左右的（诚然，采用人物的眼光能更自然地表达出偶然性和无目的性，但它仅仅是表达工具而已。）

值得注意的是，查特曼术语中的"有限"一词指叙述者仅获权对某些人物的内心进行透视。如前所述，传统的全知叙述与《到灯塔去》这类现代作品之间的本质区别并不是叙述者能透视所有人物的内心与仅能透视部分人物的内心这样一种范围上的区别，而是叙述者究竟是用自己的全知眼光来观察故事世界，还是尽量转用人物的有限视角来观察故事世界这样一种质的区别。如果我们要用"有限"一词来描述这种现代视角，则应将它用于"（叙述者采纳的）人物有限视角"这一含义。我们不妨将查特曼的"对人物内心的转换性有限透视"这一术语改为"转换性人物有限视角"，只有这样才能避免理论上的混乱。

弗里德曼所区分的第六种类型为"选择性的全知"。它与第五类性质完全相同，但叙述者固定不变地采用故事主人公一人的眼光来叙述（典型作品有前面提及的亨利·詹姆斯的《专使》、詹姆斯·乔伊斯的《青年艺术家的肖像》等）。依据同样的理由，我们可以将这一类型称为"固定性人物有限视角"。有趣的是，弗里德曼的"选择性的全知"这一术语并非没有用武之地，它可用于描述一种特定的全知叙述：即全知叙述者采用自己的眼光来叙述，但仅透视某一主要人物的内心活动。詹姆斯·乔伊斯的短篇小说《一个沉痛的案例》(*A Painful Case*)采用的就是这种全知模式。在文中，全知叙述者仅透视了男主人公达非先生的内心活动。尽管读者能不时通过自由间接引语等表达手段直接读到达非先生的内心想法，但总的来说，读者仍然在通过全知叙述者的眼光来观察事物，因而读者会读到下面这样的描述：

> 酒馆里，五六个工人正在议论基尔达尔郡一位绅士的庄园的价值。他们抽着烟，不时拿起一品脱的大酒杯喝上几口，不住地往地上吐唾沫，有时他们用笨重的靴子扒拉过来一点锯屑盖在唾沫上。达非先生坐在凳子上，两眼瞪着他们，却没看到他们在做什么，也没听到他们在说什么。

像这样的片段不可能出现在"人物有限视角"叙述中，它明确无误地表明叙述眼光来自于全知叙述者，而非故事中的人物。因此，虽然叙述者将聚焦集中在故事的某一主人公身上，我们只能将这种模式视为"选择性的全知"。在本章第四节中，我们将对采用"选择性的全知"进行叙述的一个片段进行细致的分析。

弗氏所区分的第七类为"戏剧方式"（典型作品有海明威的《白象似的山丘》(Hills Like White Elephants)，读者就像观看戏剧一样仅看到人物的外部言行，而无从了解人物内心的思想活动。弗氏的第八类为"摄像方式"，即作品像摄像机一样丝毫不加选择地任意录下一个生活片段。

热奈特在《叙述话语》中对弗氏的八分法进行了归纳和简化，提出了自己的三分法。热奈特认为一般采用的"视角""视野"等是过于专门的视觉术语，他选用了在他看来较为抽象的"聚焦"(focalization)一词①。他的三分法是对三种聚焦模式的划分：(1)"零聚焦"或"无聚焦"，即无固定视角的全知叙述（包括弗氏的前两类），它的特点是叙述者说出来的比任何一个人物知道的都多，可用"叙述者＞人物"这一公式来表示。(2)"内聚焦"，其特点为叙述者仅说出某个人物知道的情况，可用"叙述者＝人物"这一公式来表示。它有三种不同的类别：(A)固定式内聚焦（即弗氏的第六类）；(B)转换式内聚焦（即弗氏的第五类）；(C)多重式内聚焦（即采用几个不同人物的眼光来描述同一事件，例如布朗宁(Robert Browning)的叙事诗《指环与书》(The Ring and the Book)先后从凶手、受

---

① 在笔者看来，这一词语有着同样专门的视觉含义。

害者、被告方、起诉方等不同角度,讲述了同一谋杀案件)。热奈特区分的第三大类为外聚焦(包括弗氏的最后两类),其特点是叙述者所说的比人物所知的少,可用"叙述者＜人物"这一公式来表示。

此处提到的"叙述者＞人物""叙述者＝人物""叙述者＜人物"这三个公式为法国叙述学家托多洛夫首创,经热奈特推广之后,在叙述学界颇受欢迎。其实,用于表明内聚焦的"叙述者＝人物"这一公式难以成立,因为它仅适用于"固定式内聚焦"。在"转换式"或"多重式"内聚焦中,叙述者所说的肯定比任何一个人物所知的要多,因为他/她叙述的是数个人物的内心活动。在这一意义上,这两种内聚焦与全知叙述之间并没有区别。若要阐明两者之间的区别,我们必须从叙述眼光的转换这一关键角度切入,而不应该仅仅比较究竟是叙述者所说的多还是某个人物所知的多。

在传统的全知叙述中,叙述者采用的是自己处于故事之外,可随意变换的上帝般的叙述眼光;与此相对照,在转换式或多重式内聚焦中,叙述者放弃自己的外部眼光,转用故事内数位人物的眼光来观察事物。转用人物的眼光是内聚焦的实质性特征,但正如热奈特自己所指出的,"严格意义上的内聚焦极为少见,实际上,这种叙述方式严格地说不允许从外部描写甚至提到聚焦人物,而且也绝不允许叙述者客观地分析他的想法与感受"[①]。不难看出,严格意义上的内聚焦就是叙述者完全用聚焦人物的眼光来替代自己的眼光,这自然意味着叙述者无法用第三人称来指涉聚焦人物。但迄今为止,除了第一人称叙述中的经验视角,小说中出现的所谓"内聚焦"均为"第三人称内聚焦",即叙述者一方面尽量转用聚焦人物的眼光来观察事物,另一方面又保留了用第三人称指涉聚焦人物以及对其进行一定描写的自由。这在上面所分析的《到灯塔去》的那一段中可看得很清楚。值得强调的是,无论是严格意义上还是宽泛意义上的内聚焦,其真正含义均为"采用故事内人物的眼光来叙述"。我们认为,内聚焦可

[①] G. Genette, *Narrative Discourse*, pp. 192—193.

用"叙述眼光＝(一个或几个)人物的眼光"这一公式来表示,"零聚焦"可用"叙述眼光＝全知叙述者的眼光"这一公式来指代,而"外聚焦"则可用"叙述眼光＝外部观察者的眼光"这一公式来表达。

值得注意的是,在西方批评界,对于全知叙述的分类有两派截然不同的意见。一派将全知叙述与内聚焦严格区分开来,他们或将全知叙述单列一类,称之为无固定视角的"零聚焦"(以热奈特为代表),或将全知叙述视为"外聚焦"或"外视角"的一种类型(以斯坦泽尔①和里蒙-凯南为代表)。与此相对照,另一派批评家将全知叙述视为"内聚焦"或"内视角"的一种类型,较早的代表人物有布鲁克斯和沃伦。② 前文提及的福勒也属于这一派,他区分了两种视角:"内视角"与"外视角"。③ 前者分两类:(a) 从人物意识的角度来叙述,展示人物对于故事事件和其他人物的感受及评价;(b) 从全知叙述者的角度来叙述④,他/她虽然不是故事中的人物,但知道人物内心的想法。"外视角"也分两类:(c) 仅从人物的外部描写人物的行为;(d) 不仅仅从人物的外部进行描写,而且还强调叙述者的局限性,强调人物内心的不可知。

我们认为,批评界对于"全知叙述"的分类之所以会出现截然相反的看法,是因为存在着两种不同性质的对立。其一为"对内心活动的观察"与"对外在行为的观察"之间的对立;其二为"观察位置处于故事之内"与"观察位置处于故事之外"之间的对立。福勒等人在区分时,依据的是第一种对立,他们之所以将"全知叙述"视为"内视角",是因为全知叙述者叙述了人物的内心想法。与此相对照,另一派批评家在区分时依据的是第二种对立,他们之所以将"全知叙述"视为"外视角",是因为全知叙述者不是处于故事之内,而是处于故事之外。

---

① 参见 F. K. Stanzel, *Narrative Situations in the Novel*, J. P. Pusack (trans.), Bloomington: Indiana Univ. Press, 1971; *A Theory of Narrative*, C. Goeds. che (trans.), Cambridge: Cambridge Univ. Press, 1986.
② C. Brooks and R. P. Warren, *Understanding Fiction*, New York: Crofts, 1943, p. 589.
③ R. Fowler, *Linguistic Criticism*, pp. 134—146.
④ 福勒说的是全知"作者",因前文已讨论了福勒不区分作者与叙述者的偏误,故在此将"作者"改为"叙述者"。

在我们看来，以第一种对立作为分类标准站不住脚，因为这种对立涉及的是观察对象上的不同，而不是观察角度上的不同。在全知叙述中，叙述者有时透视人物的内心活动，有时则仅仅叙述人物的言行，这两种情况往往频繁更替。如果观察人物的内心活动算"内视角"，而观察人物的言行则算"外视角"，"全知叙述"就应被视作时而为"内视角"时而为"外视角"这样一种变幻无常的类型，这显然不合情理。然而，这一不合理的成分一直没有显露出来，因为这一派批评家仅将全知叙述视为"内视角"，对全知叙述中大量的对人物外部言行的描述可以说是视而不见。也就是说，这种分类是建立在实践与标准的不统一之上的。此外，即使全知叙述中基本都是对人物内心活动的叙述，以是否涉及人物的内心活动作为衡量"内视角"的标准，也无法将全知叙述与《到灯塔去》这样采用人物有限视角的作品区分开来。

全知叙述者不是故事中的人物，无论他/她/它叙述的是人物的内心活动还是外部言行，他/她/它的观察位置一般均处于故事之外。倘若像另一派批评家那样将叙述者的观察位置作为区分标准，将全知叙述视为"外视角"，就不会存在实践与标准相矛盾的问题。此外，将观察位置作为区分标准，全知叙述者在转用故事内人物的眼光时，视角也就从"外视角"转换成了"内视角"，这样就能清楚地将全知叙述与《到灯塔去》这样采用人物有限视角的作品区分开来。在现实生活中，一个人只能观察到他人的言行。如果要创造客观逼真的效果，处于故事之外的观察者就会仅仅观察人物的言行，出现像海明威的《白象似的山丘》那样的戏剧性外视角。但由于常规程式的作用，全知叙述者被赋予了透视人物内心活动的特权。我们认为这种不同是观察者自身"能力"上的不同，并不是观察角度上的不同。这两种不同标准的存在以及这两派批评家之间的差异并非一目了然。热奈特在《叙述话语》中讨论布鲁克斯和沃伦的分类时[1]，似乎根本未意识到布氏与沃氏在区分时依据的是第一种对立，而他自己在区分时依据的却是第二种对立。尽管这双重标准的存在导致了不少混乱，但迄

---

[1] G. Genette, *Narrative Discourse*, pp. 186—187.

今为止这一现象却未引起人们的注意。我们认为只有认清这两种性质不同的对立的存在,认清不应将第一种对立作为划分视角的标准(只能将它作为区分不同观察对象的标准),才能避免偏误和混乱。

在本节开始时,我们讨论了弗里德曼的八分法,后又讨论了热奈特的三分法以及与之相关的一些问题。细心的读者也许会发现,热奈特的三分法对于弗氏的第三类(第一人称见证人叙述)与第四类(第一人称主人公叙述)并未做出明确的区分。斯坦泽尔在《叙事理论》一书中依据观察位置将"第一人称见证人叙述"分成了两种不同类型:见证人的观察位置处于故事中心的为"内视角",处于故事边缘的则属于"外视角"。以康拉德的《黑暗的心》和《吉姆老爷》(Lord Jim)为例,这两本小说的主体部分均属于"第一人称见证人叙述",由马洛充当见证人。在《黑暗的心》中,马洛处于故事的中心地位,他的视角可视为"内视角"。但在《吉姆老爷》中,马洛却处于故事的边缘地位,他的视角也就可以看成是"外视角"。[1]

至于第一人称主人公叙述,一般来说都是回顾性的叙述。前文已提到,在这一类型中潜存两种不同的叙述眼光:一是叙述者"我"从现在的角度追忆往事的眼光,二是被追忆的"我"过去正在经历事件时的眼光。叙述学家们一般都根据这两个"我"的不同观察位置将其分为两种视角类型,具体来说,就是将前者视为"外视角"或"外聚焦"(因为现在的"我"处于被追忆的往事之外),而将后者视为"内视角"或"内聚焦"(因为被追忆的"我"处于往事之中)。

令人遗憾的是,这样的区分模糊了"内视角"(或"内聚焦")与"外视角"(或"外聚焦")之间在感情态度、可靠性、视觉范围等诸方面的界限。如前所述,在第三人称叙述中,"外视角"指的是故事外的叙述者用自己的旁观眼光来叙述,"内视角"指的是叙述者采用故事内人物的眼光来叙述。人物的眼光往往较为主观,带有偏见和感情色彩,而故事外叙述者的眼光

---

[1] F. K. Stanzel, *A Theory of Narrative*, 1986, p. 112.

则往往较为冷静、客观、可靠。从这个角度来看,"内"与"外"的区别常常是"主观"与"客观"之间的区别。然而,如果我们在"第一人称见证人叙述"中区分"内视角"与"外视角",则一般在这方面不会有明显的区别。无论是《黑暗的心》中的马洛,还是《吉姆老爷》中的马洛,均用自己的主观眼光在看事物,因为他们都是人物而不是独立于故事的第三人称叙述者。《吉姆老爷》中的马洛在与吉姆的交往中与吉姆建立了深厚的友谊,极为关切吉姆的命运。诚然,有的处于故事边缘的第一人称见证人与他/她所观察的中心人物没有任何个人接触,因此相对来说较为客观。但作为故事中的人物,他/她往往不像第三人称叙述者那样客观,而是倾向于从自身体验出发,对自己所观察的对象寄予同情或表现出其他情感(譬如舍伍德·安德森(Sherwood Anderson)的《森林中的死亡》(Death in the Woods)中的第一人称见证人)。同样,在"第一人称主人公叙述"中,叙述者在回顾往事时,尽管时常会反省自责(即比"内视角"要客观),却也很难做到像第三人称叙述者("外视角")那样冷静客观,因为那毕竟是他/她自己的往事。

此外,无论是处于边缘地位的见证人还是回顾往事的主人公,他们的"第一人称"均将他们限定在自己所见所闻的范围之内(第三人称叙述者则具有观察自己不在场的事件的"特权")。诚然,在回顾性叙述中,第一人称叙述者会了解一些自己过去不知道的真相。例如在狄更斯的《远大前程》中,叙述者匹普知道自己的赞助者是他救过的那位逃犯,而当初他得到赞助时,却根本不知道谁是赞助人。但尽管如此,我们不能不承认匹普作为第一人称叙述者在视野上不可避免地受到限制:他确实比自己过去(内视角)知道的要多,但并不像第三人称叙述者(外视角)那样具备观察自己不在场的事件的特权。我们认为,在第一人称叙述中,处于边缘地位的见证人和回顾往事的主人公的视角是处于"内视角"与"第三人称外视角"之间的中间类型。

为清楚起见,我们需要区分四种不同类型的视角或聚焦模式:(1)零聚焦或无限制型视角(即传统的全知叙述);(2)内视角(它仍然包含热奈特提及的三个分类,但固定式内视角不仅包括像亨利·詹姆斯的《专使》那样的第三人称"固定性人物有限视角",而且也包括第一人称主人公叙述中的"我"正在经历事件时的眼光,以及第一人称见证人叙述中观察位置处于故事中心的"我"正在经历事件时的眼光);(3)第一人称外视角(即固定式内视角涉及的两种第一人称(回顾性)叙述中叙述者"我"追忆往事的眼光,以及第一人称见证人叙述中观察位置处于故事边缘的"我"的眼光);(4)第三人称外视角(同热奈特的"外聚焦")。这一四分法的独特之处在于它区分了"第一人称"与"第三人称"外视角。我们知道传统批评家将人称视为区分叙述方式的唯一标准,而很多当代批评家在区分视角时又完全不考虑人称,这实际上矫枉过正了。第一人称叙述者是人物,他/她在观察范围、感情态度、可靠性等诸方面都有别于非人物的第三人称叙述者。如前所述,"第一人称外视角"是处于"内视角"和"第三人称外视角"之间的中间类型,对于这一点,我们应该有清醒的认识。可以说,这里提出的四分法,可避免弗里德曼的偏误与繁琐,也可弥补热奈特的疏漏,同时有助于纠正当代西方批评界对于第一人称叙述中叙述视角的分类的片面性。

叙述视角的分类看似简单,实际上较为复杂,极易产生种种偏误和混乱。若要正确区分视角,必须全面把握不同视角的本质特征,以避免片面的观点,或被表面现象所迷惑。在分清了不同视角类型之后,我们将对具体的视角模式进行探讨。下一节将首先讨论被称为"零聚焦"的全知叙述模式的性质、功能和作用。

第二节 全知叙述模式的性质与功能

全知叙述是大家十分熟悉的一种传统叙述模式,其特点是没有固定的观察位置,"上帝"般全知全能的叙述者可从任何角度、任何时空来叙述:既可高高在上地鸟瞰概貌,也可看到在其他地方同时发生的一切;对人物的过去、现在和未来均了如指掌,也可任意透视人物的内心。小说批评理论界对于全知叙述有过不少评论,但有的问题依然有待深入探讨或有待澄清。

一、叙述者、作者与隐含作者的关系

传统批评往往将全知叙述者与作者等同起来,而结构主义叙述学却倾向于排斥作者,将全知叙述者视为一种结构体或表达工具。查特曼在《故事与话语》一书中对于叙事交流活动作了如下图示:①

叙事文本

现实中的作者──→│隐含作者─→(叙述者)─→(受述者)─→隐含读者│──→现实中的读者

在这一图示中,作者与读者均被排斥在交流情景之外,尽管用查特曼的话来说,他们"在最终的实际意义上仍是不可缺少的"。如图所示,排斥作者的途径是引入"隐含作者"这一概念。所谓"隐含作者",就编码而言,就是处于特定创作状态、采取特定方式来写作作品的人(仅涉及创作过程,不同于日常生活中的这个人);就解码而言,"隐含作者"就是读者从作品中推导建构出来的作者的形象,是作者在具体文本中(即创作过程中)表现出来的"第二自我"。这一概念是美国芝加哥修辞学派批评家韦恩·布斯在1961年出版的《小说修辞学》一书中提出来的。布斯受新批评派的影响,反对从作者的身世、经历、意图入手来阐释作品,因为作者在写作时很可能采取与日常生活中不尽相同的立场观点。正如一个人在为不同目的或对不同对象写信时会以不同面目出现一样,作者也会因为具体文本的不同需要而以不同的"第二自我"出现在文本中。但值得注意的是,众多西方叙事研究者忽略了"隐含作者"既涉及编码又涉及解码的双重性,仅关注解码过程,把隐含作者仅仅视为读者从作品中推导出来的作者形象,将隐含作者囿于文本之内。② 其实,从这一片面的角度来看,"隐含作者"这一概念不可能完全以文本为依据,因为它指的是读者从作品中推

---

① S. Chatman, *Story and Discourse*, p. 151.
② 参见拙文 Dan Shen, "What Is the Implied Author?" *Style* 45.1 (2011)和"Booth's The Rhetoric of Fiction and China's Critical Context," *Narrative* 15 (2007): 171—176。

导建构出来的作者形象,因此在一定程度上有赖于读者的阐释。读者在不同社会历史时期建构出来的"隐含作者"很可能会跟作者创作时的形象有不同程度的偏离。①

英国文体学家利奇和肖特接受了"隐含作者"这一概念,但似乎并不清楚它与"现实中作者"的区别。他们在《小说中的文体》一书中提出:"除了通过作者创作的作品,我们一般无从了解现实中作者的想法。"因此,在他们看来,"作者"与"隐含作者"并无实质区别,故简单地采用了"作者"一词来指称"隐含作者"②。实际上,我们通过作品仅能了解"隐含作者",而难以了解有别于"隐含作者"的所谓"真实"作者(即日常生活中的这个人)。若要了解后者,必须通过作品之外的各种史料和途径来了解"真实"作者的社会背景、生活经历等等。

另一位英国文体学家罗杰·福勒在《语言学与小说》一书中对布斯的观点提出了批评,指出不能完全脱离作者的经历来理解作品,譬如我们只有在了解了 D. H. 劳伦斯的社会背景和内心世界的基础上,才能较好地理解他的作品中的主题和主要修辞手段。福勒提出的立场是:

> 我们不应完全排斥作者,而应当从我已论及的创作原则的角度来理解隐含作者这一概念:文本的构思将作者以及读者置于一个与作者所描述的内容相对应的特定位置,也就是说文本的结构在一定程度上界定了它的'作者'。这种用创作原则上的隐含作者来取代现实中作者的做法可以从语言学的角度来理解。小说的构思及其实施均由语言作为中介,而语言是社会所共有的,它蕴涵那个社会的价值观和思维方式。作者在写作时对语言结构的选择会使他在一定程度上失去自我控制,因为文化价值观(其中包括对于不同种类的隐含作者的不同期待)会渗透作者的言语,这样一来,个人的表达必然

---

① See S. Chatman, *Coming to Terms*, pp. 74—89.
② G. Leech and M. Short, *Style in Fiction*, pp. 261—262.

会被属于社会的意义所限定。①

　　福勒旨在以创作原则为基础,将隐含作者这一概念拓宽,以涵括现实中的作者。其实这种努力是徒劳的。以创作原则为基础也就是以文本为基础,而以文本为基础就只能推导建构出有别于现实中作者的"隐含作者",无法将现实中的作者考虑进去。可以说,福勒在排斥现实中的作者这点上比布斯走得更远,因为他不仅强调语言的社会性,而且完全赞同罗兰·巴特在《作者的死亡》一文中提出的观点,即由于语言的社会化、程式化的作用,文本一旦写成,就完全脱离了作者。② 巴特与传统的作者观已彻底决裂,认为作者的经历等因素完全不在考虑范围之内,因为作者根本不先于文本而存在,而是与文本同时产生。福勒一方面反对布斯,一方面又赞同巴特,这样的立场难免有自相矛盾之处;然而,他对布斯的批评却是不无道理的,我们确实不能完全排斥现实中(日常生活中)的作者。但是,要真正解决问题,我们就不能像福勒那样仅仅在"隐含作者"这一概念上做文章,而是应当同时考虑隐含作者与现实中的作者。布斯提出的"隐含作者"这一概念本身是站得住脚的,问题是布斯和采用这一概念的各种形式主义文评家往往仅关注"隐含作者"而忽略现实中的作者(处于创作过程之外的日常生活中的同一人),以至于将作品与作者的经历及其所处的时代完全割离开来,这无疑有它的局限性,尤其对于阐释与作者的经历和背景紧密相连的作品更是如此。隐含作者毕竟是作者的"第二自我",它与现实中的作者有着千丝万缕的联系,对后者的了解往往有助于对前者的阐释,对两者之间的差异和相同之处的研究对深入了解作品也会大有裨益,因此我们对两者都应加以考虑。

　　就几种不同的视角模式而言,全知叙述中隐含作者与叙述者之间的距离一般来说相对较小,因此我们可将叙述者看成是作者型叙述者(authorial narrator)或作者的代言人。在全知模式中,叙述声音与叙述眼

---

① R. Fowler, *Linguistics and the Novel*, pp. 79—80.
② Ibid., p. 80.

光常常统一于叙述者。全知叙述者通常与人物保持一定的距离,具有一定的权威性和客观性(乔治·艾略特就因为在全知叙述中有时对人物过于同情、未能保持足够的叙述距离而屡遭批评家的责难),读者也往往将全知叙述者的观点作为衡量作品中人物的一个重要标准。

二、公开与隐蔽的评论

在全知叙述中,不少作者常常通过叙述者之口对人物、事件、甚至自己的写作发表公开评论。布斯在《小说修辞学》一书中详细研究了这些评论的各种功能,包括提供事实或概述,塑造信念,将具体行为与已建立的规范相联系,升华事件的意义,概括整部作品的意义,控制情绪,直接评论作品本身等。查特曼在《故事与话语》一书中也用了较长篇幅来探讨全知叙述评论的作用。文体学家一般不讨论不同种类的议论所具有的不同作用,但如前所述,他们注重探讨全知叙述者在评论中通过遣词造句所表达出来的语气、立场、态度,以及其产生的审美效果或对于加强主题意义所起的作用。

自福楼拜和亨利·詹姆斯倡导作者的隐退以来,现代小说理论均反对作者进行公开议论这一形式(当然,全知叙述这一模式本身也遭到非议)。的确,传统小说中的作者评论有时说教味太浓,有时生硬造作,有时严重破坏作品的逼真感,有时则根本多此一举。譬如,在萨克雷《名利场》的第十章,叙述者在描述了丽贝卡在性情上的种种变化之后,作了这么一番评论:

> 我们的丽贝卡采用了谦恭顺从的一套新做法,这究竟是否出于真心还有待于观望她往后的历史。对于年仅21岁的人来说,要长年累月地弄虚作假,一般难免露出破绽。然而,读者一定还记得,我们的女主角虽然年龄不大,却阅历丰富、经验老到。
>
> 如果读者到现在还没有发现她是一个非常聪明的女人,那我们的书就白写了。①

---

① 笔者在翻译《名利场》中的有关片断时,参考了杨必译《名利场》,人民文学出版社,1957年。

实际上，在前文中，叙述者已经对丽贝卡的虚情假意进行了各种暗示或明示，读者不可能不明白她之所以改变性情，完全是为了达到个人目的。叙述者的这番话可谓画蛇添足，不仅破坏了作品的逼真感，而且没有增加任何信息。但有时，全知叙述者的评论却不乏益处。仅举一简例，在《名利场》的第十四章，叙述者先讲述了克劳莱小姐像其他有钱人一样仅仅利用手下人，等到用不着了就一脚踢开，然后话锋一转，评论道：

可怜的寄生虫，卑微的食客，你也没有多少可抱怨的！你给富人的友情就跟它通常得到的回报一样缺乏真诚。你爱的是钱，而不是人；假若克瑞塞斯国王与他的仆人换了位置，你这倒霉货也明白自己会效忠谁。

被克劳莱小姐冷落的主要是她雇用了多年的女伴布里格斯小姐，这位小姐多愁善感，因为主人的"变心"而伤心不已，读者很容易对她产生同情。叙述者的议论适时地挑破了这层温情脉脉的面纱，使读者意识到在这名利场中仅存在赤裸裸的金钱关系，从而深化了主题。尽管全知叙述者的议论不乏画龙点睛之处，但不再相信叙述权威的现当代读者都难以接受这种上帝般居高临下的议论。然而，我们认为，不应忽略在传统的全知叙述中，这些议论所起的种种作用。

我们知道，在进行评论时，全知叙述者一般享有以常规程式为基础的绝对可信性。然而，在全知叙述者将自己或多或少地"个性化"或人物化时，这种可信性就会被削弱。请比较下面这两个例子：

(1)有一条举世公认的真理：一位富有的单身汉一定需要娶位太太。(简·奥斯丁《傲慢与偏见》第一章)

(2)假如一个人穷得雇不起佣人，无论他多么高雅，都得自己打扫房间；假如可爱的小姐没有亲爱的妈妈来替她与年轻人打交道，就得自己亲自出马。啊！幸好这些女人不常施展她们的本领，否则我们根本就无法抗拒。无论女的多老多丑，她们只要给那么一丁点儿暗示,男人马上就会拜倒在石榴裙下。我认为这是绝对的真理。一个女人只要有一定的机会又不当真是个驼背,就可以和她看上了的任何人结婚。真是谢天谢地,这些亲爱的小姐们像野地里的牲畜一样,不知道自己的本事,否则她们一定会整个儿地把我们给制服。(萨克雷《名利场》第四章)

不难看出,这两例中的所谓"真理"均不是真理,而是带有庸俗偏见的看法。在例(1)中,叙述者的可信性并未因此被削弱,因为叙述者没有将自己人物化,而是处于居高临下的位置(试比较"有一条我们公认的真理")。尽管叙述者用了"举世公认"这样的词语,但读者很快就会发现这是叙述者对那些以嫁女儿为生活目的的狭隘庸俗的人物的一种嘲弄,叙述者与读者均处于那个被嘲讽的圈子之外。与此相对照,在例(2)中,由于叙述者将自己人物化了,他就将自己从高高在上的叙述权威的位置降到了人物的位置上,读者难以把叙述者与他所表达的庸俗偏见分离开来。在这样的情况下,全知叙述者的可信性必然会减弱。在《名利场》的第四章中,还出现了以下这种极为个性化的叙述者的议论:"就我来说,如果像阿米莉亚这样可爱的人儿愿意亲我一下,我会一下子把李先生的花房都给买过来。"对于这样的个性化,可以有两种不同的理解。一方面,我们可以把这看成全知叙述者在拿自己寻开心,通过自嘲来渲染气氛。但换个角度,我们也可把这看成隐含作者在拿全知叙述者寻开心,制造幽默,以取悦读者。可以说,在可信性上,全知模式给叙述者提供了大于任何其他模式的活动空间,叙述者既可以选择享受以常规惯例为基础的绝对可信性(这是任何第一人称叙述者都无法达到的),又可以为了某种目的,将自己从上帝般的权威位置下降到人物或第一人称叙述者的位置上(这是其他第三人称叙述者难以办到的)。

值得注意的是,全知叙述者的评论经常以较为隐蔽的方式出现,我们不妨看看简·奥斯丁《傲慢与偏见》第一卷第二十三章中的一段:

在威廉爵士尚未告辞之前,贝内特太太恼怒之极,气得说不出太

第九章　不同叙述视角的分类、性质及其功能　217

多的话来。可他一走,她的情绪马上就发泄了出来。第一,她坚持不相信整个这回事;第二,她十分确信柯林斯先生上了当;第三,她相信他们在一起永远也不会幸福;第四,这个婚约也许会解除。然而,她从整件事简明地推导出了两个结论:一是伊丽莎白是引起整个闹剧的真正原因;二是她自己被他们所有的人野蛮地利用了。主要就这两点她接下来整天地说个(dwelt)没完。怎么也无法安慰她,怎么也无法使她消气。(Mrs. Bennet was in fact too much overpowered to say a great deal while Sir William remained; but no sooner had he left them than her feelings found a rapid vent. In the first place, she persisted in disbelieving the whole of the matter; secondly, she was very sure that Mr. Collins had been taken in; thirdly, she trusted that they would never be happy together; and fourthly, that the match might be broken off. Two inferences, however, were plainly deduced from the whole; one, that Elizabeth was the real cause of all the mischief; and the other, that she herself had been barbarously used by them all; and on these two points she principally dwelt during the rest of the day. Nothing could console and nothing appease her.)

因为家产的关系,贝内特太太一心想要远房侄子柯林斯先生娶女儿伊丽莎白为妻,但伊丽莎白却断然拒绝了柯林斯的求婚。柯林斯转而与夏洛特订了婚,贝内特太太则完全被蒙在鼓里。因此,当威廉爵士登门通报女儿与柯林斯订婚的消息时,就出现了上面这一幕。在读这一段时,我们可以明显地感受到一种反讽的效果。这一效果主要来自于"第一"(in the first place)、"第二"(secondly)、"第三"(thirdly)等顺序词所带来的表面上的逻辑性与实际上的逻辑混乱("她坚持不相信整个这回事"然而她却"十分确信柯林斯先生上了当")之间形成的强烈反差。从表达方式来说,这一段属于总结性叙述,对于贝内特太太滔滔不绝的唠叨,叙述者仅进行了简要扼述。这些制造逻辑性假象的顺序词很有可能是叙述者在编辑总结贝内特太太的话时添加的。从表面上看,叙述者是想将贝内特太太的话组织得更有条理。实际上,这些顺序词通过对照反差只是讽刺性地突出了贝内特太太话语的自相矛盾之处。值得注意的是,尽管所描述的是贝内特太太说出来的话,叙述者却选用了"坚持不相信"(persisted in disbelieving)、"十分确信"(was very sure)等通常用于表达内心想法的词语。叙述者还用了"dwell on"一词来描述贝内特太太的言语行为,而这个词语也可指涉"老是想着"这一内心活动。此外,通常用于指涉逻辑推理的"从……推导出了两个结论"也加深了"内心想法"这一印象。我们知道,口头话语只能按前后顺序逐字表达出来,而不同的想法却可同时并存于头脑中;"第一""第二"等顺序词通常指涉的也是同时存在的理由等因素。这些都使人觉得贝内特太太并不是在随着时间的推移改变她的想法(这属于较为正常的情况),而是在"坚持不相信"柯林斯与夏洛特订了婚的同时又"十分确信"柯与夏订了婚,这无疑令人感到十分荒唐可笑。在此我们不妨比较一下东流的译文:

> 在威廉爵士没有告辞之前,贝纳太太竭力压制自己的情绪,可是,当他走了后,她立即大发雷霆,**起先**,她坚说这消息完全是捏造的,**跟着她又说**高林先生上了他们的当,她赌咒他们永远不会快乐,**最后她又说**他们的婚事必将破裂无疑。她非常愤怒,一方面她责备伊丽莎白,另一方面她懊悔自己被人利用了。①(黑体为引者所加)

在这一译文中,"第一""第二""第三""第四"等顺序词被"起先""跟着""最后"等表示时间的状语替代。此外,"坚持不相信""十分确信""相信"等词语也分别被"坚说""又说""又说"等明确表达口头行为的词语替代。这样一来,表面上的逻辑性与实际上的逻辑混乱之间形成的具有强烈反讽效果的鲜明对照就不复存在了;叙述者通过遣词造句制造出来的贝内特太太同时具有相互矛盾的想法这一印象在译文中也荡然无存。也就是说,这一译文中不存在表达方式与所描述的内容之间的对比和张力。

---

① 东流译:《傲慢与偏见》,台北:大东书局,1965年,第107—108页。

原文中这一对比的形成在于全知叙述者在叙述手法上做了文章,含蓄地表达出自己对人物的嘲讽,这是较为隐蔽的一种评论人物的方式。

我们认为这种隐蔽的评论方式是全知叙述所特有的,其特点是:处于故事外的叙述者居高临下,通过其叙述眼光或表达方式暗暗地对人物进行权威性的评论,人物对此一无所知。在某种意义上,叙述者是在与读者暗暗地进行交流。这种叙述者与人物之间的关系使其有别于第一人称叙述中叙述者对自己的过去或对其他人物的暗含评论。它也难以在其他两种第三人称视角模式中出现,因为在第三人称外视角叙述中,叙述者一般仅起摄像机的作用,避免对人物进行任何评论。而在第三人称内视角叙述中,叙述者的眼光被人物的眼光替代,叙述者也就在很大程度上失去了评论人物的自由(无论是公开的还是隐蔽的)。

在全知叙述中,叙述者具有对人物进行各种评论的极大自由。在上引的《傲慢与偏见》的那一段中,"她从整件事简明地推导出了两个结论"这句话看起来较为客观,但实际上也暗含了叙述者的评论:这一表达方式的学术味与结论本身的庸俗气形成了鲜明对照,使人更感到贝内特太太俗不可耐,这是叙述者暗地里嘲讽人物的绝妙手法,但它有赖于叙述者用自己的眼光来叙事。叙述者接着还进行了这样的描述:"一天都没有使她息怒。一周过去以后,她见了伊丽莎白才不再责备她;一个月过去之后,她见了卢卡斯爵士夫妇才停止无礼……"。这个从"一天"到"一周"到"一个月"的过于规则的递进显然带有夸张的成分和编辑的痕迹,它也暗含了叙述者的幽默讽刺性的评论。在菲尔丁《汤姆·琼斯》的第四卷第八章中,全知叙述者在描写下层村民与莫莉的一场混战时,假借女神缪斯之口,采用了史诗般的文体来叙述,其词句的雄壮高雅与所描写的事物的庸俗低下形成了强烈的对照,这一对照鲜明而又巧妙地表达出了叙述者对人物的嘲弄,使读者更深刻地感受到人物的荒唐可笑。诸如此类的例子在全知叙述中不胜枚举,我们认为菲尔丁、奥斯丁、狄更斯、萨克雷等不少小说家之所以能成为讽刺幽默大师与他们所采用的全知叙述模式不无关系。当然,全知叙述者的暗含评论可以是任何性质的,不一定是讽刺性或幽默性的。

如前所示,隐蔽性的叙述评论往往有赖于叙述者所采用的表达方式与实际情况之间所形成的某种对照,这种对照从层次上来说,属于叙述话语与所述故事之间的对比。它的存在迫使读者进行双重解码:既要了解叙述者在话语层次上附加在"事实"之上的某种表象,又要根据生活经验和语境来建构出所描写的"事实",同时要把握两者之间的微妙辩证关系。值得强调的是,全知叙述者通过自己的眼光和语言在话语层上建构出来的与"事实"相偏离的各种表象往往是隐蔽地表达叙述者观点、态度的有效工具,也往往是主题意义和审美效果的重要载体。

三、对叙述角度的调节

虽然上面论及的叙述评论与全知叙述者的眼光不无关系,但它主要属于叙述声音的范畴。下面我们将集中探讨视角本身的问题。值得注意的是,尽管上帝般的全知叙述者无所不知,然而在透视人物的内心时一般却是有重点、有选择的,常常仅集中揭示某些主要人物或正面人物的内心世界。这也许有以下几方面的原因。其一,适当"隐瞒"某些人物的内心活动有助于产生悬念,增加情节的吸引力。《傲慢与偏见》就是一个较为典型的例子。在这部以伊丽莎白和达西的爱情和婚姻为中心线索的作品中,有不少对伊丽莎白的内心描写,却很少有对达西的内心透视。由于读者对达西的了解有限,故容易像伊丽莎白那样听信威克哈姆攻击达西的不实之词。全知叙述者对于威克哈姆这位达西的"对头"也仅仅进行外在观察,因而读者也容易像伊丽莎白那样一时被他风度翩翩的外表所迷惑。在达西开始向伊丽莎白展开求婚攻势时,对达西的内心透视几乎完全停止,读者只能像伊丽莎白和柯林斯太太那样观察达西的外在行为,跟她们一起对达西的言行举止做出种种猜测和产生误解。可以说,读者对达西以及威克哈姆的看法基本上是随着伊丽莎白一起转变的。假如对他们有更多的内心描写,读者对他们十分了解,那就会失去很多悬念,使情节显得平淡乏味。此外,倘若读者单方面了解这两位男士,不能分享伊丽莎白对达西的偏见以及她在威克哈姆面前所受的蒙骗,那读者就很可能会觉得她有点不近人情和不够聪明,这显然会有违作者的原意。伊丽莎白是奥斯丁最为赞赏的人物之一,她机敏聪慧、通情达理,她之所以会一时对达西心存芥蒂并对威克哈姆产生好感,是因为她无法像上帝那样窥见他们的内心,无法了解达西真诚善良、慷慨无私的心地以及威克哈姆卑劣的本质:只有让读者站在伊丽莎白的位置,而不是站在上帝的位置上,读者才能真正欣赏伊丽莎白。可以说,《傲慢与偏见》的成功在很大程度上取决于全知叙述者在透视人物内心活动这方面所进行的巧妙选择和安排。如果说这种安排属于宏观范畴的话,局部地"隐瞒"人物的内心想法有时也能收到很好的效果。在《傲慢与偏见》第一卷的第二十章,贝内特太太在女儿伊丽莎白拒绝了柯林斯先生的求婚之后,赶忙去找丈夫,想让他帮助说服伊丽莎白。这时,文中有这么一段:

(贝内特先生说)"在这个时候我还能干点什么呢?这事看来已经没有希望了。"

"你自己找女儿谈谈,告诉她你一定要她嫁给他。"

"马上把她叫下来,让她听听我的意见。"贝内特太太按了一下铃,伊丽莎白被召到了书房。

"孩子,到这边来,"她父亲一见她就喊道,"我是为了一件重要事情把你叫来的。我听说柯林斯先生向你求婚了,是吗?"

伊丽莎白回答说确有其事。"嗯,你已经拒绝了他的求婚?"

"是的,爸爸。"

"好吧,现在我们谈正经事。你母亲一定要你答应他。是这样吧,太太?"

"是的,要是不答应,我就一辈子不想见她了。"

"伊丽莎白,你面临一个不幸的选择,从今天开始你不得不成为你父亲或者你母亲的陌路人。如果你不嫁给柯林斯先生,你母亲就一辈子不想见你了;但如果你嫁给他,那我就一辈子不想见你了。"听到这么一个结论,伊丽莎白只能报以微笑;贝内特太太却失望极了,她还以为丈夫在这件事上与自己的看法是一致的。"你这么说是什么意思？你答应了一定要让她嫁给柯林斯的。"……

贝内特先生的结论既在读者的意料之中，又在读者的意料之外。虽然读者知道贝内特先生不喜欢柯林斯，但他开始说的那几句话却容易制造一种他同意这门婚事的假象。他那使读者感到既意外又开心的结论产生了较强的幽默喜剧性效果。倘若叙述者向读者揭示了贝内特先生的内心想法，读者知道他反对这门婚事，他的结论完全在读者的意料之中，那这种效果就会被大大地削弱。

再者，避免对次要人物进行较多的内心描写可避免叙述的过于繁琐和面面俱到。我们知道，在全知模式中，场景描写与概要总结往往交替进行，后者对于节约叙述时间、避免繁琐、突出中心事件起了很重要的作用。同样，叙述者集中透视某些主要人物的内心，对于次要人物仅作外在描写，或对其内心活动仅一带而过，也能达到节约叙述时间、突出重点的目的。

此外，适当控制对人物内心的透视，也可以有效地帮助调节叙述距离。在日常生活中，我们对一个人的同情往往与对其内心的了解成正比；他越跟你交心，你就可能越会同情他。同样，全知叙述者对某个人物的内心活动展示得越多，读者与此人物之间的距离就有可能会越短，反之则有可能会越宽。我们不妨以鲁迅的《离婚》为一简例，在这一短篇小说中，全知叙述者对女主人公爱姑的内心活动进行了较多透视，对其父的内心也进行了一定的描写。然而，对欺压爱姑的她公公、丈夫、七大人、蔚老爷等却完全没有"内省"，仅有"外察"。这在一定程度上缩短了读者与爱姑的距离，加深了读者对她的同情。

全知叙述模式在视角上的一个本质性特征在于其权威性的中介眼光。叙述者像全能的"上帝"那样观察事物，然后将他所观察到的东西有选择地叙述给读者。这种超出凡人能力的中介眼光不仅损害作品的逼真性，而且也经常有损于作品的戏剧性。为了减少这些弊病，全知叙述者常常短暂地换用人物的有限视角。在哈代的《德伯家的苔丝》的第五章，苔

第九章　不同叙述视角的分类、性质及其功能　　223

丝遵母命去德伯夫人家认亲求助,但她见到的庄园与她所想象的却相去甚远。她站在那里犹豫不决,不知是该退却还是该坚持完成使命:

　　这时,有个人影从帐篷黑黑的三角形门洞中走了出来。这是位高个子的年轻人,正抽着烟。他皮肤黝黑,嘴唇很厚,看上去虽红润光滑,形状却相当丑陋。嘴唇上方有梳理齐整、顶端卷曲的黑色八字胡,他的年龄顶多二十三四岁。尽管他的外表带有一点粗野的味道,在他的脸上和他那毫无顾忌、滴溜溜乱转的眼睛里却有着一种奇特的力量。

弗里德曼在《小说中的视角》一文中提出,全知叙述者在这里采用的仍然是自己的视角而非苔丝的视角。若想转用苔丝的视角就必须明确说出:"**她看到**一个人影从帐篷……**她注意到**他皮肤黝黑……**她觉察到**在他的脸上和他那毫无顾忌、滴溜溜乱转的眼睛里却有着一种奇特的力量。"①但我们认为对于视角转换来说,究竟是否加上"她看到""她注意到"这些词语实际上是无关紧要的。请对比下面这段描述:

　　这时,苔丝看到德伯维尔夫人的儿子从帐篷黑黑的三角形门洞中走了出来,但苔丝不清楚他是谁。她注意到他的个头较高,皮肤黝黑,嘴唇很厚,看上去虽红润光滑,形状却相当丑陋。……

在这里,尽管有"苔丝看到""她注意到"等词语,但叙述视角却不是苔丝的,而依然是全知叙述者的,因为只有后者才知道走出来的是德伯维尔夫人的儿子。不难看出,全知叙述者是在向读者描述他所观察到的苔丝的感知过程。也就是说,苔丝的感知在这里仅仅是叙述者的观察对象而已。

在哈代的原文中,尽管没有"她看到""她注意到"等词语,实际上叙述视角已经发生了转换。我们之所以开始时不知道走出来的为何人,就是

---

① N. Friedman, "Point of View in Fiction," in P. Stevick(ed.), *The Theory of the Novel*, pp. 123—124.

因为全知视角临时换成了苔丝的有限视角。全知叙述者不再间接地向读者描述他所观察到的苔丝的感知过程,而是直接让读者通过苔丝的有限视角来观察德伯维尔夫人的儿子:"这时,有个人影从帐篷黑黑的三角形门洞中走了出来。这是位高个子的年轻人……"。这个向人物有限视角的转换可以产生短暂的悬念,读者只能跟苔丝一起去发现走出来的究竟是谁,从而增加了作品的戏剧性。像弗里德曼那样给这一段加上"她看到""她注意到"等词语丝毫不会改变视角,因为这里采用的实际上就是苔丝特有的有限视角。弗氏在评论这一段时,犯了一个叙述学界常见的错误,即误将"看到""注意到""觉察到"等表达人物感知过程的词语当作视角向人物转换的依据。我们应该清醒地认识到人物的感知过程既可充当叙述视角,又有可能仅仅是全知叙述者的观察对象,我们必须根据实际情况做出判断,看采用的究竟是全知视角,还是人物特有的有限视角。在此,我们不妨看看《红楼梦》第六回中的一段:

> (刘姥姥只听见咯当咯当的响声,大有似乎打箩柜筛面的一般,不免东瞧西望的。)忽见**堂屋中柱子上挂着一个匣子,底下又坠着一个秤砣般一物,却不住的乱晃。**刘姥姥心中想着:"这是什么爱物儿?有甚用呢?"(黑体为引者所加)

请比较

> (……)忽见堂屋中柱子上挂着一个钟,钟摆在不停地摆动。刘姥姥在乡下从未见过钟,还以为它是个匣子,以为钟摆是个乱晃的秤砣般的物件。刘姥姥心中想着:"这是什么爱物儿?有甚用呢?"

不难看出,在原文中的黑体部分,全知叙述者换用了刘姥姥的有限视角来叙述。但在下面的比较版中,尽管有"忽见"一词,却没有发生叙述视角的转换,我们仍然在通过全知视角来观察刘姥姥的感知过程。

有趣的是,全知叙述者为了制造悬念,有时还佯装为不了解情况的旁观者来叙述。在文本或章节的开头,旁观视角尤为常见。不少全知叙述者巧妙地利用旁观视角与人物有限视角之间的反差,时而让读者从故事外的角度从旁观看,时而又让读者通过故事中某一人物的眼光来近距离观察。在威拉·卡瑟(Willa Cather)的短篇小说《雕塑家的葬礼》(The Sculptor's Funeral)中,全知叙述者对这两种视角的轮换运用,对加强主题意义起了很好的作用。在该篇的开头,全知叙述者采用了旁观视角:

> 在堪萨斯的一个小镇上,一群镇民站在火车站的旁轨处,等着夜班火车,车已经晚点二十分钟了。积雪很深覆盖了四周的一切。镇子的南边,白茫茫草地的尽头,高耸的悬崖绝壁在惨淡的星光中,曲曲弯弯地于无云的天际勾勒出烟青色的柔和线条。站在旁轨处的人们重心在两脚之间来回移动,双手深深地插在裤口袋里,大衣敞着,因为寒冷而耸着肩膀。他们不时朝东南方向张望,那儿铁路沿着蜿蜒的河岸伸向远方。他们低声交谈,焦躁不安地四处徘徊,似乎不明白究竟要他们干什么。只有一个人看上去十分清楚自己到这来的目的,他与其他人保持着明显的距离,先是走到月台的另一端,然后回到车站门口,接着又沿着轨道往前走。他的下巴埋在大衣的高领子里,粗壮结实的肩膀向前塌着,步履沉重而倔强……

像这样的开头无疑会引起读者的悬念,但这里的旁观视角蕴含着更为深刻的主题意义。《雕塑家的葬礼》集中体现了个人与社会的冲突。故去的雕塑家哈维·梅里克是一个气质敏感,极具天赋,有崇高追求的艺术家。他生长于美国西部堪萨斯的一个小镇上,这片缺乏传统的"荒漠之地"充满世俗偏见、丑陋肮脏和贪婪狡诈,与艺术家的气质和追求格格不入。尽管梅里克后来去了东部求学和发展他的事业,但他始终未能从童年的不幸、家乡的黑暗中解脱出来,这也是导致他英年早逝的原因之一。上面所引的开篇一段描述的是将他的遗体运回家乡时,镇民们在车站等候的情景。由于采用了旁观视角,读者看到的是不知名姓、浑浑噩噩、焦躁不安的一群人,他们似乎连自己在干什么都不清楚,这容易使读者对这群人产生一种疏离陌生的距离感,暗暗地与主题相呼应。

此外,那位与众不同,与他人保持明显距离的男人自然会引起读者的格外注意。这位名叫吉姆·莱尔德的律师,曾与梅里克同去东部求学,是这个小镇上唯一完全理解和欣赏梅里克的人。故事中还有一位梅里克的知己,即从东部护送他的遗体回乡的他的年轻弟子史蒂文斯。全知叙述者逐渐将聚焦集中到史蒂文斯身上,一会儿透视他的想法、感知和感受,一会儿让读者直接通过他的视角来观察事件和其他人物。史蒂文斯的气质与梅里克的十分相近,与这个小镇上的氛围格格不入,在某种意义上,他是青少年时代的梅里克的化身。在史蒂文斯的眼中,周围的一切是如此粗俗野蛮、卑劣肮脏,令他厌恶之极。史蒂文斯与周围环境的矛盾冲突生动和戏剧性地再现了少时的梅里克与社会环境之间的冲突。由于全知叙述者不时让读者直接通过史蒂文斯的眼光来观察事物,使读者对这一冲突能够获得更为切身、更为强烈的感受,从而有力地加强了主题意义。

如果说在《雕塑家的葬礼》中,全知叙述者对于人物视角的运用有其独到之处的话,在开篇之处采用旁观视角进行叙述,则无论在西方还是在中国的小说中,均可谓屡见不鲜。但一般来说,全知叙述者仅在作品中的少数人物身上采用这一手法,而且往往仅在人物第一次出场时采用。然而,在吴组缃的《樊家铺》中,每逢遇到人物出场时,叙述者均坚持采用旁观眼光:

> 这时有个女人从一家茅铺里走出来,手里捏着一茎狗尾草,插在牙缝里挑弄着;一边把背靠到一棵杉木柱的旁边向路上眺望。
>
> 这女人大约二十六七岁,蓬松着黑发,样子显得很憔悴。太阳穴上一边粘着一片正方形的黑色头痛膏药。两条又浓又粗的修整的眉毛下覆着一双生涩的眼睛。眼睛想是有了风火病,勉强眯睁着,露出络有红经络的白珠。身上穿着一件齐膝的竹布褂,上面已经有了几块补丁,但是洗得很干净。她用手掌罩住前额,皱着眼皮眺望了许久。望了一会路的南段,又调过身肢望北段。两头的大路弯弯曲曲直通到山坡下,并看不见一个过路的人。整个的樊家铺是沉浸在死寂里……她渐渐想到数年以前这里的热闹景象。在从前,各家过亭里原都整齐地排列着长条木板台凳,茅铺门口也都各有一张板桌跨

在门槛上。……"线子!"大路的北头有个矮矮的人影蹒跚地走近来。那是一个五十多岁的矮胖老婆婆。一手拄着一根树枝作拐杖,另一手用树枝驮着一个大衣包在背上。女人听到声音猛然从凝思中惊醒过来,掉头向路北望去,看见是自己的娘。

全知叙述者开始时显然佯装不了解情况的旁观者,故意不告诉读者从茅铺里出来的女人是线子嫂;在她娘出场时,也暂时采用了旁观眼光(试比较:"线子!"女人的娘一边喊着一边从大路的北头蹒跚地走了过来)。这一技巧贯穿这篇作品,无一例外,显得与众不同。此外,《樊家铺》还在以下几点上打破了惯例:一是全知叙述者在采用旁观视角来观察线子嫂时,并未放弃对她的内心世界的透视,因此我们在得知那女人是线子嫂之前,就先进入了她的记忆。这种情况一般不多见,因为对人物的内省是全知叙述者的特权,它超出了旁观视角的范畴,容易让读者识破全知叙述者的"伪装"或者造成一种不协调感。但在《樊家铺》中,这种感觉并不明显,可谓鱼和熊掌兼有所得。再者,全知叙述者在线子嫂已认出她丈夫的情况下,仍坚持采用旁观视角来观察她丈夫:

"怎么样?"线子嫂远远向南路上招着手,高声喊,"还是不肯饶么?"来的那个人赤着上身,肩上披一块蓝布披巾;黑布裤子直卷到腿弯上。身肢虽粗壮,脸子尖尖地,却很有点清秀。一看样子就像个花鼓戏里的旦角。

无论在西方还是在中国小说中,像这样在人物已被认出的情况下,全知叙述者仍然"隐瞒"人物身份或称谓的情况确实少见。这样一来,就更加重了读者的好奇心,增强了悬念。此外,全知叙述者在线子的娘第三次出场时,仍坚持采用"不知情"的旁观视角:

他们一批一批地打过亭里走过,慌慌张张向南路而去,并不停留。其中有个老婆婆,拄着拐杖,走进过亭,抬头看看西山头上的夕阳。夕阳已变成淡红的颜色,衬托着几抹橙黄的紫红的晚霞,十分鲜艳悦目。……老婆婆踌躇了一会儿,喘了一会儿气。用手按一按额上的包头,走到掩着门的茅铺前,推开门,进去了。屋里是一团漆黑,伸手看不见自己的手掌。"线子,线子!"没回答。"线子,线子!""唔。"板房里的声音。"娘来看你了。七爷来了吗?"……

全知叙述者没有告诉读者老婆婆是线子的娘,尽管读者对她已十分熟悉,这种情况也确实不多见。在以上提到的几处,对旁观视角的运用虽然有违惯例,但均显得比较自然,恰到好处。《樊家铺》在这一方面可谓独具匠心,大大增强了作品的悬念、生动性和戏剧性。

在中西小说中,全知叙述者一般只是暂时"隐瞒"人物的身份和称谓,但这也有例外。在康拉德的《吉姆老爷》的第三十六章,全知叙述者告诉读者在马洛的听众中,有一位男士两年之后收到了马洛寄来的一个邮件,里面装着马洛的故事的最后一部分。读者跟着全知叙述者观察这位男士,透视他的内心活动,并随着他一起读马洛的信,但始终不知道他的姓名和身份。全知叙述者像不知情的旁观者那样仅称他为"这个有特权[读到马洛的信]的人"。这位男士实际上仅仅是叙述过程所需要的一个工具,因此叙述者没有必要透露他的姓名和身份;而且一直隐瞒这些信息也增强了作品的神秘感和戏剧性。

全知叙述者佯装旁观者时,一般都尽量不露痕迹,以显得自然。然而,这也不乏例外。在《名利场》的第十四章,全知叙述者提到有位年轻姑娘陪伴克劳莱小姐从汉普郡回到了家。他不仅不告诉读者姑娘是谁,还故意发问:"这位年轻姑娘会是谁呢?"但在一段描述之后,我们却读到了这么几句话:

> 半小时后,饭吃完了。丽贝卡·夏泼小姐(说出来吓您一跳,这就是姑娘的名字,在此之前,我一直巧妙地将她称为"这个人")再次上楼,走到她的病人的房间里去了……

读者根本没想到这位姑娘原来就是自己十分熟悉的女主人公。全知叙述者在这一章的开头隐瞒了她的姓名,造成了一定的悬念和戏剧性。有趣的是,他恣意破坏这些效果,故意告诉读者他在卖关子,并对此洋洋自得。显然,这位萨克雷的代言人不仅将人物视为可任意操纵的木偶,将叙述手法也视为可用于戏弄读者的工具。撇开其"元小说"性质不谈,我们在这里可突出地看到全知叙述的两大特点:(1)在叙述手法上所享有的极大自由度;(2)上帝般的叙述中介破坏了作品的逼真性和自然感。

任一叙述模式均有其所长所短。我们认为,重要的不是评价哪种模式优于其他模式,而是充分了解每一种模式的功能、性质和特点,以便把握其在作品中所起的作用。与全知叙述在视角上直接形成对照的是第三人称人物有限视角叙述。如前所述,西方批评界将第三人称人物有限视角与第一人称经验视角之间画上了等号。为了纠正这一偏误,下一节将集中探讨第一人称回顾性叙述与第三人称人物有限视角叙述在视角上的差异。

第三节 第一人称叙述与第三人称有限视角叙述在视角上的差异

在传统的第三人称叙述(即全知叙述模式)中,叙述者通常用自己的眼光来观察,但在 20 世纪初以来的第三人称小说中,叙述者往往放弃自己的眼光而采用故事中主要人物的眼光来叙述。这样,叙述声音与叙述眼光不再统一于叙述者,而是分别存在于故事外的叙述者与故事内的聚焦人物这两个不同实体之中。不少叙述学家注意到了这样的第三人称叙述与第一人称回顾性叙述在视角上的相似。里蒙-凯南在《叙事性的虚构作品》一书中说:"就视角而言,第三人称人物意识中心[即人物有限视角]与第一人称回顾性叙述是完全相同的。在这两者中,聚焦者均为故事世界中的人物。它们之间的不同仅仅在于叙述者的不同。"[①]在我们看来,这样的论断未免过于绝对化。尽管这两种叙述模式在视角上不乏相似之处,但它们之间的本质性差异依然存在。本节旨在探讨这两种叙述模式

---

① S. Rimmon-Kenan, *Narrative Fiction*, p. 73.

在视角上的差异。

一、第一人称回顾性叙述中特有的双重聚焦

在第三人称有限视角叙述中,叙述者一般采用故事中人物的眼光来观察。但在第一人称回顾性叙述中(无论"我"是主人公还是旁观者),通常有两种眼光在交替作用:一为叙述者"我"追忆往事的眼光,另一为被追忆的"我"正在经历事件时的眼光。这两种眼光可体现出"我"在不同时期对事件的不同看法或对事件的不同认识程度,它们之间的对比常常是成熟与幼稚、了解事情的真相与被蒙在鼓里之间的对比。这两种眼光之间的差别有时需要读者从字里行间推断出来。请看舍伍德·安德森《鸡蛋》中的一段:

> 我记得小时候,冬天的周日下午父亲坐在炉子前面的椅子里睡着了,这时我会坐在那里看着他。当时(at that time)我已经开始读书也有了自己的想法。我觉得他那光秃秃的头顶像是一条宽广的大道,凯撒大帝很可能修了这么一条大道以率领他的军团冲出罗马、进入一个奇妙的新世界。至于父亲两耳上方的那两束头发,我觉得就像是两片小森林。

虽然第一人称叙述者在这里仅谈到了他过去的行为和看法,但我们可以从字里行间感觉到已经长大成人的叙述者不再像小时候那样天真地将他父亲耳朵上方的头发看成是两片小森林,也不再将他父亲的秃头看成是凯撒大帝可能走过的那种大道。这里的观察角度是一种居高临下的追忆性角度。我们可以感受到叙述者与往事之间的时间距离。然而,在第一人称回顾性叙述中,叙述者时常放弃追忆性的眼光而采用过去正在经历事件时的眼光来叙事。请看取自菲茨杰拉德《了不起的盖茨比》第三章的一个简例:

> 我们正坐在一张桌子旁边,同桌的还有一位年龄跟我差不多的男人和一个动不动就放声大笑的喧闹的小姑娘。我现在感到很

开心。

虽然这里叙述的是过去发生的事,但叙述者并没有采用从目前的角度来追忆往事的眼光,而是从正在经历事件时的角度来观察。与前面那段中的时间状语"当时"形成对照,这一段中所用的时间状语为"现在"。"现在"这一时间状语与进行时联用(I was enjoying myself now)产生了很强的正在体验事件的效果。

对于第一人称回顾性叙述中特有的双重视角,叙述学界有三种不同的看法。一种看法根本否认叙述者视角的存在,认为在第一人称回顾性叙述中,叙述者"我"仅起叙述声音的作用,叙述视角完全来自于过去正在经历事件时的"我"。这一派的代表为西蒙·查特曼,他在1990年由康奈尔大学出版社出版的《叙事术语评论》一书中率先提出了这一看法。在1995年于荷兰举行的国际叙述视角研讨会上,他又强调了这一看法。他的观点得到了有的与会者的赞同,但也遭到了包括笔者在内的一些与会者的反对。另一种看法以热奈特为代表。他在《叙述话语》一书中强调指出:

> 使用"第一人称",换句话说,叙述者和主人公同为一人,这丝毫不意味着叙事聚焦于主人公身上。恰恰相反,"自传"的叙述者,不论自传是真实的还是杜撰的,比"第三人称"叙事的叙述者更"天经地义地"有权以自己的名义讲话,原因正在于他就是主人公。特里斯特拉姆·项狄叙述他以往的"生活"时插入自己当前的"见解"(和信息),就不像菲尔丁叙述汤姆·琼斯的生活时插入的见解那样不妥。……自传的叙述者没有任何理由缄默不语,因为他无须对自己守口如瓶。他必须遵守的惟一聚焦是根据叙述者当前的信息,而不是主人公过去的信息确定的。如果他愿意,他可以选择聚焦的第二种形式[即采用主人公过去的视角],但他没有任何必要这样做。①

---

① 热奈特:《叙事话语、新叙事话语》,第136页。

这种看法与前一种看法是直接对立的,它不仅承认叙述者的视角,而且认为这是第一人称回顾性叙述中的常规视角。

另一种看法多少处于这两种看法之间,以里蒙-凯南为代表。她区分了第一人称回顾性叙述中的叙述自我和经验自我。这两种自我代表的两种不同视角均可在叙述中起作用。在分析下面这句话时:

除了随便打两句招呼,我从未跟她讲过话,但一听到她的名字,我浑身上下愚蠢的血液就会沸腾起来。(乔伊斯《阿拉比》(*Araby*))

里蒙-凯南指出,从"愚蠢的"这一评价性的形容词可以看出这里的叙述视角是叙述自我的而不是经验自我的。她还探讨了引自同一作品的下面这句话中视角的模糊性:

这些喧闹声在我心里汇集成了一种独特的生活感受:觉得自己就像是捧着圣餐杯在一群仇敌中间安然穿过。

里蒙-凯南评论道:"这里的语言是叙述者的,但聚焦者可能是叙述者也可能是小孩[即正在经历事件的"我"]。如果采用的是小孩的视角,所强调的就是小孩想象自己以英雄的身份出现在其中的宗教仪式。但如果叙述者为聚焦者,被强调的则是小孩想象的陈腐过时,语气也就不乏反讽的意味。"①值得注意的是,虽然里蒙-凯南承认第一人称回顾性叙述中双重视角的存在,但与热奈特相对照,她将经验自我的视角看成是常规视角,而且有时完全忽略叙述自我的聚焦作用。在本节开头所引的那段话中,她就把聚焦作用完全归于经验自我。

二、究竟何种视角为第一人称回顾性叙述中的常规视角?

在第一人称回顾性叙述中,究竟叙述自我的视角为常规视角还是经验自我的视角为常规视角?在回答这一问题之前,我们不妨先看看查特曼为何否认叙述者视角的存在。像热奈特等其他叙述学家一样,查特曼

---

① S. Rimmon-Kenan, *Narrative Fiction*, p. 86.

区分了叙述声音和叙述视角(参见本章第一节)。但他的这一区分是建立在"故事"与"话语"的区分之上的。查特曼认为在任何一种叙事形式中,叙述声音均属于"话语"范畴,视角则属于"故事"范畴,因为只有故事中的人物才能目睹事件的发生。① 人们通常认为全知叙述者一般从自己的角度来观察故事事件,而查特曼却认为这样的看法混淆了故事与话语的界限,因为全知叙述者处于故事之外,不可能目睹事件的发生,谈论他的视角也就毫无意义,观察角度仅属于故事中的人物。然而,在我们看来,将视角完全囿于"故事"范畴,这本身就是对故事与话语之间界限的混淆。查特曼自己下的定义是:"故事"是被叙述的内容,"话语"是表达故事的方式。② 叙述视角为表达故事的方式之一,在这个意义上,它属于话语范畴,而不是故事范畴。诚然,叙述者常常借用故事中人物的眼光来观察事件。可以说充当叙述视角的人物的眼光具有双重性质:它既是故事内容的一部分也是叙述技巧的一部分。至于故事之外的全知叙述者为何能观察到故事内的情况,这无疑是叙事规约在起作用。由于这些约定俗成的程式的存在,处于另一时空中的全知叙述者不仅能"目睹"故事中人物的言行,而且能透视人物的内心。在谈到第一人称叙述时,查特曼说:

> 虽然第一人称叙述者曾经目睹了故事中的事件和物体,但他的叙述是在事过之后,因此属于记忆性质,而不属于视觉性质……叙述者表达的是对自己在故事中的视觉和想法的回忆,而不是故事中的视觉和想法本身。③

这里我们首先得弄清楚两点:(1)无论在第一人称还是在第三人称叙述中,叙述视角均不囿于故事范畴。(2)故事中人物的视觉和想法只有在被叙述者用于叙述时才成为叙述视角,否则它们仅仅是被叙述的内容的一部分(参见本章第一节)。至于回忆究竟是否具有视觉性质,我们从自

---

① S. Chatman, *Coming to Terms*, pp. 142—146.
② S. Chatman, *Story and Discourse*, p. 19.
③ S. Chatman, *Coming to Terms*, pp. 144—145.

身的经验中就可得出结论。我们在回忆往事时,往事常常历历在目,一幅幅的情景呈现在脑海中。回忆的过程往往就是用现在的眼光来观察往事的过程。如果说故事外的全知叙述者需依据叙述规约来观察事件的话,第一人称叙述者对往事的观察则是自然而然的。我们可以断言在第一人称回顾性叙述中,叙述者从目前的角度来观察往事的视角为常规视角。这与热奈特的看法一致。但令人遗憾的是,热奈特没有从回忆本身构成一种观察角度这点入手来阐明问题,而是过分突出了叙述者的声音。在上面所引的那段文字中,他强调的就是叙述者"有权以自己的名义讲话",有权"插入自己当前的'见解'"等。在讨论聚焦时集中谈论叙述者的声音自然有混淆叙述眼光和叙述声音之嫌。针对热奈特的那段话,查特曼毫不客气地批评道:"叙述者的评论与人物的视觉是两码事。"[1] 我们认为,叙述者的评论与人物的视觉确实是两码事,但我们应该看到,第一人称叙述者对往事的回忆本身具有视觉性质,它不仅构成一种观察角度,而且构成这种叙述模式中的常规视角。

三、经验自我的视角与人物有限视角在修辞效果上的差异

如果在第一人称叙述中,叙述者追忆往事的眼光构成常规视角的话,那么它就与第三人称人物有限视角叙述有了本质性的差异,因为后者的常规视角属于故事中的聚焦人物,而不是故事外的叙述者。正是由于这一本质性差异的存在,第一人称叙述者采用自己过去经历事件时的眼光来叙述时,会产生不同的修辞效果。让我们看看菲茨杰拉尔德《了不起的盖茨比》第三章中的一段:

> 我们正坐在一张桌子旁边,同桌的还有一位年龄跟我差不多的男人……在节目的间歇,他微笑着看了看我,彬彬有礼地说:"您看上去面熟。战争期间,您在第三师当过兵,对吧?""对呀,在第九机枪营。""我在第七步兵团一直呆到1918年7月,我就知道我以前在哪

---

[1] S. Chatman, *Coming to Terms*, p. 145.

见过您。"我们谈起了法国的某些多雨、灰暗的小村庄。看来他就住在附近,因为他告诉我他刚买了一架水上飞机,明天一早就要试飞。……我正要问他贵姓时,乔丹回过头来,微笑着问我:"现在快活了吧?""好多了。"我又转向了刚刚结识的那位:"这个晚会对我来说有点特别。我连主人的面都没见过。我就住在那边——"我挥手指了指那边模糊不清的栅栏,接着说:"这位盖茨比先生派他的司机给我送来了请柬。"他好像听不懂我的话似的看了我一会,猛地说:"我就是盖茨比。""什么!"我大叫了一声,"哦,真对不起。""我以为你知道我呢,老兄,恐怕我不是一个很好的主人。"……

试比较:

  我们正坐在一张桌子旁边,同桌的还有盖茨比。当时我一点也不知道这个同桌的男人就是盖茨比,只觉得他的年龄与我不相上下……在节目的间歇,盖茨比微笑着看了看我,彬彬有礼地说:"您看上去面熟……"……我们谈起了法国的某些多雨、灰暗的小村庄。我当时猜想他就住在附近,因为他告诉我他刚买了一架水上飞机……我正要问他姓名时,乔丹回过头来……我又转向了刚刚认识的盖茨比,糊里糊涂地跟他说:"这个晚会对我来说有点特别。我连主人的面都没见过……这位盖茨比先生派他的司机给我送来了请柬。"他好像听不懂我的话似的看了我一会,猛地说:"我就是盖茨比。""什么!"我大叫了一声,"哦,真对不起。"我真没想到他就是盖茨比……

这里描述的是"我"与盖茨比第一次见面时的情形。不难发现,在上面的两种不同聚焦形式中,比较版中的视角为常规视角。当叙述自我从现在的角度来观察这一幕时,坐在桌旁的人在他眼中已不是一位陌生的男子,而是他早已认识的盖茨比。在原小说中,叙述自我放弃了目前的观察角度,改为从当年经验自我的角度来聚焦,读者只能像当年的"我"那样面对盖茨比却不知其为何人,这就造成了悬念。

在第三人称人物有限视角叙述中,这样的悬念十分常见,因为读者只

能跟故事中的人物一样逐步地去认识其他人物,如亨利·詹姆斯《专使》第一章中的一段:

……他离开前台,在大厅里迎面碰上一位女士。她突然下了决心似的与他对视着。她的五官谈不上十分年轻、漂亮,但富于表情,看上去挺顺眼。他好像最近见过这张脸。他们面对着僵持了一会,然后他想起来了:前一天在他落脚的前一个旅馆——也是在大厅里——他注意到她与他那艘船所属公司里的人谈了一会。……他与他的新朋友走到了旅馆的花园里。十分钟后,他同意去房间梳洗一下,然后回到这里与她会面。他想看看市容,他们打算马上一块去。……他们正要穿过旅馆的大厅往街上走时,她突然停住脚步问他:"您去查了我的名字吗?"他只能停下来笑着反问道:"那您查了我的吗?""啊,当然——您一走,我就去前台查问了。您也这样做不是更好吗?"他有点诧异地说:"难道在那位有教养的年轻女服务员看到我们见面就熟了以后还要去向她打听您的名字?"看到他乐中略带惊慌的样子,她忍俊不禁地说:"那不是更应该去打听吗?如果您担心这会影响我的声誉——让人得知我跟一位不知道我姓名的先生走了——那您尽管放心,我一点也不在乎。"她接着说:"这是我的名片,我还有点事需要再跟前台说一声,您不妨利用这点时间好好看看它。"……他看到名片上简单地印着她的名字"玛丽亚·戈斯特雷"……

这里叙述的是《专使》中的聚焦人物斯特雷泽与玛丽亚一见钟情的情景。因篇幅所限,笔者略去了较长篇幅的两人之间的对话、斯特雷泽对玛丽亚的看法以及有关两人关系的想法等等。在斯特雷泽拿到玛丽亚的名片之前,他一直不知道玛丽亚的名字。玛丽亚一直被笼统地称为"跟斯特雷泽交谈的人""这位女士""他的导游""斯特雷泽的同伴"等等。读者也被蒙在鼓里。但与《了不起的盖茨比》中的那段形成对照,这里读者跟斯特雷泽一起发现玛丽亚名字的过程显得十分自然,没有出乎意料之处,因为读者的观察角度只能跟着斯特雷泽的走。他不知道的事情读者也就无从得知。然而,在《了不起的盖茨比》的那段中,叙述者追忆的角度为常规视角,读者期待看到叙述者所观察到的一切。叙述者明明清楚坐在桌旁的男人是盖茨比,却有意不告诉读者,通过转用经验视角的方法来隐瞒盖茨比的姓名和身份。当真相大白时,读者自然会感到十分出乎意料,也许比当年的"我"还要吃惊,这样就加强了喜剧性效果。

在第一人称回顾性叙述中,叙述者还可以通过其他叙述手法来进一步加强拟取得的效果。请看康拉德《黑暗之心》第二章中的一段:

……房子四周没有围篱、栅栏一类的东西,但显然曾经有过,因为不远处有那么六七根细长的木桩,依然立在那里。它们表面粗糙,顶端有雕刻过的圆球状的装饰物……[数页之后,引者]你们还记得吧,我说过我在远处注意到了木桩上的装饰物。它们在这个荒芜坍塌的地方相当引人注目。现在我在近一点的地方突然又看到了它们。看第一眼时,我的头像是躲避拳击似的猛然往后一仰。接着我用望远镜从一根木桩到另一根木桩仔细察看,发现自己原来弄错了。这些圆球样的东西不是装饰品,而是象征物;它们意味深远又令人困惑,惹人注目又令人不安。它们不仅引人深思,还可能曾经为天上觅食的鸷鹰提供了食物。不管怎么说,它们一定为那些不辞辛苦地爬到木桩顶上的蚂蚁提供了食粮。它们本来会更触目惊心——这些木桩顶上的人头——假如它们不是面对房子摆着的话。只有一个头颅,也就是我认出来的第一个是面对我的。我并没有像你们想象的那样受惊吓。我开始时头突然朝后一仰只不过是因为太意外了。你们知道,我原以为会看到一个木制的圆球。

试比较:

……我看到房子附近有半打细长的木桩,当时我以为这是栅栏的残余部分,实际上它们是库兹用来钉人头用的。每个木桩顶端上都有一个人头。我在远处时看不清楚,误以为那些人头是圆球状的木雕装饰物。……

与《了不起的盖茨比》中的那段相类似，这里的悬念通过叙述自我短暂地放弃自己的视角而转用经验自我的视角产生。但与《了不起的盖茨比》中的那段相对照，当这里的经验自我已看清楚了木桩顶上的东西是人头时，读者依然被蒙在鼓里。叙述者仅告诉读者那些圆球状的东西是象征物，接下来大谈它们的特征和意义，就是不直接告诉读者它们的真实面目。也许是为了掩饰自己故意吊读者胃口的做法，叙述者在第一次揭示"它们"的真相时，有意把"它们"放入插入语中，作为已知信息叙述出来（试比较："它们实际上并不是木制圆球，而是人的头颅"）。像这样叙述自我与经验自我交互作用来加强悬念的做法在第一人称叙述中显得十分自然，因为两者本出自一体。

四、无法通用的经验视角

如果我们将第一人称经验自我的视角与第三人称人物视角均视为"经验视角"的话，我们应该看到这两种经验视角不仅在修辞效果上存在差异，而且在有的情况下是无法通用的。让我们看看引自普鲁斯特《追忆似水年华》第五部"女囚"中的一段：

> 我曾经说过，我知道贝戈特是在那一天去世的。我对那些说他是前一天去世的报纸——彼此都重复着同一个调子——的这种不准确十分欣赏。就在前一天，阿尔贝蒂娜遇到过他，她当天晚上就对我讲述了这件事，她甚至因此迟到了一会儿，因为贝戈特跟她聊了很久。毫无疑问，贝戈特是与阿尔贝蒂娜进行最后一次谈话的。她是通过我认识贝戈特的，我已经很久没有看见他了。……我想他心里有点不舒服，因为我重新见他只是为了让另一个人高兴……他们的情感受到了挫伤，他们对我们只怀有一种已经淡薄了的忧伤而又带点轻蔑的感情。很长时间以后我才发现自己错误地指责了报纸不准确，因为那一天，阿尔贝蒂娜根本没有遇到贝戈特，但是，当时我却一

刻也不曾怀疑过她,因为她向我讲述这件事时神态自然,而且我在很久以后才了解她那坦然撒谎的迷人技巧。她所说的、她所招认的真相是实有其事——即我们亲眼看到、我们以一种无可辩驳的方式所得知的事情——所以她就这样在她的生活间隙当中散布了另一种生活的种种插曲,当时我没有怀疑这另一种生活是虚假的,只是在很久以后我才觉察到了这一点。……①

试比较:

  我曾经说过,我听说贝戈特是在那一天去世的。实际上他是前一天去世的。报纸也都说他是前一天去世的。我当时以为报导有误,并对报纸的这种不准确十分欣赏。我之所以会这么想是因为阿尔贝蒂娜说她在前一天遇到过他,她当天晚上就对我撒了这个谎,她说她甚至因此迟到了一会儿……

这一段的开头从形式上看是总结性的回顾性叙述。但叙述者实际上并没有从目前的角度来观察往事(见比较版),而是暗地里换用了经验自我的视角。也就是说,在回顾性视角的外衣里,裹着经验视角的实质性内涵。此外,叙述者还通过遣词造句有意误导读者,譬如,将"就在前一天,阿尔贝蒂娜遇到过他"放在阿尔贝蒂娜的言语行为的前面,使读者容易误将她的谎言当成叙述者也观察到了的事实(试比较:"阿尔贝蒂娜前一天晚上跟我说她白天遇到过他")。后面也有类似的"改头换面"的痕迹,尤其值得注意的是,在"她当天晚上就对我讲述了这件事"这句话后面,因为叙述者略去了"她说"这样的字眼,读者读到的从表面上看已不是阿尔贝蒂娜所说的内容,而是从"我"的角度叙述出来的事实。对于这点,我们可以用下面这句话来验证:

  ……她当天晚上就对我撒了这个谎,她甚至因此迟到了一会儿,

---

① 普鲁斯特:《追忆似水年华》(下册),南京:译林出版社,1994年,第106—107页。笔者对原译文进行了局部修改。

因为贝戈特跟她聊了很久。

不难看出,这句话在逻辑上是不通的,因为一方面说她撒谎,一方面又把她的部分谎言作为事实叙述了出来,因此形成了谎言的实质与事实的外表之间的矛盾。若要解决这一矛盾,就需要加上"她说"这两个字(见比较版)。此外,"毫无疑问,贝戈特是与阿尔贝蒂娜进行最后一次谈话的"这句话虽然有猜测的成分,但对两人谈了话这点并没有任何疑问,因此它也把阿的谎言"事实化"了。

当读者完全相信了那些表面上是从叙述自我的角度观察到的"事实"后,叙述者又突然表白自己上了当、受了骗。这无疑使读者感到极为意外,上下文之间也显得很不协调。读者很可能会感到自己受了骗。而这也许恰恰是叙述者的用心所在。当年的"我"对阿尔贝蒂娜的谎言深信不疑,上了她的当;今天的"我"似乎希望读者分享体会一下自己上当受骗的感觉,间接地领略一下阿尔贝蒂娜坦然撒谎的迷人技巧。然而,读者难以分享当年的"我"对阿尔贝蒂娜的信任,因此只有将阿的谎话"改头换面",使之以叙述者观察到的事实这样的面目出现,才能让读者确信不疑。

上当受骗的读者也许会指责叙述者前后相矛盾,但叙述者可以推说前面用的是自己有权采用的经验自我的视角。这里的叙述手法妙就妙在给经验自我的视角披上了叙述自我视角的外衣。可以说,叙述者巧妙地利用了第一人称叙述中特有的双重视角来达到自己的目的。不难看出,在第三人称叙述中,处于故事外的叙述者根本无法像这样来利用属于故事里某个第三人称人物的经验视角。

在第一人称回顾性叙述中,叙述者还可以通过变动时态等手法使自己目前的视角与过去的经验视角相重合,如菲茨杰拉尔德《了不起的盖茨比》第三章中的一段:

> 管弦乐队七点以前就到了……最后一批游泳的人现在已从海滨归来,正在楼上换衣服;从纽约来的小汽车五个一排地停在了车道上。……供应鸡尾酒的柜台忙得不可开交,侍者在外面的花园里四

第九章 不同叙述视角的分类、性质及其功能 241

处走动,一巡巡地供酒,活跃的空气中充满了欢声笑语。当地球的这一边悄悄地背离太阳时,灯光渐渐亮了起来。管弦乐队现在正在演奏夸张的鸡尾酒乐曲,众人聊天的和声调子也随着升高了一些。笑声越来越多,听到一个让人快活的词,就忍不住开怀大笑……(By seven o'clock the orchestra has arrived .... The last swimmers have come in from the beach **now** and **are dressing** up-stairs; the cars from New York are parked five deep in the drive.... The bar is in full swing, and floating rounds of cocktails permeate the garden outside, until the air is alive with chatter and laughter.... The lights grow brighter as the earth lurches away from the sun, and **now the orchestra is playing yellow cocktail music**, and the opera of voices pitches a Key higher. Laughter is easier minute by minute, spilled with prodigality, tipped out at a cheerful word. ...——黑体为引者所加)

这是第一人称叙述者尼克描写的在盖茨比家举行的晚会的盛况。因为是第一人称回顾性叙述,在这一段之前和之后,尼克都是用过去时叙述,但在这里,时态却突然转为了现在时,仿佛一切都呈现在眼前,正在进行之中。这里的视角也许可以从两个不同的角度来阐释。我们可以说叙述自我在这里暂时放弃了自己追忆性的眼光,采用了经验自我的观察角度来叙述。但在这种情况下,叙述者一般都保留过去时,应该出现的是下面这种过去时(或过去进行时)与表"现在"的时间状语并存的形式:

The last swimmers had come in from the beach **now** and were dressing up-stairs .... The bar **was** in full swing... and **now** the orchestra **was** playing yellow cocktail music....

尽管这一时态上的差别在中文中无法反映出来,在英文中的对照却相当明显。在原文中,由于叙述者用现在时来叙述往事,过去与现在之间的界限被打破。叙述自我似乎已完全沉浸在往事之中,一切都仿佛正在眼前发生;可以说,叙述自我与经验自我已融为一体。这样的重合产生了很强的直接性和生动性。不难看出,这种重合在第一人称叙述中才有可能出现。

有趣的是,在第三人称人物有限视角叙述中,对经验视角的运用也有其独特之处。前面我们引了詹姆斯《专使》第一章中的一段,其中谈到斯特雷泽准备跟玛丽亚一起去逛街,他提出要先回房间梳洗一下:

> 一刻钟之后,当他从楼上下来时,他的女主人所看到的,如果她友好地调整了她的目光就可能看到的,是一个消瘦、肌肉有点松弛的中等个头的男人,也许刚过了中年——五十五岁的样子。脸上让人一眼就注意到的是缺乏血色的深深的肤色,茂盛浓黑的胡子被修剪成典型的美国式样,往下垂得较低,头发依然浓密,但不少已经灰白……从鼻孔到下巴,沿着胡子弯曲的弧线,悠长的岁月刻下了陷得很深、绷得很紧的皱纹,这就是这张脸的基本特征。一位留心的旁观者一定会注意到这些特征当时就被等着斯特雷泽的女士收入了眼帘。

从第一句话中的揣测性成分来看,玛丽亚既是观察者又是被观察的对象。她在这里起的是一面镜子的作用,这面镜子很巧妙、很自然地将聚焦人物斯特雷泽的外貌展现给了读者。我们知道,无论在第一人称还是在第三人称叙述中,除非换用另一主体(叙述者或人物)的旁观视角,否则聚焦人物自己的外貌极难展示出来。在这里,我们得益于玛丽亚这么一面镜子,可她并不是聚焦者,因为她自己也是被观察的对象。观察她的人——即真正的聚焦者——有可能依然是斯特雷泽。也就是说,这里叙述的有可能是斯特雷泽揣测自己在玛丽亚眼中形成的印象。那位"留心的旁观者"也可能是为了衬托斯特雷泽对玛丽亚的反观察而假设的。但倘若这里是第一人称叙述,则很难采用同样的方法:

> 一刻钟之后,当我从楼上下来时,我的女主人所看到的,如果她友好地调整了她的目光就可能看到了的,是一个消瘦、肌肉有点松弛

第九章　不同叙述视角的分类、性质及其功能　　243

的中等个头的男人,也许刚过了中年——五十五岁的样子。脸上让人一眼就注意到的是缺乏血色的深深的肤色……

不难看出,无论采用何种"镜子",第一人称叙述者大谈自己的外貌总会让人感到十分笨拙。但在原文中,用第三人称对聚焦人物自己的外貌进行描写却显得相当自然。在这样的情况下,我们不可忽略人称的差异所起的作用。

五、经验自我与叙述自我视角之间的难以区分

由于经验自我与叙述自我都出自于"我",这两者的视角有时难以区分。热奈特在《叙述话语》一书中曾涉及这两者之间的模糊性。他认为经验自我视角的特点是对事情真相的无知与误解,如果叙述自我也不了解真相,那么这两种视角就"重合"在一起了。① 然而,在我们看来,叙述自我的无知往往不直接影响读者对视角的判断,如下面这段:

伊凡·费多罗维奇当时为什么到我们这里来?——我记得我在当时就曾带着一种近乎不安的心情这样思忖过。这次不幸的驾临,引起了许多严重的后果,后来长时间、甚至几乎永远成了我弄不明白的一个问题……(陀思妥耶夫斯基《卡拉马佐夫兄弟》②)

不难看出,无论叙述自我现在是否知道真相,我们都可以断定这里是回顾性视角而不是经验视角。这不仅因为这里有"当时""后来"等显示回顾性距离的词语,而且因为这一段是总结性的叙述。一般来说,在第一人称叙述中,总结性的片断往往属于回顾性质。当出现场景叙述时,有时则难以断定究竟是哪种视角在起作用,如下面这一小段:

在音乐室里,盖茨比打开了钢琴旁边惟一的一盏灯。他用一根颤抖不已的火柴帮黛茜点燃了烟,跟她在房间另一端的一个长沙发

---

① G. Genette, *Narrative Discourse*, p. 201.
② 人民文学出版社,1981年,第17页。

上坐了下来。那儿除了从大厅闪闪发光的地板上反射回来的光,没有任何其他的光亮。(菲茨杰拉尔德《了不起的盖茨比》第五章)

这样展示出来的场景若出现在第三人称有限视角叙述中,只要它处于聚焦人物的视野之内,我们就可以断定所采用的是聚焦人物的经验视角。但在第一人称叙述中,尽管它处于经验自我的视线之中,我们仍不能肯定聚焦者为经验自我,因为叙述自我也完全可以用自己的眼光追忆出这一场景。这里没有出现任何明确标志追忆视角或经验视角的语言特征(譬如"当时""现在"等词语),因此难以判断叙述者采用的究竟是追忆性的眼光还是当时的经验眼光。第一人称叙述中特有的双重视角容易造成这样的模糊性。这无疑也是其有别于第三人称有限视角的特点之一。

传统文论在探讨视角时,一般仅关注人称上的差异,即第一人称叙述与第三人称(全知)叙述之间的差异。20世纪初以来,随着共同标准的消失、展示人物自我这一需要的增强以及对逼真性的追求,传统的全知叙述逐渐让位于采用人物眼光聚焦的第三人称有限视角叙述。叙事理论界也逐步认识到了这种第三人称叙述与第一人称叙述在视角上的相似,但同时也走向了另一个极端,即将这两种视角完全等同起来。本节旨在通过探讨它们之间的差异,来进一步把握它们的实质,以求更全面地掌握它们的功能和作用。

第四节 从一个生活片段看不同叙述视角的不同功能

在前面几节中,我们从理论上详细讨论了叙述视角的分类,探讨了全知叙述模式的性质和作用,并辨析了第一人称回顾性叙述与第三人称有限视角叙述在视角上的差异。本节拟通过细致分析采用不同视角进行叙述的一个生活片段,从一个侧面进一步说明不同叙述视角所具有的不同功能。在分析方法上,仍将综合利用叙述学和文体学之长,既注重叙述距离的变化,也注重具体词句上的细微选择。

第九章　不同叙述视角的分类、性质及其功能

一、希勒和威兰所提供的分析素材

在1981年出版的《文学导论》一书中,希勒(D. U. Seyler)和威兰(R. A. Wilan)采用了以下几种不同叙述模式来描写一个小小的生活片段:①

(1) 第一人称叙述

　　看着哈里大大咧咧地一头扎进报上的体育新闻里,我明白解脱自己的时刻已经到了。我必须说出来,我必须跟他说"再见"。他让我把果酱递给他,我机械地递了过去。他注意到了我的手在颤抖吗?他看到了我放在门厅里的箱子正在向我招手吗?我猛地把椅子往后一推,一边吃着最后一口烤面包,一边从嗓子眼里挤出了微弱的几个字:"哈里,再见。"跌跌撞撞地奔过去,拿起我的箱子出了大门。当我开车离开围栏时,最后看了房子一眼——恰好看到突如其来的一阵风把仍开着的门猛地给关上了。

　　(I knew as I watched Harry mindlessly burrowing into the sports section of the News that the moment had come to make a break for freedom. I had to say it. I had to say "Good-bye." He asked me to pass the jam, and I mechanically obliged. Had he noticed that my hand was trembling? Had he noticed my suitcase packed and beckoning in the hallway? Suddenly I pushed back my chair, choked out a rather faint "So long, Harry" through a last mouthful of toast, stumbled to my suitcase and out the door. As I drove away from the curb, I gave the house one last glance—just in time to see a sudden gust of wind hurl the still-open door shut.)

(2) 有限全知叙述

　　哈里很快地瞥了一眼幼兽棒球队的得分,却失望地发现他们又

---

① D. U. Seyler and R. A. Wilan, *Introduction to Literature*, California: Alfred, 1981, pp. 159—160.

输了。他们已经写道:"等到明年再说。"他本来就在为麦克威合同一事焦虑不安,这下真是雪上加霜。他想告诉艾丽斯自己有可能失去工作,但只有气无力地说了句:"把果酱给我。"他没有注意到艾丽斯的手在颤抖,也没有听到她用微弱的声音说出的话。当门突然砰地一声关上时,他纳闷地抬起了头,不知道谁会早上七点就来串门。"嗳,那女人哪去了?"他一边问自己,一边步履沉重地走过去开门。但空虚已随风闯了进来,不知不觉地飘过了他的身旁,进到了内屋深处。

(Harry glanced quickly at the Cubs score in the News only to be disappointed by another loss. They were already writing, "Wait till next year." It was just another bit of depression to add to his worries about the McVeigh contract. He wanted to tell Alice that his job was in danger, but all he could manage was a feeble "Pass me the jam." He didn't notice Alice's trembling hand or hear something faint she uttered. And when the door suddenly slammed he looked up, wondering who could be dropping by at seven in the morning. "Now where is that woman," he thought, as he trudged over, annoyed, to open the door. But the emptiness had already entered, drifting by him unnoticed, into the further reaches of the house.)

(3) 客观叙述

一位男人和一位女人面对面地坐在一张铬黄塑料餐桌旁。桌子中间摆着一壶咖啡、一盘烤面包以及一点黄油和果酱。靠近门的地方放着一只箱子。晨报的体育新闻栏将男人的脸遮去了一半。女人忐忑不安地坐在那里,凝视着丈夫露出来的半张脸。他说:"把果酱递过来。"她把果酱递了过去,手在颤颤发抖。突然间,她把椅子往后一推,用微弱的声音说了声:"哈里,再见。"然后快步过去拿起箱子,

第九章 不同叙述视角的分类、性质及其功能　247

走了出去,把门敞在那里。一阵突如其来的风猛地把门给刮闭了,这时哈里抬起了头,脸上露出疑惑不解的神情。

(A man and a woman sat at opposite sides of a chrome and vinyl dinette table. In the center of the table was a pot of coffee, a plate of toast, some butter, and some jam. Near the door stood a suitcase. The man was half hidden by the sports section of the morning paper. The woman was sitting tensely, staring at what she could see of her husband. "Pass the jam," he said. She passed him the jam. Her hand trembled. Suddenly, she pushed back her chair, saying almost inaudibly, "So long, Harry." She walked quickly to the suitcase, picked it up, and went out the door, leaving it open. A sudden gust of wind slammed it shut as Harry looked up with a puzzled expression on his face.)

(4) 编辑性质的全知

有时候,在一个看来不起眼的时刻,我们日常生活中累积起来的各种矛盾会突然爆发。对于哈里和艾丽斯来说,那天早晨他们坐在餐桌旁喝咖啡、吃烤面包时,就出现了这样的情形。这对夫妇看上去十分般配,但实际上,他们只是通过回避一切不愉快的事,才维持了表面上的和谐。哈里没有告诉艾丽斯他面临被解雇的危险,艾丽斯也没跟哈里说,她觉得有必要独自离开一段时间,以寻求真正的自我。当哈里瞥见报上登的幼兽棒球队的得分时,心想:"该死!连棒球也让人心里不痛快,他们又输了。我真希望能够告诉艾丽斯自己失去了麦克威合同——也许还会丢了饭碗!"然而,他仅仅说了句"把果酱递过来。"艾丽斯递果酱时,看到自己的手在颤抖。她不知哈里是否也注意到了。"不管怎样,"她心想,"跟他说再见的时候到了,该自由了。"她站起来,低声说了句:"哈里,再见。"然后过去拿起箱子,走了出去,把门敞在那里。当风把门刮闭时,两人都不知道,倘若那天早晨稍向对方敞开一点心房,他们的生活道路就会大不相同。

(Sometimes an apparently insignificant moment brings to a head all of those unresolved problems we face in our daily lives. Such was the case with Harry and Alice that morning as they sat at breakfast over their coffee and toast. They seemed perfectly matched, but in reality, they merely maintained marital harmony by avoiding bringing up anything unpleasant. Thus it was that Harry had not told Alice he was in danger of being fired, and Alice had not told Harry that she felt it necessary to go off on her own for a while to find out who she really was. As he glanced at the Cubs score in the News, Harry thought, "Damn! Even baseball's getting depressing. They lost again. I wish I could manage to tell Alice about my losing the McVeigh contract—and just maybe my job!" Instead, he simply said, "Pass the jam." As Alice complied, she saw that her hand was trembling. She wondered if Harry had noticed. "No matter," she thought, "This is it—the moment of good-bye, the break for freedom." She arose and, with a half-whispered "So long, Harry," she walked to the suitcase, picked it up, and went out, leaving the door open. As the wind blew the door closed, neither knew that a few words from the heart that morning would have changed the course of their lives.)

不难看出,像希勒和威兰这样采取从不同角度叙述同一个故事的方式,可以使不同叙述视角处于直接对照之中,这无疑有利于衬托出每一种视角的性质、特点和功能。

二、希勒和威兰的分类中存在的理论上的混乱

在进行分析之前,有必要指出希勒和威兰的分类中存在的理论上的混乱。他们在书的这一部分集中探讨的是叙述视角(point of view)这一

问题。他们改写那一生活片段就是为了说明对不同视角的选择会引起各种变化。但从上面这些片段的小标题就可以看出,他们对视角的分类实际上是对叙述者的分类。也就是说,他们将叙述声音与叙述视角完全混为一谈。这样的分类至少在以下三个方面造成了混乱。首先,就第一人称叙述而言,以人称分类无法将"我"作为叙述者回顾往事的视角与"我"作为人物正在经历事件时的视角区分开来。我们不妨比较一下下面这两个例子:

(1)……我机械地递了过去。我当时问自己,不知道哈里是否注意到了我的手在颤抖,也不知道他是否看到了我放在门厅里的箱子在向我招手。

(2)……我机械地递了过去。他注意到了我的手在颤抖吗?他看到了我放在门厅里的箱子正在向我招手吗?

不难发现,在例(1)中出现的是"我"从目前的角度回顾往事的视角。但在例(2)中,通过自由间接引语这一方式体现出来的却是"我"正在经历事件时的视角。虽然两者同属于第一人称叙述,在视角上却迥然相异。也就是说,在探讨视角时,我们不能简单地根据叙述人称分类,而应根据视角的性质分类。对这一问题,我们在前文中已经详述,在此不赘。

此外,因为希勒和威兰将叙述声音与叙述视角混为一谈,他们在"有限全知叙述"这一概念上也出现了混乱。他们给"有限全知叙述"下了这样的定义:作者将全知范围局限于透视一个人物的想法与经验,"我们仿佛就站在这个人物的肩头,通过这个人物的视觉、听觉和想法来观察事件和其他人物。"但在被称为"有限全知叙述"的第二片段里,我们总体上并没有通过哈里的视觉和听觉来观察他人,因为"他没有注意到艾丽斯的手在颤抖,也没有听到她用微弱的声音说出的话"。不难看出,我们不是通过哈里来观察事物,而基本上是通过全知叙述者来观察哈里和艾丽斯。"有限"一词仅适于描述人物感知的局限性,不适于描述第二片段中的这种全知视角。此处的全知叙述者有意"选择"仅仅透视某位主要人物的内

心世界,因此应称为"选择性全知"。在此,我们不妨比较一下用第三人称改写后的第一片段:

> 看着哈里大大咧咧地一头扎进报上的体育新闻里,艾丽斯明白解脱自己的时刻已经到了。她必须说出来,她必须跟他说"再见"。哈里让她把果酱递给他,她机械地递了过去。他注意到了她的手在颤抖吗?他看到了她放在门厅里的箱子正在向她招手吗?……

尽管这是第三人称叙述,但跟第一片段一样,我们不是通过叙述者,而是通过艾丽斯的经验视角在观察事物。很多现代小说都属于这一类型。正如我们在本章第一节里已详细探讨的,在这样的文本里,叙述声音与叙述眼光已不再统一于叙述者,而是分别存在于故事外的叙述者与故事内的聚焦人物这两个不同主体之中。只有在这样的第三人称叙述里,我们才可以说"我们仿佛就站在这个人物的肩头,通过这个人物的视觉、听觉和想法来观察事件和其他人物"。值得强调的是,我们不能再将这样的文本视为全知叙述,因为全知叙述者的眼光已被故事中人物的眼光所替代,我们无法超越人物的视野。如前所述,西方批评界采用了不同的名称来描述这种新的模式,我们觉得"人物有限视角"这一名称较为合理。

"人物有限视角"的根本特点在于叙述声音与叙述视角分别来自于两个不同主体:叙述者与人物。希勒和威兰将叙述者与叙述视角完全混为一谈,因此陷在"全知"的框架里拔不出来,但他们显然知道现代第三人称小说的特点是通过某个"人物的视觉、听觉和想法来观察事件和其他人物"。在给"有限全知叙述"下定义时,他们无意中将"人物有限视角"的特点强加到了这一类别之上,实际上两者在视角上有本质性的差异。我们在本章第一节中曾经提到,我们有必要把"选择性的全知"(即以第二片段为代表的模式)重新定义为:全知叙述者采用自己的眼光来叙事,但仅透视某个主要人物的内心活动。

值得一提的是,虽然"人物有限视角"特指在第三人称叙述中采用的人物视角,但它与第一人称经验视角在本质上十分接近。我们在举例说明"人物有限视角"时,就是简单地将第一片段从第一人称改成了第三人称。然而,尽管这两种叙述模式在视角上不乏相似之处,它们之间的本质性差异依然存在。对此,我们在上一节中已进行了详细论证。

希勒和威兰理论上的混乱也体现在用于描写第三片段的"客观叙述"这一名称上。第三片段的特点在于聚焦者处于故事之外,像摄像机一样从旁观的角度录下了这个生活片段。仅用"客观"一词来描述这样的视角显然是不够的,因为全知叙述者(甚至第一人称叙述者)有时也可以"客观"地进行叙述。希勒和威兰之所以采用"客观"一词,很可能是因为他们考虑的是叙述者的声音,而不是其特定的观察角度。就后者而言,我们不妨将第三片段描述为"摄像式外视角"(详见本章第一节)。

三、实例分析

(一) 对第一人称经验视角的分析

第一片段属于第一人称经验视角,这种视角将读者直接引入"我"经历事件时的内心世界。它具有直接生动、主观片面、较易激发同情心和造成悬念等特点。这种模式一般能让读者直接接触人物的想法。"我必须说出来,我必须跟他说'再见'。……他注意到了我的手在颤抖吗?……"这里采用的自由间接引语是这种视角中一种表达人物内心想法的典型方式。由于没有"我当时心想"这一类引导句,叙述语与人物想法之间不存在任何过渡,因此读者可直接进入人物的内心。人物想法中体现情感因素的各种主观性成分(如重复、疑问句式等)均能在自由间接引语中得到保留(在间接引语中则不然)。如果我们将第一与第四片段中艾丽斯的想法作一比较,不难发现第一段中的想法更好地反映了艾丽斯充满矛盾的内心活动。她一方面密切关注丈夫的一举一动,希望他能注意自己(也许潜意识中还希望他能阻止自己),另一方面又觉得整好的行李正在向自己"招手",发出奔向自由的呼唤。诚然,全知叙述也能展示人物的内心活动,但在第一人称经验视角叙述中,由于我们通过人物的经验眼光来观察一切,因此可以更自然地直接接触人物细致、复杂的内心活动。

如果我们以旁观者的眼光来冷静地审视这一片段，不难发现艾丽斯的看法不乏主观'偏见'。在一些西方国家的早餐桌旁，丈夫看报的情景屡见不鲜，妻子一般习以为常。然而在艾丽斯眼里，哈里是"大大咧咧地一头扎进"新闻里，简直令人难以忍受。与之相对照，在另外三段中，由故事外的叙述者观察到的哈里看报一事显得平常自然，没有令人厌恶之感。在第一片段中，由于读者通过艾丽斯的眼光来观察一切，直接深切地感受到她内心的痛苦，因此容易对她产生同情，倾向于站在她的立场上去观察她丈夫。但有的读者则可能会敏锐地觉察到艾丽斯视角中的主观性，觉察到她不仅是受害者，而且也可能对这场婚姻危机负有责任。通过艾丽斯的主观视角，我们能窥见这一人物敏感、柔弱而又坚强的性格。事实上，人物视角与其说是观察他人的手段，不如说是揭示聚焦人物自己性格的窗口。读者在阐释这种带有一定偏见的视角时，需要积极投入阐释过程。

第一人称经验视角的一个显著特点在于其局限性，读者仅能看到聚焦人物视野之内的事物，这样就容易产生悬念。读者只能随着艾丽斯来观察哈里的外在言行，对他的内心想法和情感仅能做出种种猜测。这也要求读者积极投入阐释过程，不断做出自己的判断。

（二）对有限全知叙述的分析

第二片段属于有限全知叙述。尽管全知叙述者可以洞察一切，但他将注意力集中到哈里身上，仅揭示哈里的内心活动。与第四片段相对照，这里的全知叙述者不对人物和事件发表评论，这与"第三人称人物有限视角叙述"中的叙述者相似（试比较上面用第三人称改写后的第一片段），但相似之处仅局限于叙述声音，在视角上两者则形成鲜明对照。如前所述，在"第三人称人物有限视角叙述"中，全知叙述者放弃自己的眼光，转为采用人物的眼光来叙事，但在"有限全知叙述"中，视角依然是全知叙述者的。在这一片段中，我们随着叙述者的眼光来观察哈里，观察哈里应该注意却没有注意到的艾丽斯的言行。完全沉浸在个人世界中的哈里对妻子离家出走竟然毫无察觉，当门突然关闭时，还以为是有人一大早来串门，这无论在叙述者眼里还是在读者眼里都显得荒唐可笑，因此取得了一种戏剧性反讽的效果。由于故事外的全知叙述者无论在情感上还是在智力水平上，与哈里都有一定的距离，对他保持了一种较为客观超然的观察姿态，因此读者也倾向于同哈里这位对妻子麻木不仁、对外界反应迟钝的人物保持一定的距离。

倘若我们将第一与第二片段的视角作一比较，不难发现它们之间的本质性差别不在于人称，也不在于从以艾丽斯为中心转到以哈里为中心，而在于从故事内的人物视角转到了故事外的全知叙述者的视角。由于这位凌驾于哈里之上的全知叙述者的干预，故事的逼真性、自然性和生动性都在一定程度上被减弱。这在表达哈里内心活动的形式上也有所体现。这里没有像第一片段那样采用自由间接引语的形式，而是采用了"内心分析"这种有较强叙述干预的形式。读者读到的是"失望""焦虑不安""他想告诉"等被叙述者分析总结出来的笼统抽象的词语，没有直接接触，也难以深切感受哈里的内心活动，这势必减弱读者对哈里的同情。诚然，由于全知叙述者仅揭示哈里的内心活动，读者对艾丽斯的情感和想法不甚了解，因此仍倾向于同情哈里。此外，由于全知叙述者有选择地告诉读者一些信息，读者需要较积极地投入阐释过程，对艾丽斯的内心以及这两个人物之间的关系等需做出自己的推断。这与第四片段中传统的全知叙述模式形成了对照，我们不妨在下面进行一番比较。

（三）对全知叙述模式的分析

第四片段属于传统的全知叙述。无所不知的全知叙述者不时发表居高临下的评论，以权威的口吻建立了道德标准。发生在这对夫妇之间的危机被用作典型的范例，来说明一个普遍真理。从观察角度来说，这一片段最为全面，不偏不倚，叙述者轮流透视哈里与艾丽斯两人的内心世界。我们清楚地看到这对夫妇缺乏交流、缺乏了解，他们之间表面的和谐与内在的矛盾冲突形成了鲜明对照，是非关系一目了然，两人对这场婚姻危机都负有责任。由于叙述者将这些信息毫无保留地直接传递给读者，这一片段中不存在任何造成悬念的因素，读者只需接受信息，无须推测，无须主动做出判断,阅读过程显得较为被动和乏味。这种模式能将道德信息明确无误地传递给读者,但难以被具有主动性、不相信高高在上的叙述权威的读者所接受。

值得注意的是,虽然读者可以看到哈里与艾丽斯的内心活动,但与他们的距离仍然相当明显。这主要是因为叙述者居高临下的说教和批评教训式的眼光将这对夫妇摆到了某种"反面"教员的位置上,读者自然难以在思想情感上与他们认同。最后艾丽斯离家出走时,读者很可能不会感到心情沉痛,而只会为这一缺乏沟通造成的后果感到遗憾。值得注意的是,这里的全知叙述者不仅客观,而且还颇有点冷漠。我们不妨比较一下下面这些词语:

第一片段:	第四片段:
一边从嗓子眼里挤出了微弱的几个字	低声说了句
跌跌撞撞地奔过去	走过去
第二片段:	第四片段:
只有气无力地说了句	仅仅说了句

在第四片段中,人物在叙述者的眼里仅仅是用于道德说教的某种"反面"教员,因此在感情上两者之间存在较大距离。叙述者仅注意人物做了什么,采用了一些普通抽象的词语来描写人物的言行,对人物的情感因素可谓视而不见,这势必会加大读者与人物在情感上的距离。这一段中叙述者的冷漠还体现在"当风把门刮闭时"(as the wind blew the door closed)这一分句上。在第一片段中,我们通过艾丽斯的眼光看到的是"突如其来的一阵风把仍开着的门猛地给关上了"。该处突出的是这阵风的出乎意料和将门关闭时动作的猛烈,它深深震撼了艾丽斯的心灵;随着门的关闭,她对婚姻尚存的一线希望也最后破灭了。如果说在第一片段中,风把门刮闭具有象征意义的话,在第四片段中,这一象征意义在叙述者的说教中依然得到了保留,但其具有的感情色彩已荡然无存:"当风把门刮闭时"这一分句既未表达出风的猛烈,也未体现出人物心灵上受到的震撼。这

个句式给人的感觉是,"风把门刮闭"是意料之中的已知信息。然而,在第一片段中,从艾丽斯的角度观察到的这件事,却在句中占据了引人注目的新信息的地位。

从时间上来说,第四片段中叙述者/读者与人物之间的距离也是最大的。在其他三个片段中,我们均在不同程度上感受到被叙述的事情正在眼前发生,而这一片段中两度出现的"那天早晨"这一时间状语明确无误地将故事推向了过去,使其失去了即时性和生动性。

(四)对摄像式外视角的分析

与第四片段形成最鲜明对照的是第三片段,它采用的是全然不涉及人物内心活动的摄像式外视角。一开始就出现了这么一个画面:"一位男人和一位女人面对面地坐在一张铬黄塑料餐桌旁",它明确无误地表明聚焦者完全是局外人,仅起一部摄像机的作用。随着"镜头"的移动,我们看到桌上摆着的早餐,随后又看到了门边的箱子。对这些东西的描述颇有点像剧本里对舞台布景的说明,读者像是在观看舞台上的场景或像是在看电影中的镜头。我们看到报纸"将男人的脸遮去了一半"。与其他片段中对同一事情的描述相比,这种表达法强调了聚焦者的空间位置和视觉印象,试比较:"哈里大大咧咧地一头扎进"(第一片段);"哈里很快地瞥了一眼"(第二片段);"哈里瞥见"(第四片段)。不难看出,"遮去"这个词突出反映了聚焦者作为摄像镜头的本质。接着,我们跟着镜头观察到了女人的表情以及两人一连串具体的外在行为。

像这样的摄像式外聚焦具有较强的逼真性和客观性,并能引起很强的悬念。读者一开始看到的就是一个不协调的画面:画面上出现的早餐使人想到家庭生活的舒适温馨,男人看报也显得自然放松,但女人却"紧张不安"地坐在那里,让人觉得费解;她随后的一连串举动也让读者觉得难以理解。读者脑海里难免出现一连串的问号:这女人为何忐忑不安地坐在那里?她的手为何颤抖?她为什么要急匆匆地出门?这两人之间究竟发生了什么事情?对于这些问题,读者不仅无法从人物的内心活动中找到答案,而且也难以从"把果酱递过来""哈里,再见"这两句仅有的人物言语中找到任何线索。读者有可能揣测女人之所以紧张不安是因为她做了对丈夫难以启齿的事，或者她准备瞒着丈夫为他做出重大牺牲，等等。由于这些问号的存在和答案的不确定，读者需要积极投入阐释过程，不断地探索，以求形成较为合乎情理的阐释。

在读这一片段时，尽管读者身临其境之感是所有片段中最强的，仿佛一切都正在眼前发生，但读者与人物之间的情感距离却是最大的。这主要是因为人物对读者来说始终是个谜，后者作为猜谜的旁观者无法与前者认同。这种感情上的疏离恰恰与人物之间感情上的疏离相呼应，这位男人和女人之间谜一样的关系也无疑增加了两人之间的距离，这对体现人与人之间难以相互沟通的主题起到了积极的作用。

但这种模式的局限性也是显而易见的。与电影和戏剧相比，小说的一大长处在于文字这种媒介使作者能自然揭示人物的内心世界（在电影中只能通过旁白，戏剧中则只能采用独白这样较为笨拙的外在形式）。这一片段的聚焦是电影、戏剧式的，完全放弃了小说在揭示人物内心活动这一方面的优越性。这对于表达这一片段的主题十分不利，因为它涉及的是夫妻间的关系这样敏感的内在心理问题，难以仅仅通过人物的外在言行充分体现出来。读者对很多问题感到费解，也许还会产生种种误解。一般来说，这种摄像式外聚焦比较适用于戏剧性强，以不断产生悬念为重要目的情节小说，而不适合于心理问题小说。

以上四个片段仅从一个侧面反映了四种不同视角的性质和功能。这四个片段的故事内容大致相同，但叙述视角相异，因此能引起读者种种不同的反应，产生大相径庭的效果。每一种视角都有其特定的长处和局限性，有其特定的侧重面。本节的目的不是探索何种视角更为优越，而是旨在从一个侧面揭示不同视角具有的不同功能和作用。

第五节　视角越界现象

在本章第一节中，我们首先探讨了如何区分视角类型的问题，接下来,我们又探研了不同视角类型所具有的不同性质和功能。在本节中,我们将集中讨论视角越界这一问题。20世纪西方叙事理论界颇为注重对各种视角模式的区分和界定,但令人遗憾的是,叙述学家们对屡见不鲜的视角越界现象熟视无睹(文体学家对此问题更是不予关注)。当然,这也有例外,热奈特在《叙述话语》中就曾谈及视角越界的现象。① 但正如我们将要进一步讨论的,热奈特的论述本身不乏理论上的混乱。本节拟从一些实例入手,来较为深入地探讨视角越界的本质和作用。首先,让我们看看舍伍德·安德森的短篇小说《鸡蛋》中的视角越界现象。

一、从安德森的《鸡蛋》看视角越界

《鸡蛋》(*The Egg*)被公认为是安德森最成功的作品之一,它采用的是第一人称回顾性视角。但与狄更斯的《远大前程》等作品中的第一人称回顾性视角形成对照,在《鸡蛋》中,除了个别例外之处,叙述者的回顾性视角与他自己当初的经验视角在视野的局限和情感的投入等方面并无多大差别,因此我们不妨仍然将《鸡蛋》中的视角看成"内视角"。

《鸡蛋》讲述了一个被打破的美国梦。故事的主人公原为农场工人,结婚后在雄心勃勃的妻子的促动下,办起了自己的养鸡场,艰苦奋斗了十年却没有成功,于是改行换业,在比德韦尔镇附近开了一家日夜餐馆。为了实现其美国梦,他决定为顾客提供娱乐性服务,以招徕客人,他尤其想讨好从镇上来的年轻人。在等候数日之后,一天夜里果然有一位从镇上来的名叫乔·凯恩的年轻人光临其餐馆,他终于盼来了一个施展自己"表演才能"的机会。当他使出浑身解数在这位客人面前用鸡蛋表演戏法时,却接连受挫,直至溅了满身蛋液,使乔·凯恩忍俊不禁。这时他恼羞成怒,抓起一个鸡蛋朝乔·凯恩扔了过去,于是,他想讨好客人的计划以得罪客人而告终。

这戏剧性的一幕发生时,故事的第一人称叙述者——主人公的儿

---

① G. Genette, *Narrative Discourse*, pp. 194—197.

子——正在楼上熟睡。他与他的母亲被他父亲的咆哮声惊醒,几分钟后气疯了的父亲爬上楼来,向他母亲哭诉了在楼下发生的事。按常规而论,表达这一幕仅有一个途径,即由叙述者转述他旁听到的他父亲的话。但安德森却一反惯例,安排他的叙述者作了这么一番陈述:

> 我已经忘了我母亲对父亲讲了些什么以及她是如何劝服父亲说出在楼下发生的事的。我也忘了父亲所作的解释⋯⋯至于在楼下发生了什么事,出于无法解释的原因,我居然像当时在场目睹了父亲的窘况一样了如指掌。一个人早晚会知道很多莫名其妙的事情。

在进行了这样的铺垫之后,这位不在场的叙述者就摇身一变,堂而皇之地以目击者的身份对所发生的事开始了展示性的描述。以目击者的眼光来直接展示自己不在场的事件是全知视角(以及戏剧式或电影式等第三人称外视角)的"专利"。① 从某种意义上来说,《鸡蛋》的叙述者超越了内视角的边界,侵入了全知视角(或第三人称外视角)的领域。诚然,他为这一转换做了铺垫,但这个以"忘了⋯⋯也忘了"等字眼为基础的铺垫是十分笨拙的。这位叙述者并非健忘之人,他对当时的情景实际上仍记忆犹新,他对父亲上楼时的神态作了如下描写:"他手上拿着一个鸡蛋,他的手像打寒战一样颤抖着,他的眼光半疯半傻。当他站在那儿怒视着我们时,我想他一定会将鸡蛋朝我或母亲扔过来。这时他小心地将鸡蛋放到了桌上的灯旁,在母亲的床边跪了下来⋯⋯"。一位记忆如此清晰的人怎么可能会将他父亲的解释忘得一干二净呢?显然这是作者特意进行的安排。此外,用"无法解释""莫名其妙"等词语来为叙述者冒充目睹者找根据也是较为牵强的。值得注意的是,这位叙述者对其所冒充的目击者的身份并不满足,他不时地像全知叙述者一样对他所观察的人物进行内心

---

① 如第一节所述,有的叙述学家主张将第一人称回顾性视角与第三人称外视角合为一类,统统视为"外视角"。然而,与第三人称外聚焦者相对照,第一人称外聚焦者无法享受目击自己不在场的事件的特权,这无疑为我们区分"第一人称外视角"与"第三人称外视角"又提供了一个依据。

第九章 不同叙述视角的分类、性质及其功能 259

描述。对于这一越界现象,文中未进行任何铺垫。也许再聪明的作者也难以为这种赤裸裸的侵权行为找出合适的理由。

《鸡蛋》的叙述者为何不十分自然地转述其父亲的话,而要"非法地"冒充全知叙述者来描述这一幕呢?在回答这一问题之前,我们不妨先看看有关片段:

……火车晚点了三个小时,于是乔·凯恩来到了我们的餐馆,想在这儿闲逛着等火车。……餐馆里除了父亲,仅剩下了乔·凯恩一人。这位从比德韦尔来的年轻人肯定一进我们的餐馆就对父亲的举动感到困惑不解。他认为父亲对他在餐馆里闲呆着颇为恼火。他察觉到这位餐馆老板对他的存在明显地感到不安,因此他想走出去。然而外面开始下雨了,他不愿意走很长的路回城,然后再走回来。……他抱歉地对父亲说:"我在等夜班车,它晚点了。"父亲从未见过乔·凯恩。他一言不发地盯着他的客人看了很长时间。他毫无疑问正在受到怯场心理的袭击。就像经常在生活中发生的那样,他曾经对这一场面日思夜想,现在身临其境,则不免有些神经紧张。首先,他不知道自己的手该怎么办。他紧张地将一只手伸过柜台去跟乔·凯恩握手。"您好,"他说。乔·凯恩将读着的报纸放了下来,瞪着他。父亲的眼光碰巧落在了放在柜台上的一篮鸡蛋上,这下他找着了话头。"嗯,"他犹犹豫豫地说道,"嗯,您听说过哥伦布吧?"父亲看上去颇为愤慨。他断然宣称:"那个哥伦布是个骗子。他说可以让鸡蛋立起来。他这么说,他这么做,可他竟然无耻地把鸡蛋的一头给打破了。"在这位客人看来,我父亲说起哥伦布的奸诈时,简直神经不正常。他又嘟哝又咒骂。……他一边埋怨哥伦布,一边从柜台上的篮子里拿出一个鸡蛋,然后开始来回走动。他在两个手掌之间滚动着鸡蛋,露出了友好的微笑。他开始叽里咕噜地谈论人身上发出的电会对鸡蛋产生什么效果。……他把鸡蛋立在柜台上,那蛋却倒在了一边。他一遍又一遍地尝试这个戏法,每次都把鸡蛋在手掌之间滚来滚去,同时谈论着万有引力定律以及电能可以带来的奇迹。……由于他浑身燃烧着戏剧表演者的激情，同时也因为他对第一个把戏的失败感到十分窘迫，父亲现在从书架上把那些装着畸形家禽的瓶子拿了下来，请他的客人观赏。"您喜欢像这个家伙一样长七条腿和两个脑袋吗？"他边问边展示着他的最出色的珍品。他的脸上露出了欢快的微笑。……他的客人看到浮在瓶子酒液中的异常畸形的幼禽尸体感到有些恶心，就起身往外走。父亲从柜台后面走了过来，他抓住这位年轻人的手臂，将他领回了他的座位。父亲有些生气，他不得不把脸背过去一会儿，并强迫自己发出微笑。然后他把瓶子放回了书架上。……他表示要开始表演一种新的戏法。父亲对着他的客人挤眉弄眼，咧着嘴笑。乔·凯恩断定他面前的这个人有点精神失常，但还不至于伤人。他喝着父亲免费供给他的咖啡，又开始读起报纸来。……父亲持续不断地尝试着，一种孤注一掷的决心完全占据了他的心灵。当他认为把戏终于即将大功告成时，晚点的火车进站了，乔·凯恩开始冷漠地向门口走去。父亲作了最后的拼死努力来征服鸡蛋，想通过鸡蛋的举动为自己竖一块很会招待他的客人的招牌。他反复摆弄着鸡蛋。他试图对它更粗暴一些。他咒骂着，他的额头上渗出了汗珠。鸡蛋在他的手下破裂了。当蛋液喷了他一身时，停在了门口的乔·凯恩转过身来，哈哈大笑。一声愤怒的咆哮从我父亲的喉头发出。他暴跳着，吼出来一串含糊不清的词语。他从柜台上的篮子里抓出另一个鸡蛋朝乔·凯恩扔了过去，险些击中这位躲出门去逃跑了的年轻人的脑袋。

　　这一幕是整个故事的高潮和表达主题的关键场景。这个故事在某种意义上是一个"有关人类失败的寓言"①，其主题可概括为：一个头脑简单的小人物在雄心壮志的驱使下去干自己力不能及之事，结果难免惨遭失败和精神痛苦。这一悲剧性主题主要是通过叙述者的父亲（以下简称"父

---

① I. Howe, *Sherwood Anderson*, Stanford: Stanford Univ. Press, reprinted 1968, p. 170.

亲")在此幕中的滑稽喜剧式的失败来表达的,这是蕴涵着喜剧因素的悲剧,我们权且称之为"喜悲剧"。《鸡蛋》这篇作品的成功在很大程度上来自于贯穿全篇的"喜悲剧"效果。这幕"喜悲剧"只有在深夜客人散尽、妻儿熟睡、父亲单独与乔·凯恩在一起时才可能发生。按照常规,只能由父亲自己将此事说出来,然后由叙述者转述给他的受述者。而父亲本人丝毫没有意识到自己的荒唐可笑,由他来"哭诉"这一幕,滑稽因素无疑会丧失殆尽。安德森没有出此下策;为了表达出喜剧效果,他安排不在场的叙述者冒充目击者来进行描述。可是仅仅如此还不能完全解决问题。作为儿子的叙述者对父亲的深切同情难免会大大缩短对于表达喜剧效果必不可缺的叙述距离。此外,这一幕的滑稽喜剧性效果在很大程度上来自于乔·凯恩对父亲举动的种种误解,要揭示这些误解就必须了解乔·凯恩的内心活动,而这也是第一人称叙述者所力不能及的。在此真正需要的是既能保持叙述距离又能洞察人物内心世界的全知视角。然而,按常规而论,第一人称叙述者是无法采用全知视角的。因此,《鸡蛋》这篇作品在此只好侵权越界、偷梁换柱,在内视角的外衣下,加进了全知视角的实质性因素。在下面这一简表中,我们对此可窥见一斑:

内视角模式的特征与全知视角的特征

〔1〕人称方面

"我们的""我父亲"(**内视角**)

"这位餐馆老板"(**全知视角**)

〔2〕对人物内心观察方面

"这位从比德韦尔来的年轻人肯定一进我们的餐馆就对父亲的举动感到困惑不解";"父亲看上去颇为愤慨"(**内视角**)

"他认为父亲对他在餐馆里闲呆着颇为恼火。他察觉到这位餐馆老板对他的存在明显地感到不安,因此他想走出去";"乔·凯恩断定他面前的这个人是有点精神失常,但不至于伤人"(**全知视角**)

〔3〕在叙述距离方面

"正在受到怯场心理的袭击""断然宣称""浑身燃烧着戏剧表演者的

激情""畸形家禽""异常畸形的幼禽尸体"(全知视角)

也许有人要问,像"畸形家禽"(poultry monstrosities)这样一个完全中性的词语怎么能体现出叙述距离上的特色呢? 在此,我们需要对比一下叙述者在尚未侵入全知模式时,是如何看待同一物体的。在"父亲"的眼里,这些畸形小鸡是艺术珍品,它们未能存活是生活的一大悲剧。作为儿子的叙述者多少受了父亲的感染,在尚未侵权越界时,他称它们为"可怜的小东西""小小的畸形的东西",这些词语饱含他对这些小鸡的怜爱之情。他还三次重复使用容易引起艺术方面联想的"the grotesques"(形状怪诞的动物或人)一词来描述它们。事实上,"the grotesque"是舍伍德·安德森笔下《俄亥俄州瓦恩斯堡镇》等作品的重要主题之一。批评家戴维·安德森曾就舍伍德·安德森对此词的特定用法作了如下评价:

> 通常用于指涉人时,"grotesque"一词蕴涵"厌恶"或"强烈反感"之义,但安德森对此词的用法却截然不同。在他的眼里,怪人犹如畸形的苹果,这些苹果虽然因为有毛病而被遗忘在果园里,却是最为甘甜的。也许正是使它们遭遗弃的瑕疵增加了它们的美味。安德森像对待这样的苹果一样来对待他故事中的怪人,因为他深知这些人物畸形的来源和本质与他们内在的价值相比是微不足道的。作为人,他们需要也值得我们理解和同情。①

在《鸡蛋》里,小鸡的畸形显然象征着父亲精神上的畸形。在视角越界发生之前,富有象征意义和感情色彩的"grotesque"一词被连续三次用于描写小鸡的畸形,而缺乏象征意义又冷冰冰的"monstrosity"(畸形)一词却被拒之门外。与此形成鲜明对照,在上引视角越界的那一片段中,"grotesque"一词被"monstrosity"一词所取代,我们读到的均为"异常畸形的幼禽尸体"和"畸形家禽"这样不带任何艺术和感情色彩的词语。在这样的语境中,"他的最出色的珍品"这一短语显露出十分强烈的讽刺嘲

---

① D. Anderson, "Sherwood Anderson's Moments of Insight," in D. Anderson (ed.), *Critical Essays on Sherwood Anderson*, Boston: Hall, 1981, pp. 159—160.

弄的口吻。而在视角越界之前,用于描写同一物体的"他的最重要的珍品"这一短语则不具讽刺色彩。这个变化从一个角度微妙地表明第一人称叙述者的眼光在这里实质上已经被更冷静、超然的全知模式的眼光所替代。

如果说在叙述距离方面的侵权尚属暗暗地移花接木的话,在对人物内心的观察方面的侵权则是明目张胆、令人一目了然的。也许有人要问,安德森在这不到十页的短篇作品中,为何不一直采用全知模式,而要先采用第一人称叙述,然后再侵权越界呢?大凡读过《鸡蛋》这一作品的人都会感觉到,假如它未采用第一人称叙述,它就不会获得如此成功。在我们看来,这主要有以下三方面的原因:首先,第一人称代词"我"缩短了叙述者与读者之间的距离,容易引起读者的共鸣。开篇第一句话"我确信我父亲是天生的好心肠的乐天派"一下就扣住了读者的心弦。在视角尚未越界时,读者的感情移入有效地加强了这个"喜悲剧"中的悲剧效果。此外,第一人称叙述者的主观眼光有利于在描写平淡无奇的事件时产生出喜剧效果。在尚未越界时,喜剧效果主要是通过叙述者那既充满稚气又故作深沉的小大人眼光来表达的。譬如,叙述者对于办养鸡场的艰辛发了这么一番感慨:

......仅有少数几只命中注定要为上帝的神秘目的服务的母鸡和公鸡可以挣扎着活到成年。母鸡下蛋,从蛋里又出来小鸡,这个糟透了的循环就完成了。整个过程复杂得令人难以置信。大多数哲学家一定都是在养鸡场被养大的。人们对小鸡寄予如此厚望,又感到如此幻灭。刚刚走上生活旅途的小鸡看上去是那么聪明伶俐、活泼敏捷,实际上它们愚蠢之极。它们与人是那样的相似,简直把人对生活的判断都给弄糊涂了......

如果说这里面蕴涵着深刻的人生哲理的话,这些哲理也是通过幼稚并略带偏激的眼光表达出来的。这种来自于"半哲学""半宗教"的幽默显然只能出自第一人称叙述者之口,全知全能的叙述者是难以变得如此幼稚可笑的。这种"小大人"眼光无疑也给读者提供了观察生活的新视角和新感受。更重要的一点是,《鸡蛋》里的第一人称叙述成功地造成了四个结构层次之间的交互作用:(1)被叙述的事件本身、(2)叙述者幼年体验事件时的眼光、(3)叙述者追忆往事时较为成熟的眼光、(4)叙述者未意识到但读者在阅读时却领会到了的更深一层的意义。这四个层次构成的"四重奏"是第一人称回顾性叙述特有的"专利"。既然第一人称叙述长处颇多,安德森采用它也就理所当然。可是每一种叙述模式或视角模式均不仅有其长,也有其短。一般来说,作者选用一种模式也就同时选择了其优劣利弊。在《鸡蛋》的那一片段里,倘若安德森屈从于第一人称内视角的局限性,滑稽喜剧效果就会丧失殆尽。而要摆脱这种局限性,则只有一条出路,即视角越界。

令人遗憾的是,在我所读到的有关《鸡蛋》的评论中,没有任何批评家从视角越界这一角度来阐释这一较为典型的视角越界的片段。在《诺顿短篇小说选:教师手册》中,卡希尔仅从安德森强调想象力的作用这一角度来阐释该片段。卡希尔显然没有看出来叙述者的一番表白:"至于在楼下发生了什么事,出于无法解释的原因,我居然像当时在场目睹了父亲的窘况一样了如指掌。一个人早晚会知道很多莫名其妙的事情"实际上是叙述者为视角越界所做的铺垫,卡希尔完全将此话当了真,因此他把一切效果都归结于想象力的作用。他说:

> 与故事假设的真实现在(real present)比起来,这个想象出来的场景更为具体也更为客观。其中的直接对话和父亲与乔·凯恩之间的戏剧性交往,是故事中其他部分难以媲美的。这个被发明出来或想象出来的场景还具有较强的喜剧效果,为读者接受后来的伤感做了铺垫。①

我们认为卡希尔的阐释有以下几方面的问题。首先,这一场景中由

---

① R. Cassill, *The Norton Anthology of Short Fiction: Instructor's Handbook*, New York: Norton, 1977, p. 2.

直接对话和人物的戏剧性行为体现出来的具体性,实际上主要跟热奈特所说的"时距"有关①,与想象力并没有直接的因果关系(我们应该记住整个故事都是作者想象力的产物)。《鸡蛋》全文不足九页,故事则历时十多年之久。平均起来,故事中一年以上的时间所占篇幅仅为一页。然而,上面这一段中的事情仅持续了短短三小时,但却占去了整个文本四分之一的篇幅。这是因为在叙述故事的其他部分时,叙述者采用的基本上都是"总结性叙述"的方式,而在叙述上面这一段时,却改用了详细的"场景叙述"的方式。这是意料之中的事,因为依据惯例,在叙述故事的高潮或关键事件时,一般都采用"场景叙述"的方式。在"场景叙述"中,叙述者一般都会对人物的对话和行为进行戏剧式的直接展示。这样来看,上面的这一片段比其他部分更为具体,是不足为奇的,这种具体性是由其特定的叙述方式决定的,而不是所谓想象力的作用。其次,把这一段中叙述者的客观超脱归结于想象力的作用也是站不住脚的,因为据此我们只能得出一个荒谬的结论:即这位叙述者在生活中对父亲很有感情,但在想象中却对父亲漠然相看。其实,在用全知视角叙述出来的"真实"场景中,这样的客观超脱是屡见不鲜的(因此全知视角能较好地表达出喜剧效果)。在上面那一段中,叙述距离之所以被拓宽,实际上是因为第一人称叙述者的眼光实质上已经被全知叙述眼光所替代。只有从视角越界这个角度来看待这个问题,我们才能把握住问题的实质。再者,卡希尔对于第一人称叙述者对乔·凯恩的内心透视,未能做出任何解释。倘若他说"在想象出来的场景中,第一人称叙述者可以看到他人的内心活动",那也就过于牵强了。很显然,《鸡蛋》中的这一段与其他段落之间的不同,从根本上来说,是由于视角越界造成的,而不是想象力的作用。

值得一提的是,在安德森采用第一人称叙述的作品中,叙述者倾向于以"想象力"为幌子,来克服视野上的局限性。在《鸡蛋》中,这个幌子就用了不止一次。在文本的前一部分,叙述者在详细讲述了他父亲招待客人

---

① G. Genette, *Narrative Discourse*, pp. 86ff.

的计划之后,赶紧做了这样的解释:"我并不想给你们留下一个父亲夸夸其谈的印象。我曾经说过,他这人不善言辞。他一遍又一遍地说,'他们需要有地方去。我跟你说,他们需要有地方去。他就说了这两句话。我自己的想象力补上了他没有表达出来的内容。"很显然,叙述者在这里不得不借助于"想象力",否则要么会扭曲父亲的形象,要么难以让读者了解父亲的计划。在全知叙述中,则不会存在这样的问题,因为全知叙述者可以揭示父亲的内心想法,只要进入父亲的内心就能既让读者详细了解父亲的计划,又不会使笨嘴笨舌的父亲显得夸夸其谈。但在第一人称叙述中,叙述者则不得不求助于"想象力"这个幌子。

另一位美国批评家欧文·豪在《舍伍德·安德森》一书中,对该片段的叙述作了这样的评价:"叙述者有意避免了直接的戏剧方式,平静地讲述了在楼下店铺里发生了的事情。"① 从"平静"这一词语来看,欧文·豪觉察到了此片段在叙述距离上的变化,但他显然未能悟出其原因。值得注意的是,叙述者的口吻在该场景中虽然更客观超然,但却充满了幽默讽刺色彩。从这点上来说,是很有戏剧性的。欧文·豪的阐释无意中几乎将该片段中的滑稽喜剧效果"一笔抹杀"了。我们认为这些批评家之所以抓不住要害,主要是因为西方叙事批评理论长期以来一直忽略视角越界的现象。

二、其他作品中的视角越界现象

前面曾提到每一种视角模式都有其长处和局限性,在采用了某种模式之后,如果不想受其局限性的束缚,往往只能侵权越界。在第一人称叙述中(无论叙述者是故事的中心人物还是处于边缘的旁观者,也无论视角来自于叙述自我还是经验自我),视角越界典型地表现为侵入全知模式。在普鲁斯特的长篇巨著《追忆似水年华》中,出现了比《鸡蛋》中更为醒目的这类越界现象,譬如:

---

① I. Howe, *Sherwood Anderson*, p. 169.

第九章 不同叙述视角的分类、性质及其功能　267

……他吃了几只土豆,离开家门去参观画展。刚一踏上台阶,他就感到头晕目眩。他从几幅画前面走过,感到如此虚假的艺术实在枯燥无味而且毫无用处,还比不上威尼斯的宫殿或者海边简朴的房屋的新鲜空气和阳光。最后,他来到弗美尔的画前,他记得这幅画比他熟悉的其他画更有光彩更不一般,然而,由于批评家的文章,他第一次注意到一些穿蓝衣服的小人物,沙子是玫瑰红的,最后是那一小块黄色墙面的珍贵材料。他头晕得更加厉害;他目不转睛地紧盯住这一小块珍贵的黄色墙面,犹如小孩盯住他想捉住的一只黄蝴蝶看。"我也该这样写,"他说,"我最后几本书太枯燥了,应该涂上几层色彩,好让我的句子本身变得珍贵,就像这一小块黄色的墙面。"这时,严重的眩晕并没有过去。……他心想:"我可不愿让晚报把我当成这次画展的杂闻来谈。"他重复再三:"带挡雨披檐的一小块黄色墙面,一小块黄色墙面。"与此同时,他跌坐在一张环形沙发上;刹那间他不再想他有生命危险,他重又乐观起来,心想:"这仅仅是没有熟透的那些土豆引起的消化不良,毫无关系。"又一阵眩晕向他袭来,他从沙发滚到地上,所有的参观者和守卫都朝他跑去。他死了。……①

这是第一人称叙述者马塞尔对文学大师贝戈特之死的描述。实际上,贝戈特死时,马塞尔根本不在场。与《鸡蛋》中的那一例不同,马塞尔没有为自己冒充目击者作任何铺垫、找任何借口。此外,这里对全知模式的侵入也无疑更为赤裸裸,采用直接引语的形式详细揭示了贝戈特临终前的内心想法。毋庸置疑,能够透视贝戈特复杂内心活动的全知模式,是这里唯一理想的模式,只有采用这种"超凡"的视角,才能生动地展现出大师的艺术家的心境和临死不变的脱俗、乐观的心态及想法。在这里,普鲁斯特显然已经把"逼真性"完全抛在了脑后,否则是不会让第一人称叙述者这样明目张胆地侵权越界的。让我们再看看菲茨杰拉尔德《了不起的盖茨比》第八章中的一段:

---

① 普鲁斯特:《追忆似水年华》(下册),第106页。

在这寻欢作乐的朦胧世界里,黛茜重新开始随波逐流。突然间,她又跟以前一样,每天跟半打男人约会,**黎明时分才晕晕沉沉地睡下,床边的地上,晚礼服上的珠子和花边与蔫了的散乱的兰花混搅在一起。她当时心里总涌出一种要做出决定的愿望。她想现在就定下她的终身大事,马上就定——但是需要有某种力量来使她下决心——**就手可得的爱情、金钱或者完善的实际条件。(黑体为引者所加)

这一段是由第一人称叙述者尼克转述出来的盖茨比的描述。在事件发生时,盖茨比和尼克均远离黛茜,不可能知道她卧室中的情况,也难以得知她内心的想法。当然,盖茨比可以运用自己的想象力来进行推测,但这段描述却不是以推测的形式出现的,而是以全知的视角叙述出来的事实。也就是说,发生了向全知模式的短暂越界。与这样明显的越界现象相对照,有时作品中出现的越界现象多少有些模棱两可,譬如舍伍德·安德森《林中之死》中的一段:

她怎样才能喂饱所有的东西呢?——这就是她的麻烦事。狗得喂。仓里喂马和牛的干草已经不够了。如果她不喂鸡,那它们怎么会下蛋呢?如果没有鸡蛋拿去卖,她又怎能在镇上买回农场里必不可少的那些东西呢?……

《林中之死》采用的是第一人称旁观叙述的模式,由一位男孩观察一位饱受生活磨难的农妇。上面这一段可以从两个不同的角度来阐释:一方面我们可以将其视为(第一人称叙述者)用自由间接引语表达出来的农妇的自言自语或内心想法;另一方面我们也可以将其视为第一人称叙述者以同情的语气,对这位农妇发出的评论。就第一种阐释而言,视角发生了向全知模式的越界;但就第二种阐释来说,则没有发生越界的现象。之所以产生这样的模棱两可,是因为在这一作品中,叙述者有时在叙述层上也采用疑问句和惊叹句,因此这一段中的疑问句已失去了区分人物话语和叙述话语的决定性作用。这种现象在第一人称叙述中较为常见。我们

第九章 不同叙述视角的分类、性质及其功能　269

不妨再看看菲茨杰拉尔德《了不起的盖茨比》中的一段：

　　黛茜的眼光离开了我，转向了灯火明亮的台阶顶端。一首名为《清晨三点》的华尔兹乐曲从敞开的门中悠然飘出，这是那年流行的一支很棒的伤感的小曲子。不管怎么说，在盖茨比家晚会随意的氛围中，存在着她自己的圈子里无处寻觅的浪漫机遇。那支曲子中有什么东西像是在召唤她回到屋里去呢？在朦胧之中现在又会发生什么不可预料的事情呢？也许一位意想不到的客人会突然降临，这是一位极为出众、令人赞叹、真正光彩照人的年轻姑娘，她只需用清新的眼光看上盖茨比一眼，他们俩只需神秘地接触一下，就足以消除盖茨比五年来毫无动摇的忠心耿耿。我那天在盖茨比家呆到很晚才走。……（第六章）

这一段的开头采用的是第一人称叙述者尼克的视角，但随后出现的一连串问句在视角上却是模棱两可的，这种模棱两可直到第一人称代词"我"出现之后方消除。我们可以将中间这一段看成是尼克用自由间接引语表达出来的黛茜的内心想法，从中体会到黛茜对盖茨比的生活方式的依恋，对失去他的爱的担心，对别的姑娘的戒心和嫉妒。但另一方面我们也可以将之视为尼克自己针对黛茜发出的一番感慨，一番猜测和评论。就第一种阐释而言，视角发生了向全知模式的越界；然而，就第二种阐释来说，则没有发生越界的现象。这种模棱两可来自于自由间接引语这一形式本身。自由间接引语在人称和时态上与叙述语保持一致，又无引号和引导句等标志，因此常常难以与叙述语区分开来。诚然，在第三人称叙述中，倘若叙述者属于客观超然一类，我们往往可以依据语气、疑问句、惊叹句以及其他表达主观色彩的成分来区分人物话语和叙述话语。但在较为个性化的第一人称叙述中，则一般难以这样区分。由于叙述话语与人物话语的难以区分，文字的对话性得到增强，语义的蕴含量也更为深厚。

另一种较为常见的视角越界，是从第三人称外视角侵入全知视角。有趣的是，在海明威的《白象似的山丘》，这一被叙述学家们奉为外视角范例的短篇小说中,也存在着这种越界现象。热奈特给第三人称外视角模式下了这样的定义:我们只能看到主人公在我们面前的表演,却始终都无法知道主人公的思想和情感。① 在《白象似的山丘》中,有这么几句话:"他在酒吧喝了一杯茴香酒,看了看周围的人。他们都正在通情达理地等火车(They were all waiting reasonably for the train)。他穿过珠子门帘走了出去。"倘若是在别的作品中,"他们都正在通情达理地等火车"这样的话语很可能是叙述者的评论。但在海明威的这篇作品中,叙述者却旨在充当录音机和摄影机,拒绝进行任何道德评论。我们可以从上下文推断出"他们都正在通情达理地等火车"是被自由间接引语式表达出来的男主人公"他"的内心想法。也就是说,在此短暂地发生了从外视角向全知视角的越界。在《经典短篇小说》一书中,博纳针对这句话,提出了这么一个问题:"当男主角在喝茴香酒时,心想,'他们都正在通情达理地等火车'。'通情达理'一词究竟具有什么效果?"②博纳显然将这里出现人物内心想法看成是自然而然的事,根本没有从视角越界的角度来考虑这一问题。但他着重点出"通情达理"一词却是不无道理的。《白象似的山丘》主要以对话的形式叙述了一对美国男女在等火车时的一个生活片段。从他们的对话和有关描述中,我们可以推断出这是一对婚外情人,女的已怀孕,男的在竭力说服她做人工流产,但她不愿意这么做。出于自私,男的十分坚持自己的立场,把女的逼到近乎歇斯底里的地步。"他们都正在通情达理地等火车"是故事将要结束时,出现在男主角心中的想法。从表面上看,"通情达理"一词似乎隐含着男方对女方的不满,因为在他看来,女方不够通情达理。但实际上,读者这时已看清了他本人的自私自利和对女方的不理解、不尊重,因此很可能会将此词视为对他本人自我中心的某种反讽。值得强调的是,由于这里短暂地出现的人物的想法,是对整个文本视角模式的临时偏离,因此显得更为突出,更为重要,也更值得注意。

---

① G. Genette, *Narrative Discourse*, p. 190.
② C. H. Bohner, *Classic Short Fiction*, Upper Saddle River: Prentice Hall, 1986, p. 464.

还有一种越界现象是从全知视角侵入内视角。在亨利·詹姆斯的《黛茜·米勒》的开头部分,有这么几句话:

> 两三年前,一位年轻的美国人坐在三冠旅馆的花园里,颇为悠闲地观赏着我提到的那些优美的景物。至于他最注意的是它们与美国的矿泉或海滨胜地的相似还是相异之处,那我就不大清楚了。那是一个美丽的夏日清晨,无论这位年轻的美国人用什么方式来看这些东西,它们都一定在他的眼里显得十分迷人。

这里的"他"指的是故事的男主角温特伯恩。这段中表示不了解情况的"我不大清楚",以及表示猜测的"它们都一定"等词语是(第一人称)内视角模式的典型用语。然而这个声称不了解温特伯恩内心活动的"我"并非故事之内的旁观者,而是一位全知叙述者,他只是短暂地从全知视角侵入了内视角模式。

三、依据"是否违规"来区分视角越界

我们应该弄清楚"视角越界"与"(在某视角模式之内的)视点转换"或"视角模式的转换"之间的界限。在我们看来,他们之间的本质区别在于:前者是'违反常规的'或'违法的',而后两者是'合法的'。上面所引的《黛茜·米勒》中的那一段之所以被视为"视角越界"而不是"视点转换"或"视角模式的转换",主要是因为全知叙述者一般无权采用或转用(第一人称)内视角。如果全知叙述者直言声称自己不知道人物的内心想法,就'违规'侵入了(第一人称)内视角的范畴。应当指出的是,这样的判断标准并不是绝对的。我们知道,在菲尔丁的《汤姆·琼斯》等早期英国小说和维多利亚时期的小说中,全知叙述者时而声称自己是不知情的旁观者。倘若这已成为当时全知叙述模式的一种惯例,它也就赢得了'合法的'地位。但至少在后来的小说中,这种情况并不常见,没有构成一种常规。因此,我们可以将《黛茜·米勒》中的那一段视为"视角越界"。

在《黛茜·米勒》这一作品中,全知叙述者经常从故事之外的俯视或

旁观角度转为采用男主角温特伯恩的眼光来叙述。在通常情况下,在全知视角模式里短暂地采用人物的眼光仅属于该模式内部的"视点转换",谈不上是"视角越界",也不能算是"视角模式的转换",因为无固定视点的全知叙述者有权采用任何人物的眼光。然而,像在《黛茜·米勒》里这样大篇幅地采用人物的眼光已导致了视角模式的转换。我们可以说此作品中的全知视角经常转向(第三人称固定)内视角模式,而且后者占据了主导地位。不难看出,"视角模式的转换"有别于"视角越界"。这两种结构之间的区别也可以在《鸡蛋》的那一段中从另一个角度来看清楚。在那一段中,假设包括叙述人称在内的所有特征都变成了全知视角的特征:"……这位从比德韦尔来的年轻人一进他们开的餐馆就对餐馆老板的举动感到困惑不解……",那就构成了向全知视角模式的转换。当然,这种转换是不允许发生的(第一人称叙述者无法变成第三人称全知叙述者),因此只能在内视角模式中向全知视角模式侵权越界。值得一提的是,与鲜为人注意的"视角越界"相对照,"(在某视角模式之内的)视点转换"或"视角模式之间的转换"已引起了较为广泛的兴趣。令人遗憾的是,热奈特在《叙述话语》一书中将这三种结构形式混为一谈。我们不妨看看他下面这段话:

> 在叙述过程中产生的"视点"变化可以作为视角的变化来分析,譬如《包法利夫人》中的视角变化:我们可称之为变换性视角,全知模式加上对视野的部分限制,等等。……但是视角变化,尤其当它孤立地出现于前后连贯的上下文中时,**同样可以作为一时**越出支配该上下文的规范的现象来分析,但这个规范的存在并不因此被动摇……①(黑体为引者所加)

不难看出,热奈特要么将"视角变化"与"视角越界"等同起来,要么将视角变化的长短作为唯一的区分标准。实际上,区分"视角越界"与"视角变化"的最科学和最可靠的标准是前面提到的'合法性',因为它涉及的是

---

① G. Genette, *Narrative Discourse*, p. 195.

第九章 不同叙述视角的分类、性质及其功能 273

视角改变的性质而不是长短之量。在《鸡蛋》那一例中，视角改变长达整个文本的四分之一，但因为第一人称叙述者无权透视其他人物的内心，这一变化依然构成向全知模式的'违法'越界。而《黛茜·米勒》那段中的视角变化虽然很短暂，但假如全知叙述者没有直言声称不知道温特伯恩的内心想法，而只是采用了外在的旁观角度来叙述（仍然称温特伯恩为"一位年轻的美国人"），它就只会构成向（第三人称）外视角的合法转换，而不会构成向（第一人称）内视角的违法越界。实际上，在不少采用全知视角的小说中，为了制造悬念，全知叙述者一开始都通过外视角的方式，暂时隐瞒作品中人物的姓名和身份，这些都是'合法转换'。虽然这种'合法转换'和'违法越界'均会造成一定的悬念（譬如《黛茜·米勒》中那一段的读者会想知道那位年轻的美国人究竟是谁？他最注意的是什么？），但很可能'违法越界'造成的悬念更强。更重要的是，当读者发现这个声称不知情的"我"实际上是全知叙述者时，有可能会对他的可靠性产生怀疑，而在合法转换视角的情况下，则不会对叙述者的可靠性产生任何影响。

值得注意的是，虽然在全知视角与（第一人称）内视角之间完全可以分清"非法越界"与"合法转换"这两种不同的结构特征，但在全知视角与（第三人称）外视角之间却难以进行这种区分，因为我们可以从两个不同的角度来理解这种外视角的规约性质。一方面我们可以将（第三人称）外聚焦者看成真正无法透视人物内心的旁观者。在这种理解下，倘若他/她揭示了人物的内心活动，我们就可将之视为"非法越界"。但另一方面，我们也可以将（第三人称）外视角看成是全知叙述者对自己的视野进行的一种限制，也就是说聚焦者实质上仍然是全知的。从这个角度看，如果外视角侵入了全知视角，我们就可将之视为全知叙述者在自己权力范围内进行的一种视角转换。就目前的情况来看，这两种理解应该说都是合理的。

我们知道，视角模式并非自然天成，而是在叙事文学家的实践中产生的。我们只能依据他们的实践或常规惯例来进行判断。在采用所谓"全知"模式的小说中，聚焦者一般并不对每个人物都进行内心观察，对于次要人物和反面人物更是如此。因为这种情况在全知模式中屡见不鲜，因此我们可以将之视为该模式本身的特征之一。更重要的是,很多全知叙述者时常短暂地采用人物的眼光来叙述。其结果,短暂的(第三人称)内视角也就成了全知视角的内在特征之一,仅构成这种视角内部的"视点转换"。然而,在采用全知视角的小说中,较长篇幅的(第三人称)内视角则不常见,它们也就难以成为全知视角本身的特征。在采用全知视角的作品中,如果出现了较长篇幅的(第三人称)内视角,我们应当将其视为这两种模式之间的转换。

值得一提的是,视角模式内部的"视点转换"并非仅在全知模式中发生。在我们讨论过的"转换式内视角"或"多重式内视角"中,模式内部的"视点转换"更是一种必然存在,因为这两种模式的特征就是从一个人物的视点转为另一人物的视点。与视角模式之间的转换一样,模式内部的视点转换是完全'合法'的,因此可以与'违法'越界区分开来。

在热奈特看来,视角越界可以分为两大类。他将其中一类称为"省叙"(paralipsis),即叙述者故意对读者隐瞒一些必要的信息。传统的省叙是在"内视角模式中略去**聚焦主人公**的某个重要行动或想法。无论是主人公还是叙述者都不可能不知道这个行动或想法,但叙述者故意要对读者隐瞒"。① 热奈特举了几个典型的例子。譬如,"斯丹达尔在《阿尔芒斯》中通过主人公多次的假独白来掩饰显然时时刻刻萦回于他脑际的中心思想:他的阳痿。"② 同样,在克里斯蒂(Agatha Christie)的《罗杰·艾克罗伊德谋杀案》(*The Murder of Roger Ackroyd*)这样的作品中,聚焦者为凶手本人,而叙述者在叙述时,有意从凶手的"思想"中抹去对凶杀的记忆。

在我们看来,热奈特对"省叙"的讨论混淆了叙述视角与叙述声音之间的界限,因为"省叙"并没有改变视角。在上面提到的这些侦探小说中,虽然凶手对凶杀的记忆被抹去,但文本中出现的依然是凶手的(其他)思

---

① G. Genette, *Narrative Discourse*, p. 196. 黑体为引者所加。
② 热奈特:《叙事话语、新叙事话语》,第 134 页。

想,视角的性质没有任何改变。同样,在《阿尔芒斯》中,虽然斯丹达尔略去了主人公有关自己阳痿的想法,但文本中出现的假独白依然是主人公的想法,视角仍然为内视角;实际上,"省叙"与叙述视角无关,但与叙述声音却直接相关,因为它是叙述者在采用某种视角之后,在不改变视角的情况下,对该视角中出现的某些信息的故意隐瞒。如果遇到这种情况,我们可以从语用学的角度来分析叙述者的叙述行为,指出这是叙述者为了制造悬念,有意违反了格赖斯提出的交流中有关信息量的行为准则,没有给读者提供足够的信息。①

热奈特将另一类视角越界称为"赘叙"(paralepsis),即提供的信息量比所采用的视角模式原则上许可的要多。它既可表现为在外视角模式中透视某个人物的内心想法;也可表现为在内视角模式中,由聚焦人物透视其他人物的内心活动或者观察自己不在场的某个场景。这是名副其实的视角越界。前面所提到的海明威《白象似的山丘》中的那一例属于外视角中的"赘叙",而《鸡蛋》中的第一人称叙述者对乔·凯恩的内心透视和《追忆似水年华》中根本不在场的马塞尔对贝戈特临终前内心想法的透视,均可看成是内视角中的"赘叙"。

在叙事文学中出现的"赘叙"有可能是作者或叙述者为了取得某种效果故意采用的技巧,但也有可能是漫不经意间犯下的"错误"。无论属于何种情况,由于"赘叙"一般"非法"超出了所采用的视角模式的范畴,形成了文本中偏离常规的突出现象,因此它常常在客观上(一般并非作者的本意)暗暗地起到了某种"元小说"(metafiction)的作用,因为它促使读者注意到作品的虚构本质和视角模式的局限性,并注意到视角模式的惯例性质,即各模式之间的界限都是依据惯例人为地造成的,并非不可逾越的天然障碍。实际上,任何一种"视角越界"都可能会在一定程度上促使读者意识到视角模式的局限性或惯例性。我们可以将之视为视角越界现象的

---

① See H. P. Grice, "Logic and Conversation," in P. Cole and J. Morgan (eds.), *Syntax and Semantics*, Vol. 3: *Speech Acts*, pp. 45—46.

共同特点。

四、隐性越界

在叙事文学中,还时常出现"隐性越界"的现象。我们不妨将"隐性越界"定义为"叙述者采用了别的视角模式的典型叙述方法,但没有超越本视角模式的极限"。这个定义看上去有一个明显的"问题",即混淆了视角(眼光)和叙述(声音)这两者之间的界限。其实这个问题在前文中就已经出现了。一般地说,应该十分注意这一区分,但在实践中即使本书作者也发现有时难以将视角(眼光)和叙述(声音)分开讨论。譬如,在全知视角模式中,全知叙述者不仅能观察到人物的内心活动,而且在语气上通常也比(第一人称)内视角中的叙述者更为客观、超然。这两个特征,前者仅与视点有关,后者却与叙述声音直接相关。在讨论《鸡蛋》中的那一片段时,我们就同时讨论了这两个特征。一般来说,仅仅在叙述语气或叙述风格等方面发生的变化都不会构成"显性越界",而顶多只会构成"隐性越界"。

在《鸡蛋》这篇作品的开头部分,就有"隐性越界"的现象。第一人称叙述者采用历史现在时(historic present)和第二人称代词对受述者(读者)发表了一大段充满"哲理"的评论(上面所引的叙述者对于办养鸡场的艰辛所发的感慨就是其中的一段)。这种直接对读者而发的具有"普遍真理"的评论很少见于第一人称叙述,而常见于全知叙述,属于全知视角模式的典型特征。由于全知叙述者的评论往往带有客观性和权威性,读者在见到这种特属于全知模式的评论方式时,会很自然地期待它具有这些性质。而《鸡蛋》中的叙述者却是个"小大人",他的哲理是通过幼稚并略带偏激的话语表达出来的。在这种带有权威性的评论方式的反衬下,他的幼稚和偏激显得格外突出,有效地加强了喜剧效果。不难看出,《鸡蛋》的叙述者在此并未超出所采用的视角的极限,他仅仅是借用了全知模式的典型叙述手法,因此只能算是"隐性越界"。"隐性越界"的现象迄今尚未引起叙事理论界的注意,但我们认为这是一个颇值得探讨的领域。

在本节中,我们从《鸡蛋》这一作品入手,对视角越界现象进行了较为全面深入的探讨。这主要想起到一种抛砖引玉的作用。视角越界现象迄今为止尚未引起批评界的注意。笔者1995年在荷兰和1996年在美国的有关国际学术会议上论及这一现象时,均引起了与会者的关注和重视。①今后我们在阐释叙事作品时,如果注意从视角越界的角度来观察有关问题,也许会有一些新的发现,也许能够对产生作品中有关效果的原因做出更确切的解释。

本章从不同的角度对叙述视角进行了探讨。这是叙述学与文体学的一个重要的重合之处。两者之间另外一个不容忽视的重合面为表达人物话语的不同方式,这是下一章要集中探讨的内容。

---

① 参见拙文"Breaking Conventional Barriers: Transgressions of Modes of Focalization," in *New Perspectives on Narrative Perspective*, New York: SUNY Press, 2001, pp. 159—172.

第十章

人物话语的不同表达形式及其功能

人物话语是小说的重要组成部分。很多小说家注重用人物的言辞和思想来塑造人物,推动情节发展。在传统文学批评中,人们一般仅注意人物话语本身——看其是否符合人物身份,是否具有个性特征,是否有力地刻画了人物等等。随着文体学和叙述学的兴起,批评家愈来愈关注表达人物话语的不同方式。这是文体学和叙述学在研究领域上的一个重要重合面。在论述两者之间的关系时,我们曾提到叙述学家与文体学家在此走到一起是出于不同的原因。叙述学家之所以对表达人物话语的不同形式感兴趣,是因为这些形式是调节叙述距离的重要工具。叙述学家对语言特征本身并不直接感兴趣,他们的兴趣在于叙述者(及受述者)与叙述对象之间的关系。当这一关系通过语句上的特征体现出来时,他们才会关注语言本身。而文体学家却对语言选择本身感兴趣。"直接引语""间接引语""自由间接引语"等等是表达同一内容的不同语言形式,自然会吸引文体学家的注意力。在分析中,文体学家明显地更注重这些表达形式在语言上的特征(除人称、时态的变化外,还有词汇、句型、标点的种种变化)。

如果把小说同电影和戏剧加以比较,就会发现人物话语的不同表达形式是小说艺术的"专利"。在电影和戏剧中,观众直接听到人物的原话;而在小说中,人物的话语则需由处于另一时空中的叙述者转述给读者。叙述者可原原本本地引述人物言词,也可仅概要转述人物话语的内容;可以用引号,也可省去引号;可以在人物话语前面加上引述句,也可省略引述句,如此等等。这种对人物语言进行"编辑"或"加工"的自由,无疑是小说家特有的。

不难看出,表达人物话语的方式与人物话语之间的关系是形式与内容的关系。同样的人物话语采用不同的表达方式就会产生不同的效果。这些效果是"形式"赋予"内容"的新的意义。因此,变换人物话语的表达方式成为小说家用以控制叙述角度和叙述距离,变换感情色彩及语气的有效工具。

第一节 人物话语表达形式的分类

人物话语的不同表达方式早在古希腊时期就开始有人注意。在柏拉图的《共和国》第三卷中,苏格拉底区分了"摹仿"和"讲述"这两种方式:"摹仿",即直接展示人物话语;"讲述"则是诗人用自己的言辞来转述人物的话语。这大致相当于后来的直接引语与间接引语之分。但这种两分法远远不能满足小说批评的需要。20 世纪以来,西方批评界陆续出现了一些评论其他表达方式的文章,但一般仅涉及一两种形式。英国批评家佩奇对小说中人物话语的表达方式进行了细腻、系统的分类。共分八种:[1]

1. 直接引语,如:"There are some happy creeturs," Mrs Gamp observed, "as time runs back'ards with, and you are one, Mrs Mould..."("有那么些幸运的人儿",甘朴太太说,"连时光都跟着他们往回溜,您就是这么个人,莫尔德太太……"——引自狄更斯的《马丁·米述尔维特》)。这是甘朴太太的恭维话,说莫尔德太太显得如何年轻。此例中的"creeturs"和"back'ards"均为非标准拼写,句法也不规范。直接引

---

[1] N. Page, *Speech in the English Novel*, London: Longman, 1973, pp. 35—38.

语使用引号来"原原本本"地记录人物话语,保留其各种特征。它通常带有"某人说"的这类的引述句。

2. 被遮覆的引语,如:Mrs Gamp complimented Mrs Mould on her youthful appearance(甘朴太太恭维莫尔德太太显得年轻)。又如:张飞每日在门前叫骂(——引自《三国演义》)。在这一形式中,叙述者仅对人物话语的内容进行概括性的介绍。人物的具体言词往往被叙述者的编辑加工所"遮覆"。这一形式被英国文体学家利奇和肖特称为"言语行为的叙述体"①。

3. 间接引语,如:Mrs Gamp observed that some fortunate people, of whom Mrs Mould was one, seemed to be unaffected by time(甘朴太太说包括莫尔德太太在内的一些幸运的人似乎不受光阴流逝的影响)。在这一形式中,叙述者用引述动词加从句来转述人物话语的具体内容。它要求根据叙述者所处的时空变动人称和时态,指示代词及时间、地点状语等等。此外,具有人物特点的语言成分,譬如非标准发音或语法,粗俗或带情绪色彩的用词等,一般都被代之以叙述者自己的冷静、客观、正式的言辞。

4. "平行的"间接引语,如:Mrs Gamp observed that there were some happy creatures that time ran backwards with, and that Mrs Mould was one of them(甘朴太太说有些幸运的人儿连时光都随着他们倒流,莫尔德太太就是其中一位)。由于采用了两个平行的从句,这一形式要比正规的间接引语接近人物的原话,但它要求词句标准化,不保留非规范的发音和语法结构:

5. "带特色的"间接引语,如:Mrs Gamp observed that there were some happy creatures as time ran back'ards with, and that Mrs Mould was one of them(甘朴太太说有那么些幸运的人儿连时光都跟着他们往回溜,莫尔德太太就是其中一位)。所谓"带特色",即保留人物话语的色

---

① G. Leech and M. Short, *Style in Fiction*, pp. 323—324.

彩。在这种间接引语的转述从句中,叙述者或多或少地放弃自己的干预权,在本该使用自己的客观规范的言辞的地方保留人物的一些独特的语言成分(如独特的发音、俚语、带情绪色彩的用词或标点等,时间和地点状语也保留不变)。

6. 自由间接引语,如:There were some happy creatures that time ran backwards with, and Mrs Mould was one of them(有些幸运的人儿连时光都随着他们倒流,莫尔德太太就是其中一位)。这种形式在人称和时态上与正规的间接引语一致,但它不带引述句,转述语本身为独立的句子。因摆脱了引述句,受叙述语语境的压力较小,这一形式常常保留体现人物主体意识的语言成分,如疑问句式或感叹句式,不完整的句子、口语化或带感情色彩的语言成分,以及原话中的时间、地点状语等(但一般采用标准拼写)。令人遗憾的是,佩奇的例证未能明显反映出自由间接引语的这一典型特征。应当指出,自由间接引语尽管在人称和时态上形同间接引语,但在其他语言成分上往往跟直接引语十分相似,故被德国批评家利思(G. Leith)称为"准直接引语"。这是19世纪以来西方小说中极为常见、极为重要的引语形式。法国作家拉封丹(1621—1695)在《寓言诗》中,英国小说家亨利·菲尔丁(1707—1754)、范妮·伯尼(Fanny Burney, 1752—1840)、德国作家歌德(1749—1832)等在各自的作品中,都运用过这种形式。英国小说家简·奥斯丁(1775—1817)在作品中较为大量地采用了这一形式。在她之后,法国小说家福楼拜用得更为频繁、更加成功,使之充分显示出优越性,从而在现代小说中大量涌现。但这一形式并非一开始就引起了评论界的注意,英美评论界直至20世纪60年代才赋之以固定名称。但在德国,卡莱普基(Kalepky)19世纪末就注意到它,并命名为"朦胧的话语",另一批评家洛克(Lorck)则在1921年第一次使用了沿用至今的"被体验的话语"。法语语言学家巴利(Bally)在1912年将之命名为"自由间接风格"。这一命名影响甚大,英美评论界的"自由间接话语""自由间接引语"或"间接自由引语"等概念,都从中得到启示。

7. 自由直接引语,如:There are some happy creeturs as time runs

back'ards with, and you are one, Mrs Mould...（有那么些幸运的人儿连时光都跟着他们往回溜，您就是这么个人，莫尔德太太……）。这一形式仍"原本"记录人物话语，但它不带引号也不带引述句，故比直接引语"自由"。利奇和肖特认为也可把仅省略引号或仅省略引述句的表达形式称为"自由直接引语"。①

8. 从间接引语"滑入"直接引语，如 Mrs Gamp observed that there were some happy creatures that time ran backwards with, "and you are one, Mrs Mould"（甘朴太太说有些幸运的人儿连时光都随着他们倒流，"您就是这么一位，莫尔德太太"）。这句话从开始的间接引语突然转入直接引语。值得一提的是，"滑入"并不局限于从间接引语转入直接引语。我们可以把从一种形式出人意料地转入另一形式的现象统称为"滑入"。《红楼梦》第三章的这一段中，也有"滑入"的现象：

　　　　这黛玉常听母亲说，他外祖母家与别人家不同，他近日所见的这几个三等的仆妇，吃穿用度，已是不凡，**何况今至其家，都要步步留心，时时在意，不要多说一句话，不可多行一步路，恐被人耻笑了去。**（黑体为引者所加）

如果在佩奇的例证中，"滑入"十分引人注目的话，此例中的"滑入"却十分微妙。它从开始的叙述描写隐蔽地转入人物的想法，使读者能直接接触人物的内心活动。再如蒋子龙《燕赵悲歌》中的一小段：

　　　　再摸摸左边的炕，也是空的，深更半夜的大闺女明英又跑到哪儿去了？

在中文中，因无时态变化，又常省略人称代词，因此这一类的"滑入"往往显得较为自然。

我们认为，佩奇的分类法有两个问题：首先，对"间接引语"和"'平行的'间接引语"的区分并无必要。"间接引语"所指范围较广，若根据接近

---

① See G. Leech and M. Short, *Style in Fiction*, p. 322.

第十章 人物话语的不同表达形式及其功能 283

人物的原话的不同程度区分还可分出好几类,"自由间接引语"也是如此。为了避免繁琐,未"带特色"的间接引语就可统称为"间接引语"。此外,佩奇的引语形式排列不够规则:从"直接引语"到最间接的"'被遮覆的'引语",然后再到较为直接的"间接引语"。利奇和肖特根据叙述者介入的不同程度对引语形式进行了如下有规则的排列:①

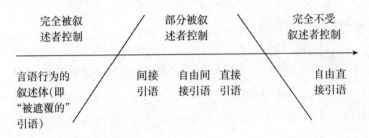

利奇和肖特未列入"滑入"这一形式,因为"滑入"可由任一引语形式突然转入任一其他引语形式,故难以在此表上找到位置。此外,佩奇的"'带特色的'间接引语"也未被列入此表。这是因为利奇和肖特对佩奇的分类有异议。他们认为应该将"带特色的"间接引语视为自由间接引语。如:

He said that the **bloody** train had been late.（他说那该死的火车晚点了。）

He told her to leave him alone!（他叫她离他远点!）

利奇和肖特认为第一句中的"该死的"和第二句中的惊叹号足以证明这些是自由间接引语。② 这两例从句法上说是间接引语,但词汇或标点却具有自由间接引语的特征。利奇和肖特将之视为自由间接引语,说明他们把词汇和标点看得比句法更为重要。而佩奇则认为鉴别间接引语和自由间接引语的根本标准为句法:在引述句引出的从句中出现的引语必

---

① G. Leech and M. Short, *Style in Fiction*, p. 324.
② Ibid., p. 331.

为间接引语。我们认为佩奇的标准更合乎情理。自由间接引语的"自由"归根结底在于摆脱了从句的限制。不少人物原话中的成分在转述从句中均无法出现,而只能出现在自身为独立句子的自由间接引语中,譬如:

* Clarissa insisted that absurd, she was. (克拉丽莎坚持说荒唐,她就是。)

请对比:Absurd, she was—very absurd. (Virginia Woolf, *Mrs Dalloway*)

* He thought that but, but—he was almost the unnecessary party in the affair. (他想着但是,但是——他几乎是个多余的人。)

请对比:But, but—he was almost the unnecessary party in the affair. (D. H. Lawrence, *England, my England*)

* He asked that was anybody looking after her and that had she everything she wanted? (他问有人照顾她吗,她想要的东西都有了吗?)

请对比:Was anybody looking after her? he said. Had she everything she wanted? (Virginia Woolf, *To the Lighthouse*)

* Miss Brill laughed out that no wonder! (布丽尔小姐笑着说难怪!)

请对比:No wonder! Miss Brill nearly laughed out loud. (Mansfield, *Miss Brill*)

以上几例在英语及其他西方语言中是明显违反语法惯例的,但若译成汉语倒还能说得通。这是因为汉语中不存在引导从句的连接词,无大小写之分,人们的"从句意识"较弱,因而作为从句的间接引语的转述语与作为独立句子的自由间接引语之间的差别,远不像在西方语言中那么明显。在西语中,像这样的疑问句式、表语主位化、感叹句式、重复结构等体现人物主体意识的语言成分只能出现在作为独立句子的自由间接引语中。

美国文体学家班菲尔德运用转换生成语法证实了自由间接引语的"自由",从根本上说是因为它是独立的句子,不是从句。① 有趣的是,尽管我们可以用班菲尔德的分析来证明"'带特色的'间接引语"确实存在,她本人却从理论上否认间接引语有可能带上人物话语的色彩。她推断说一个语句只能有一个主体(1 Expression/1 Self),间接引语的主从句为一个语句,它的唯一主体为叙述者。如果在转述从句中出现了带感情色彩的语言成分,它们也只能表达叙述者的态度。如在"俄狄浦斯说**姆妈**漂亮"这句中,带有亲近感的"姆妈"一词只能指叙述者的母亲而不是俄狄浦斯的母亲,"除非叙述者与俄狄浦斯同母"。② 但值得注意的是,在下面这样的语句中,班菲尔德的论断却无法站住脚:"俄狄浦斯说他的姆妈漂亮"。"姆妈"一词在此表达的显然是俄狄浦斯的(而非叙述者的)感情态度。一般来说,一个语句确实只有一个主体,但间接引语中至少潜存着两个主体。由于很多表现人物主体的语言成分在转述从句中都无法出现(有违语法惯例),而且叙述者在转述时通常都代之以自己的言辞,人物的主体意识在间接引语中一般被埋没。但假若叙述者或多或少地放弃自己的干预权,保留某些可以在转述从句中出现的人物的独特言词、发音、标点等,间接引语就会带上特色。再请看下面两例:

(1) He felt good and thought to himself [that] he was damn lucky to get away from the Twin Cities... (Dos Passos, *42nd Parallel*)(他感觉不错,心想自己能从双城脱身,是**真他妈**的走运……)

(2) It hadn't been put to her, and she couldn't, or at any rate didn't, put it to herself, that she liked Miss Overmore better than she liked Papa... (Henry James, *What Maisie Knew*)(没有人向她挑明,她自己不能,至少没有向自己挑明,自己喜欢奥维默小姐胜过

---

① A. Banfield, *Unspeakable Sentences*: *Narration and Representation in the Language of Fiction*.
② Ibid., pp. 54—56.

喜欢**爹爹**……)(黑体为引者所加)

例(1)中"真他妈的"这一俚语词和例(2)中的儿语"爹爹"均使间接引语染上了人物主体的色彩。

除了间接引语之外,我们是否可用"带特色"一词来修饰其他引语形式呢?值得注意的是,这一修饰词特指在本应出现叙述者言词的地方出现了人物话语的色彩。在完全属于人物话语领域的(自由)直接引语中自然不能使用此词。在自由间接引语中,叙述者对人物话语的干预程度有轻有重。利奇和肖特举了如下例子:

(1) He would return there to see her again the following day. (他第二天会回到那里去看她。)

(2) He would come back here to see her again tomorrow. (他明天会回到这儿来看她。)[1]

例(1)的叙述干预较重,不带人物话语的色彩;例(2)则保留了一些人物话语的色彩(处于另一时空的叙述者仍保留原话的时间、地点状语等)。但我们认为不能称之为"带特色的自由间接引语",因为保留人物话语的色彩为自由间接引语的基本特点之一,也是它与间接引语的不同之处。如果不带人物话语特色的间接引语为常规的间接引语的话,像例(2)这种带人物话语特色的自由间接引语方堪称常规的自由间接引语。至于"'被遮覆的'引语"或"言语行为的叙述体",则完全可用"带特色的"一词来修饰(譬如"这孩子抱怨了他的姆妈")。但在这一表达形式中,出现人物主体意识的可能性要比在间接引语中小,因为这一形式仅仅概要地总结人物话语的内容。

西方文体学家和叙述学家在讨论引语形式时,一般未对人物的言语和思想进行区分,因为表达言语和思想的几种引语形式完全相同。他们或用"话语""引语"等词囊括思想,或用"方式""风格"来统指两者。但英

---

[1] G. Leech and M. Short, *Style in Fiction*, p. 325.

国文体学家利奇和肖特仍坚持进行这一区分，改用"思想行为的叙述体""间接思想""自由间接思想""直接思想""自由直接思想"等对应名称来描述表达思想的几种引语形式。① 他们认为思想在以下几方面有异于言语：一、描写人物的对话十分自然，而描写人物的思想却是一种人工的艺术，因为一个人"不可能看到他人头脑中的东西"。在利奇和肖特看来，人物的思想（无论采用何种引语形式）同戏剧中的独白一样是艺术上的特许。② 我们认为这种看法失之偏颇。实际上，听到戏剧中的独白时，观众会明显地觉得这是在演戏，而读到小说中人物的思想时，读者却会觉得像读到人物对话一样自然。小说中的人物都是作者'创造'出来的，作者与人物的关系全然不同于现实生活中人与人的关系。作者不仅知道人物说了什么，也必然知道人物想了什么。此外，表达人物思想的工具是语言，小说本身的表达工具也是语言。西班牙批评家奥特伽把作者虚构出来的人物的内心活动视为"正适合于小说的素材"。③ 现代小说正是通过展示第三人称人物的心理活动来达到**逼真地**再现生活的目的。小说与戏剧或电影的一个重大区别就在于它能十分自然地展现人物的内心世界。二、利奇和肖特认为如果"直接引语"为表达对话的常规的话，"间接思想"方为表达思想的常规。所谓"常规"即最常用的形式。但利奇和肖特将"间接思想"看成常规却并非因为它最为常用，而是出于理论推理。他们认为，"直接引语"之所以为常规是因为它再现了作者直接听到的话，"然而他人的思想不可能直接被听到，因此表示作者仅仅知道所思内容的'间接思想'这一形式更应成为表达思想的常规"。这样的推论显然难以服人，因为无论采用何种表达形式，作者都知道自己创造出来的人物所思的全部言词。此外，利奇和肖特还认为"思想一般不是用言词来系统地组成的，因此不能逐字描述"。可有趣的是，在意识流等现代小说中，作者要表现思想的随意性或潜意识性时，一般都不用"间接思想"，而采用"自由间

---

① G. Leech and M. Short, *Style in Fiction*, pp. 342—348.
② Ibid., 336ff..
③ D. Cohn, *Transparent Minds*, Princeton: Princeton Univ. Press, 1978, p. 6.

接思想"或"自由直接思想"(思想的潜意识性通过词句内容及形式的杂乱无章来体现)。当然,在表达梦、幻觉、冲动、情感等"非语言"的心理活动时,叙述者常常采用"间接思想"这一形式。这种被称为"内在分析"或"心理叙述"的手法使叙述者能用自己的语言把人物"非语言"的幻境和感觉表达出来。但这所占比例毕竟有限。"常规"就是最常用的形式。传统小说中最常用的形式是"直接言语/思想",而现代小说中最常用的则是"自由间接言语/思想"。也就是说,在这点上,思想和言语其实无甚差别。三、利奇和肖特认为,在言语表达形式中,因为"直接言语"是常规,"自由间接言语"相比之下更受叙述者干预;与此相对照,因为"间接思想"是常规,"自由间接思想"相比之下所受的叙述干预较轻。他们仅举了下例:

(1) He picked up the dagger and drew the beautiful thing lightly through his fingers. (2) It was sharp, polished, dangerous, marvellously integrated and sweetly proportioned. ((1)他拿起了匕首,用两指夹着这美丽的东西,轻轻地把它拉出来。(2)它锋利、光亮、危险,协调对称、极为可爱。)

请对比:(2) He noticed that it was sharp, polished, dangerous...(他注意到它锋利、光亮、危险……)

原文中的(2)小段未用"他注意到"这样的引述句,故为"自由间接思想"。不难看出,这唯一的例证是知觉,而不是典型的思想(不能用"他心想"这样的引导句)。在描写知觉这类"非语言"的心理活动时,"间接思想"确实是常规。但问题是,利奇和肖特将知觉、情感等'边缘'思想的特点视为全部思想的特点,难免造成偏误。四、利奇和肖特认为"直接思想"和"自由直接思想"比"直接言语"和"自由直接言语"的自我意识更强,譬如:

I know all that, Peter thought; I know what I'm up against. (我什么都知道,彼得心想,我知道我在与什么斗……)

与人物间的自然对话相对照,"自由直接思想"确实有一种人物"有意识地"对自己说话的效果。在带引号的"直接思想"中,这种效果更为明显(试比较:"我什么都知道",彼得心想,"我知道我在与什么斗")。在这一点上,利奇和肖特是有道理的,但单凭这点不足以说明问题。总而言之,言语和思想在表达形式上基本相同,因此我们将不对这两者进行区分。

以上我们讨论了文体学家对不同表达方式的分类。叙述学家在分类时,更为关注不同的表达形式所体现出的不同叙述距离。热奈特区分了三种表达人物口头或内心话语的方式:①

1. 叙述化或讲述话语,如"我告诉母亲我决定娶阿尔贝蒂娜"。它相当于利奇和肖特的"言语行为的叙述体",仅凝练地总结人物的话语。这种形式"显然最能拉开叙述距离"。

2. 间接形式的转换话语,如"我告诉母亲我无论如何要娶阿尔贝蒂娜"。这就是通常所说的间接引语。热奈特指出:与叙述化话语相比,"这种形式有较强的模仿力,而且原则上具有完整表达的能力,但它从不给读者任何保证,尤其不能使读者感到它一字不差地复述了'实际'讲的话;叙述者的痕迹在句法中依然过于明显,所以话语不具备引文的文献式独立性。可以说叙述者事先得到允许,不仅把话语转换成从属句,而且对它加以凝练,并与自己的话融为一体,从而用自己的风格进行解释"。

3. 戏剧式转述话语,如"我对母亲说(或我想):我无论如何要娶阿尔贝蒂娜"。这是最有"模仿力"的形式,它体现出戏剧对叙述体裁的演变产生的影响。热奈特说:

> 现代小说求解放的康庄大道之一,是把话语模仿推向极限,抹掉叙述主体的最后标记,一上来就让人物讲话。设想一篇叙事作品是以这个句子开头的(但无引号):"我无论如何要娶阿尔贝蒂娜……",然后依照主人公的思想、感觉、完成或承受的动作的顺序,一直这样写到最后一页。"读者从一开卷就(可能)面对主要人物的思想,该思

---

① 热奈特:《叙事话语、新叙事话语》,第115—117页。

想不间断的进程完全取代了惯用的叙事形式,它(可能)把人物的行动和遭遇告诉我们。"大家也许看出这段描述正是乔伊斯对爱德华·迪雅尔丹的《被砍倒的月桂树》所作的描述,也是对"内心独白"所下的最正确的定义。内心独白这个名称不够贴切,最好称为即时话语,因为乔伊斯也注意到,关键的问题不在于话语是内心的,而在于它一上来("从一开卷")就摆脱了一切叙述模式,一上场就占据了前"台"。

这种极端形式被文体学家称为"自由直接引语"或"内心独白"。文体学家并不在乎这种形式是否一上来就占据了前"台",无论它在文本的什么位置出现,只要它在语言特征上符合"自由直接引语"的定义,在文体学家的眼中,它就属于这一类(倘若它是人物的长段内心话语,就可称之为"内心独白")。在这里,我们可以窥见叙述学家与文体学家在分类上的一种本质差异。叙述学家往往更为重视语境或话语形式在语境中所起的作用,重视叙述主体与人物主体之间的关系及由此体现出来的叙述距离;而文体学家则更为重视不同形式具有的不同语言特征。当然,叙述学家与文体学家并非完全不通声气。有的叙述学家受文体学家的影响,将部分注意力放到了具体语言特征上。而一些文体学家在叙述学家的带动下,也对语境的作用越来越关注,但他们之间的差异依然存在。在下一节中,我们将综合采用两者的方法来分析不同表达形式的不同功能和特点。

第二节　不同形式的不同功能与特点

一、自由直接引语的直接性、生动性与可混合性

这是叙述干预最轻、叙述距离最近的一种形式。由于没有叙述语境的压力,它使作者能自由地表现人物话语的内涵、风格和语气。当然直接引语也具有这样的优势,但自由直接引语使读者能在无任何准备的情况下,直接接触人物的"原话"。如詹姆斯·乔伊斯的《尤利西斯》中的一段:

(1)在门前的台阶上,他掏了掏裤子的后袋找碰簧锁的钥匙。(2)没在里面。在我脱下来的那条裤子里。必须拿到它。我有钱。嘎吱作响的衣柜。打搅她也不管用。上次她满带睡意地翻了个身。(3)他悄无声响地将身后门厅的门拉上了……

这本小说里多次出现了像第(2)小段这样不带引导句也不带引号的人物(内在)话语。与直接引语相比,这一形式使人物的话语能更自然巧妙地与叙述话语(1)和(3)交织在一起,使叙述流能更顺畅地向前发展。此外,与直接引语相比,它的自我意识感减弱了,更适于表达潜意识的心理活动。以乔伊斯为首的一些现代派作家常采用自由直接引语来表达意识流。

接下来让我们看看蒋子龙的《燕赵悲歌》中的一段:

　　(1)武耕新脑子一炸,这一打击是他要命也没想到的。(2)自己内部怎么会出叛徒?他是谁?是真的还是唬我?(3)多亏在这紧急关头他的思想仍然有闪光,(4)回转身一字一板地说:"李书记,铁板碎了还是铁,金子砸碎了还卖金子的价!"

如果把(2)小段加上引导句和引号(他心想:"自己内部怎么会……"),原来较为顺畅的叙述流就会被打断,叙述话语与人物话语之间的转换就会显得相当笨拙。此外,在原文中,(1)至(3)小段属于构成(4)小段"背景"的同一层次,(4)小段中的人物话语显得突出、有力。(2)小段若加上引号,也会变得突兀,这会破坏原有的层次感。再者,引号会给这段内心活动带来不必要的自我意识感和音响效果。又如康拉德《黑暗的心》第一章中的一段:

　　船行驶时,看着岸边的景物悄然闪过,就像在解一个谜。眼前的海岸在微笑,皱着眉头,令人神往,尊贵威严,枯燥无奇或荒凉崎岖,在一如既往的缄默沉寂中又带有某种低语的神态,**来这里探求吧(Come and find out)**。这片海岸几乎没有什么特征……(黑体为引者所加)

这是第一人称叙述者马洛对自己驶向非洲腹地的航程的一段描写。在马洛的叙述语流中,出现了一句自由直接引语"来这里探求吧"。这是海岸发出的呼唤,但海岸却是"一如既往的缄默沉寂"(always mute)。倘若这里采用带引号的直接引语,引号带来的音响效果和言语意识会跟"缄默沉寂"一词产生明显的冲突。而采用不带引号的自由直接引语,则能较好地体现出这仅仅是沉寂的海岸的一种"低语的神态",同时也使叙述语与海岸发出的信息之间的转换显得较为自然。

通常认为,自由直接引语是完全摆脱了叙述干预的一种形式,但在叙事文本中,有时却会出现经过叙述者编辑的并带有叙述口吻的"自由直接引语",如《黑暗的心》第三章中的一段:

> 他荒芜疲惫的脑海中现在不时浮现出幽灵般的意象——他雄辩的口才依然如故,有关财富和声誉的意象萦绕他崇高的言辞。**我的未婚妻、我的工作站、我的事业、我的想法**——这些是他时而带着高尚的情感所谈论的话题。(黑体为引者所加)(试比较:……他雄辩的口才依然如故,有关财富和声誉的意象萦绕他崇高的言辞。他的未婚妻、他的工作站、他的事业、他的想法——这些是他时而带着高尚的情感所谈论的话题。)

这是马洛对库尔兹临死前的内心活动和外在言词的一段描述。它采用的是概略性的叙述方式,体现出马洛较强的叙述干预和较远的叙事距离。在马洛不乏反讽意味的评论语流中,出现了库尔兹的第一人称"我的未婚妻、我的工作站、我的事业、我的想法"。从人称上来判断,这几个短语应为自由直接引语,但在句法上,它们占据的却是马洛叙述语中的实际主语的位置,使人感受到马洛不乏反讽意味的叙述口吻,同时它们还带有马洛较强的编辑总结的痕迹。在强大的叙述语境的压力下,这几个"我的"显得突如其来,分外醒目,它们有力地表现了库尔兹的极端自我中心。让我们再看看萨克雷《名利场》第四章中的一句话:

> 至于夏泼小姐如何躺在床上,忖度着:他明天会来吗?在此不必

赘述。(How Miss Sharp lay awake, thinking, will he come or not tomorrow? need not be told here.)

从表面语法特征来看,"他明天会来吗?"完全为人物的原话,但从具体语境来分析,它很可能是叙述者从夏泼小姐纷乱的思绪中总结出来的一句话。而且这句话成了叙述语中的主语的一部分,这无疑拓宽了叙述距离。也就是说,尽管从表面上看不出来,这例"自由直接引语"实际上带有一定的叙述干预和叙述口吻。值得强调的是,我们不能完全凭借语法特征来判断究竟是否存在叙述干预,而应在具体语境中作具体分析。

二、直接引语的音响效果

在传统小说中,直接引语是最常用的一种形式。它的直接性与生动性,对通过人物的特定话语塑造人物性格起很重要的作用。由于它带有引述句和引号,故不能像自由直接引语那样自然地与叙述语相衔接,但它的引号所产生的音响效果有时却正是作者所需要的。在约翰·福尔斯(John Fowles)的《收藏家》(The Collector)中,第一人称叙述者绑架了他崇拜得五体投地的一位姑娘。他在姑娘面前十分自卑、理亏。姑娘向他发出一串咄咄逼人的问题,而他的回答却"听起来软弱无力"。在对话中,作者给两人配备的都是直接式,但第一人称叙述者的话语没有引号,而被绑架的姑娘的话语则都有引号:

"为什么我会在这?"我要你当我的客人。"你的客人!"我说,我希望你睡了个好觉。"这是什么地方?你是谁?为什么把我弄到这儿来?"……

"你懂艺术吗?"她问道。我对艺术知识一窍不通。"我就知道你不懂。假如你懂的话,就不会囚禁一个清白无辜的人了。"我看不出这两者之间有什么关联,我说。她把书合上了。"告诉我有关你自己的事吧——"

这里,有引号与无引号的对比,对于表现绑架者的自卑与被绑架者的理直气壮起了很微妙的作用。

同一人物的同一段话语中也能采用这两种形式的对比。鲁迅的《阿Q正传》中有这么一段：

> 他躺了好一会，这才定了神，而且发出关于自己的思想来，白盔白甲的人明明到了，并不来打招呼，搬了许多好东西，又没有自己的份，——这全是假洋鬼子可恶，不准我造反，否则，这次何至于没有我的份呢？阿Q越想越气，终于禁不住满心痛恨起来，毒毒地点一点头："不准我造反，只准你造反？妈妈的假洋鬼子，——好，你造反！造反是杀头的罪名呵，我总要告一状，看你抓进县里去杀头，——满门抄斩，——嚓！嚓！"

作者开始用无引号的直接引语来描写阿Q的思想，然而阿Q"越想越气"，气到高潮时，作者给阿Q的思想加上了引号。引号产生的音响效果与激烈的言辞标点和第二人称的对话语气有机结合在一起，使一这段心理描写显得有声有色。

小说家常常利用直接式和间接式的对比来控制对话中的"明暗度"。在狄更斯《双城记》的"失望"一章中，作者巧妙地运用了这一对比。此章开始几页，说话的均为反面人物和反面证人，所采用的均为间接引语。当正面证人出场说话时，作者则完全采用直接引语。间接引语的第三人称加上过去时产生出一种疏远的效果，扩大了反面人物与读者的距离。而基本无中介、生动有力的直接引语则使读者更为同情与支持正面证人。

一般来说，直接引语的音响效果需要在一定的上下文中体现出来。如果文本中的人物话语基本都以直接引语的形式出现，则没什么音响效果可言。在詹姆斯·乔伊斯的短篇小说《一个惨痛的案例》中，在第一叙述层上通篇仅出现了下面这一例直接引语：

> 一个黄昏，他坐在萝堂达剧院里，旁边有两位女士。剧场里观众零零落落、十分冷清，痛苦地预示着演出的失败。紧挨着他的那位女士环顾了剧场一两次之后，说：

第十章 人物话语的不同表达形式及其功能 295

"今晚人这么少真令人遗憾！不得不对着空椅子演唱太叫人难受了。"

他觉得这是邀他谈话。她跟他说话时十分自然，令他感到惊讶。他们交谈时，他努力把她的样子牢牢地刻印在脑海里。

这段文字中出现的直接引语看起来十分平常，但在其特定的上下文中，却具有非同凡响的效果。乔伊斯的这一短篇叙述的是都柏林的一个银行职员达非先生的故事。他过着封闭孤独、机械沉闷的独身生活，除了圣诞节访亲和参加亲戚的葬礼之外，不与任何人交往。然而，剧场里坐在他身旁的辛尼科太太的这句评论，打破了他完全封闭的世界，他们开始发展一种亲密无间的友谊。可是，当这位已婚女士爱上他之后，他却墨守成规，中断了与她的交往，这不仅使他自己回到了孤独苦闷的精神瘫痪之中，而且葬送了她的生命。该作品中，除了上面引的这一例直接引语之外，第一叙述层的人物言辞均以"言语行为的叙述体""间接引语"以及"自由直接引语"的形式出现。也就是说，这是第一叙述层上唯一出现引号的地方。该作品的第二叙述层由晚报对辛尼科太太死于非命的一篇报道构成。这篇报道也一反常规，基本上完全采用间接引语。在这一语境中，上引的那一例直接引语的音响效果显得十分突出。此外，因为它单独占据了一个段落，所以看起来格外引人注目。辛尼科太太的这句评论，就像一记响鼓，震撼了达非先生的心灵，把他从精神瘫痪的状态中唤醒。为了更好地理解乔伊斯突出这句话的音响效果的用意，我们不妨看看这篇作品最后的几句话：

他在黑暗中感受不到她在身旁，也听不到她的声音。他等了好几分钟，静静地听着，却什么也听不到：这是个十分沉寂的夜晚。他又听了一听：万籁俱寂。他感到自己很孤单。

作品的结尾强调达非先生努力捕捉辛尼科太太的声音，因捕捉不到而陷入孤单的绝望之中，从而反衬出了辛尼科太太那句"振聋发聩"的评论的作用。正是这句貌似平常的评论，当初使达非先生从精神麻痹、完全封闭的状态中走了出来。不难看出,在第一叙述层上,乔伊斯单在这一处采用直接引语是独具匠心的巧妙选择。让我们再看看茅盾的《春蚕》中的一段:

> 看着人家那样辛苦的劳动,老通宝觉得身上更热了;热的有点儿发痒。他还穿着那件过冬的破棉袄,他的夹袄在当铺里,却不防才得"清明"边,天就那么热。
> (1)"真是天也变了!"
> 老通宝心里说,就吐一口浓厚的唾沫……
> (2)"才得清明边,天就那么热!"
> 老通宝看着那些桑拳上怒茁的小绿叶儿,心里又这么想
> (3)"世界真是越变越坏!过几年他们连桑叶都要洋种了!我活得厌了!"
> 老通宝看着那些桑树,心里说,拿起身边的长旱烟管恨恨地敲着脚边的泥块……

这里引的几句话取自《春蚕》的开头四页。① 这四页集中描述了老通宝坐在"塘路"边的一块石头上时,产生的一系列心理活动——他的感知、感想、回忆等等,采用的表达形式主要为间接引语、自由间接/直接引语、内心分析等。在长达四页的叙述中,仅出现了以上三例简短的直接引语,它们各占一段,显得较为突出。虽然它们均为老通宝的内心想法,但由于引号的作用,显得相当响亮。叙述者似乎有意突出这几句话的音响效果,两次采用了"心里说"这一引述词语。这三例直接引语无论在局部还是在全文的结构中均起了重要作用。从局部来说,例(1)可谓老通宝心理活动的序幕,起了点题的作用;例(2)出现在中间,可谓一个高潮;例(3)出现在末尾,可谓终场总结。不难看出,这三例直接引语所表达的意思实质上大体相似,三者之间互为呼应、互为强化,突出表现了老通宝心理活动的主

---

① 参见严家炎选编:《中国现代各流派小说选》(第3册),北京:北京大学出版社,1988年,第40—43页。

题:对日本侵华战乱的痛恨,对世道败落、封建压迫的不满。而这也是全文的主题。可以说,开篇几页中这三例"掷地有声"的直接引语,起了突出表现全文主题的作用。

三、间接引语的优势

间接引语是小说特有的表达方式。但在中国古典小说中,间接引语极为少见,这是因为当时没有标点符号,为了把人物话语与叙述语分开,需要频繁使用"某某道",还需尽量使用直接式,以便使两者能在人称和语气上有所不同。此外,中国古典小说由话本发展而来,说书人一般喜好摹仿人物原话,这对古典小说的叙述特征颇有影响。在《红楼梦》中,曹雪芹采用的就几乎全是直接引语。杨宪益、戴乃迭以及戴维·霍克斯(David Hawkes)在翻译《红楼梦》时①,将原文中的一些直接引语改成了间接引语。通过这些变动我们也许能看到间接引语的一些优势,请看第三章中的一例:

黛玉便忖度着:"因他有玉,所以才问我的。"便答道:"我没有玉。你那玉件也是件稀罕物儿,岂能人人皆有?"(第三章)

(A) Imagining that he had his own jade in mind, she answered, "No, I haven't. I suppose it's too rare for everybody to have one."(杨译)

(B) Dai-yu at once divined that he was asking her if she too had a jade like the one he was born with. "No," said Dai-yu. "That jade of yours. ..."(Hawkes 译)

原文中,黛玉的想法和言语均用直接引语表达,故显得同样响亮和突出。而在译文中,通过用间接引语来表达黛玉的想法,形成了一种对比:

---

① Yang Hsien-yi and Gladay Yang (trans.), *A Dream of Red Mansions*, by Cao Xueqin, Beijing: Foreign Languages Press, 1978, 3 vols; David Hawkes (trans.), *The Story of the Stone*, by Cao Xueqin, Harmondsworth:Penguin, 1973—1980, 3 vols.

本为暗自忖度的想法显得平暗,衬托出直接讲出的话语。这一"亮暗"分明的层次是较为理想的。

与直接引语相比,间接引语为叙述者提供了总结人物话语的机会,故具有一定的节俭性,可加快叙述速度。直接引语的引号、第一人称、现在时等都会打断叙述流,而人称、时态跟叙述语完全一致的间接引语能使叙述流顺畅地发展。这也是《红楼梦》的译者改用间接式的原因之一。翻译与塑造人物性格有关的重要话语时,他们一般保留直接式。而翻译主要人物的某些日常套话、次要人物无关紧要的回话时,则喜欢采用间接引语,使叙述能轻快地向前发展。

四、自由间接引语的几种重要功能

自由间接引语是 19 世纪以来的西方小说和新文化运动以来的中国小说中极为常见,也极为重要的人物话语表达方式。与其他引语形式相比,自由间接引语有多种表达优势:

(一) 能有效地表达讥讽或诙谐的效果

任一引语形式本身都不可能产生讥讽的效果,它只能呈现人物话语中或语境中的讥讽成分,但自由间接引语能比其他形式更有效地表达这一成分。请对比下面这两种形式:

(1) He said/thought, "I'll become the greatest man in the world."

(他说/心想:"我会成为世界上最伟大的人。")

(2) He would become the greatest man in the world.

(他会成为世界上最伟大的人。)

如果这大话出自书中一小人物之口,不论是哪种引语形式,都会产生嘲讽的效果,但自由间接引语所产生的讥讽效果相比之下更为强烈。在这一形式中,没有引导句,人称和时态又形同叙述描写,由叙述者"说出"他/她显然认为荒唐的话,给引语增添了一种滑稽模仿的色彩或一种鄙薄的语气,从而使讥讽的效果更入木三分。在很多大量使用自由间接引语的小说中,叙述者是相当客观可靠的(譬如简·奥斯丁和福楼拜小说中的叙述者)。自由间接引语在人称和时态上跟叙述描写一致,因无引导句,容易跟叙述描写混合在一起,在客观可靠的叙述描写的反衬下,自由间接引语中的荒唐成分往往显得格外不协调,从而增强了讥讽的效果(在"染了色的"间接引语中,如果"染色"成分恰恰是人物话语中的荒唐成分的话,也会因与客观叙述的明显反差使讽刺的效果得到强化)。

从读者的角度来说,自由间接引语中的过去时和第三人称在读者和人物的话语之间拉开了一段距离。如果采用直接引语,第一人称代词"我"容易使读者产生某种共鸣。而自由间接引语中的第三人称与过去时则具有疏远的效果,这样使读者能以旁观者的眼光来充分品味人物话语中的荒唐成分以及叙述者的讥讽语气。

在不少自由间接引语中,叙述者幽默嘲弄的口吻并非十分明显,但往往颇为令人回味。如凯瑟琳·曼斯菲尔德的短篇小说《一杯茶》中的一例:

> Rosemary took her hands out of her long gloves. She always took off her gloves to examine such things. **Yes, she liked it very much. She loved it; it was a great duck. She must have it.** (罗斯玛丽将手从长筒手套中抽了出来。每当她细看这类物品时,她总要脱掉手套。**是的,她非常喜欢它,真的很喜欢,它太可爱了。她一定要把它买下来。**)(黑体为引者所加)

《一杯茶》中的女主人公罗斯玛丽是一位天真又略有些浅薄的富太太。她到一个古玩店购物时,店主拿出来一个雕琢精细的珐琅小盒。例子中黑体所标示的是罗斯玛丽看到这个小盒后的内心想法。我们不妨比较一下,倘若这段想法用直接引语和间接引语的方式表达出来,在效果上会有何不同:

直接引语:She always took off her gloves to examine such

things. She thought: "Yes, I like it very much. I love it; it is a great duck. I must have it."

间接引语: She always took off her gloves to examine such things. She thought that she liked it very much since it was so good, and she decided to have it.

在直接引语中,仅有人物单一的声音;在间接引语中,叙述者冷静客观的言辞又在一定程度上压抑了人物的主体意识,减弱了人物话语中激动夸张的成分。与此相对照,在自由间接引语中,不仅人物的主体意识得到充分体现,而且叙述者的口吻也通过第三人称和过去时得到了施展的余地。在情节发展中,一开始叙述者就居高临下地把罗斯玛丽当成了幽默嘲弄的对象。她在见到一件商品时激动异常的心态在某种意义上体现出了她的浅薄。在这例自由间接引语中,我们可以感受到叙述者不乏幽默、略带嘲弄的口吻。这种口吻在取自同一作品的下一例中似乎更为明显:

She could have said, "Now I've got you," as she gazed at the little captive she had netted. **But of course she meant it kindly. Oh, more than kindly. She was going to prove to this girl that—wonderful things did happen in life, that—fairy godmothers were real, that— rich people had hearts, and that women were sisters.** (她盯着她捕获的小俘虏,本想说:"我可把你抓到手了。"但自然她是出于好意。噢,比好意还要好意。她要对这个女孩证实——生活中的确会发生奇妙的事情,——天仙般的女监护人确实存在,——富人有副好心肠,女人都是好姐妹。)(黑体为引者所加)

罗斯玛丽从古玩店出来之后,一个流落街头的姑娘向她乞讨。这时她想起了小说和戏剧中的某些片段,猛然间有了一种冒险的冲动,想效法作品中的人物,把这个流浪女带回家去。她觉得这样做一定会很有刺激性,而且也可为日后在朋友面前表现自己提供话题。虽然她仅仅将这位

第十章 人物话语的不同表达形式及其功能 301

流浪女当成满足自己的冒险心理和表现自己的工具,但她还是努力为自己找出了一些冠冕堂皇的理由。这些理由被叙述者用自由间接引语叙述了出来:"But of course she meant it kindly. Oh, more than kindly...."。在这里,我们可以体味到略浓于上例的滑稽模仿的语气。这例后半部分的三个破折号显得较为突出。这些在间接引语中无法保留的破折号使这段想法显得断断续续,较好地再现了罗斯玛丽尽力为自己寻找堂皇理由的过程。

有趣的是,叙事作品中的自由间接引语有时与其他表达形式在一定程度上相重叠。这样'杂交'型的自由间接引语,仍然能较好地表达出叙述者嘲弄的口吻,如简·奥斯丁《傲慢与偏见》第一卷第 15 章中的一段:

..."As to her younger daughters she could not take upon her to say—she could not positively answer—but she did not know of any prepossession;—her eldest daughter, she must just mention—she felt it incumbent on her to hint, was likely to be very soon engaged."

("至于她几个小一点的女儿,她不敢说——她也说不准——但没有听说她们已经有主了,——而她的大女儿,她必须提一提——她觉得有责任向他暗示,可能很快就会订婚。")

这是贝内特太太对她的远房侄子柯林斯说的一番话。贝内特夫妇有五个女儿,没有儿子,依据当时法律,他们的遗产将由柯林斯继承。自命不凡的柯林斯以一种施舍的姿态,准备娶一表妹为妻,这样贝内特家的肥水就不至于外流。当他向贝内特太太提出想娶她的大女儿时,一心为嫁女操心的贝太太自然满心欢喜,但又自鸣得意地卖起了关子,明明其他几个女儿的婚事根本没有着落,她却故意说自己"不敢说"或者"说不准";在谈大女儿的婚事时,也煞有介事地插入了她"必须提一提"、她"觉得有责任向他暗示"等词语。贝内特太太的这段话出现在引号之中,应为直接式,但其中的第三人称和过去时又表明它是间接式。不难看出,叙述者将引号中的直接式变成了'自由'间接式;或换个角度说,叙述者将自由间接引语加上了引号。引号标志着人物的语域,使人物的主体意识得到了加强。但第三人称和过去时又使读者明显感受到叙述者对这位庸俗浅薄的贝太太讥讽的口吻。读者在引号中出乎意料地读到间接式不免感受到一种矛盾性和张力,而这恰恰使叙述者滑稽模仿的语气更为入木三分。在《傲慢与偏见》第一卷的第三章中,出现了一个同样有趣的例子:

> ... Her report was highly favourable. Sir William had been delighted with him. He was quite young, wonderfully handsome, extremely agreeable, and to crown the whole, he meant to be at the next assembly with a large party. **Nothing could be more de-lightful! To be fond of dancing was a certain step towards falling in love**; and very lively hopes of Mr. Bingley's heart were entertained.
>
> (……她提供的有关宾格利先生的情况令人非常满意。威廉爵士很喜欢他。他相当年轻,英俊潇洒,极为可爱。尤其可贵的是,他打算和一群亲戚朋友一起参加下一次的舞会。**没有比这更让人高兴的事了!喜欢跳舞是迈向爱河的第一步**;于是她们对宾格利先生的爱情产生了各种强烈的幻想。)(黑体为引者所加)

宾格利先生为未婚阔少,他租赁了贝内特家附近的庄园,贝内特太太及她的五个待嫁的女儿急忙打听有关他的消息,卢卡斯爵士夫人成了信息来源。这一段的前半部分概要性地总结了卢卡斯爵士夫人的描述,在黑体部分却突如其来地转为了贝家太太和姑娘们的评论或想法。最后一句话则十分简略地概述了她们对于宾格利先生的幻想,体现出很强的叙述干预。

这段中的黑体部分没有引导句,第一句口语性较强,并保留了体现人物主体意识的惊叹号,从语言形式来看是较为典型的自由间接引语。但这一引语的来源不是某个单一的人物,而是贝家太太及其五个女儿。凭常识推断,黑体部分实质上应为叙述者对她们的评论或想法的总结,但它却以自由间接引语的形式出现,可以说是自由间接引语与言语行为叙述体的混合物。由于黑体部分前后的叙述干预均很强,由自由间接引语的形式体现出来的人物主体意识显得较为突出,较好地保留了人物话语的生动性。而这一部分属于叙述总结的实质,加上所涉及的两种转述形式之间的矛盾和张力,又使人更为强烈地感受到叙述者滑稽模仿的语气。

(二) 增强同情感

自由间接引语不仅能加强反讽的效果,也能增强对人物的同情感。这一点已引起了不少批评家的注意。我们可以拿茅盾《林家铺子》中的一段来进一步说明这一问题:

(1) 林先生心里一跳,暂时回答不出来。(2) 虽然[寿生]是[我/他]七八年的老伙计,一向没有出过岔子,但谁能保到底呢!

汉语中不仅无动词时态,也常省略人称,因此常出现直接式与间接式的"两可型"或"混合型"(对于这点,我们在下一节中将进一步探讨)。上面引的第(2)小段可看成是"自由直接引语"与"自由间接引语"的"混合型"。如果我们把它们"分解"开来,则可看到每一型的长处。"自由直接引语"("虽然寿生是我七八年的老伙计……")的优势是使读者能直接进入人物的内心世界,但这意味着叙述者的声音在此不起作用。而在"自由间接引语"中,读者听到的是叙述者转述人物话语的声音。一位富有同情心的叙述者在这种情况下,声音会充满对人物的同情,这必然会使读者受到感染,从而增强读者的共鸣。此例中的叙述者不仅听起来充满同情感,而且好像跟林先生一样为寿生捏着一把汗,这也增强了悬念的效果。如果采用间接引语则达不到这样的效果,试比较:"他心想虽然寿生是他七八年的老伙计……"。自由间接引语妙就妙在它在语法上有可能形同叙述描写(第三人称、过去时,无引导句),叙述者的观点态度也就容易使读者领悟和接受。而"他心想"这样的引导句则容易把叙述者的想法与人物的想法区分开来。

"反讽"与"同情"是两种较为典型的叙述态度。但在不同情况下,叙述者的态度会发生各种变化。无论叙述者持何种立场观点,自由间接引语均能较好地反映出来,因为其长处在于不仅能保留人物的主体意识,而且能同时巧妙地表达出叙述者隐性评论的口吻。

(三) 增加语意密度(semantic density)

前文已提及自由间接引语中有人物和叙述者这两种声音在起作用(直接式中仅有人物的声音;正规的间接引语中因叙述者采用自己冷静、客观的言辞常压抑人物的声音)。若人物话语有直接受话人,"他将成为世界上最伟大的人"这样的自由间接引语也可能会使读者感受到有判断力的受话人的讥讽态度,甚至使读者觉得受话人在对发话人进行讽刺性的模仿或评论。① 这样就形成了多语共存的态势,增强了话语的语意密度,从而取得其他话语形式难以达到的效果。同样,在发话人物、叙述者以及读者态度相似的情况下,语意密度也能得到有效的增强。在《傲慢与偏见》第1卷第19章中,柯林斯向贝内特家的二女儿伊丽莎白求婚,他啰啰唆唆、荒唐可笑地讲了一大堆浅薄自负、俗不可耐的求婚理由,这时文本中出现了这么一句话:

> It was absolutely necessary to interrupt him now. (现在非得打断他不可了。)

这时,无论作为直接听众的伊丽莎白和作为间接听众的读者,还是高高在上的叙述者,都对柯林斯的蠢话感到难以再继续忍受。上面引的这句话从语境来分析,应为用自由间接引语表达的伊丽莎白的内心想法。但由于它的语言形式同叙述语相似,因此也像是叙述者发出的评论,同时还道出了读者的心声,可以说是三种声音的和声。

在第一人称叙述中,第一人称"我"常常为直接受话者,由第一人称叙

---

① See R. Pascal, *The Dual Voice*, Manchester: Manchester Univ. Press, 1977, p. 55; M. Ron, "Free Indirect Discourse, Mimetic Language Games and the Subject of Fiction," *Poetics Today* (1981)2, pp. 17—39.

第十章 人物话语的不同表达形式及其功能 305

述者说出来的自由间接引语,有时能有趣地造成说话者与受话者话语的和声。在康拉德《吉姆老爷》的第33章中,第一人称叙述者马洛谈及自己在帕图桑岛上时,遭到了土著姑娘朱娥尔的盘问。朱姑娘深爱吉姆,担心马洛会把吉姆带回文明世界去,马洛则向她说明自己没有带走吉姆的意图。这时,出现了这么几句话:

> Why did I come, then? After a slight movement she was as still as a marble statue in the night. I tried to explain briefly: friendship, business; if I had any wish in the matter it was rather to see him stay....

> (那么,我为什么要来呢?她稍稍晃了一下,然后便纹丝不动,像是黑夜中的一尊大理石雕像。我试图简要地作一番解释:是因为友谊、公事。如果说我有任何愿望的话,我倒是想让他留下来……)

这一段开头的问话很像是马洛的自言自语,但根据语境来看应为马洛用自由间接引语转述出来的朱姑娘的问话。结果像是两种声音在共同发问,使这句问话显得厚实而有回声。有趣的是,在第一人称叙述中,不仅自由间接引语的问句容易产生双声共鸣,自由间接引语的陈述也常有类似的效果。在康拉德《黑暗的心》第一章中,马洛到达非洲腹地之后,去见工作站的经理:

> 他一见到我就说开了。我在路上走了很长时间。他没法等了,只好先干起来。上游的工作站急需救援。先后已经耽误了这么多,他都不知道谁已经死了,谁还活着,他们情况究竟怎样了,如此等等。

> (He began to speak as soon as he saw me. I had been very long on the road. He could not wait. Had to start without me. The up-river stations had to be relieved. There had been so many delays already that he did not know who was dead and who was alive, and how they got on—and so on, and so on.)

乍一看,"我在路上走了很长时间。他没法等了,只好先干起来……"像是马洛的叙述语,然而,根据语境分析,这实际上是用自由间接引语表达出来的工作站经理的话。这两种声音给人一种似乎在同声描述的印象,大大增强了语意密度。

(四)兼间接引语与直接引语之长

自由间接引语不仅具有以上列举的独特优势,而且还兼备间接引语与直接引语之长。间接引语可以跟叙述相融无间,但缺乏直接性和生动性。直接引语很生动,但由于人称与时态截然不同,加上引导句和引号的累赘,与叙述语之间的转换往往较为笨拙。自由间接引语却能集两者之长,同时避两者之短。由于叙述者常常仅变动人称与时态,而保留包括标点符号在内的体现人物主体意识的多种语言成分,使这一表达形式既能与叙述语交织在一起(均为第三人称、过去时),又具有生动性和较强的表现力。在转述人物的对话时,如果完全采用自由间接引语,则可使它在这方面的优势表现得更为明显。在狄更斯《双城记》第二卷的第三章中,有这么一段:

Had he ever been a spy himself? No, he scorned the base insinuation. What did he live upon? His property. Where was his property? He didn't precisely remember where it was. What was it? No business of anybody's. Had he inherited it? Yes, he had. From Whom? Distant relation. Very distant? Rather. Ever been in prison? Certainly not. Never in a debtor's prison? Didn't see what that had to do with it. Never in a debtor's prison? —Come, once again. Never? Yes. How many times? Two or three times....

(他自己当过探子吗?没有,他鄙视这样卑劣的含沙射影。他靠什么生活呢?他的财产。他的财产在什么地方?他记不太清楚了。是什么样的财产?这不关任何人的事。这财产是他继承的吗?是的,是他继承的。继承了谁的?远房亲戚的。很远的亲戚吗?相当远。进过监狱吗?当然没有。从未进过关押欠债人的监狱吗?不懂那跟这件事有什么关系。从未进过欠债人的监狱吗？——得了，又问这问题。从来没有吗？进过。几次？两三次。……)

这段法庭上的对话若用直接引语来表达，不仅频繁出现的引导句和引号会让人感到厌烦，而且问话者的第二人称、答话者的第一人称、与引导句中的第三人称之间的反复转换也会显得笨拙繁琐。此外，引导句中的过去时与引号中的现在时还得频繁转换。在一致采用自由间接引语之后，文中仅出现第三人称和过去时，免去了转换人称和时态的麻烦，也避免了引导句的繁琐，同时保留了包括疑问号和破折号在内的体现人物主体意识的语言成分，使对话显得直接生动。

自由间接引语具有上述多方面的优势，由此，我们也就不难理解为何自由间接引语逐渐取代直接引语，成了现代小说中最常用的一种人物话语表达方式。

五、"言语行为的叙述体"的高度节俭和掩盖作用

若把人物话语转变成言语行为来叙述，叙述者无疑行使了最大的干预权，同时大大加宽了叙述距离。叙述者可以概略地报道人物之间的对话，如下面两例：

(1) 夫妻们商量妥了，到了明日，便对媒人说知。(吴趼人《恨海》)

(2) 贝内特太太在五个女儿的协助下，一个劲地追问丈夫有关宾格利先生的情况，然而结果却不尽人意。她们采用各种方式围攻他，包括直截了当的提问、巧妙的推测、不着边际的瞎猜，但他却机智地回避了她们的所有伎俩。最后，她们不得不转而接受了邻居卢卡斯爵士夫人的第二手信息……(简·奥斯丁《傲慢与偏见》第一卷第三章)

在例(1)中，具体商量的内容对情节发展与人物塑造都作用不大，故可用行为动词一笔带过。在例(2)中，若将贝内特太太和她的五个女儿的

一连串问话都一一细细道来,不仅会显得繁琐,而且会显得杂乱无章。由叙述者提纲挈领地进行总结性概述,则既简略经济,又让读者一目了然。这样的节俭在电影和戏剧中均难以达到,它体现了小说这一叙述形式的优势。在叙述人物的长篇话语时,叙述者还可巧妙地将总结与展示结合起来,如:

> 贝内特太太说了一大堆感谢的话。"真是,"她接着说,"若不是有你们这样好的朋友,真不知道她会怎么样了,因为她实在病得不轻,简直太痛苦了,但她的那份耐性却是世上绝无仅有的……"(简·奥斯丁《傲慢与偏见》第一卷第九章)

在这里,叙述者先采用叙述体将贝太太一大堆无聊的感谢话一笔带过,然后再用直接引语将她的部分言词详述出来。这样读者既能知道她具体说了些什么,又不会对她的啰唆、夸张感到过于厌烦。更为有趣的是,叙述者可以借助叙述体来巧妙地隐瞒他不愿复述的人物话语,如:

> 她接着又说了句话。我从来没有听到过女人说这样的话。我简直给吓着了……一会,她又说了一遍,是尖声对着我喊出来的。(约翰·福尔斯《收藏家》)

这位第一人称叙述者显然感到那女人的话难以启齿,便以这种叙述方式巧妙地遮掩了她的具体言词。

近 40 年来,小说中人物话语的不同表达方式引起了西方批评界(尤其是叙述学界和小说文体学界)的很大兴趣,但在国内尚未引起重视。这是一个颇值得探讨的领域。就这些不同的表达形式来说,如何准确地把握它们的效果呢?我们认为可从以下几方面着手:(1)注意人物主体意识与叙述主体意识之间的关系。比如,要注意叙述者在何种程度上总结了人物的话语;叙述者是否用自己的视角取代了人物的视角,是否用自己冷静客观的言辞替代了具有人物个性特征或情感特征的语言成分;注意叙述者是否在转述人物话语的同时流露了自己的态度。(2)注意叙述语境对人物话语的客观压力(人物话语是出现在主句中还是出现在从句中,有无引导句,其位置如何,引导词为何种性质等)。(3)注意叙述语流是否连贯、顺畅、简洁、紧凑。(4)注意人物话语与读者之间的距离(第一人称和现在时具有直接性、即时性,而且第一人称代词"我"容易引起读者的共鸣;第三人称和过去时则容易产生一种疏远的效果)。(5)注意人物话语之间的明暗度以及不同的音响效果等。

第三节 中国小说叙述中转述语的独特性

在上面几节中,我们重点探讨了以英语为代表的西方语言中转述语的问题。在研究转述语时,我们不应忽略中国小说叙述中转述语的独特性。赵毅衡在《小说叙述中的转述语》①一文中,通过对中西小说的比较研究,以开阔的视野对中国小说中的转述语现象作了探讨。他指出:"中国文学中的转述语形式问题至今尚未有人做过专门研究,这可能是因为汉语中没有主句和分句的时态对应问题,因此转述在技术上似乎并不复杂。但这只是表面现象,笔者认为缺乏时态对应使汉语中的转述语更加复杂。"中国向来仅有直接引语和间接引语之分,这未免太笼统。赵文通过借鉴西方叙述学、文体学的理论,对中国小说中的转述语形式进行了如下分类:

直接引语式:他犹豫了一下。他对自己说:"我看来搞错了。"

副型A:他犹豫了一下。"我看来搞错了。"(用引号,无引导短句)

副型B:他犹豫了一下。我看来搞错了,他对自己说。(有引导短句,但无引号)

间接引语式:他犹豫了一下。他对自己说他看来搞错了。

间接自由式:他犹豫了一下。他看来搞错了。(无引导句)

直接自由式:他犹豫了一下。我看来搞错了。(无引导句,也无

---

① 《文艺研究》1987年第5期。

引号)

赵毅衡的分类几乎完全形同于英国文体学家利奇和肖特在《小说中的文体》一书中对转述语的分类。① 唯一不同的是对上面那两个副型的划分。利奇和肖特把它们看成是"自由直接引语"的副型,因为它们比正规的直接引语要自由。而赵毅衡则将它们视为"直接引语"的副型。在1994年由北京十月文艺出版社出版的《苦恼的叙述者》一书中,赵毅衡对这一分类进行了简化,仅区分(1)直接式与间接式;(2)引语式与自由式。这"两个分类相迭交,就有四种基本形式:直接引语式,间接引语式,间接自由式,直接自由式"。显而易见,赵毅衡的分类未能反映出中国文学中转述语的独特性。在1994年的分类之后,赵毅衡还特意说明:"这种分类方式似乎适用于包括汉语在内的许多语言。"然而,赵毅衡并非完全没有注意到中国文学中转述语的独特性。他在1987年的那篇文章中写道:

> 总的来说,这个分类标准很清楚——只消看人称和引导句。但是,在具体的叙述中,会出现问题的。首先,如果转述语中讲话者没有自称怎么办?如何区分直接式与间接式?引号当然是个有用的标志,但是引号也是可以省略的。在其他语言中,这个问题好解决:看叙述语与转述语之间时态的差别。时态有接续关系的为间接式,时态无接续关系的为直接式。在汉语中无此标志。幸而尚有其他一些标志可用,例如直接转述语中的语汇、用词、口气等应当符合说话人物的身份(即章学诚说的"为文之质,期于适如其人之言"),而间接转述语中的语汇、用词、口气在很大程度上是叙述加工后的混合式。

他在1994年的书中仍然持同一观点②。然而,我们认为,仅仅依靠风格特征并不能解决汉语在分类上的问题。赵毅衡说汉语中"幸而尚有其他一些标志可用",实际上,他所列举的"其他一些标志"并非汉语中所

---

① G. Leech and M. Short, *Style in Fiction*, pp. 318—333.
② 赵毅衡指出,"这个判别规则并不适用于中国传统白话小说。在传统白话小说中,经常遇到形式上是直接引语,事实上却是间接引语的语句。"(第97页)

特有,而是所有语言共有的。在西方语言中,若无其他任何标志,可仅凭动词时态来区分直接式和间接式。但在汉语中,若同样无其他标志,也无法凭借时态来进行区分,这是汉语的独特之处。在研究中,我们发现汉语中存在着一些西方语言中不可能出现的直接式与间接式的"两可型"。如果省略上面例证中的自称(中文常省略主语),就会出现下面这两种直接与间接的"两可型":

(1) 他犹豫了一下。(我/他)看来搞错了,他对自己说
(2) 他犹豫了一下。(我/他)看来搞错了。

根据赵毅衡的分类,第(1)种是直接引语式(副型 B)与间接引语式的两可型;第(2)种则是直接自由式与间接自由式的两可型。这种直接式与间接式的两可在西方语言中难以寻觅。西方语言一般不允许省略主语,即便有这种可能,动词的时态也足以区分转述语究竟是直接式还是间接式。

汉语中特有的这些直接式和间接式的两可型往往为批评家所忽略。赵毅衡在1987年那篇文章的开头,翻译了加缪《鼠疫》中的一段:

a 里厄振起精神,b 确定性就在这里,就在日常事务之中。其他的一切都只是被偶然的线串接起来的零星杂事;c 你别在这种事上浪费时间。重要的是做你的工作,因为这工作必须做好。

赵毅衡对 b 小段评论说,它"究竟是谁的话就不清楚,如果是里厄大夫心里的想法,那就是一段没有引导句的间接转述语;如果是叙述者的话,那就是评论性干预;c 小段也可能是里厄大夫的'自言自语',因此是无引号的直接转述语。"在原文中,b 小段的时态为过去时。赵毅衡认为这段既可看成是自由间接引语,也可看成是叙述者的评论。对于原文来说,这样的判断合情合理。在译文里则不然,b 小段在无时态变化的中文里不带任何间接的标志。它既可能是自由间接引语或叙述者的评论,也可能是自由直接引语。这种既可能是间接式又可能是直接式的"两可"为中文所特有。其实,倘若这段引文是中文原文的话,人们只会把 b 小段看成自由直接引语,因为一般不可能区分 b 小段和 c 小段(无任何标志),而

会把它们看成一个整体，并根据 c 小段中的人称代词"你"将其视为里厄大夫"自言自语"的原话直录。在中文中常常只是根据"你""我""他""他自己""我自己"这样的人称代词来区分直接式和间接式的。在没有人称或人称不起区分作用的情况下，由于无法断定转述语的时态，很容易出现直接与间接的两可型。赵毅衡《苦恼的叙述者》一书中，有这么一段论述：

> 在五四大量的第一人称小说中，间接自由式与直接自由式很难区分，因为叙述背景就是第一人称自指。郭沫若的《月蚀》：
>
> 在我一面空想，一面打领带结的时候，我的女人比我先穿好，两个孩子在楼下催促得什么似的了。<u>阿，究竟做狗也不容易，打个结子也这么费力！</u>我早出了几通汗，领带结终究打不好。
>
> 郭沫若的短篇大多以第一人称写成，他似乎特别喜欢把内心独白夹到叙述流中去。只是因为他的小说多是第一人称叙述，内心独白与叙述流对比本来就不明显。（第 114 页）

赵毅衡在写《苦恼的叙述者》一书时，已读到了笔者一篇与其商榷的文章，文中重点探讨了由于中文无时态变化所造成的直接式与间接式的模棱两可。① 他在此书中开始关注直接式与间接式的两可型，但始终未把注意力放在中文无时态变化这一特点上。因抓不住主要矛盾，故难免出现偏误。在上引的这一段中，赵毅衡将间接自由式与直接自由式的模棱两可完全归结为人称上的难以分辨，而忽略了时态上的难以区分。他抛开第三人称小说，仅关注第一人称小说，认为由于后者的叙述背景为第一人称自指，方造成了模棱两可。有趣的是，在赵毅衡用下划线标示出来的难以区分的那部分中，并未出现任何人称代词。"阿，究竟做狗也不容易，打个结子也这么费力！"这一内心想法确实既可视为间接自由式，也可视为直接自由式。但这里的模棱两可与人称没有任何关系，它是由于无时态标志造成的。请对比：

---

① 参见拙文《也谈中国小说叙述中转述语的独特性——兼与赵毅衡先生商榷》，《北京大学学报》（哲社版）1991 年第 4 期。

(1) Gosh, after all it **is** not easy even to be a dog. It **takes** such an effort to tie a necktie!

（直接自由式）

(2) Gosh, after all it **was** not easy even to be a dog. It **took** such an effort to tie a necktie!

（间接自由式）

无论在中文还是英文（及其他西方语言）的第一人称叙述中，第一人称自指均失去了标示人物原话的作用。但在西方语言中，时态依然能让我们明确辨认转述语究竟为直接式还是间接式，而在无时态变化的中文里则不然，这是中文的独特性所在。我们不妨再看看两个第三人称叙述中的例子：

(1) 一看轴瓦脸这副不好惹的样子，就把到嘴边的话又咽下去了。**多一事不如少一事，大清早的别找不自在。**（蒋子龙《招风耳，招风耳！》）

(2) 张老师心里一阵阵发痛。**几个小流氓偷书，倒还并不令人心悸。问题是，凭什么把这样一些有价值的，乃至于非但不是毒草，有的还是香花的书籍统统扔到库房里锁起来，宣布为禁书呢？**（刘心武《班主任》）（黑体为引者所加）

在中文的第三人称叙述中，由于缺乏时态标志，也时常出现间接自由式与直接自由式之间的模棱两可（这样的"两可型"在西文中不会存在）。只有抓住时态问题，才能抓住中文的独特之处。赵毅衡在《苦恼的叙述者》一书中，还谈到了另外一类直接与间接的两可型：

有时候，转述语落在间接直接之间，可间可直，无所依傍。《西游记》第八十九回：

八戒道。哥哥。我未曾看见那刁钻古怪。怎生变得他模样。行者道。那怪被老孙使定身法定住在那里。直到明方醒。我记得他模样……如此，如此，就是他的模样了。

这一段话中,孙悟空的话,不完全是直接引语,因为其中"如此如此"表明不是原话直录,但又无法视之为间接引语,因为说话者孙悟空自称我,称对方猪八戒为你。我们只能说,这是一种非常特殊的直接引语,可能是中国传统白话小说所特有。现代标点符号在此种情况下,加也不好,不加也不好,几乎完全不适用。

在我们看来,这一例中并不存在"可间可直"的问题。"如此,如此"之前有一个省略号,显然省去了孙悟空对那妖怪模样的具体描写。在具体描写之后,孙悟空再说一句"如此,如此,就是他的模样了"是完全可能的,这一例仍应被看成直接引语。赵毅衡在书中还探讨了传统白话小说中直接引语多变,引语被严重扭曲的问题,材料翔实,很有见地,给人以丰富的启迪。但他始终忽略中文里由于缺乏时态标志而造成的"可间可直"的问题,未免令人感到遗憾。

有趣的是,中文中常用的代词"自己"是模棱两可的,它也增加了第三人称叙述中"两可型"出现的机会,例如:

(1) a 鲍小姐扑向一个半秃顶,戴大眼镜的黑胖子怀里,b 这就是她所说跟(我/他)自己相像的未婚夫!(我/他)自己就像他?……(钱钟书《围城》)

(2) a 叶芳心里服气了,b 难怪解净整治思佳,思佳反而主动向她靠近。(我/她)自己处处依着他,他反而瞧不起自己。可是(我/她)自己能管得了思佳吗?(蒋子龙《赤橙黄绿青蓝紫》)

(3) a 华胜贵一怔:b 没有治住他们,反而被他们倒打一耙。(我/她)自己并没有动孙二和的衣服,孙二和怎么叫喊衣服也丢了?(蒋子龙《招风耳,招风耳!》)

上面三例中的 b 小段均为自由直接引语与自由间接引语的两可型。如前所述,自由间接引语因摆脱了引导句,受叙述语境的压力较小,体现人物主体意识的语言成分在转述语中一般能得到保留。在西方语言中,它与自由直接引语的不同常常只在于人称和时态。在没有动词时态标志的中文中,自由间接引语和自由直接引语的不同往往仅在于人称,如果人称上也无法区分,就自然成了自由间接式与自由直接式的两可型。

更为有趣的是,中文里未加人称限定的"自己""丈夫"等词语,还给小说家巧妙地转换叙述角度提供了便利。叙述角度也是本书重点关注的对象,我们在此不妨暂时偏离一下本节的正轨,看看吴组缃《樊家铺》里的一段叙述:

> 她的头脑像受了突来的一击,非常昏乱。渐渐她想起那天晚上的事。一天黄昏时候,一个满头长头发的粗大汉子走进来,手里捏着一把芦秆,亮着熊熊的火光。火光里显出一张狞恶的醉脸。"哎呀,不是老扁担吗?"**自己**惊了一下,问。"小狗子呢?""上城去了,就回来。"……不久**丈夫**就推门进来。两个人把炊壶底上凝结着的烟煤各抓了几把,涂满一脸。"你们打算干吗呀?"**自己**牙齿也颤抖起来。"你莫管。""小狗子,你可做不得那事呀!你……""也要试试看。"丈夫镇静地答。"那不行,我不许去。"**扯住他的裤带。丈夫把自己**一推,两个人拉开铺门飞跑地走了。这**一晚自己**不曾睡觉。到三更时候,**才听到卜卜的叩门声。开了门。丈夫**回来了……摸了一会,掏出八块大洋,两张钞票,另外一只金镯,望板桌上一丢。"要死嘞!是那一家?""西晁山。好厉害的眼睛呀,一见面就认得我了,就喊,就抓我。""认得了,啊?**睁大眼睛嚷。**"低声点!……""要死!"**自己**禁不住叫一声。"低声点。我说,这可是你自己讨死的啦!——自己讨死么!"线子嫂坐在门槛上,迷迷糊糊,把这些情节翻来覆去地想着。但是越想心里越火烧。她拿不出什么主意来。……(黑体为引者所加)

无论是在西文还是在中文里,全知叙述中的倒叙均只能采用第三人称,不能改用第一人称,请对比:

(A)她的头脑像受了突来的一击,非常昏乱。渐渐她想起那天晚上的事。一天黄昏时候,一个满头长头发的粗大汉子走进来……"哎呀,不是老扁担吗?"我惊了一下,问。……不久我丈夫就推门进来。两个人把炊壶底上凝结着的烟煤各抓了几把,涂满一脸。"你们打算干吗呀?"我的牙齿也颤抖起来……线子嫂坐在门槛上,迷迷糊糊,把这些情节翻来覆去地想着……

(B) 她的头脑像受了突来的一击,非常昏乱。渐渐她想起那天晚上的事。一天黄昏时候,一个满头长头发的粗大汉子走进来……"哎呀,不是老扁担吗?"她惊了一下,问。……不久她丈夫就推门进来。两个人把炊壶底上凝结着的烟煤各抓了几把,涂满一脸。"你们打算干吗呀?"她的牙齿也颤抖起来……线子嫂坐在门槛上,迷迷糊糊,把这些情节翻来覆去地想着……

倘若我们仔细对比一下《樊家铺》的原文与比较版(A),就会发现一个极为有趣的现象。比较版(A)中向第一人称叙述的转换显得突如其来,有违叙述成规,令人无法接受。而原文中的倒叙部分却给人一种线子嫂在叙述自己的故事的印象,仿佛自然而然地从第三人称全知叙述转为了第一人称叙述,显得直接而生动。这一效果源于以下三方面的原因:(1)巧妙地利用"(她/我)自己"和"(她/我)丈夫"的模棱两可,用省略人称的办法避免出现第三人称指涉;(2)暗暗采用第一人称叙述中的典型表达法"丈夫把自己一推"("她丈夫把她自己一推"显得十分笨拙,而"我丈夫把(我)自己一推"则显得较为自然);(3)用频繁省略主语的办法去掉第三人称指涉("扯住他的裤带","才听到卜卜的叩门声","开了门","睁大眼睛嚷"等句子均全部省去了主语"她")。在整个倒叙片段中,没有出现任何一例第三人称指涉,这绝不是偶然的,显然是作者为了暗地里转换叙述角度所做的精心安排。这种巧妙的隐秘转换只有在允许省略主语和代/名词人称的中文里才有可能实现。如果说这种利用中文特点的角度转换是作者有意而为的话,由于无时态标志造成的转述语的模棱两可却往往与作者的意图无关,纯粹源生于中文固有的特点。实际上,在没有西方语言作为参照系的情况下,它十分容易被人忽略,可谓"不识庐山真面目,只缘身在此山中"。在跟西方语言对比时,中文里带引导句的"两可型"转述语尤为引人注目。在吴研人的《恨海》中有这么一段:

第十章 人物话语的不同表达形式及其功能 317

　　（鹤亭）当下回到东院,再与白氏商量:不如允了亲事;但是允了之后,必要另赁房子搬开,方才便当,不然,小孩子一天天的大了,不成个话。

　　不难看出,这是无引号的直接引语与间接引语的"两可型"。赵毅衡在1987年的文章中也引用了此例,但却将其当作"间接引语"的例证,这恐怕不妥。此例中的"小孩子"既可为间接引语也可为直接引语,而语汇、用辞、口气也相当口语化,我们应当将之视为两可型。

　　用标点符号将引导动词与转述语隔开,这在中文中较为常见。这一相隔减轻了叙述语境对转述语的压力,转述语常为直接式。但有的引导动词(譬如"想起")后面是不能接标点符号的。引导动词后面紧接转述语是间接引语的典型句型。不过,在中文里,在这种句型中也能出现"两可型"(这在英文、法文等西语中是不可想象的)。请看《恨海》中的例子:

　　　　(1)棣华又想起天已经黑了,他此时不知被挤在那里?今天晚上,又不知睡在那里?

　　参见:(2)棣华又想起父亲在上海,那里知道我母女困在此处?

　　在通常的分析中,会把第(1)例视为间接引语。但既然使用同样引导动词的第(2)例可以是无引号的直接引语,为何不能把没有任何其他间接标志的例(1)看成是间接引语与无引号的直接引语的"两可型"呢?中文中出现这样的两可型是不足为奇的。在中文中,间接引语的转述语所受叙述语境的压力一般要比在西方语言中小得多。如果我们想把例(2)改为间接引语的话,只需把"我"改成"她":

　　　　棣华又想起父亲在上海,那里知道她母女困在此处?

　　在西方语言中,间接引语与无引号的直接引语之间除了人称上的差别,还有时态上的明显差别。除此之外,间接引语中转述语为从句,其开头往往有引导从句的连接词(英文中的"that"、法文中的"que"等),而不带引号的直接引语中的转述语为主句,转述语的第一个字母一般大写。在汉语中不存在这种明显的主从句差别。尽管在语法分析中也会把汉语

间接引语里的转述语分析为"从句",实际上汉语中人们的"从句意识"要薄弱得多。请对比下面的中英文:

(1) He said to himself that he seemed to be wrong.
(1A) 他对自己说他看来搞错了。

(2) He seemed to be wrong, he said to himself.
(2A) 他看来搞错了,他对自己说。

赵毅衡把第(2A)例仍然看成是"间接引语",这在中文中是可行的,但在英文中则不然。在英文中,若引导句像例(2)中那样被放到了转述语之后,转述语就自然从从句"升级"为主句(必须去掉表示从句的连接词,并将首字母由小写改为大写)。英美批评家把这样的形式不再看成"间接引语",而看成是"自由间接引语"。这样的主从意识在汉语中很淡薄。此外,在西方语言中,如果间接引语的转述语含两个以上的分句,在每个分句的句首都需加上连接词以表示这些分句均为从属于引导动词的并列从句(分句的首字母均需由大写改为小写)。汉语中无引导宾语从句的连接词(也无大小写之别),如果间接引语的转述语有两个以上的分句,从第二个分句开始,转述语就有可能完全形同于自由间接引语。

在西方语言中,有不少体现人物主体意识的语言成分无法在间接引语的转述语中出现,其原因就在于转述语是从句。在汉语中,由于这种"从句意识"十分淡薄,且从第二个分句开始,愈益淡薄,叙述语境对间接式的压力自然要比在西方语言中小得多,体现人物主体意识的语言成分在转述语中也能较为自然地得到保留。例如:

> 他的又麻又痛的心里感到这一次他准是毁了! ——不毁才是作怪:党老爷敲诈他,钱庄压逼他,同业又中伤他,又要吃倒账,凭谁也受不了这样重重的磨折罢? (茅盾《林家铺子》)

第十章 人物话语的不同表达形式及其功能

他晓得母亲是爱游逛,爱买东西的,来去又要人送——所费必不得少;倘伊家也有人来监产,——一定会有的——那可怎么办呢?非百元不可了!(朱自清《别》)

"感到""晓得"这样的引导动词后面是不可能接直接引语的。可就连这样的引导动词也限制不了转述语的"自由",这主要因为在中文里,间接引语的转述语并不像在西语中那样受从句的限制。在西方语言中,因为间接引语与无引号的直接引语在形式上差别甚大(关键是主从句差别),人们的"间接引语意识"较强,一般一采用间接引语就会做出各种形式上的相应变动(除了变时态、人称、句式,加表示从句的连接词,将首字母由大写改为小写外,还需把"今天"改为"那天","明天"改为"次日","这"改为"那","来"改为"去"等等,也一般会代以叙述者冷静、客观的言词)。在中文中,因为间接引语与无引号的直接引语在形式上差别甚微,人们的"间接引语意识"相对要弱得多,叙述语境的压力也就要小得多。叙述者常常仅变动人称,其他语言成分(譬如"今天""这里",以及人物语汇、口气等)则往往得到保留。在钱钟书的《围城》中有这么一段:

(方鸿渐)心里咒骂着周太太,今天的事准是她挑拨出来的,周经理那种全听女人作主的丈夫,也够可鄙了!可笑的是,到现在还不明白为什么周太太忽然在小茶杯里兴风作浪,自忖并没有开罪她什么呀!不过,那理由不用去追究,他们要他走,他就走,决不留连,也不屑跟他们计较是非。……

除了最后一句中的两个人称代词"他"表示这是间接引语外,这简直像无引号的直接引语。在中国文学中,由于"间接引语意识"相对较弱,也就增加了"两可型"出现的机会,因为在无人称的情况下常常无法根据语汇、用辞、口气等来判断转述语究竟是直接式还是间接式,譬如:

(1) a 鸿渐忙伸手到大褂口袋里去摸演讲稿子,只摸个空,慌得一身冷汗。b(他)想糟了!糟了!(我/他)怎么会把要紧东西遗失?家里出来时,明明搁在大褂袋里的。(钱锺书《围城》)

(2)a 女人们念一句佛,骂一句,b 又说老通宝家总算幸气,没有犯克,那是菩萨保佑,祖宗有灵!(茅盾《春蚕》)

例(1)中的 b 小段无论是作为无引号的直接引语还是作为间接引语在汉语中都显得较自然,在西文中则根本不能采用间接引语式(如英文"He thought that awful! awful!..."是明显违反语法惯例的)。在汉语中,遇到人物主体意识如此强烈的引语,我们也难以断言这是直接引语,因为汉语的间接引语也能够保留这样的语言成分。同样,在 第(2)例 b 小段中,我们既不可根据句型断言它是间接引语,也不可根据语汇、用辞、口气等断定它是无引号的直接引语,而只能说它是"两可型"。

中国文学中这样的"两可型"具有其独特的双重优点。因为没有时态与人称的变化,它们能和叙述语言融为一体(间接式的优点),同时它们又具有(无引号的)直接式才有的几乎不受叙述干预的直接性和生动性。这种双重优点的独特性在文本被译成西方语言时可看得格外清楚。翻译时,在时态上,译者必须做出明确的选择:或者用现在时或者用过去时。如果选用现在时就会把转述语与叙述语分开,容易给人以叙述受阻的感觉,因为叙述语一般都被译为过去时,这样就失去了原文属于间接式那一面的优势。如果选用过去时,虽能保留同叙述语之间的融洽,但却势必在不同程度上失去直接式几乎不受叙述干预的直接性和生动性。再加上人称上的选择,大小写的选择等等,这种难以两全的困境就会更为明显。

由于汉语内在的特点,中国小说叙述中的转述语形式有与众不同之处。我们在引进西方叙述学和小说文体学理论时,必须充分考虑中国小说中表达方式的独特性,否则很容易导致偏误。

引用文献

Anderson, D. "Sherwood Anderson's Moments of Insight." In D. Anderson (ed.), *Critical Essays on Sherwood Anderson*. Boston: Hall, 1981, 159—160.

Aristotle. "Poetics." *The Norton Anthology of World Masterpieces*, vol. 1. New York: Norton, 1973 (4th edn.), 559—564.

Bakhtin, M. *The Dialogic Imagination*. Austin: Univ. of Texas Press, 1981.

Bal, M. *Narratologie*. Paris: Klincksieck, 1977.

Bal, M. *Narratology*. C. van Boheemen(trans.). Toronto: Univ. of Toronto Press, 1985.

Banfield, A. *Unspeakable Sentences: Narration and Representation in the Language of Fiction*. London: Routledge, 1982.

Barthes, R. *Writing Degree Zero*. A. Lavers and C. Smith(trans.). New York: Hill and Wang, 1968.

Barthes, R. *S/Z*. New York: Hill and Wang, 1974.

Birch, D. *Language, Literature and Critical Practice*. London: Routledge, 1989.

Birch, D. and M. O'Toole (eds.), *Functions of Style*. London: Pinter, 1988.

Booth, S. *An Essay on Shakespeare's Sonnets*. New Haven: Yale Univ. Press, 1969.

Booth, W. C. *The Rhetoric of Fiction*. Chicago: Univ. of Chicago Press, 1961.
Booth, W. C. "Distance and point-of-view." In P. Stevick (1967): 87—107.
Bradley, A. C. *Shakespearean Tragedy*. London: Macmillan, 1965.
Bremond, C. "Le message narritif." *Communications* 4(1964): 4—32.
Bremond, C. *Logique du récit*. Paris: Seuil, 1973.
Brooks, C. and R. P. Warren. *Understanding Fiction*. New York: Crofts, 1943.
Brooks, P. *Reading for the Plot*. New York: Alfred A. Knopf, 1984.
Brown, P. and S. Levinson. *Politeness*. Cambridge: Cambridge Univ. Press, 1987.
Burton, D. *Dialogue and Discourse: A Sociolinguistic Approach to Modern Drama Dialogue and Naturally Occurring Conversation*. London: Routledge, 1980.
Burton, D. "Through Glass Darkly: Through Dark Glasses." In R. Carter (1982), 195—214.
Carter, R. (ed.), *Language and Literature*. London: George Allen and Unwin, 1982.
Carter, R. "Is There a Literary Language?" In R. Steele and T. Thread-gold (eds.), *Language Topics* II. Amsterdam: John Benjamins, 1987, 431—450.
Carter, R. and P. Simpson (eds.), *Language, Discourse and Literature: An Introductory Reader in Discourse Stylistics*. London: Unwin Hyman, 1989.
Chafe, W. L. *Meaning and the Structure of Language*. Chicago: Univ. of Chicago Press, 1971.
Chapman, R. *Linguistics and Literature*. London: Arnold, 1973.
Chatman, S. (ed.), *Literary Style: A Symposium*. Oxford: Oxford Univ. Press, 1971.
Chatman, S. *Story and Discourse*. Ithaca: Comell Univ. Press, 1978.
Chatman, S. *Coming to Terms*. Ithaca: Comell Univ. Press, 1990.
Chatman, S. and S. R. Levin (eds.), *Essays on the Language of Literature*. Boston: Houghton Mifflin, 1967.
Cluysenaar, A. *Introduction to Literary Stylistics*. London: Batsford, 1976.
Cohn, D. *Transparent Minds*. Princeton: Princeton Univ. Press, 1978.
Crane, R. S. "The Concept of Plot and the Plot of Tom Jones." In S. Stevick (1967):140—166.
Crombie, W. "Semantic Relational Structuring in Milton's *Areopagitica*." In R. Carter and P. Simpson (1989):113—120.
Culler, J. *Structuralist Poetics*. London: Routledge, 1975.

Culpeper, J. *Language and Characterization in Plays and Texts*. London: Longman, 2001.

Cummings, M. and S. Simmons. *The Language of Literature*. Oxford: Pergamon Press, 1983.

Currie, M. Postmodern Narrative Theory. New York: St. Martin, 1998.

Durant, A. and N. Fabb. *Literary Studies in Action*. London: Routledge, 1989.

Eagleton, T. *Literary Theory*. Oxford: Blackwell, 1983.

Ehrlich, S. *Point of View: A Linguistic Analysis of Literary Style*. London: Routledge, 1990.

Erlich, V. *Russian Formalism: History-Doctrine*. New Haven: Yale Univ. Press, 1981.

Fabb, N. et. al. (eds.), *The Linguistics of Writing*. London: Methuen, 1987.

Fairclough, N. *Language and Power*. London: Longman, 1989.

Fairclough, N. *Critical Discourse Analysis*. London: Longman, 1995.

Fairclough, N. "Critical Linguistics/Critical Discourse Analysis." In K. Malmkjaer (ed.), The *Linguistics Encyclopedia* (2nd edn.). London: Routledge, 2002. 102—107.

Fillmore, C. J. "The Case for Case." In E. Bach and R. T. Harms (eds.), *Universals in Linguistic Theory*. New York: Holt, Rinehart and Winston, 1968, 1—88.

Fish, S. "Literature in the Reader: Affective Stylistics." *New Literary History* 2 (1970):123—162.

Fish, S. "What Is Stylistics and Why Are They Saying Such Terrible Things about It? Part II." In S. Fish (1980):246—267.

Fish, S. *Is There a Text in This Class*? Cambridge: Harvard Univ. Press, 1980.

Fish, S. "What Is Stylistics and Why Are They Saying Such Terrible Things about It?" In S. Chatman (ed.), *Approaches to Poetics*. New York: Columbia Univ. Press, 1973; reprinted in D. C. Freeman (1981):53—78.

Fish, S. "With Greetings from the Author: Some Thoughts on Austin and Derrida." *Critical Inquiry* 8 (1982): 693—721.

Fleck, J. *Character and Context*. California: Scholars Press, 1984.

Fludernik, M. *The Fictions of Language and the Languages of Fiction*. London: Routledge, 1993.

Fludernik, M. *Towards a 'Natural' Narratology*. London: Routledge, 1996.

Fludernik, M. "Chronology, Time, Tense and Experientiality in Narrative." *Language and Literature* 12 (2003): 117—134.

Forster, E. M. *Aspects of the Novel*. Harmondsworth: Penguin, reprinted 1966.

Fowler, R. *The Language of Literature*. London: Routledge, 1971.

Fowler, R. (ed.), *A Dictionary of Modern Literary Terms*. London: Routledge, 1973.

Fowler, R. (ed.), *Style and Structure in Literature*. Ithaca: Cornell Univ. Press, 1975.

Fowler, R. *Linguistics and the Novel*. London: Methuen, reprinted 1983.

Fowler, R. *Literature as Social Discourse*. London: Batsford, 1981.

Fowler, R. *Linguistic Criticism*. Oxford: Oxford Univ. Press, 1986.

Fowler, R. "Polyphony in *Hard Times*." In R. Carter and P. Simpson (1989):76—93.

Fowler, R. , B. Hodge, G. Kress, and T. Trew (eds.), *Language and Control*. London: Routledge, 1979.

Freeman, D. C. (ed.), *Linguistics and Literary Style*. New York: Holt, Rinehart and Winston, 1970.

Freeman, D. C. (ed.), *Essays in Modern Stylistics*. London: Methuen, 1981.

Friedman, N. "Forms of Plot." *Journal of General Education* 8 (1955): 241—253.

Friedman, N. "*Point of View in Fiction*." in P. Stevick (1967): 108—137.

Gaitet, P. *Political Stylistics*. London: Routledge, 1991.

Gardam, J. *Bilgewater*. London: Hamish Hamilton Children's Books Ltd. 1976.

Garvin, P. L. (ed.), *A Prague School Reader on Esthetics, Literary Structure and Style*. Washington D. C. : Georgetown Univ. Press, reprinted 1964.

Genette, G. "Discours du réit," *A portion of Figures III*. Paris: Seuil, 1972.

Genette, G. *Narrative Discourse*. J. E. Lewin (trans.). Ithaca: Cornell Univ. Press, 1980.

Goffman, E. *Forms of Talk*. The Univ. of Philadelphia Press, 1981.

Greimas, A. J. *Semantique structurale*. Paris: Larousse, 1966.

Grice, H. P. "Logic and Conversation." In P. Cole and J. Morgan (eds.), *Syntax and Semantics 3: Speech Acts*. New York: Academic Press, 1975, 41—58.

Halliday, M. A. K. "The Linguistic Study of Literary Texts." In Chatman, S. and S. R. Levin (1967): 217—223.

Halliday, M. A. K. "Linguistic Function and Literary Style: An Inquiry into the Language of William Golding's *The Inheritors.*" In S. Chatman (1971): 330—368; reprinted in D. C. Freeman (1981): 325—360.

Halliday, M. A. K. *An Introduction to Functional Grammar.* London: Edward Arnold, 1985.

Halliday, M. A. K. "Poetry as Scientific Discourse: The Nuclear Sections of Tennyson's 'In Memoriam.'" In D. Birch and M. O'Toole (1988): 31—44.

Halperin, J. (ed.), The *Theory of the Novel.* Oxford: Oxford Univ. Press, 1974.

Halperin, J. "Twentieth-century Trends in Continental Novel-theory." In J. Halperin (1974): 375—376.

Hamburger, K. *The Logic of Literature.* M. J. Rose(trans.). Indiana: Indiana Univ. Press, 1973.

Hasan, R. "Rime and Reason in Literature." In S. Chatman (1971): 299—329.

Herman, D. (ed.), *Narratologies.* Columbus: Ohio State Univ. Press, 1999.

Herman, D. *Story Logic.* Lincoln: University of Nebraska Press, 2002.

Herman, D, M. Jahn and M. L. Ryan (eds.), *Routledge Encyclopedia of Narrative Theory.* London: Routledge, 2005.

Hirsch, E. D. *The Aims of Interpretation.* Chicago: Univ. of Chicago Press, 1976.

Hoey, M. "Discourse-Centred Stylistics: A Way Forward?" In R. Carter and P. Simpson (1989): 122—136.

Howe, I. *Sherwood Anderson.* Stanford: Stanford Univ. Press, reprinted 1968.

Jakobson, R. "Closing Statement: Linguistics and Poetics." In T. A. Sebeok (ed.), *Style in Language.* Cambridge: MIT Press, 1960, 350—377.

Kearns, M. *Rhetorical Narratology.* Lincoln and London: Univ. of Nebraska Press, 1999.

Kennedy, C. "Systemic Grammar and Its Use in Literary Analysis." In R. Carter (1982): 83—100.

Keyser, S. J. "Wallace Stevens: Form and Meaning in Four Poems." In D. C. Freeman (1981): 100—122.

Kress, G. and B. Hodge, *Language as Ideology.* London: Routledge, 1979.

Leech, G. *A Linguistic Guide to English Poetry.* London: Longman, 1969.

Leech, G. *The Stylistics Reader*. London: Arnold, 1996.

Leech, G. and M. Short. *Style in Fiction* (2nd ed.). London: Longman, 1981. Harlow: Pearson Edacation, 2007.

Leech, G. "Pragmatics, Discourse Analysis, Stylistics and the Celebrated Letter." In *Prose Studies* 2 (1983): 142—158.

Lemon, L. and M. Reis (eds.), *Russian Formalist Criticism*. Lincoln: Univ. of Nebraska Press, 1965.

Levin, S. "Deviation—Statistical and Determinate—in Poetic Language." *Lingua* XII (1963): 276—290.

Levi-Strauss, C. *Structural Anthropology*. New York: Doubleday Anchor Books, 1968.

Lodge, D. *Language of Fiction*. New York: Columbia Univ. Press, 1966.

Martin, W. *Recent Theories of Narrative*. Ithaca: Cornell Univ. Press, 1986.

McCarthy, M. and R. Carter. *Language as Discourse: Perspectives for Language Teaching*. London: Longman, 1994.

McDowell, A. "Fielding's Rendering of Speech in *Joseph Andrews* and *Tom Jones*." *Language and Style* 6 (1973):83—96.

Milic, L. T. *A Quantitative Approach to the Style of Jonathan Swift*. The Hague: Mouton, 1967.

Miller, J. H. *Fiction and Repetition*. Oxford: Basil Blackwell, 1982.

Miller, J. H. *Reading Narrative*. Norman: Univ. of Oklahoma Press, 1998.

Mills, S. *Feminist Stylistics*. London: Routledge, 1995.

Mukarovsky, J. "Standard Language and Poetic Language." In P. L. Garvin (1964): 17—30.

Nash, W. "On a Passage from Lawrence's 'Odour of Chrysanthemums.'" In R. Carter (1982): 101—122.

Ohmann, R. "Speech Acts and the Definition of Literature." *Philosophy and Rhetoric* 4 (1971):1—19.

Onega, S. and J. Landa. *Narratology*. London: Longman, 1996.

O'Toole, M. "Henry Reed, and What Follows the 'Naming of Parts.'" In D. Birch and M. O'Toole (eds.), *Functions of Style*. London: Pinter, 1988, 12—30.

Page, N. *Speech in the English Novel*. London: Longman, 1973.

Pascal, R. *The Dual Voice*. Manchester: Manchester Univ. Press, 1977.

Pearce, R. *Literary Texts*. Discourse Analysis Monographs 3. Birmingham: The Univ. of Birmingham, English Language Research, 1977.

Phelan, J. *Worlds from Words*. Chicago: Univ. of Chicago Press, 1981.

Phelan, J. and P. Rabinowitz (eds.), *A Companion to Narrative Theory*. Oxford: Blackwell, 2005.

Pratt, M. L. *Towards a Speech Act Theory of Literary Discourse*. Bloomington: Indiana Univ. Press, 1977.

Prince, G. *Narratology: The Form and Functioning of Narrative*. New York: Mouton, 1982.

Prince, G. "Narratology." In M. Groden and M. Kreiswirth (eds.), *The Johns Hopkins Guide to Literary Theory and Criticism*. Baltimore: The Johns Hopkins Univ. Press, 1994, 524—527.

Propp, V. *Morphology of the Folktale*. Austin: Univ. of Texas Press, 1968.

Rimmon-Kenan, S. *Narrative Fiction*. London: Methuen, 1983. (2nd edn.), 2002.

Rimmon-Kenan, S. "How the Model Neglects the Medium." *The Journal of Narrative Technique* 19 (1989): 157—166.

Ron, M. "Free Indirect Discourse, Mimetic Language Games and the Subject of Fiction."*Poetics Today* 2 (1981): 17—39.

Scholes, R. *Structuralism in Literature*. New Haven: Yale Univ. Press, 1974.

Schwarz, D. "Character and Characterization: An Inquiry." *The Journal of Narrative Technique* 19 (1989):85—105.

Selden, R. *A Reader's Guide to Contemporary Literary Theory*. Sussex: Harvester, 1985.

Semino, E. and J. Culpeper (eds.), *Cognitive Stylistics*. Amsterdam: John Benjamins, 2002.

Seyler, D. U. and R. A. Wilan. *Introduction to Literature*. California: Alfred, 1981.

Shen, D. "Stylistics, Objectivity, and Convention." *Poetics* 17 (1988): 221—238.

Shen, D. "On the Transference of Modes of Speech (or Thought) from Chinese Narrative Fiction into English." *Comparative Literature Studies* 28 (1991): 395—415.

Shen, D. "Narrative, Reality, and Narrator as Construct: Reflections on Genette's 'Narrating.'" *Narrative* 9 (2001): 123—129.

Shen, D. "Defense and Challenge: Reflections on the Relation Between Story and Discourse." *Narrative* 10 (2002): 222—243.

Shen, D. "Breaking Conventional Barriers: Transgressions of Modes of Focalization." In W. van Peer and S. Chatman (eds.), *New Perspectives on Narrative Perspective*. New York: SUNY Press, 2001, 159—172.

Shen, D. "Difference Behind Similarity: Focalization in Third-Person Center of Consciousness and First-Person Retrospective Narration." In C. Jacobs and H. Sussman (eds.), *Acts of Narrative*. Stanford Univ. Press, 2003, 81—92.

Shen, D. "What Do Temporal Antinomies Do to the Story-Discourse Distinction?: A Reply to Brian Richardson's Response." *Narrative* 11 (2003): 237—241.

Shen, D. "The Future of Literary Theories: Exclusion, Complementarity, Pluralism." *Ariel* 33 (2002): 159—182.

Shen, D. "What Narratology and Stylistics Can Do for Each Other." In J. Phelan and P. Rabinowitz (eds.), A Companion to Narrative Theory. Oxford: Blackwell, 2005, 136—149.

Shen, D. "Why Contextual and Formal Narratologies Need Each Other." *JNT: Journal of Narrative Theory* 35.2 (2005): 141—171.

Shen, D. "What Is the Implied Author?" *Style* 45.1(2011):80—98.

Shen, D. "'Contextualized Poetics' and Contextualized Rhetoric: Consolidation or Subversion?" In P. K. Hansen et al. (eds.), *Emerging Vectors of Narratology*. Berlin: De Gruyter, 2017, 3—24.

Shklovsky, V. "Art as Technique." In L. Lemon and M. Reis (1965): 51—57.

Short, M. (ed.). *Reading, Analysing and Teaching Literature*. London: Longman, 1989.

Short, M. "'Stylistics Upside Down': Using Stylistic Analysis in the Teaching of Language and Literature." *PALA occasional papers*, 1994.

Simpson, P. "Politeness Phenomena in Ionesco's *The Lesson*." In R. Carter and P. Simpson (1989):170—193.

Simpson, P. *Language, Ideology and Point of View*. London: Routledge, 1993.

Smith, B. H. *On the Margins of Discourse*. Chicago: Univ. of Chicago Press, 1978.

Smith, J. H. and E. W. Parks (eds.), *The Great Critics*. New York: Norton, 1939.

Spitzer, L. *Linguistics and Literary History*. Princeton: Princeton Univ. Press, 1948.

Stanzel, F. K. *Narrative Situations in the Novel*. J. P. Pusack (trans.). Bloomington: Indiana Univ. Press, 1971.

Stanzel, F. K. *A Theory of Narrative*. C. Goedsche (trans.). Cambridge: Cambridge Univ. Press, 1986.

Stevick, P. (ed.), *The Theory of the Novel*. New York: The Free Press, 1967.

Stockwell, P. *Cognitive Poetics*. London: Routledge, 2002.

Taylor, R. *Understanding the Elements of Literature*. London: Macmillan, 1981.

Thorne, J. P. "Generative Grammar and Stylistic Analysis." In J. Lyons (ed.), *New Horizons in Linguistics*. Harmondsworth: Penguin, 1970, 185 − 197; reprinted in D. C. Freeman (1981): 42−52.

Thornborrow, J. *Patterns in Language: Stylistics for Students of Language and Literature*. London: Routledge, 1998.

Todorov, T. *Littérature et signification*. Paris: Larousse, 1967.

Todorov, T. *Grammaire du Decameron*. The Hague: Mouton, 1969.

Tomashevsky, B. "Thematics." In L. Lemon and M. Reis (1965): 61−95.

Toolan, M. J. "Analysing Conversation in Fiction: An Example from *Joyce's Portrait*." In R. Carter and P. Simpson (1989):194−211.

Toolan, M. J. *The Stylistics of Fiction*. London: Routledge, 1990.

Traugott, E. C. and M. L. Pratt. *Linguistics for Students of Literature*. New York: Harcourt Brace Jovanovich, 1980.

Turner, G. W. *Stylistics*. Harmondsworth:Penguin, reprinted 1975.

Uspensky, B. *A Poetics of Composition*. Berkeley: Univ. of California Press, 1973.

Wales, K. *A Dictionary of Stylistics*(2nd edn.). Essex:Pearson Education Limited, 2001. (First edition published by Longman 1990).

Weber, J. "Dickens's Social Semiotic:The Modal Analysis of Ideological Structure." In R. Carter and P. Simpson (1989):94−111.

Weber, J. *Critical Analysis of Fiction*. Amsterdam: Rodopi,1992.

Weber, J. (ed.), *The Stylistics Reader*. London: Arnold, 1996.

Widdowson, H. G. *Stylistics and the Teaching of Literature*. London: Longman, 1975.

Wright, L. and Hope, J. *Stylistics*. London: Routledge, 1996.

［英］爱·摩·福斯特：《小说面面观》，苏炳文译，广州：花城出版社，1984年。
巴特：《叙事作品结构分析导论》，王泰来等编译：《叙事美学》，重庆：重庆出版社，1987年，第60—98页；张寅德编选：《叙述学研究》，北京：中国社会科学出版社，1989年，第2—42页。
布雷蒙：《叙述可能之逻辑》，张寅德编选：《叙述学研究》，北京：中国社会科学出版社，1989年，第153—175页。
《辞海》，上海：上海辞书出版社，1979年。
董小英：《叙述学》，北京：社会科学文献出版社，2001年。
傅修延：《讲故事的奥秘——文学叙述论》，南昌：百花洲文艺出版社，1993年。
郭鸿：《实用英语文体学》，北京：对外经贸大学出版社，1993年。
胡经之主编：《西方文艺理论名著教程》，北京：北京大学出版社，1986年。
胡亚敏：《叙事学》，武汉：华中师范大学出版社，1994年。
胡壮麟：《理论文体学》，北京：外语教学与研究出版社，2000年。
胡壮麟等编著：《系统功能语法概论》，长沙：湖南教育出版社，1989年。
刘世生：《西方文体学论纲》，济南：山东教育出版社，1998年。
罗钢：《叙述学导论》，昆明：云南人民出版社，1994年。
钱瑗：《实用英语文体学》，北京：北京师范大学出版社，1991年。
秦秀白：《文体学概论》，长沙：湖南教育出版社，1991年。
热奈特：《叙事话语、新叙事话语》，王文融译，北京：中国社会科学出版社，1990年。
申丹：《也谈中国小说叙述中转述语的独特性》，《北京大学学报》(哲社版)1991年第4期。
申丹：《美国叙事理论研究的小规模复兴》，《外国文学评论》2000年第4期。
申丹：《文学文体学与小说翻译》，北京：北京大学出版社，1995年(1998,2001重印)。
申丹：《经典叙事学究竟是否已经过时？》，《外国文学评论》2003年第2期。
申丹：《也谈"叙事"还是"叙述"》，《外国文学评论》2009年第3期。
托多洛夫：《文学作品分析》，王泰来等编译：《叙事美学》，重庆：重庆出版社，1987年，第46—54页。
王平：《中国古代小说叙事研究》，石家庄：河北人民出版社，2001年。
王守元：《英语文体学要略》，济南：山东大学出版社，2000年。
王泰来等编译：《叙事美学》，重庆：重庆出版社，1987年。
王文融：《法语文体学教程》，北京：北京大学出版社，1997年。

王阳:《小说艺术形式分析:叙事学研究》,北京:华夏出版社,2002年。
伍蠡甫主编:《西方文论选》(上卷),上海:上海译文出版社,1981年。
徐岱:《小说叙事学》,北京:中国社会科学出版社,1992年。
徐有志:《现代英语文体学》,开封:河南大学出版社,1992年。
杨义:《中国叙事学》,北京:人民文学出版社,1997年。
张德禄:《韩礼德功能文体学理论述评》,《外语教学与研究》1999年第1期。
张德禄:《功能文体学》,济南:山东教育出版社,1998年。
张寅德编选:《叙述学研究》,北京:中国社会科学出版社,1989年。
赵毅衡:《苦恼的叙述者》,北京:北京十月文艺出版社,1994年。
赵毅衡:《小说叙述中的转述语》,《文艺研究》1987年第5期。
郑乃臧、唐再兴主编:《文学理论词典》,北京:光明日报出版社,1987年。
周靖波:《电视虚构叙事导论》,北京:文化艺术出版社,2000年。

索 引

（以姓氏拼音排序）

A

埃利希（S. Ehrlich）173n
艾亨鲍姆（B. Eichenbaum）4，24，32
艾略特（T. S. Eliot）112，113
艾略特（George Eliot）214
安德森（Sherwood Anderson）209，230，257，258，261—265，268
安德森（D. Anderson）262n
奥门（R. Ohmann）124，124n，133，134
奥斯丁（Jane Austen）13，56，58，145，154，177，178，215，216，219，221，281，299，301，307，308
奥特伽（J. Ortega y Gasset）152，287
奥图尔（M. O'Tool）77n，82，83，83n，88，88n，90n
奥威尔（George Orwell）192

B

巴尔（M. Bal）8，8n，58，58n，59，59n，172，191

巴尔扎克（Honore de Balzac）51
巴赫金（M. Bakhtin）93，95，115，116，116n，117，122
巴利（C. Bally）281
巴特（R. Barthes）18，19，19n，29，30，42n，45，50，51，51n，108，108n，179，213
斑菲尔德（A. Banfield）67，67n，101，285，285n
伯顿（D. Burton）67，67n，68，68n，93，94，94n，97，97n，98—100，102
伯吉斯（Anthony Burgess）13
柏拉图（Plato）141，279
博纳（C. H. Bohner）270，270n
伯尼（Fanny Burney）281
伯奇（D. Birch）77n，82，83，83n，88，88n，90n，104，104n，144，144n
比尔（W. van Peer）148，148n，149
比尔斯（Ambrose Bierce）172
布朗（G. Brown）94
布郎宁（Robert Browning）204

布雷德利（A. C. Bradley）55，55n

布雷蒙（C. Bremond）9，9n，26，26n，27n，29，49

布龙菲尔德（L. Bloomfield）67

布鲁克斯（C. Brooks）206，206n，207

布鲁克斯（P. Brooks）37n

布斯（W. Booth）189，190，190n，211—214

C

查普曼（R. Chapman）180，181，181n

查特曼（S. Chatman）4，4n，22，22n，25，32，33，33n，34n，36n，40，40n，43，43n，57，57n，58，69n，74n，130n，131n，156n，172，172n，183，183n，194，194n，202，202n，203，211，211n，212n，214，231—233，233n，234，234n

D

戴乃迭（Gladys Yang）297，297n

德莱塞（Theodore Dreisser）13

德里达（J. Derrida）101

狄更斯（Charles Dickens）13，95，140，174，193，200，209，219，257，279，294，306

迪雅尔丹（Edouard Dujardian）290

多恩（John Donne）95，132，135

E

厄利克（V. Erlich）24n，32n，46n，49n，164n

F

菲茨杰拉尔德（F. Scott Fitzgerald）200，230，234，240，244，267，269

菲尔丁（Henry Fielding）56，145，189，199，219，231，271，281

菲尔默（C. J. Fillmore）81，81n，156

费尔克拉夫（N. Fairclough）100，100n

费莱克（J. Fleck）54，54n

费伦（J. Phelan）182，182n，187，187n

费什（S. Fish）70，101，130，130n，131—138，138n，139，140，140n，141，141n，142，142n，143，148，148n

福尔斯（John Fowles）293，308

福柯（M. Foucault）97，101

福克纳（William Faulkner）9，93，118，134

弗莱明（Ian Fleming）30

福勒（R. Fowler）14n，42，43n，44，69，69n，90，91，95，95n，97n，100，100n，103，156，156n，160，160n，174，175，175n，192，192n，193—195，206，206n，212，213，213n

弗里德曼（N. Friedman）37n，190，190n，199，199n，200，201，203，208，210，223，223n，224

弗里曼（D. C. Freeman）70n，74n，77n，83n，85n，130n，131n，132n，151，151n

福楼拜（Gustave Flaubert）3，4，45，60，108，188，214，281，299

弗洛伊德（S. Freud）40，56

弗吕德尼克（M. Fludernik）183

福斯特（E. M. Forster）16n，38，39，39n，43n，52，52n，53，54，54n，55，55n，178

G

盖太特（P. Gaitet）103，103n

高尔基（Maxim Gorky）37

戈尔丁（William Golding）14，74，76，78，84，117，156

歌德（Johann Wolfgang von Goethe）107，281

戈夫曼（E. Goffman）94，94n

格赖斯（H. P. Grice）93，94，94n，275，275n

格雷夫斯（R. Graves）118

格雷马斯（A. J. Greimas）28，28n，31，36，50，59，60，96，179

格雷斯（G. Kress）82，90，91，100，100n

果戈理（Nikoly Vasilyevich Gogol）32

H

哈代（Thomas Hardy）158，159，222，223

哈桑（R. Hasan）155，156n

海勒（Joseph Heller）146

海明威（Ernest Hemingway）117，169，171，204，207，269，270，275

韩礼德（M. A. K. Halliday）69，69n，74，74n，75—77，77n，78—80，80n，81，83，83n，84，85，85n，88，89，90，90n，91，93，100—102，120，121，121n，131，131n，132，134，156

豪（I. Howe）260，266，266n

赫尔曼（D. Herman）14n，183

赫施（E. D. Hirsch）146，146n

赫胥黎（Aldos Huxley）200

霍尔珀林（J. Halperin）108n，153n

霍克斯（David Hawkes）297，297n

霍普（J. Hope）179，179n

霍奇（R. Hodge）82，100，100n

霍伊（M. Hoey）95，96，96n

J

济慈（John Keats）111

加缪（Albert Camus）311

K

卡尔佩珀（J. Culpeper）184，184n，185，185n

卡夫卡（Franz Kafka）12，14

卡莱普基（Kalepky）281

卡勒（J. Culler）26，26n，31，31n，52，52n，60，118，118n，119n，120n，128，128n，129

卡瑟（Willa Cather）225

卡特（R. Carter）66，66n，67，68n，71n，85n，93n，94n，95n，96n，97n，120，122，122n，123，124，148n，178，178n

卡希尔（R. Cassill）264，264n，265

凯塞（S. J. Keyser）69，70，70n，138

康拉德（Joseph Conrad）6，12，85，86，151，154，175，192，208，228，237，

291, 305
克莱恩（R. S. Crane）37, 37n
克朗碧（W. Crombie）95, 95n, 96
克里斯蒂（Agatha Christie）274
克露什娜（A. Cluysenaar）127, 127n, 129, 142, 146, 157, 157n
肯尼迪（C. Kennedy）85, 85n, 86
库尔特哈德（M. Coulthard）93

L

拉封丹（Jean de La Fontaine）281
拉克洛（Choderlosde Laclos）50
莱文森（S. Levinson）94
赖特（L. Wright）179, 179n
劳伦斯（D. H. Lawrence）109—111, 134, 212, 284
劳治（D. Lodge）150, 150n, 151—155, 157, 159, 160
里蒙-凯南（S. Rimmon-Kenan）5, 5n, 7, 7n, 8, 9, 9n, 17, 17n, 21, 21n, 22n, 43, 43n, 182, 182n, 183, 183n, 191, 191n, 195, 195n, 196, 196n, 229, 229n, 232, 232n
利奇（G. Leech）13n, 15, 15n, 70, 70n, 71, 72, 72n, 73, 74n, 76, 77, 77n, 88, 92, 92n, 118n, 123, 123n, 145n, 155, 155n, 168, 168n, 169, 170, 170n, 174, 174n, 176, 177n, 195, 195n, 196, 196n, 197, 212, 212n, 280, 280n, 282, 282n, 283, 283n, 286, 286n, 287, 287n, 288, 289, 310, 310n

利思（G. Leith）281
列维-斯特劳斯（C. Lévi-Strauss）27, 27n, 28, 31, 36, 179
列文（S. Levin）151, 152n
洛克（E. Lorck）281

M

麦金托什（A. Mackintosh）83
麦卡锡（M. McCarthy）93n
麦考伯（C. MacCabe）100, 101
曼斯菲尔德（Katherine Mansfield）17, 284, 299
毛姆（Somerset Maugham）112
梅尔维尔（Herman Melville）189
弥尔顿（John Milton）95, 138
米尔斯（S. Mills）103, 184, 184n
米勒（J. H. Miller）150, 157, 157n, 158—160
米里克（L. T. Milic）130, 131n, 133
穆卡洛夫斯基（J. Mukarovsky）79, 79n, 113, 114, 114n, 116, 117, 122, 151

N

纳什（W. Nash）71, 71n

O

欧文（Wilfred Owen）109

P

帕克（E. W. Parks）44n, 46n

帕斯卡尔（R. Pascal）304n
佩奇（N. Page）279, 279n, 281—284
皮尔斯（R. Pearce）126, 127, 127n, 128, 128n, 129, 130, 133, 136
普拉斯（Sylvia Plath）68, 98, 99
普拉特（M. L. Pratt）94, 94n, 101, 120n, 124, 124n, 155, 155n, 156
普林斯（G. Prince）26n, 194
普鲁斯特（Marcel Proust）169, 238, 239n, 266, 267, 267n
普洛普（V. Propp）22, 22n, 23—32, 34—36, 49, 50, 56

Q

乔姆斯基（A. N. Chomsky）67, 102, 134
乔伊斯（James Joyce）12, 13, 45, 94, 154, 169, 189, 190, 203, 232, 290, 291, 294—296
切夫（W. L. Chafe）81, 81n

R

热奈特（G. Genette）4, 5, 5n, 6, 6n, 7, 32, 167, 167n, 168—171, 171n, 172, 173, 180, 180n, 181, 186, 186n, 189—191, 193, 196, 196n, 199, 204, 205, 205n, 206, 207, 207n, 208, 210, 231, 231n, 232, 234, 243, 243n, 257, 257n, 265, 265n, 270, 270n, 272, 272n, 274, 274n, 275, 289, 289n

S

萨克雷（William Makepeace Thackeray）214, 216, 219, 229, 292
塞尔登（R. Selden）24, 24n, 28n, 34, 34n
莎士比亚（William Shakespeare）46
申丹（D. Shen）14n, 138n, 142n, 146n, 185n, 211n
施瓦茨（D. Schwarz）45, 45n
什克洛夫斯基（V. Shklovsky）4, 24, 25, 32—35, 41, 48, 114, 152, 164, 164n, 165n, 166, 166n, 181
史蒂文斯（Wallace Stevens）70, 138, 226
史密斯（J. H. Smith）44n, 46n
史密斯（B. H. Smith）124n, 133
斯科尔斯（R. Scholes）51, 51n
斯皮泽（L. Spitzer）70, 70n, 71, 88
斯坦因（Gertrude Stein）16
斯坦泽尔（F. K. Stanzel）189, 196n, 206, 206n, 208, 208n
斯特恩（Laurence Stern）5, 24
斯托克韦尔（P. Stockwell）106n, 184, 184n, 185, 185n, 186, 186n
苏格拉底（Socrates）279
索恩（J. P. Thorne）132, 132n, 133—136
索恩博罗（J. Thoronborrow）178, 179, 179n
索绪尔（Ferdinand de Saussure）67

T

泰勒（R. Taylor）191, 191n
特劳戈特（E. C. Traugott）155, 155n, 156

特纳（G. W. Turner）146，147n

图伦（M. J. Toolan）93，93n，94，94n，100n，105，105n，145，145n，147

托多洛夫（T. Todorov）4，17，17n，18，29，29n，31，32，36，50，56，167，180，205

托尔斯泰（Lev Tolstoy）13，165，166，192

托马舍夫斯基（B. Tomashelvsky）35，35n，48，48n，164

托马斯（Dylan Thomas）114

陀斯妥耶夫斯基（Feodor Mikhailovich Dostoyevsky）243

W

威伯（J. Weber）95，95n，101，101n，102，102n

威多逊（H. G. Widdowson）108，108n，109—113，151，151n

威尔士（K. Wales）102，102n，103，103n，184，184n

威兰（R. A. Wilan）245，245n，248—251

威廉斯（R. Williams）101

维斯洛夫斯基（A. Veselovsky）46

韦尔林（S. Wareing）178，179，179n

沃伦（R. P. Warren）206，206n，207

乌斯宾斯基（B. Uspensky）192，192n，195，199

吴尔夫（Virginia Woolf）145，200，201n，284

X

希勒（D. U. Seyler）245，245n，248—251

席勒（Friedrich von Schiller）107

肖特（M. Short）13n，15，15n，70，70n，72，72n，77，77n，88，118n，144，145n，148，148n，149，155，155n，168，168n，169，170，170n，174，174n，175，175n，176，177n，195，195n，196，196n，197，212，212n，280，280n，282，282n，283，283n，286，286n，287，287n，288，289，310，310n

辛克莱（J. Sinclair）93

辛普森（P. Simpson）66，66n，67，94，94n，95n，96n，101，101n，122n，148n，176，176n，184，192n，195，195n

雪莱（Percy Bysshe Shelley）109，110

Y

雅克布森（R. Jakobson）114n

亚里士多德（Aristotle）33，33n，34，36，37，39，39n，40，42—46，56，189

杨宪益（Yang Hsien-yi）297，297n

伊格尔顿（T. Eagleton）119，119n，181，181n

Z

詹姆森（F. Jameson）101

詹姆斯（Henry James）3，4，9，56，174，188，189，192，203，210，214，236，242，271

朱斯（M. Joos）138

后 记

《叙述学与小说文体学研究》最初是北京大学出版社1998年推出的,出版后受到广泛关注,据中国知网的检索,截至2018年11月22日,引用已超5400次,其中学术期刊上的引用超过2000次①,但有一些作者在引用时误把书名中的"叙述学"写成了"叙事学"。其实,正如我在《也谈"叙事"还是"叙述"》(载《外国文学评论》2009年第3期)中所阐明的,如果涉及的是故事结构或者同时涉及故事层和表达层,应该采用"叙事学"这一名称,只有在仅仅涉及表达层时,才应采用"叙述学"(详见本书附录一)。文体学关注的是对故事内容的文字表达,为了强调与文体学的关联,我采用了"叙述学与小说文体学研究"这一书名,但本书有的部分(尤其是第二章)探讨的是故事结构,就这些部分而言,"叙事学"一词应更为妥当。在难以"两全"的情况下,为了文内的一致性,本书作为权宜之计统一采用了"叙述学"。

北京大学出版社在2007年推出了本书第三版第三次印刷本,但早已售罄,近年来不断有读者反映想购买而不能如愿。本书2015年入选中文学术图书引文索引(CBKCI),这也使得本

---

① 引用是逐年增加的。在本书面世刚一年多,引用还很少时,获得北京市第六届哲学社会科学优秀成果奖二等奖,也几乎同时获得第四届全国优秀外国文学图书奖一等奖(该届唯一的专著一等奖)。非常感谢评委一开始就肯定了这本书。

书的再版变得更为迫切。本书聚焦于经典叙述学。2010年北京大学出版社推出了我跟王丽亚合著的《西方叙事学:经典与后经典》,那本书也受到读者朋友的欢迎。根据《中国高被引图书年报》(2016),在2010—2014年出版的图书中,此书的期刊引用率在世界文学类排名第一(被引650次)。撇开后经典叙事学不提,就我自己撰写的经典叙述学/叙事学部分而言,这两本书在以下几方面形成一种对照和互补的关系。首先,本书中篇聚焦于文体学理论,下篇探讨经典叙述学与小说文体学的关系,而《西方叙事学:经典与后经典》则没有辟专章讨论文体学;其次,本书研究的情节观(第二章)、人物观(第三章)在另一本书中由王丽亚负责撰写,两人的探讨形成一种互补关系;再次,由于另一本书是教材,因此省略了对有的问题的深入探究,如本书第九章第三节"第一人称叙述与第三人称有限视角叙述在视角上的差异"、第五节"视角越界现象"在另一本书中被完全略去,又如本书第十章第三节"中国小说叙述中转述语的独特性"在另一本书中也无容身之地。此外,即便涉及的是同样的话题,两本书在某些实例选择、商榷对象、研究范畴和探讨重点上都有所不同。就视角分类而言,两本书也提出了不同的分类法,各有所长,互为补充。

笔者非常感激读者朋友对拙著的厚爱,同时也为自己所处的学术环境感到幸运:改革开放以来,国内学术界重视形式审美研究,对经典叙述学(叙事学)的兴趣经久不衰。叙述学分为经典和后经典这两个不同流派,前者主要致力于叙事语法和叙述诗学——且合称"叙事诗学"——的建构,后者则十分注重语境中的具体作品分析。尽管西方经典叙述学兴盛于20世纪60至70年代,而后经典叙述学80年代后期才开始兴起,两者之间却并非一种简单的替代关系。就叙事作品阐释而言,关注语境的后经典叙述学确实取代了将作品与语境相隔离的经典叙述学。但就叙事诗学而言,经典叙述学和后经典叙述学之间实际上存在着互利互惠的对话关系。笔者在美国 *Journal of Narrative Theory* 2005年夏季刊上发表了"Why Contextual and Formal Narratologies Need Each Other"一文,探讨了经典和后经典叙述学之间相互依存的关系。一般认为后经典叙述学是经典叙述学的"克星",笔者则将后经典叙述学称为经典叙事诗学的"救星"。20世纪80年代以来,被有的西方学者宣告"死亡"了的经典叙事诗学为后经典式的作品解读提供了不少有力的分析工具,而正是由于后经典叙述学家采用这些工具来解读作品,才使得经典叙事诗学成为当下的有用之物。此外,后经典叙述学家在经典叙事诗学的基础上不断建构新的结构模式和提出新的结构概念,这可视为对经典叙事诗学的拓展和补充。2017年,De Gruyer 出版社推出了 Per Krogh Hansen, John Pier 等欧洲叙事学家主编的 *Emerging Vectors of Narratology*,书中的第一篇论文"'Contextualized Poetics' and Contextualized Rhetoric: Consolidation or Subversion?"出自笔者之手,再次捍卫了经典叙事诗学。本书致力于对经典叙事诗学的基本模式和概念进行深入系统的评析,力求澄清有关混乱,并通过实例分析来修正、补充有关理论和分析模式,以便为叙事批评提供有用的基本工具。

　　本书评介了文体学的主要流派,但重点放在与经典叙述学直接对应的"文学文体学"这一流派上。若想进一步了解文体学其他方面的新发展,可参看笔者主编的《西方文体学的新发展》(上海外语教育出版社,[2008]2011),该书重点介绍了21世纪以来西方文体学的新进展。若对后经典叙述学感兴趣,则可参看申丹、韩加明、王丽亚合著的《英美小说叙事理论研究》(北京大学出版社,[2005]2018),笔者撰写的那一部分(203—398页)聚焦于后经典叙事理论,与关注经典叙述学的本书构成一种互为补充的关系。

　　本书的主要特点之一在于将经典叙述学与文学文体学相结合。两个学科各自的片面性和两者之间的互补性越来越受到国际学术界的关注。笔者撰写的"How Stylisticians Draw on Narratology: Approaches, Advantages and Disadvantages"2005年由美国的 *Style* 作为首篇论文发表于第39卷第4期。著名美国叙事理论家 James Phelan 和 Peter J. Rabinowitz 也邀请笔者就叙述学与文体学的互补关系撰写了一篇论文"What Narratology and Stylistics Can Do for Each Other",收入他们主

编的 *A Companion to Narrative Theory*（Blackwell 出版社，[2005]2008 年版）。Routledge 出版社 2014 年推出的 *The Routledge Handbook of Stylistics* 也登载了笔者应著名文体学家 Michael Burke 之邀而撰写的一章"Stylistics and Narratology"。

　　本书和《英美小说叙事理论研究》都致力于理论评介，若有实例分析，也是用于说明理论模式或理论概念。笔者的另一部专著《叙事、文体与潜文本——重读英美经典短篇小说》（北京大学出版社，[2009]2018）则呈相反走向，重点在于阐释作品，理论概念和模式主要构成分析工具。从该书书名就可看出，这部专著着重于综合采用叙述（事）学和文体学的方法来挖掘经典作品长期以来被掩盖的深层意义。如果这种努力取得了一定成功的话，在很大程度上得益于本书和《英美小说叙事理论研究》等理论专著为分析所做的理论铺垫和所提供的分析方法。

　　就本书自身而言，尽管曾精心修订，十多年前面世的第三版还是遗留了一些问题，且有的内容已经过时。本版进行了一些局部增删，根据目前国际上研究的发展，更新了书中的相关内容，对有的问题做了进一步说明，而且借修订的机会，更正了书中残留的个别疏漏。此外，还用附录的形式，增加了三篇论文，详细深入地阐述了本书涉及的一些话题。本书的引用文献还是保留了原来的格式，这种格式主要受我在英国留学时采用的引用方式的影响。后来我改用了美国 MLA 的格式。本书权且保留原来的历史面貌吧。

　　值得一提的是，写这样一本书的念头，我在爱丁堡大学读完博士不久就产生了。在爱丁堡时，我读了一些语言学和文学的课程，但主攻方向是文体学。在研究小说的过程中，我发现文体学仅仅关注作者的文字选择，忽略小说的结构规律、叙事机制和叙述技巧等，而后者正是叙述学的研究对象。可以说，叙述学与文体学之间存在互为对照、互为补充的辩证关系。这引发了我研究叙述学的兴趣。回国前，著名美国叙述（事）学家 Gerald Prince 曾来函邀请我赴美做一年博士后研究，虽然由于种种原因未能成行，我研究叙述学的兴趣却有增无减。

回国一段时间后,我萌发了写一本以叙述学和小说文体学为主要探讨对象的小说理论专著的念头。为此,我申请了国家社科基金并成功立项。当初报的题目是"外国小说理论",然而,在写作过程中,发现"叙述学与小说文体学研究"这一标题,更有利于反映研究的特色,也有利于将研究引向深入。迄今为止,国内外尚未出现对叙述学与文体学的理论同时展开深入研究的专著,希望本书对此是个有益的补充。

本书的部分内容我已在北京大学的《小说理论与批评方法》和《文学文体学》课上讲授。修课的硕士、博士研究生和访问学者,在课堂讨论和课程论文中提出种种看法和挑战,对我启发良多。本书的不少内容已在 Poetics, Comparative Literature Studies, Narrative,《外国文学评论》《外语教学与研究》《国外文学》《外国语》《北京大学学报(哲学社会科学版)》《外语与外语教学》《山东外语教学》等期刊上发表。在成书的过程中,我对相关内容进行了不同程度的增删和修订,改进了一些以前不够成熟的想法,调整了研究问题的角度。

在本书的写作以及修改过程中,我得到了各方面的热情鼓励、关心和各种形式的帮助,令我十分感激。因为"文革"和中学被分配学俄语的原因,我高中毕业时仅认识十几个英文字母,后来能在叙述(事)学和文体学研究方面取得一些成绩,离不开在成长过程的每一步所得到的大力扶持。我感恩在北大工作期间,博大精深的燕园的滋养,同事、领导和学生的帮助和厚爱;感恩国内外学界同行的鼓励和支持;感恩家人给予我的关爱和陪伴。

最后,感谢北京大学出版社一直以来对本书的兴趣,将之多次再版和重印。感谢张冰编审和郝妮娜编辑为本书此次再版所付出的辛劳。

申 丹
2018 年 11 月于燕园

附录一

也谈"叙事"还是"叙述"?*

申 丹

内容提要 汉语中"叙事"与"叙述"两个术语的使用日益混乱,这让很多学者备感忧虑。赵毅衡率先在《外国文学评论》上发表专文,就两个术语的使用展开探讨,主张摒弃"叙事"而统一采用"叙述"。本文参与这一讨论,从语言的从众原则、学理层面、使用方便性等三方面加以论证,说明在哪些情况下应该采用"叙述",而在哪些情况下则依然应该采用"叙事"。

关键词 叙事 叙述 从众原则 学理层面 澄清混乱

赵毅衡先生在《外国文学评论》2009 年第 2 期发表了《"叙事"还是"叙述"?——一个不能再"权宜"下去的术语混乱》一文(以下引用此文时将随文注明页码,不再另行做注),提出"两词不分成问题,两词过于区分恐怕更成问题"。该文主张不要再用"叙事",而要统一采用"叙述",包括派生词组"叙述者""叙述学"

---

* 此文发表于《外国文学评论》2009 年第 3 期。

"叙述理论""叙述化"等。然而,笔者认为这种不加区分,一律采用"叙述"的做法不仅于事无补,而且会造成新的问题,因为在很多情况下,有必要采用"叙事"一词。

一、语言的从众原则

赵毅衡为摒弃"叙事"而仅用"叙述"提供的第一个理由是"语言以从众为原则",而从众的依据则仅为"百度"搜索引擎上的两个检索结果:"叙述"一词的使用次数是"叙事"的两倍半,"叙述者"的使用次数则是"叙事者"的 4 倍。然而,赵毅衡没有注意到,同样用"百度"检索(2009 年 6 月 12 日),"叙事研究"的使用次数(136,000)高达"叙述研究"(7,410)的 18 倍;"叙事学"的使用次数(137,000)也是"叙述学"(28,000)的 4.9 倍;"叙事理论"的使用次数(28,700)为"叙述理论"(3480)的 8 倍;"叙事化"的使用次数(7,180)也是"叙述化"(1730)的 4 倍。此外,"叙事模式"的使用次数(108,000)是"叙述模式"(38,900)的 2.8 倍;"叙事艺术"的使用次数(121,000)则接近"叙述艺术"(15,400)的 8 倍;"叙事结构"的使用次数(232,000)也几乎是"叙述结构"(34,000)的 7 倍;"叙事作品"的使用次数(26,800)则高达"叙述作品"(2,520)的 10 倍;"叙事文学"的使用次数(51,500)则更是高达"叙述文学"(3,320)的 15 倍。

既然探讨的是学术术语,我们不妨把目光从大众网站转向学术研究领域。据中国学术期刊网络出版总库"哲学与人文科学"专栏的检索,从 1994 年(该总库从该年开始较为全面地收录学术期刊)至 2009 年(截至 6 月 12 日),标题中采用了"叙事"一词的论文共有 8386 篇(占总数的74.6%),而采用了"叙述"一词的则仅有 2126 篇(仅占总数的 25.4%);关键词中采用了"叙事"一词的共有 4383 篇(占总数的 93.9%),而采用了"叙述"一词的则只有 267 篇(仅占总数的 6.1%——前者多达后者的 16 倍)。此外,标题中采用了"叙事学"一词的共有 358 篇(占总数的 80%),而采用了"叙述学"一词的则只有 72 篇(仅占总数的 20%);关键词中采用了"叙事学"的共有 318 篇(占总数的 83.6%),而采用了"叙述学"的则只有 52 篇(仅占总数的

16.4%)。与此相类似,标题中采用了"叙事理论"一词的共有 86 篇(占总数的 91.7%),而采用了"叙述理论"的则只有 8 篇(仅占总数的 9.3%);关键词中采用了"叙事理论"的共有 45 篇(占总数的 93.3%),而采用了"叙述理论"的则只有 3 篇(仅占总数的 6.7%)。①

让我们再看看在这一学术数据库的同期检索中,"叙事"和"叙述"其他派生词组的使用情况。标题中采用了"叙事艺术"一词的论文共有 443 篇而采用了"叙述艺术"的则只有 49 篇(前者高达后者的 9 倍),关键词中采用了"叙事艺术"的共有 250 篇而采用了"叙述艺术"的则只有 26 篇(前者也是后者的 9 倍);标题中采用了"叙事结构"一词的论文共有 309 篇而采用了"叙述结构"的则只有 34 篇(前者也高达后者的 9 倍),关键词中采用了"叙事结构"的共有 455 篇而采用了"叙述结构"的则仅有 74 篇(前者为后者的 6 倍);标题中采用了"叙事策略"一词的论文共有 487 篇而采用了"叙述策略"的只有 78 篇(前者也是后者的 6 倍),关键词中采用了"叙事策略"的共有 372 篇而采用了"叙述策略"的则只有 85 篇(前者为后者的 4 倍);标题中采用了"叙事模式"一词的论文共有 309 篇而采用了"叙述模式"的仅有 70 篇(前者也是后者的 4 倍),关键词中采用了"叙事模式"的共有 346 篇而采用了"叙述模式"的只有 62 篇(前者为后者的 5.6 倍);标题中采用了"叙事作品"一词的共有 29 篇而采用了"叙述作品"一词的仅有 1 篇;关键词中采用了"叙事作品"的共有 34 篇而采用了"叙述作品"的也仅有 1 篇。

也就是说,在学术研究领域,绝大部分论著采用"叙事",而非"叙述",但有一个例外,即"叙述者"。这个学术期刊数据库与"百度"这一大众搜索引擎都显示出对"叙述者"的偏爱。在该学术数据库中,标题中采用了"叙述者"一词的论文有 210 篇(占总数的 87.1%),而采用"叙事者"的则

---

① 据该数据库的检索,1994 年至 2009 年,只有两篇论文在标题或关键词中用了"叙述化",也只有一篇论文在标题或关键词中用了"叙事化";但有 73 篇论文在标题中采用了"叙事性",为"叙述性"(17 篇)的 4 倍,且有 113 篇论文在关键词中用了"叙事性",为"叙述性"(23 篇)的 5 倍。

仅有 27 篇(占总数的 12.9%);关键词中采用了"叙述者"的共有 652 篇(占总数的 90.5%),而采用了"叙事者"的则只有 62 篇(仅占总数的 9.5%)。笔者一向主张用"叙述者",而不要用"叙事者",这与赵毅衡提到的"从众原则"倒是相符,但正如下文将要说明的,笔者的依据并不是因为从众的需要,而是出于学理层面的考虑。至于中心术语"叙事"和"叙述"以及其他各种派生词组,根据赵毅衡的"从众"原则,在学术研究领域就应摒弃"叙述"而仅保留在使用频次上占了绝对优势的"叙事",这与他的主张恰恰相反。笔者认为,出于学理层面的考虑,应该具体情况具体分析,有的情况下需采用"叙事",有的情况下则需采用"叙述"。

二、学理层面的考虑

在学理层面,首先让我们看看汉语中"叙事"和"叙述"这两个词的结构。"叙事"一词为动宾结构,同时指涉讲述行为(叙)和所述对象(事);而"叙述"一词为联合或并列结构,重复指涉讲述行为(叙+述),两个词的着重点显然不一样。赵毅衡在文中引出了《古今汉语词典》的定义,"叙述"——对事情的经过做口头或书面的说明和交代;"叙事"——记述事情。赵毅衡仅看到两者的这一区别:即"叙述"可以口头可以书面,而"叙事"则只能书面。正如赵毅衡所说,这一区分在研究中站不住。但赵毅衡忽略了另一至关重要的区别,"叙述"强调的是表达行为——"做口头或书面的说明和交代",而"叙事"中,表达行为和表达对象则占有同样的权重。让我们再看看《现代汉语词典》(2002 年版)对于"叙事"和"叙述"的界定:

> 叙述:把事情的前后经过记载下来或说出来
> 叙事:叙述事情(指书面的):叙事文/叙事诗/叙事曲
> (叙事诗:以叙述历史或当代的事件为内容的诗篇)

正是因为"叙述"仅强调表达行为,而"叙事"(叙述+事情)对表达行为和所述内容予以同等关注,因此在涉及作品时,一般都用"叙事作品"或"叙事文学"("叙事文""叙事诗""叙事曲"),而不用"叙述作品"或"叙述文学"。而既然"叙述"强调的是表达行为,作为表达工具的讲述或记载故事的人,就宜用"叙述者"来指代。只要我们根据实际情况,把"叙事"的范畴拓展到口头表达(当代学者都是这么看和这么用的),汉语中"叙事"和"叙述"的区分就能站住脚,研究中则需根据具体情况择一采用(详见下文的进一步讨论)。

那么英文的 narratology(法文的 narratologie)是应该译为"叙事学"还是"叙述学"呢?要回答这一问题,不妨先看看 narratology 中一个最为关键的基本区分,即"故事"与"话语"的区分。这一区分由法国学者托多罗夫于 1966 年率先提出,①在西方研究界被广为采纳,②堪称"narratology 不可或缺的前提"③美国学者查特曼就用了《故事与话语》来命名他的一部很有影响的经典叙事学著作。④所谓"故事",就是所表达的对象,是"与表达层或话语相对立的内容层"。⑤"话语"则是表达方式,是"与内容层或故事相对立的表达层"。⑥ 让我们以这个二元区分以及汉语中对"叙述"和"叙事"的区分为参照,来看"narratology"究竟该如何翻译。

在为《Johns Hopkins 文学理论与批评指南》撰写"narratology"这一词条时,普林斯根据研究对象将 narratology 分成了三种类型。⑦第一类

---

① Tzvetan Todorov,"Les categories du recit litteraire,"*Communications* 8 (1966),126.

② 诚然,有的叙事学家采用的是三分法,如 Gerard Genette 在 *Narrative Discourse* (Ithaca: Cornell UP, 1980)中区分的"故事""话语""叙述行为",以及 Shlomith Rimmon-Kenan 在 *Narrative Fiction* (London: Routledge, 1983)中区分的"故事""文本""叙述行为";Mieke Bal 在 *Narratology* (Toronto: Toronto UP, 1985)中区分的"素材""故事""文本"等,但这些三分法实际上换汤不换药,参见拙文 Dan Shen, "*Narrative, Reality, and Narrator as Construct: Reflections on Genette's 'Narrating*,'" Narrative 9 (2001): 123—129.

③ Jonathan Culler, *The Pursuit of Signs: Semiotics, Literature, Deconstruction*, Ithaca: Cornell UP, 1981, p. 171.

④ Seymour Chatman, *Story and Discourse*, Ithaca: Cornell UP, 1978.

⑤ Gerald Prince, *A Dictionary of Narratology*, Lincoln: Univ. of Nebraska Press, 1987, p. 91.

⑥ Ibid., p. 21.

⑦ Gerald Prince, "Narratology," in Michael Groden and Martin Kreiswirth (eds.), *The Johns Hopkins Guide to Literary Theory and Criticism*, Baltimore: The Johns Hopkins UP, 1994, pp. 524—527.

在普洛普的影响下,抛开叙述表达,仅研究故事本身的结构,尤为注重探讨不同叙事作品所共有的事件功能、结构规律、发展逻辑等。在普洛普的眼里,下面这些不同的故事具有同样的行为功能:

1. 沙皇送给主人公一只鹰,这只鹰把主人公载运到了另一王国。

2. 一位老人给了苏森科一匹马。这匹马把他载运到了另一王国。

3. 公主送给伊凡一只戒指。从戒指里跳出来的年轻人把他运送到了另一王国。

普洛普对行为功能的研究是对故事事件之共性的研究。他不仅透过不同的叙述方式,而且还透过不同的表层事件,看到事件共有的某种深层结构,并集中研究这种故事结构。我们所熟悉的法国结构主义学者布雷蒙、列维-斯特劳斯、格雷马斯等人的 narratology 研究都在故事层次上展开。① 在这派学者看来,对故事结构的研究不仅不受文字表达的影响,而且也不受各种媒介的左右,因为文字、电影、芭蕾舞等不同媒介可以叙述出同样的故事。诚然,后来也有不少学者研究个体故事的表层结构,而不是不同故事共有的结构,但这种研究也是抛开叙述表达进行的(叙述方法——譬如无论是倒叙还是预序,概述还是详述——一般不会影响故事的表层结构)。就这一种"narratology"而言,显然应译成"叙事学",而不应译成"叙述学",因为其基本特征就是抛开叙述而聚焦于故事。

第二类"narratology"研究呈相反走向,认为叙事作品以口头或笔头的语言表达为本,叙述者的作用至关重要,因此将叙述"话语"而非所述"故事"作为研究对象,其代表人物为热奈特。就这一种"narratology"而言,显然应译成"叙述学",而不应译成"叙事学",因为其基本特征就是无

---

① 参见申丹:《叙述学与小说文体学研究》(第3版),北京:北京大学出版社,2004年,第二章。

视故事本身,关注的是叙述话语表达事件的各种方法,如倒叙或预叙,视角的运用,再现人物话语的不同方式,第一人称叙述与第三人称叙述的对照等。

第三类 narratology 以普林斯本人和查特曼、巴尔、里蒙-凯南等人为代表,他们认为故事结构和叙述话语均很重要,因此在研究中兼顾两者。至于这一类 narratology,由于既涉及了叙述表达层,又涉及了故事内容层,因此应译为"叙事学"。这一派被普林斯自己称为"总体的"或"融合的"叙事学。

普林斯在此前为自己的《叙事学辞典》撰写"narratology"词条时,①将不同种类的"narratology"研究分别界定为:(1)受结构主义影响而产生的有关叙事作品的理论。Narratology 研究不同媒介的叙事作品的性质、形式和运作规律以及叙事作品的生产者和接受者的叙事能力。探讨的层次包括"故事""叙述"和两者之间的关系。(2)将叙事作品作为对故事事件的文字表达来研究(以热奈特为代表)。在这一有限的意义上,narratology 无视故事本身,而聚焦于叙述话语。(3)采用相关理论模式对一个作品或一组作品进行研究。我们若撇开第(3)种定义所涉及的实际分析不谈,不难看出第(1)种定义涵盖了前文中的第一类和第三类研究,②应译为"叙事学",而第(2)种定义则仅涉及前文中的第二类研究,故应译为"叙述学"。令人遗憾的是,赵毅衡把第一个定义简化为"受结构主义影响而产生的有关叙事作品的理论",把第二个定义也简化为"将叙事作品作为对故事事件的文字表达来研究",然后得出结论说"原文的两个定义,其实是一回事,看不出为什么要译成汉语两个不同的词"(p. 230)③。既然是一回事,普林斯又为何要在同一词条中给出两个不同定

---

① Gerald Prince, *A Dictionary of Narratology*, p. 65.
② 正如我们在前文中所看到的,普林斯在几年之后为 *The Johns Hopkins Guide to Literary Theory and Criticism* 撰写"narratology"这一词条时,把这一定义描述的研究分解成了第一类和第三类,这样就更为清晰了。
③ 赵毅衡在此是对申丹、韩加明、王丽亚《英美小说叙事理论研究》(北京大学出版社,2005 年)第 1 页的注 2 的评论,那一注解给出了这里的所有文字,而赵先生却仅引用了两个定义的第一句话。赵先生还引用了普林斯的原文,但两个定义也均仅引用了第一句话。

义呢？经过赵先生这样的简化引用，确实不易看出两者的区别，但只要耐心把定义看全，就不难看出两种 narratology 研究的明显差异。第（1）个定义中的"不同媒介"指向前文中的第一类研究，普林斯此处的原文是"regardless of medium of representation"（不管是什么再现媒介），这指向抛开叙述话语，连媒介的影响都不顾，而仅对故事的共有结构所展开的研究。与此相对照，在第（2）个定义中，普林斯则特意说明："In this restricted sense, narratology disregards the level of story in itself"（在这一有限的意义上，narratology 无视故事层次本身）。这一类以热奈特为代表的 narratology 研究，把故事本身的结构抛到一边，而仅研究叙述表达技巧，呈现出一种截然相反的走向。前者让我们看到的是不同叙述话语后面同样的故事结构，后者则遮蔽故事结构，而让我们看到每一种叙述表达所产生的不同意义。普林斯此处的第（1）种定义还涵盖了上面的第三类研究，即对"故事"和"话语"都予以关注的"总体"研究，这也与仅关注叙述话语的"有限"或"狭窄"的（restricted）第二类研究形成鲜明对照。

赵毅衡先生之所以看不到这些不同种类的 narratology 研究之间的差别，一个重要原因是他忽略了"故事"层与"话语"层这一叙事学最为关键的区分。他在文中写道：

> 第二种[区分]，谈技巧，应当用"叙述"；谈结构，应当用"叙事"。申丹、韩加明、王丽亚在《英美小说叙事理论研究》（北京大学出版社，2005年）一书的"绪论"中有一个长注，说"'叙述'一词与'叙述者'紧密相联，宜指话语层次上的叙述技巧，而'叙事'一词则更适合涵盖故事结构和话语技巧这两个层面。"这个结构与技巧的区分，实际写作中无法判别，也就很难"正确"使用。

笔者在这里区分的是"话语"层次的技巧和"故事"层次的结构，实质上是对"叙述话语"和"所述故事"这两个层次的区分。遗憾的是，赵先生把层次区分完全抛到一边,而仅仅看到对"技巧"和"结构"的区分,这当然站不住——虽然一般不会说故事本身的"技巧",但在"话语"层上,却有各种"叙述结构"的存在。赵先生的这种"简化表达"不仅遮蔽了原本清晰的层次区分,而且有可能会造成某种程度的概念混乱。

只要我们能把握"叙述话语"和"所述故事"这两个不同层次的区分,把握"叙述"一词对叙述表达的强调,对"叙事"和"叙述"这两个术语做出选择并不困难。我建议:

1. 统一采用"叙述者"来指代述说或记载故事的人;采用"叙述学""叙述理论""叙述研究"或"叙述分析"来指称对叙述话语展开的理论研究或实际分析;采用"叙述技巧""叙述策略""叙述结构""叙述模式""叙述艺术"等来指称话语表达层上的技巧、策略、结构、模式和艺术。

2. 采用"叙事学""叙事理论""叙事研究"或"叙事分析"来指称对故事结构展开的理论研究或实际分析;采用"叙事策略""叙事结构""叙事模式""叙事艺术"来指称虚构作品中故事层次的策略、结构、模式和艺术性。①

3. 采用"叙事学""叙事理论""叙事研究"或"叙事分析"来指称对故事和话语这两个层次展开的理论研究和实际分析;采用"叙事策略""叙事结构""叙事模式""叙事艺术"来涵盖故事和话语这两个层次的策略、结构、模式和艺术。

4. 采用"叙事作品""叙事文学""叙事体裁"来指称小说和叙事诗等,但对于(后)现代主义文学中基本通篇进行叙述实验或叙述游戏的作品,也不妨采用"叙述作品"。

---

① 我们知道,虚构叙事中的故事是艺术建构的一部分,对故事的情节结构(尤其是事件的表层结构)的选择也是作者的艺术创造。

5. 保持文内的一致性。遇到难以兼顾的情况时,①需要决定究竟是用"叙述学"还是"叙事学"或做出其他相关选择(可用注解加以说明),在文中则应坚持这一选择,不要两者混用。

这种有鉴别、有区分的使用才能真正澄清混乱。若像赵毅衡建议的那样,摒弃"叙事"而一律采用"叙述",我们就会被迫用"叙述结构"来指称跟叙述无关的故事结构,或被迫把"叙事诗"②说成是"叙述体裁"或"叙述作品",如此等等,这难免造成学理层面更多的混乱。

三、使用的方便性

赵毅衡认为如果统一采用"叙述",在使用上会更为方便。他提到就下面这三个句子而言,用"叙事"就无法处理:(1)"一个有待叙事的故事",(2)"你叙事的这个事件",(3)"这个事件的叙事化方式"。不难看出,他的这一论点的前提是统一采用"叙事",而完全摒弃"叙述"。这当然会造成不便。但只要我们保留"叙述",根据实际情况加以采用,就不会有任何不便。前两句可以很方便地改为"一个有待叙述的故事"和"你叙述的这个事件"。至于第三句,出于学理的考虑,我们则不能为了方便把"叙事化"简单地改为"叙述化"。叙事研究中的"narrativization"经常指读者通过叙事框架将故事碎片加以自然化,具体而言,

> 就是将叙事性这一特定的宏观框架运用于阅读。当遇到带有叙事文这一文类标记,但看上去极不连贯、难以理解的叙事文本时,读者会想方设法将其解读成叙事文。他们会试图按照自然讲述、经历

---

① 我在给自己的第一本 narratology 的书命名时,就遇到了难以兼顾的情况:该书聚焦于 narratology 与文体学的互补性,强调叙述表达,因此 narratology 应译为"叙述学",但该书有的部分(尤其是第二章)探讨了故事结构,就这些部分而言,"叙事学"一词应该更为妥当。在难以"两全"的情况下,为了文内的一致性,我只好作为权宜之计统一采用"叙述学"一词。此外,有时候还会受到以往译著的牵制,若借鉴或引用相关译著,就得采用现有的译名。譬如,从学理层面考虑,热奈特的经典著作应该译为《叙述话语》,但笔者有时会引用直接从法文译入汉语的王文融先生的译本,而该译著采用了"叙事话语"。

② 赵毅衡本人在文中也赞成沿用"叙事诗"(p. 232)。

或观看叙事的方式来重新认识在文本里发现的东西;将不连贯的东西组合成最低程度的行动和事件结构。①

这样的"narrativization"仅涉及故事这一层次,是将不连贯的故事碎片组合成"最低程度的行动和事件结构",这显然不宜改成"叙述化",而需要用"叙事化"。从这一实例就可看出,若摒弃"叙事",我们在研究时就会遇到很大的不便,难以在汉语中为这种"narrativization"和与之密切相关的"narrativity"(叙事性)找到合适的对应术语。

"叙事"和"叙述"这两个术语都保留,还能给这样的表达提供方便——意识流小说"不追求叙事,只是叙述,注重语言自身,强调符号的任意性,并不指向事件"②。我们不妨看看赵毅衡另一篇论文中的一段相关文字:

> 有人提出小说中也出现了"叙述转向"[narrative turn],这个说法似乎有点自我矛盾,小说本来就是叙述。提出这个观点的批评家指的是近30年小说艺术"回归故事"的潮流。③

赵先生提到的"自我矛盾"并非"narrative turn"这一术语带来的,而是他采用的"叙述转向"这一译法所造成的。只要我们改用"叙事转向",就能很方便地解决这一矛盾,请比较:

> 有人提出小说中也出现了"叙事转向"(narrative turn)。小说原本是"叙事"的,即讲故事的,但第一次世界大战以后,不少小说家热衷于叙述实验,严重忽视故事。然而,近30年来,小说艺术又出现了"回归故事"的潮流。

---

① Monika Fludernik, *Towards a 'Natural' Narratology*, London: Routledge, 1996, p.34.
② 易晓明:《非理性视阈对小说叙事的变革意义》,《江西社会科学》2008年第11期,第34页。
③ 赵毅衡:《"叙述转向"之后:广义叙述学的可能性与必要性》,《江西社会科学》2008年第9期,第33页。

第一次世界大战以后,西方小说艺术首先出现了由"叙事"向"叙述"的转向,不少作品淡化情节,聚焦于叙述表达的各种创新,有的甚至成了纯粹的叙述游戏,而近期又出现了由"叙述"向"叙事"的转向,回归对故事的重视。不难看出,只有在"叙事"和"叙述"并存的情况下,我们才能方便地勾勒出西方小说艺术的这些不同转向。若抛弃"叙事",就难免会像赵毅衡的上引文字那样,陷入理论表述上的自我矛盾。

四、结语

我们所面对的"叙事"和"叙述"这两个术语的选择,实际上涉及概念在不同语言转换中的一个普遍问题。每一种语言对世上各种东西、现象、活动都有自己的概念化方式,会加以特定的区分和命名。法语的"récit"就是一个笼统的词语。我们知道,热奈特在《辞格之三》中,率先对"récit"进行了界定,指出该词既可指所述"故事",又可指叙述"话语",还可指产生话语的叙述"行为"。在译成英文的"narrative"后,[①]这一区分在叙事研究界被广为接受。西方学者面对这样的词语,需要自己辨明该词究竟所指为何。在译入汉语时,如果跟着西方的"笼统"走,就应该采用涵盖面较广的"叙事"一词。但理论术语应该追求准确,汉语中"叙事"和"叙述"这两个术语的同时存在使得表述有可能更加准确。在所描述的对象同时涉及叙述层和故事层时,我们可以采用"叙事";但若仅仅涉及叙述层,我们则可以选用"叙述"来予以准确描述。

此外,我们所面对的"叙事"和"叙述"这两个术语的选择还涉及所描述的对象本身的演化问题。我们知道,narratology 在兴起之时,基本局限于普林斯区分的第一类聚焦于故事结构的研究。然而,在热奈特的《叙述话语》尤其是其英译本出版之后,众多西方学者对"话语"层的表达方式也予以了关注,有很多论著聚焦于各种叙述技巧和方法。用"叙事学"描

---

① Gerard Genette, *Narrative Discourse*, Jane E. Lewin (trans.), Ithaca: Cornell University Press, 1980, p. 27.

述第一类研究或涵盖两类研究兼顾的"总体"论著是妥当的,但用"叙事学"来描述以热奈特为代表的聚焦于"叙述"话语的研究则很成问题。汉语中"叙事"和"叙述"这两个术语的同时存在使我们能够解决这一问题,得以对这些不同的研究分别予以较为准确的命名。这种精确化是理论术语的一种跨语言演进,也体现了中国学者利用本族语的特点对西方话语进行学术改进的一种优势。

然而,事物都有正反两面,正是因为汉语中的"叙述"和"叙事"有不同的着重点,可以指称不同的对象,若不加区分地混合使用,反而会造成各种混乱。总的来说,中国学者有较强的辨别力,上文给出的数据表明,绝大多数论著对"叙述者""叙事作品""叙事文学"等做出了正确的选择。①但混乱也确实十分严重,我们经常看到,该用"叙述"的地方用了"叙事",反之亦然。此外,在同一论著中,甚至一本书的标题中,两词不加区分而混用的情况也屡见不鲜。赵毅衡先生以很强的学术责任心,撰写专文,力求澄清混乱,其敬业精神令人感佩。本文接过赵先生的话题,对这一问题加以进一步探讨,希望能早日达成共识,最大程度地减少混乱。

---

① 由于在学术研究领域,"叙事"的使用频率远远超过"叙述",有些学者忽略了这两个术语的同时存在。《河北学刊》2008 年第 4 期刊登了赵宪章先生的《2005—2006 年中国文学研究热点和发展趋势——基于 CSSCI 中国文学研究关键词的分析》,该文统计了 2005—2006 年间 CSSCI 论文在"文学理论"这一领域中的关键词,赵宪章说:"令人欣喜的是,这一领域出现的新气象也十分显著,这就是位居第二的是'文学叙事',如果将同'叙事'相关的关键词['叙事模式''叙事策略''叙事结构''叙事艺术'等]合为一体,则达到了 135 篇次,超过总篇次的 10%,其研究热度相当可观。"在进行统计时,赵宪章显然没有考虑"文学叙述""叙述模式""叙述策略""叙述结构""叙述艺术"等关键词,若加以考虑,还会增加 21 篇次,总数会达到 156 篇次。

附录二

再谈西方当代文体学流派的区分*

申 丹

内容提要 如何区分西方当代文体学流派,是一个貌似简单实际上非常复杂的事情。本文进一步探讨以下几个问题:(1)在同一著述中,是否应该采用同一区分标准?(2)如何区分语言学文体学和文学文体学?(3)文体学流派是否应分为两个不同层次?本文旨在通过梳理,更好地认识各种区分标准及其短长,看清文体学研究的性质、特点和发展变化。

关键词 文体学流派 区分 性质 发展变化

一、引言

西方文体学在 20 世纪 60 年代步入兴盛时期,形成了各种流派,并出现了区分各流派的讨论,也产生了一些混乱。有的混乱源于某一流派名称的含混性;有的源于某一名称在学术发展过程中形成的多义性或不同名称在特定语境中的同义性;有的

---

* 此文发表于《外语教学与研究》2008 年第 4 期。

源于对文体学各派之间的关系把握不准,有的则源于中西方学术语境的差异,等等。因此,应该如何区分西方文体学流派,成了一个貌似简单实际上非常复杂的问题。本文结合近来的相关争鸣,进一步探讨这一问题。

二、是否应采用同一区分标准?

Carter 和 Simpson(1989)提出了一个影响较大的正式区分,包括"形式主义文体学""功能主义文体学""话语文体学""社会历史文化文体学""文学文体学""语言学文体学"等派别。申丹(1998:82—83)认为这一看似简单清晰的区分,像以往不少类似区分一样涉及了不同的标准:对于"形式主义文体学""功能主义文体学""话语文体学"的区分,是依据文体学家所采用的语言学模式做出的,而对于"语言学文体学""文学文体学""社会历史文化文体学"的区分则主要以研究目的为依据。申丹(1998:84)的看法是:由于文体学各派自身的性质和特点,这样的双重(甚或三重)标准可能难以避免,重要的不是找出某种大一统的区分标准,而是应认识到对文体学各派的区分往往以不同标准为依据。徐有志(2003:53)不同意这一看法,认为"同一著述中应有一个统一的出发点,不能变来变去。……我们可以根据采用的不同语言学模式,区分形式主义文体学(运用布拉格结构主义语言学模式)、转换生成文体学(运用转换生成语言学早期模式)、功能主义文体学(运用系统功能语言学模式)、话语文体学(运用话语语言学模式)、(社会历史/文化)批评文体学(运用批评语言学模式)、认知文体学(运用认知语言学模式)等,也可以列出计算文体学(运用计算语言学模式)。"那么,这种区分是否采用了统一标准呢?

首先值得注意的是,"批评语言学"(critical linguistics)中的"批评"一词涉及的是研究目的——主要采用系统功能语言学来揭示看似自然中性的语篇的意识形态和权力关系[①](Fowler et al. 1979;Hodge & Kress

---

① 意识形态和权力关系涉及阶级、性别、种族。Miller 倡导的"女性主义文体学"聚焦于性别问题,因此构成批评文体学的一个分支。Weber 对此缺乏清醒认识,把"女性主义文体学"和"批评文体学"视为两个并行的流派(1996:5)。

1979/1993；Fairclough 2002）。近十多年来，随着"discourse"日益受到重视，学者们倾向于用 Fairclough(1989；1995)领军的"Critical Discourse Analysis"（简称 CDA)来替代或涵盖"critical linguistics"，且随着时间的推移，这方面的研究无论是在模式借鉴还是在研究范畴和方法上，都在不断拓展。"批评文体学"也采用系统功能语言学等来揭示语篇的意识形态和权力关系。那么，"批评文体学"和"批评语言学"之间是什么关系呢？若坚持认为"文体学"的研究对象就是文学，这两者之间就是并行关系，前者研究文学语篇，后者则主要研究非文学语篇。然而，因为批评文体学关注的是意识形态而不是审美效果，因此往往将文学视为一种社会语篇，打破了文学与非文学的区分。Mills(1995)对文学和非文学语篇同时展开分析。Weber(1992:1)也明确声称批评文体学探讨的是"所有语篇的意识形态潜流"。正因为如此，Weber(1992)在以"Critical Analysis of Fiction"命名的批评文体学著作中，首先通过分析四篇新闻报道，来说明自己的基本分析方法。与此相对应，Fowler(1986)一方面说明批评语言学尤为注重分析大众语言、官方语言、人与人之间的对话等，一方面又将其分析范畴加以拓展，转而聚焦于文学语篇。尽管一部为"批评语言学"的著作，一部为"批评文体学"的著作，两者实际上大同小异，可划归同一流派。也就是说，若打破文学与非文学的区分，"批评文体学"和"批评语言学"就呈现出一种交叠重合的关系。对于这一点，西方学界往往缺乏清醒认识。我们不妨比较一下 Weber 的三段不同描述：

(1) 这种新兴的、强有力的文体学[即批评文体学]借鉴了富有活力的语言学——不再是乔姆斯基的转换生成语法，而是韩礼德将语法视为社会符号学的理论和以此为基础的批评语言学。（Weber 1992:1）

(2) 这种新的文体分析显然需要十分不同的语言分析工具，这些工具来自关于语言的功能理论[即韩礼德将语法视为社会符号学的理论]，来自语用学、话语分析，也来自认知科学和人工智能。（同上）

(3) 正是因为这种批评性的社会政治关怀,这一领域的研究通常被称为批评语言学和批评文体学。(Weber 1996:4)

前两段文字虽然出自同一页,但显然互相矛盾:在第一段中,批评语言学被视为批评文体学借鉴的主要语言学模式,而在第二段中,批评语言学则被排除在批评文体学借鉴的语言学模式之外。第二段文字的描述是准确的。第三段则将"批评语言学"和"批评文体学"视为同义名称。笔者认为,之所以会出现这两种名称所指相同的情况,其根本原因是:批评语言学并不是对语言学模式的建构,而是运用现有的语言学模式对社会语境中真实语篇的意识形态展开分析。在这一点上,批评语言学与功能语言学、认知语言学等呈现出相反的走向。后者是利用各种语料来建构语言学模式;而前者则是采用现有的语言学模式来进行实际分析①。正是因为这种反走向,两者跟文体学的关系大相径庭。前者构成文体学借鉴的语言学模式,而后者则成了一种与批评文体学难以区分的"文本和文体分析"(Wales 2001:197)。若仔细考察,不难发现 Weber 界定的"批评文体学"或"批评性语篇文体学"(1992:1—12;1996:4—5)与"批评语言学"和 CDA 本质相通,内容相似,可以说是换名称不换内容。

Wales 在《文体学辞典》(1990:389)中指出 Burton (1982)率先提出的"激进的文体学(radical stylistics)类似于 Fowler 的批评语言学"。这些早期的批评性语篇研究——无论是冠以"语言学"还是"文体学"的名称——相互呼应,相互加强,并以其批评立场和目的影响了后来的学者,构成后来的批评性文体研究的"先驱"(Mills 1995)。尽管 Wales 对激进的文体学与批评语言学的关系把握较准,但遗憾的是,Wales 对文体学与

---

① 笔者认为,之所以会出现这种相反走向,其根本原因是:除了"human"(hu+man)或"chairman"(chair+man)这样本身蕴含意识形态的词语,意识形态和权力关系往往不存在于抽象的语言结构之中,而是存在于语言的实际运用之中。譬如,不能抽象地谈被动语态蕴含意识形态和权力关系(请比较"her friend gave her an apple"与"she was given an apple"),尽管在语言的实际运用中,被动语态常常构成意识形态和权力操控的一种工具。也就是说,要进行"批评性"的研究,往往需要结合社会历史语境,对现实中的语篇展开实际分析。

CDA 的关系有时却认识不清。在"文体学"这一词条中(2001：373)，Wales 将 CDA 与生成语法、语用学、认知语言学等相提并论，认为 CDA 是文体学借鉴的一种语言学模式。如前所述，CDA 是批评语言学的别称或其新的拓展，因此跟文体学的关系并无二致。值得注意的是，Wales《文体学辞典》的第二版删去了"激进的文体学"这一辞条，而且也未收入"社会历史和文化文体学"或"批评文体学"等类似辞条①。该书于 2001 年面世，而 20 世纪 90 年代正是这种批评性的文体研究快速发展，占据了重要地位的时期。Wales 对这一文体学流派的避而不提显然不是粗心遗漏，而很可能是因为随着时间的推移，越来越难以区分独立于"批评语言学"和 CDA 的文体学流派。然而，我们不能像 Wales 那样回避问题，或许可从两个不同的角度来直面现实：(1)将这方面的文体研究视为批评语言学和 CDA 的实践和拓展；(2)将"批评文体学"或"社会历史和文化文体学"视为一种统称，指涉所有以揭示语篇意识形态为目的的文体研究，②从这一角度看，批评语言学和 CDA(至少其相关部分)就构成这种文体研究的组成部分。无论采取何种角度，有一点可以肯定：对这种文体学流派的区分是以研究目的而不是以语言学模式为依据的。此外，值得注意的是，"计算文体学"并未采用"计算语言学模式"。请看下面两个定义：

(1) 计算语言学利用数学方法，通常在计算机的帮助下进行研究。(Richards *et al*. 2000：90)

(2) 计算文体学采用统计学和计算机辅助的分析方法来研究文

---

① 但 Wales 收入了"女性主义文体学"这一词条。自从 Mills(1995)的《女性主义文体学》这部专著面世以来，这种文体研究得到了清晰的界定，但这仅仅是批评文体学的一个分支。

② 诚然，"意识形态"有各种含义，但从实际分析来看，无论是称为"批评语言学"或 CDA，还是称为"激进的文体学""批评文体学""社会历史文化文体学"，这种批评性的语篇分析往往聚焦于涉及种族、性别、阶级的政治意识形态。不少学者根据批评语言学的领军人物 Fowler (1991a)在"Critical Linguistics"这一词条中对"意识形态"的界定，认为 Fowler 对意识形态的看法较为中性，但 Fowler(1986:34—36)曾明确指出："所有语言，而不仅仅是政治语言，都倾向于不断肯定通常带有偏见的、固定下来的表达"，而"批评"有责任与这种倾向"展开斗争"，以便抵制语言的习惯表达，质疑社会结构。Fowler 的实际分析(1986，1991b)也体现了这一较为激进的立场。

体的各种问题。(Wales 2001:74)

它们都是利用数学方法(统计学方法)和计算机来进行研究。Wales(2001:74)将计算文体学视为计算语言学的"一个分支",是因为她看到了两者在利用统计学和计算机上的一致性,但两者之间实际上是一种并行关系:计算语言学利用统计学和计算机来研究语言问题(Richards et al. 2000:90),而计算文体学则是利用统计学和计算机来研究文体问题(Burrows 2002;Stubbs 2005;Hardy 2004)。

综上所述,徐有志对文体学流派的区分实际上涉及了三种不同标准:(1)语言学模式;(2)研究目的;(3)是否采用统计学和计算机这样的工具。若坚持采用一种标准,就会陷入困境:若仅采用第三种标准,就只能区分两种文体学:"计算文体学"与"非计算文体学"。若仅采用第二种标准,所有根据语言学模式来划分的流派都会排除在外。若仅采用第一种标准,就无法考虑"批评文体学""计算文体学"等并非依据语言学模式来区分的流派。也就是说,每一种标准都有不同程度、不同方向的排他性和局限性。若要对不同文体学流派加以区分,往往需要同时采用数种标准。

三、如何区分文学文体学和语言学文体学?

徐有志(2003:57)说:"还要区分普通文体学和文学文体学。普通文体学(含语体学)是广义的文体学,它覆盖对各类非文学文体以及文学文体中各体裁总体特征的研究。文学文体学是狭义的文体学,它研究的是文学文体特征……文学文体学包括语言学文体学,而语言学文体学就是以各种语言学模式研究文学语篇的文学文体学。"他又补充说明:"语言学文体学可指任何运用语言学模式的文体学。"(2003:57 注 2)这些出现在同一段落中的文字把我们带入了一种令人困惑的矛盾循环:

> 文学文体学包括语言学文体学——语言学文体学就是文学文体学——语言学文体学反过来又包括文学文体学和普通文体学(两者都是运用语言学模式的文体学)

若要梳理画面,首先需要看清"文学文体学"这一貌似简单的名称,在西方文体学界实际上有三种不同所指,而"语言学文体学"也有两种不同所指。

1. "文学文体学"与"语言学文体学"同义

西方文体学往往运用语言学模式对文学文体展开分析(20世纪90年代以前尤其如此)。在统称文体学时,有的学者,特别是语言学阵营的文体学家,倾向于采用"语言学文体学"这一名称,而有的学者则倾向于采用"文学文体学"这一名称。在这种情况下,这两个名称虽然能指不同,但所指相同,构成一种"混乱"的状况(Wales 2001:373)。

2. "文学文体学"与"语言学文体学"相对照

"文学文体学"与"语言学文体学"相区分时,两者是一种对照或对立的关系:"语言学文体学"旨在通过文体研究,来改进分析语言的模式,从而对语言学理论的发展做出贡献(譬如 Burton 1980,Banfield 1982),而"文学文体学"则旨在通过文体分析,更好地理解和欣赏文学作品(Carter & Simpson 1989:4—8;Mills 1995:4—5;Wales 2001:373)。在20世纪60—70年代,从事这种"文学文体学"的不少是曾经从事新批评或实用批评的文学领域的学者。他们仅将语言学视为帮助进行分析的工具,在分析时往往会根据实际需要,灵活借鉴几种语言学模式。由于这派文体学家分析时仅关注与主题意义和美学效果相关联的语言特征,因此往往影响了语言描写的系统性。这在20世纪60—70乃至80年代,遭到了不少或明或暗的批评——认为这样的文体分析没有语言学文体学那样纯正(Halliday 1967;Carter & Simpson 1989:4)。

3. "文学文体学"与"普通文体学"相对照

当"文学文体学"与"普通文体学"相区分时,则构成另一种对照或对立的关系。两者之间的区分依据为研究对象,研究文学文体的为"文学文体学",而研究新闻、广告、法律等非文学语域之文体的则构成"普通文体学"(Wales 2001:373)。

"文学文体学"与"语言学文体学"的多义是西方学术语境中的特定产

物。在国内没有出现"语言学文体学"与"文学文体学"这两派之间的对立,因此容易忽略上面提到的第二种情况,也容易将"文学文体学"和"语言学文体学"视为单义名称。由于中国和西方学术语境的不同,中国学者在跟西方学者对话时容易各谈各的。徐有志(2003:57)对 Carter 和 Simpson(1989:4—8)关于"语言学文体学"和"文学文体学"的区分进行了商榷,但如上所引,他眼中的这两个流派之分跟西方学者眼中的这两个流派之分大相径庭。值得强调的是,不少西方学术流派的名称都不是单义的,而是有着一个以上的所指,且这些名称的变义和所指的复杂化又源于西方特定的学术发展过程。在讨论西方学术流派时,我们需要充分关注学术名称在西方语境中的变义和多义现象,辨明一个流派的名称在一个论著(的某一部分)中究竟所指为何。

四、文体学流派是否应分为两个不同层次?

Carter 和 Simspon (1989)及申丹(1998:82—84)在讨论西方文体学流派时,没有区分不同层次。徐有志批评了这种做法,提出"要注意类属关系,区分层次"(2003:54)。他的看法是"'语言学文体学'与'文学文体学'是'文体学'下面第二个层次的概念,而'形式文体学''功能文体学''话语文体学''社会历史文化文体学'等是第三个层次的概念,它们或者隶属语言学文体学,或者隶属文学文体学,或者隶属两者,不能将这两个层次混在一起"(2000:67)。

徐有志的批评针对的是 Carter 和 Simspon 的区分和申丹的相应评论。如前所述,Carter 和 Simspon 对"语言学文体学"与"文学文体学"的区分是以研究目的为依据的。在这种区分中,"文学文体学"不仅涵盖面较窄,而且与"社会历史文化文体学"或"批评文体学"形成一种对照或对立的关系。后者的目的不是为了更好地阐释文学作品,而是为了揭示语篇的意识形态和权力关系。这一学派的开创人之一 Burton(1982)曾对文学文体学加以抨击,提出后浪漫主义经典文学中有很大一部分掩盖阶级、种族、性别方面的矛盾和压迫,而文学文体学则通过对这些作品的分析和欣赏成了为统治意识服务的帮凶。她认为文体分析是了解通过语言建构出来的各种"现实"的强有力的方法,是改造社会的工具,这一立场在批评文体学中有一定的代表性。此外,批评文体学不仅关注文学作品的意识形态,也关注广告、新闻媒体、官方文件等非文学语篇的意识形态,因此难以隶属于文学文体学。换个角度看,因为这一学派不是为了通过文体分析对语言学理论的发展做出贡献,因此也无法隶属于(与文学文体学相对照的)语言学文体学。

上一节还提到了在西方文体学界"语言学文体学"与"文学文体学"所指相同的情况。在这种情况下,这两个名称不仅"同义",且与"文体学"无法区分,自然无法构成文体学下面一个具有区分性的层次。

只有抛开"语言学文体学"与"文学文体学"之分,转而关注"普通文体学"与"文学文体学"之分,才有可能区分两个层次。"普通文体学"和"文学文体学"是依据研究对象做出的区分。在"文学文体学"下面,可相应区分"小说文体学""诗歌文体学"和"戏剧文体学"等①。在"普通文体学"下面也可相应区分"法律文体学""广告文体学""新闻文体学"等。但这一表面上清晰的区分,实际上暗含着混乱。譬如,在"小说文体学"或"广告文体学"里,都可混杂出现功能文体学研究、话语文体学研究、批评文体学研究等等。换个角度看,这些文体学流派可研究任何语篇,因此对它们而言,"普通文体学"和"文学文体学"之分(以及下一个层次的体裁之分)也就失去了意义。也就是说,这些区分方法是互相排斥的。毋庸置疑,若要区分功能文体学、话语文体学、批评文体学、计算文体学等不同流派,就无法采用二层次区分法,因为这些流派不仅涉及不同体裁,且涉及不同区分标准,没有任何两个流派可以构成它们的上一层次。

---

① 英国的 Lambrou 和 Stockwell(2007)主编一部当代文体学论文集。他们将论文仅分为三类:"stylistics of prose","stylistics of poetry","stylistics of dialogue and drama"。像这样仅依据研究对象来分类,确实做到了标准一致。但在每一类中,不同文体学流派都混合共存。值得注意的是,西方学界一般不说"fictional stylistics"(可能是因为"fictional"一词的多义);而且一般也不说"poetic stylistics"(可能是因为"poetic"一词的多义)。

五、结语

西方文体学流派是在历史上逐渐形成和区分的,有的流派之分聚焦于采用的语言学模式,有的流派之分关注的是分析对象,有的流派之分突出了分析目的,有的流派之分则涉及计算机这样的技术工具。此外,随着历史的发展,有的流派名称出现了双义或多义的现象,有的则由于自身名称的含混导致了理解上的矛盾和混乱。面对这种现实,本文提出以下应对策略:(1)对"批评语言学"这样含混的名称加以澄清,并透过名称看相关学术流派之间的本质关系;(2)对"文学文体学"这样的多义名称予以梳理,辨明其在不同语境中的不同所指;(3)对于表面上标准一致而实际上标准不同的情况,揭示出不同标准的存在,并看清任何一种标准都有不同程度、不同方向的排他性和局限性,因此往往需要采用不同标准,才能对文体学流派做出较为全面的区分。本文通过对这些问题的探讨,更好地看清中西方学术语境的差异,更好地把握文体学流派的性质、特点、发展过程和相互之间的关系。

参考文献

Banfield, A. *Unspeakable Sentences*. London: Routledge, 1982.

Birch, D. *Language, Literature and Critical Practice*. London: Routledge, 1989.

Burrows, J. The Englishing of Juvenal: Computational Stylistics and Translated Texts. In *Style* 36, 2002 (4): 677—698.

Burton, D. *Dialogue and Discourse*. London: Routledge and Kegan Paul, 1980.

Burton, D. Through Glass Darkly: Through Dark Glasses. In R. Carter (ed.), *Language and Literature*. London: George Allen and Urwin, 1982, pp. 195—214.

Carter, R. Poetry and Conversation: An Essay in Discourse Analysis. In R. Carter and P. Simpson (eds.), *Language, Discourse and Literature: An Introductory Reader in Discourse Stylistics*. London: Unwin Hyman, pp. 61—76.

Carter, R. and P. Simpson. Introduction. In R. Carter and P. Simpson (eds.), *Language, Discourse and Literature*. London: Unwin Hyman, 1989, pp. 1—20.

Fairclough, N. *Language and Power*. London: Longman, 1989.

Fairclough, N. *Critical Discourse Analysis*. London: Longman, 1995.

Fairclough, N. Critical Linguistics/Critical Discourse Analysis. In K. Malmkjaer (ed.), *The Linguistics Encyclopedia* (2nd edn.). London: Routledge, 2002, pp. 102—107.

Fowler, R. *Linguistic Criticism*. Oxford: Oxford University Press, 1986.

Fowler, R. Critical Linguistics. In K. Malmkjaer (ed.), *The Linguistics Encyclopedia*. London: Routledge, 1991a, pp. 89—93.

Fowler, R. *Language in the News*. London: Routledge, 1991b.

Fowler, R. et al. *Language and Control*. London: Routledge, 1979.

Halliday, M. A. K. The Linguistic Study of Literary Texts. In S. Chatman and S. Levin (eds.), *Essays on the Language of Literature*. Boston: Houghton Mifflin, 1967, pp. 217—223.

Hardy, D. Collocational Analysis as a Stylistic Discovery Procedure: The Case of Flannery O'Connor's "Eyes". *Style* 38, (2004) 4: 410—427.

Hodge, R. and G. Kress. *Language as Ideology*. London: Routlege, 1979/1993. (G. Kress as the first author in the 1st edn.).

Lambrou, M. and P. Stockwell. *Contemporary Stylistics*. London: Continuum, 2007.

Mills, S. *Feminist Stylistics*. London: Routledge, 1995.

Richards, J. et al. *Longman Dictionary of Language Teaching and Applied Linguistics*. Beijing: Foreign Languages Teaching and Research Press, 2000.

Stubbs, M. Conrad in the Computer: Examples of Quantitative Stylistic Methods. *Language and Literature* 14, (2005) 1: 5—24.

Toolan, M. *The Stylistics of Fiction*. London: Routledge, 1990.

Weber, J. *Critical Analysis of Fiction*. Amsterdam-Atlanta: Rodopi, 1992.

Weber, J. *The Stylistics Reader*. London: Arnold, 1996.

Wales, K. *A Dictionary of Stylistics* (2nd edn.). London: Longman, 1990/2001, Pearson.

申丹:《叙述学与小说文体学研究》,北京:北京大学出版社,1998年。

徐有志:《文体学流派区分的出发点、参照系和作业面》,《外国语》2003年第5期,第53—59页。

徐有志:《现代文体学研究的90年》,《外国语》2000年第4期,第65—74页。

附录三

谈关于认知文体学的几个问题*

申 丹

内容提要 认知文体学是 20 世纪 90 年代以来发展最快的西方文体学流派。本文探讨关于认知文体学的以下几个问题：(1) 认知文体学的两个重要先驱与当今文体学教学与研究的关系；(2) 初次阅读与反复阅读的关系；(3) 一般读者与敏锐读者的关系；(4) 近来的某些研究动向。

关键词 认知文体学 前后阅读 读者种类 研究动向

Reflections on Some Issues Concerning Cognitive Stylistics
SHEN Dan

Abstract：Cognitive Stylistics has been developing fast since the 1990s. This essay discusses some issues concerning this branch of stylistics：(1) features and present relevance of two "paving stones" of cognitive stylistics；(2) the relation between initial

---

* 此文发表于《外国语文》2009 年第 1 期。

and later readings; (3) the relation between ordinary readers and sensitive readers; (4) some recent developments of cognitive stylistics.

Key words: cognitive stylistics; reading and re-reading; kinds of reader; recent developments

20世纪90年代以来,在西方语言学、文体学、叙事学等领域均出现了"认知转向"。认知文体学是近年来发展最快的一个文体学流派。在John Benjamins出版社2002年推出的《认知文体学》这部论文集的前言中,Semino和Culpeper将"认知文体学"界定为跨语言学、文学研究和认知科学的新的文体学流派。[①] 同年,Routledge出版社推出了Stockwell的《认知诗学》一书[②],在该书最前面的简介中,"认知诗学"被界定为"思考文学的一种新的方式,将认知语言学和心理学运用于文学文本分析"。不难看出,两种定义大同小异。Stockwell在前言中,也一再提到认知诗学与文体学的密切关联,并指出有的学者将"认知诗学"称为"认知文体学"。在2001年面世的《文体学词典》第2版中,Katie Wales就将两者视为同义名称。[③] 的确,"认知诗学"在探讨读者对文学文体的认知时,与"认知文体学"难以区分,但"诗学"一词比"文体"一词可以有更广的涵盖面。本文将集中探讨关于认知文体学的几个问题,但其中有的问题与"认知诗学"也同样相关。

一、两个重要先驱的特点和当今的作用

尽管认知文体学是新兴流派,但它与以往的文体研究有着千丝万缕的联系。与纯粹的语言学分析不同,文体学一直关注语言形式与其所产

[①] E. Semino and J. Culpeper (eds.), *Cognitive Stylistics*, Amsterdam: John Benjamins, 2002, p. ix.
[②] P. Stockwell, *Cognitive Poetics*, London: Routledge, 2002.
[③] K. Wales, *A Dictionary of Stylistics* (2nd edn.), London: Harlow, England, 2001, p. 64.

生的效果之间的关联,也就或多或少地涉及读者的认知。布拉格学派的 Mukarovsky 为了说明文学语言的文学性,在 20 世纪 30 年代提出了"前景化"(foregrounding)的概念①,这一概念对西方文体学的发展产生了很大影响。我们知道,文体学中的"前景化"是相对于普通语言或文本中的语言常规而言,可表现为对语法、语义等规则的违背或偏离,也可表现为语言成分超过常量的重复或排比。这种语言形式在读者的阅读心理中占据突出位置,往往能让读者产生一种新奇感,使读者特别关注语言媒介本身的作用。尽管"前景化"是一种语言审美概念,但它涉及读者的反应机制,因此被视为认知文体学的一块重要铺路石。值得注意的是,"前景化"不仅起到了铺路的作用,也不仅仅是构成一种重要文体的技巧,而且在当今的文体学教学中,还能从另一角度发挥作用。

英国文体学家 McIntyre 在美国 Style 期刊 2003 年第 1 期上发表了《在文体学课程中将前景化作为一种教学方法》一文②,该文首先追溯了"前景化"概念跨媒介、跨学科的发展史,然后探讨了如何通过"前景化"的方法来改进文体学的课堂教学。"前景化"的语言形式有利于吸引注意力,给读者印象深刻。就文体学教学而言,McIntyre 根据问卷调查的结果得出的结论是:越容易记住的课程就越有利于学生的学习。在他看来,让课程便于记忆、提高教学效果的一个重要手段是偏离规范的教学方式,这种方式会产生一种"前景化"的效果,给学生留下深刻印象。那么,究竟用哪些具体方法来制造"前景化"的效果呢?这包括由两位老师同上一堂课,两人或前后讲课或共时配合;老师授课和学生练习及练习反馈交错进行;让学生自己写作,大声回答,表演出教材上的片段,或对作家可能做出的选择加以猜测等等。McIntyre 探讨了采取这些偏离规范的教学方式

---

① J. Mukarovsky, Standard Language and Poetic Language, in P. L. Garvin (ed. and trans.), *A Prague School Reader on Esthetics*, *Literary Structure and Style*, Washington D. C.: Georgetown Univ. Press, [1958]1964. 17—30.

② D. McIntyre, Using Foregrounding Theory as a Teaching Methodology in a Stylistic Course, *Style* 37.1 (2003): 1—14.

的原因和长处,说明了为何通过"前景化"方式的教学可以让学生学得更好。McIntyre 认为课堂中的"前景化"教学手段不仅可以改进文体学课的教学,也可改进其他课程的教学效果。中国的课堂教学与西方相比,互动的成分更少,缺乏生动活泼的氛围。"前景化"的方式或许可以帮助改进国内较为呆板的教学形式。

美国学者 Stanley Fish 于 1970 年推出的"感受文体学"(Affective Stylistics)[①]也被视为认知文体学的先驱之一。这种分析方法是在读者反应批评的影响下诞生的。在 Fish 看来,文体分析的对象应为读者在阅读时头脑中出现的一系列原始反应,包括对将要出现的词语和句法结构的种种推测,以及这些推测的被证实或被修正等各种形式的瞬间思维活动。Fish 认为读者所有的原始反应都有意义,它们的总和构成话语的意思。从关注读者反应这一点来看,的确可以把感受文体学视为认知文体学的先驱,但我们不应忽视以下两点:其一,Fish 为了用他的"感受文体学"来取代通常的文体学,不惜对后者全盘否定。也就是说,感受文体学是以文体学之颠覆者的面目出现的,而认知文体学则旨在补充和发展现有的文体学研究。其二,在很多情况下,原始反应不值一顾,Fish 在理论上对原始反应一律予以重视失之偏颇。与此相对照,认知文体学在分析读者的认知结构时,是有目的,有选择的。

其实,Fish 本人有时也不得不采用通常的文体分析方法,不同方法之间实际上是互补关系。例如,他对一个句子进行了这样的分析:"这个句子里有两种不同的词汇;一种给人以澄清事实的希望,其中包括'地方''证实''地方''准确''推翻'等等;而另一类却不断地使这种希望破灭,如'虽然''含糊的''然而''不可能的''似乎是'等等……"[②]这与一般的文体分析相类似。费什在此显然背离了自己倡导的分析原则。被记录下来的不是按顺序逐个接触词时出现的一系列瞬间反应,而是在一定抽象的

---

① S. Fish, Literature in the Reader: Affective Stylistics, *New Literary History* 1970 (2): 123−162.

② Ibid., p. 125.

程度上根据相似和对比的原理挑选出来的两组词。这样一来,读者对单个词的反应必然受到忽视(可以想象读者对"虽然"和"含糊的"这两个词的反应有所不同)。但是,经过一定程度的抽象概括,这些词之间的相似和对照之处得以被系统化地展现出来。这对于揭示文本的内涵及作者的写作技巧都是大有裨益的。有趣的是,遇到篇幅较长的文本时,费什的批评手法更趋抽象。在对柏拉图的《菲德若篇》(the Phaedrus)进行通篇分析时,他根本没有记录任何原始反应,只是提出了一些笼统的结论,譬如"《菲德若篇》一文从道德立场出发对内部连贯性进行了强烈的抨击"云云①。很显然,要得出如此抽象的结论,就不得不忽略由单个词(乃至句子、段落)引起的反应,而对阅读经验进行持续不断的概括总结。

费什在分析实践中对自己提出的"感受文体学"模式的背离,有利于说明这一点:任何一种分析方法都有其关注面和忽略面,各种方法之间往往呈互为补充的关系。在我们看来,批评家应该至少能起三种作用。其一,像一架慢镜头摄影机一样,一步一步地把原始瞬间反应记录下来(即费什倡导的模式,但正如 Fish 自己的实际分析所示,应选择具有阐释意义的分析对象)。其二,根据相似或对照的原理对相互关联的反应活动或引起反应的形式特征予以组织概括。其三,对整个阅读经验进行抽象总结。第一种方法有利于揭示通常容易被忽视的原始瞬间反应,但它排斥了总结阅读经验的可能性。第二种方法有助于把词语或反应活动之间的相似或对照予以系统化,但往往会忽视对单个词的特殊反应。第三种方法便于综合概括整个阅读经验,但却无法关注基本层面的反应活动。在阅读过程中,这三种方法作为三个不同层次的思维活动,其实是并行不悖的。在按顺序对文本中的词逐个进行反应时,读者会有意识或前意识地对词语之间的类似或对照进行反应(这些词语往往不会紧联在一起)。与此同时,读者也会持续不断地进行抽象概括,以求了解一段话、一篇文章

---

① S. Fish, *Literature in the Reader: Affective Stylistics*, pp. 135—138.

作为一个整体所表达的意思。对分析者来说,虽然三种方法可能均需采用,但在某一特定的时刻,则只能运用某一特定的方法来着重分析某一层次的思维活动。这几种方法各有重点、各有利弊,相互之间不能取代。

正是由于各种分析方法需要共存互补,像 Fish 的"感受文体学"这种诞生在约 40 年前的方法,当今仍然有其应用价值。无论是进行认知文体分析,还是其他形式的文体分析,必要时都可关注作者如何通过遣词造句(尤其是词语、小句的顺序或诗的断行等)来打破读者的阐释期待,通过读者出乎意料的瞬间反应活动来产生微妙的文体效果。从更广的范围来看,尽管认知文体学近来发展势头强劲,但这一流派难以取代其他文体学流派,各有其关注点和盲点、长处和局限性,各派之间应互补共存。

也许正是因为注意到了各种批评方法的局限性,Peter Stockwell 和 Joanna Gavins 等学者采用了"认知诗学"①这一涵盖面宽于"认知文体学"的名称,在认知分析中注意借鉴各种相关模式和方法,这有利于对认知过程展开较为全面的探讨。但宽有宽之长,窄也有窄之利。若从一个特定的角度展开分析,有时可以更加集中和更加深入地探讨某一方面的问题。我们不妨持一种开放的立场,根据不同的分析目的采取或宽或窄的分析方法,或根据实际需要借鉴相关分析方法。

二、初次阅读与反复阅读

虽然在分析文学作品时,一般会反复阅读文本,但很少有人关注初次阅读与后面的阅读之间的对照。不仅传统文体学是如此,认知文体学也是如此。其实,Fish 的"感受文体学"与通常的认知文体学之间的一个重要差异就在于前者涉及初读作品时的瞬间"原始反应",而后者则往往是反复阅读作品之后才进行分析。学者们一般不关注这两种阅读之间的差异,原因之一在于往往认为这两种阅读之间差别不大。诚然,Stockwell

---

① J. Gavins and G. Steen, *Cognitive Poetics in Practice*, London: Routledge, 2003, pp. 135—138; P. Stockwell, *Cognitive Poetics*, London: Routledge, 2002, p. 7.

区分了"理解"(interpretation)与"解读"(reading):读者一开始阅读作品(甚至可能在进入作品之前)就开始理解,在阅读过程中,会不断修正自己的理解,直到得出一种解读。① 但这仅仅涉及对作品的一次阅读。然而,在分析文学作品时,往往会不止一次地进行阅读,且后面的阅读与初次阅读可能会大相径庭,随着信息的积累和理解的深入,分析中的主题意义可能会发生重要变化。初次阅读往往局限于作品的表面意义,而后面的阅读则可能会揭示作品的深层意义。这一差别有可能在某种程度上源于后面的阅读对历史资料和互文关系的关注,而不仅仅是对语言特征更为全面细致的分析。② 揭示出初次阅读和后面的阅读之间的差别,有助于我们看清语言选择的文体效果如何随着同一读者阐释框架的变化而变化。笔者在分析 Mansfield 的《启示》时,曾重点揭示了某些语言特征的文体效果如何在后面的阅读中发生重要变化。③ 在初次阅读时,相关语言特征看上去表达的是女主人公的自私、琐碎和神经质的弱点,读者和人物之间存在较大距离。与此相对照,在后面的阅读中,同样的语言选择看上去则旨在揭示男权社会对中上层妇女的压迫和扭曲,这在很大程度上缩小了人物和读者之间的叙事距离。既然同样的语言特征在初次和后来的阅读中产生大相径庭的文体效果,也就说明了文学文体分析中阐释框架的重要性。倘若阐释框架有问题,即便语言学分析十分准确,也可能很难把握文本的深层意义。也就是说,对具有深层意义的作品进行文体分析时,不仅需要更好地进行语言学分析,也需要不断改进阐释框架,提高文学理解水平。就认知文体学而言,在存在反复阅读和初次阅读之间的差异时,若要较为真实地反映阅读过程,就需要对这两种阅读分别予以描述,充分呈现出两者之间的差异。

---

① P. Stockwell, *Cognitive Poetics*, p. 8.
② 申丹:"'整体细读'与经典短篇重释",《四川外语学院学报》2008 年第 1 期。
③ 申丹:"深层对表层的颠覆和反讽对象的置换——曼斯菲尔德《启示》的重新阐释",《外国文学评论》2005 年第 3 期;Dan Shen, Subverting Surface and Doubling Irony: Mansfield's "Revelations" and Others, *English Studies* 87.2 (2006): 191—209.

三、一般读者和敏锐读者

不少认知文体学家的目的不是为了提供对作品的新阐释,而只是为了说明读者在阐释文本时共享的认知机制、认知结构或认知过程。在《认知文体学》一书的序言里,Semino 和 Culpeper 明确声称:"本书大部分章节的一个共同目标是解释[以往的]阐释是如何产生的,而不是对作品做出新的阐释。"① 即便关注对同一作品的不同阐释,认知文体学家也往往致力于从认知的角度来解释(处于不同语境中的)先前的读者如何会对同一文本产生不同的反应②。这种以先前的阐释结论为基础的认知文体学分析有两个局限性:一是难以发现初次阅读和反复阅读之间的差异,因为先前的阐释结论均为反复阅读的结果。当然,从文学批评的角度来说,重要的是阐释结果,而不是具体的阅读过程,但从认知文体学的角度来说,准确地描述阐释过程则是一项重要任务。另一局限性是,致力于描写先前的结论涉及的反应机制也就难以超越先前的阐释。Stockwell 试图在《认知诗学》一书中超越这一框架,但并不成功,因为他的"认知诗学分析"聚焦于读者共享的基本阅读机制,而非旨在对作品进行新的解读。

认知文体学(认知诗学)研究系统揭示了很多以往被忽略的大脑的反应机制,说明了读者和文本如何在阅读过程中相互作用。这种研究很有价值,在当前强调描述性研究、强调读者认知的学术大环境中更是如此;相对于以往忽略读者认知的分析传统而言,也开拓了一条新的研究道路。可是,对于文学批评而言,最重要的是读出新意,读出深度。我们不妨区分不同的研究目的,从而针对不同种类的读者展开研究。倘若目的是揭示读者阅读文学作品时通常的反应机制,可以针对不同文学体裁的规约

---

① E. Semino and J. Culpeper (eds.), *Cognitive Stylistics*, Amsterdam: John Benjamins, 2002, p. x.

② C. Hamilton, Conceptual Integration in Christine de Pizan's *City of Ladies*, in E. Semino and J. Culpeper (eds.), pp. 1—22.; M. Freeman, The Body in the Word: A Cognitive Approach to the Shape of a Poetic Text, in E. Semino and J. Culpeper (eds.), pp. 23—47.

性读者。不同的文学体裁具有不同的创作和阐释规约,一个体裁的规约性读者享有该体裁的规约性认知假定、认知期待、认知模式、认知草案或认知框架。针对这类读者的认知文体学研究不关注个体读者的特性,而聚焦于(某个群体的)读者对作品的通常的规约性反应。与此相对照,倘若目的是揭示个体读者的阐释框架如何作用于作品解读,则可以针对以往的阐释争议,重点考察读者的不同立场、观点、身份、经历等如何导致了对作品的不同反应。这两种研究都难以关注初次阅读和重复阅读之间的差异,因为前一种聚焦于规约性的阐释机制,一般会流于作品的表面意义;而后一种仅仅涉及先前反复阅读之后的阐释结论。我们还可以进行另外一种认知文体学研究,即,将认知文体学作为对作品进行新的阐释的一种途径,这种研究需要往前走一步,采取一种特别敏锐的读者的认知角度,力求揭示为"通常的读者"或"以往的读者"所忽略的作品的某种深层意义。这种阐释经常会有初次阅读和反复阅读之间的差异,认知文体学(认知诗学)应该对这种差异进行描述,从而更真实地反映阅读过程。

四、近来的某些研究动向

认知文体学家不断开拓新的研究领域,对概念整合的研究就是其中之一。概念整合是较新的认知语言学理论,文体学家很快将其运用于对文学作品的分析,使之成为认知文体学目前的一个热门话题。本文将介绍两篇具有代表性的论文,它们分别探讨了诗歌和游记中的概念整合。一篇题为《作为复杂整合的诗歌》,出自美国学者 Margaret H. Freeman 之手[1],她近年来在认知文体学领域十分活跃,是概念整合探讨方面的一位权威。这篇论文发表于 *Language and Literature* 2005 年第 1 期,被誉为该杂志最受欢迎的论文之一。该文旨在说明 Fauconnier 和 Turner 的

---

[1] M. Freeman, The Poem as Complex Blend: Conceptual Mappings of Metaphor in Sylvia Plath's "The Applicant", *Language and Literature* 14.1 (2005): 25—44.

概念整合理论①可提供一个较好的框架,来系统连贯地描述诗歌创作和阐释的认知机制,其分析实例为 Sylvia Plath 的诗歌《申请者》。英国文体学家 Elena Semino 曾在《诗歌与其他文本中的语言与世界建构》②中探讨了 Plath 的这首诗,采用的理论框架是语篇理论、可能世界理论和图示理论。Semino 本人承认,尽管这三种理论各有其长,但即便综合利用,仍然难以很好地对该诗做出解释。Freeman 希望通过采用概念整合理论来更好地描述这首诗是如何被创造和如何被阐释的。Freeman 首先评介了 Semino 分析《申请者》时采用的三种理论模式的所长所短,进而指出了相比之下,自己所采用的概念整合这一理论框架的某些优越性。然后她对普拉斯的《申请者》进行了较为系统全面的概念整合分析。概念整合理论可较好地描述心理空间映射的认知过程,较好地融合作品的主要图示。Freeman 指出,在对这首诗进行整合操作时,Fauconnier 和 Turner 提出的"最优性限制"(optimality constraints)使读者得以在表面上反常的比喻中发现一种连贯性,这种连贯性不是源于真实世界的客观一致,而是处理各种隐喻映射的结果,这些映射相互结合,相互作用,共存于诗歌构成的多重复合整合之中。尽管 Freeman 对该诗复合整合的探讨较好地说明了诗人对待婚姻和消费社会的矛盾或讽刺的态度,但与以往的文学批评相比,她的阐释结论本身并无多少新意,这是因为她探讨的目的并非对该诗进行新的批评解读,而只是为了系统阐明读者的心理空间影射过程,这种认知映射在以往的研究中被忽略。

另一篇论文题为《概念整合和叙述视点》③,将注意力转向了散文叙事。该文发表于 Language and Literature 杂志 2005 年第 2 期,出自 Barbara Dancygier 之手,她近年来在认知研究领域也相当活跃(Language and

---

① G. Fauconnier and M. Turner, *The Way We Think: Conceptual Blending and the Mind's Hidden Complexities*, New York: Basic Books, 2002.

② E. Semino, *Language and World Creation in Poems and Other Texts*, London and New York: Longman, 1997.

③ B. Dancygier, Blending and Narrative Viewpoint: Jonathan Raban's Travels Through Mental Spaces, *Language and Literature* 14.2 (2005): 99—128.

Literature 2006年第1期的《概念整合》专刊曾特邀她担任客座主编)。她在该文中采用的理论模式也是Fauconnier和Turner的概念整合理论,选取的分析对象为Jonathan Raban的几部旅行叙事作品。在较为全面地探讨各种概念整合的基础上,Dancygier考察了对整合策略的选择与叙述视点的关系。她旨在论证叙述视点如何取决于整合网络的结构,并说明视点压缩机制如何构成叙述视点阐释的基础。Dancygier的研究有以下几个特点:一是说明了概念整合模式不仅可用于对单个句子的分析,而且可用于对较长叙事文本的分析;二是选用游记作为概念整合操作的探讨对象,开拓了新的研究范畴;三是不仅从认知结构和认知过程的角度清晰而具体地揭示出Raban游记创作的文体特征,而且研究重点明确,聚焦于心理空间网络(尤其是整合网络)对叙述视点的再现。我们知道,概念整合理论也是近几年国内认知语言学界的一个热门话题,这一理论模式具有较好的文体分析运用前景,可以更多地在国内认知文体学(认知诗学)的研究和教学中采纳。

认知文体学家在探讨读者认知时,一般没有进行心理实验,而只是以分析者自己的反应为基础,推测性地描述"读者"的认知结构和认知过程。近来有的学者将文体学研究与心理实验相结合,展开了实证性的研究。认知文体学的代表人物之一Catherine Emmott主持了一个实证研究项目"*Stylistics, Text Analysis and Cognitive Science*",项目合作者为格拉斯哥大学心理学系教授Anthony J. Sanford,该项目的一个成果为发表于*Journal of Literary Semantics* 2006年第1期上的《吸引读者的注意力?从文体学和心理学的角度看叙事作品中语篇分裂的技巧和效果》[1]。这篇论文聚焦于"语篇分裂"(text fragmentation)与读者反应的关系。以往的文体学家依据文本特征和自己的直觉来判断什么是"前景化"的技巧,认为语篇分裂往往是作者采用的一个重要的"前景化"手段,

---

[1] C. Emmott, A. J. Sanford and L. I. Morrow, Capturing the Attention of Readers? Stylistic and Psychological Perspectives on the Use and Effect of Text Fragmentation in Narratives, JLS: *Journal of Literary Semantics* 35.1 (2006): 1—30.

在读者阅读心理中占据突出的位置。而该文作者则旨在通过心理实验来考察叙事中的语篇分裂究竟如何作用于读者,究竟是否会吸引读者的注意力。他们分别考察了读者对语篇分裂的两个亚类型的反应:句片(sentence fragments)和微型段落。该文的研究分两步进行,首先对语篇分裂成分的文体作用进行了探讨,既关注其在情节发展中的累积作用,又关注其在局部所起的修辞作用。然后,转向心理实验,采用了一种2004年面世的较新的实验方法("the text change detection method"),来考察微型段落、句片和很短的句子究竟是否会改变读者对文本细节的敏感度,并结合未来的应用前景,探讨了实验结果。该文将文体学分析与心理实验相结合,构成了一种新的跨学科途径,不仅得以从新的角度检验文体学关于前景化的基本假定,而且也通过对语篇分裂的关注丰富了对"depth of processing"的心理研究。

五、结语

认知文体学作为一个新兴的文体学流派,有着较大的拓展空间。理顺其涉及的一些基本关系,可以廓清画面,为下一步的发展进行铺垫。本文探讨了认知文体学两个重要先驱的某些当下意义,介绍了"老概念"的新用途,并说明了不同研究流派之间互补共存的关系。此外,本文指出,若要真实地反映阐释过程,认知文体学应当关注初次阅读与后来阅读之间的对照。若要成为一种有用的文学批评方法,认知文体学还需要超越规约性读者,采取敏锐读者的立场,力求对作品做出新的解读。本文还介绍了西方认知文体学的一些新的发展动向,以便为国内认知文体学的发展提供参考。